哈佛必知的
文学与哲学名家随笔

Literary and Philosophical Essays

【美】查尔斯·艾略特(Charles W. Eliot)◎主编
赵玉闪　李丽君　卢传斌◎译

中华工商联合出版社

图书在版编目（CIP）数据

哈佛必知的文学与哲学名家随笔/（美）查尔斯·艾略特主编；赵玉闪，李丽君，卢传斌译. --北京：中华工商联合出版社，2018.5

ISBN 978-7-5158-2279-2

Ⅰ. ①哈… Ⅱ. ①查… ②赵… ③李… ④卢… Ⅲ. ①随笔－作品集－世界 Ⅳ. ①I16

中国版本图书馆 CIP 数据核字（2018）第 086249 号

哈佛必知的文学与哲学名家随笔 Literary and Philosophical Essays

主　　编：【美】查尔斯·艾略特（Charles W. Eliot）
译　　者：赵玉闪　李丽君　卢传斌
出 品 人：徐　潜
策划编辑：魏鸿鸣
责任编辑：林　立　崔红亮
封面设计：周　源
责任审读：魏鸿鸣
责任印制：迈致红
渠道总监：姜　越　郑　奕
营销企划：张　朋　徐　涛
营销推广：张俊飞
出版发行：中华工商联合出版社有限责任公司
印　　刷：北京毅峰迅捷印刷有限公司
版　　次：2018 年 8 月第 1 版
印　　次：2018 年 8 月第 1 次印刷
开　　本：710mm×1020mm　1/16
字　　数：262 千字
印　　张：17.75
书　　号：ISBN 978-7-5158-2279-2
定　　价：68.00 元

服务热线：010－58301130
销售热线：010－58302813
地址邮编：北京市西城区西环广场 A 座
19－20 层，100044
http://www.chgslcbs.cn
E-mail：cicap1202@sina.com（营销中心）
E-mail：gslzbs@sina.com（总编室）

凡本社图书出现印装质量问题，请与印务部联系。
联系电话：010－58302915

向经典致敬

《哈佛经典》代前言

这里向各位书友推介的是被中国现代新文化运动先驱者的胡适先生称为“奇书”的《哈佛经典》。这是一套集文史哲和宗教、文化于一体的大型丛书，共 50 册。这次出版，我们选择了其中的《名家（前言）序言》《名家讲座》《英美名家随笔》《文学与哲学名家随笔》《美国历史文献》，这些经典散文堪称是经人类历史大浪淘沙而留存下来的文化真金，每一篇都闪烁着人类理性和智慧的光辉。有人说，先有哈佛后有美国。因为在建校 370 多年的历史中，哈佛培养出 7 位美国总统，40 多位诺贝尔奖得主，政界、商界、科技、文艺领域的精英不计其数。但有一点，他们都是铭记着“与柏拉图为友、与亚里士多德为友、更与真理为友”的校训成长、成功的。正像《哈佛经典》的主编，该校第二任校长查尔斯·艾略特所言：“我选编《哈佛经典》，旨在为认真、执着的读者提供文学养分，他们将可以从中大致了解从古代直至十九世纪以来观察、记录、发明以及想象的进程，作为一个二十世纪的文化人，他不仅理所当然地要有开明的理念或思维方法，而且还必须拥有一座人类从荒蛮发展为文明进程中所积累起来的、有文字记载的关于发现、经历，以及思索的宝藏。”这些文字是真正的人类思想的富矿，是取之不尽用之不竭的智慧宝藏，具有永恒的文化魅力。

从文献价值上看，它从最古老的宗教典籍到西方和东方历史文献都有着独到的选择，既关注到不同文明的起源，又绵延达三个世纪之久，尤其是对美国现代文明的展示，有着深刻的寓意。

从思想传播上看，《哈佛经典》所关注到的，其地域的广度、历史的纵深、文化的代表性都体现了人类在当时特定历史条件下所能达到的思想巅峰，并用那些伟大的作品揭示出当时人类进步和文明的实际高度。

从艺术修养的价值来看，《哈佛经典》涵盖了历史、哲学、宗教论著和诗歌、传记、戏剧散文等文学样式，甚至随笔和讲演录也是超一流的，它们都是那个时代精品中的精品。

《哈佛经典》第19卷《浮士德》中有这样一句名言，“理论是苍白的，只有生命之树常青”。让我们摒弃说教，快一点地走进《哈佛经典》，尽情地享受大师给我们带来的智慧的快乐，真理的快乐。

目 录

伊曼努尔·康德

主编的话

伊曼努尔·康德（1724—1804），德国思想家、哲学家、天文学家、星云说的创立者之一，德国古典哲学的创始人。康德出生于东普鲁士首府哥尼斯堡（现俄罗斯加里宁格勒）的一个马鞍匠家庭，家人都是虔诚派教徒，1745年毕业于哥尼斯堡大学，1755年起在母校执教，1770年成为教授。康德终生没有离开过哥尼斯堡。

康德的著作以1770年为界，分为前批判时期和批判时期。在前批判时期，以自然科学的研究为主，并进行哲学探究。1755年发表《自然通史和天体论》，提出关于太阳系起源的星云假说。批判时期的著作又分为理论哲学和实践哲学。理论哲学的著作有《纯粹理性批判》（第一版或A版，1781；第三版或B版，1787）和它的简写本《未来形而上学导论》（1783）；实践哲学的著作有《道德的形而上学基础》（1785）、《实践理性批判》（1788）、《完全在理性范围内的宗教》（1793）和《道德形而上学》（1797）等。康德的学说深刻地影响了此后的哲学，开启了德国唯心主义和康德主义的诸多流派，被认为是对现代欧洲最具影响力的思想家之一。

在政治上，康德同情法国革命，主张自由、平等。在教育上，他认为应重视儿童的天性，使儿童养成自觉遵守纪律的习惯。

《道德形而上学原理》是康德关于伦理道德方面的一本经典著作。它的篇幅虽然不长，但集中论述了德性是人的意志的道德力量而具有自主性的思想，是康德德性论的代表作，对西方的伦理思想产生了极其深刻的影响。

道德形而上学原理

前 言

古希腊哲学分为物理学、伦理学与逻辑学三个部分。这种划分与其学科的性质高度一致，人们只能对有关学科所依据的原则进行补充，以便确保充分理解它们，同时进一步正确地界定其必要的划分，除此之外就不能作更多的改进了。

所有的理性知识，或是唯物的，与某一对象相关；或是形式的，仅涉及理解的形式以及推理自身，一般涉及思维的普遍规律，而与对象的差别无关。形式的哲学称为逻辑学；唯物的哲学按照所研究的对象和遵循的规律，又可分为两种。因为这些规律或者是自然规律，或者是自由规律，所以关于自然规律的科学称为物理学，关于自由规律的科学称为伦理学。前者是自然哲学，后者则是道德哲学。

逻辑学缺乏经验的部分，也在该部分中，思想的普遍和必要规律都依靠来自经验的论据；因为，若非如此，它就不是理解或推理的标准，适合于所有思维，并能加以论证。相反，自然哲学和道德哲学都有各自的经验部分。因为自然哲学必须确定经验对象的自然规律，道德哲学就其受自然影响来看是人类意志的规律。自然哲学是万物依此而产生的规律，道德哲学是万物依此而应该产生的规律，但伦理学却不能不考虑那些总是使它不能产生的条件。

人们可以把所有以经验为根据的哲学称为经验哲学，而把单从先验的原则传达教义的哲学称为纯粹哲学。当纯粹哲学仅仅是形式时，它即是逻辑学；

假设它受限于明确的理解对象，就是形而上学。

按照这种分类，产生了两种形而上学的观念，一种是自然形而上学，一种是道德形而上学。因此，物理学既有它的经验部分，也有它的理性部分，伦理学也是如此。不过，就伦理学而言，经验部分可以比较明确地称为实践形而上学，这一名称在道德上适合于理性的部分。

各行各业，所有手工和艺术皆因分工而获益。按照这种分工，一个人并不包揽一切，而是局限于因职业需要与别人截然不同的某种工作，这样就可做得更周全、更熟练。不论在什么地方，只要工作还没有进行划分，每个人都是万事通，那么，这些行业就依然处于落后状态。现在，我们要提出一个值得考虑的问题，那就是纯粹哲学的所有部分是否无须个人特别为此献身？并且，为了整个学术事业的利益，对那些为了迎合公众趣味，习惯于把经验和理性以自己也搞不明白的比例混合起来加以兜售的人们和那些自称为独立思想家的人发出警告，而把只在理性上下功夫称为钻牛角尖的人们，请他们不要同时做两件事情。这两件事情在做法上完全不同，也许每一件都需要有专门的才能，而把这些才能集中在一个人身上，只会使他成为一个笨拙而低劣的工作者。还有一个问题值得考虑，那就是学问的本性好像应要求随时谨慎区分经验部分和理性部分，在固定的（经验的）物理学之前，再加一个自然形而上学；在实践人类学之前，再加一个道德形而上学。这两种先验科学必须谨慎地清除一切经验的东西，以便知道在两种情况下纯粹的理性能够完成多少内容；它自己从什么来源中形成了它的先验学说；并且道德形而上学的事业是由队伍庞大的全体道德学家来完成，还是只由感到这种使命的少数人来完成。

因为在这里，我只是想要讨论道德形而上学，所以，我只会提出这样的问题：人们是否认为有必要建构一个纯粹的、完全清除一切、只是经验的属于人学的纯粹道德哲学？因为从普通的义务观和道德律来看，显然有这样一种哲学是一定的。每个人都会承认，一条规律被认为是道德的，也就是作为约束的根据，那么它一定要具有绝对的必然性。“你不应该说谎”这条戒律只是对人类有效，而其他有理性的东西可以对此不必在意，其余的真正道德规律也是这样的。因而，约束性的根据不能在人类本性中或人所处的环境中寻找，但是先验的东西只存在于纯粹理性的概念中。同时，任何其他单纯以经验原则为基础的规范虽然具有某些方面的普遍性，然而只要它有极小一部分甚至一个念头是出于经验的话，它也是一个实践规则，绝对不会被叫作道德规律。

所以，不仅有原则的道德律本质上区别于每一种具有任何经验的实践知识，而道德哲学是完全以其纯粹部分为依据的。在应用于人的时候，它一点也不须借用关于人的知识（人类学），而是将先验规则给予作为理性存在的人。这些规律，毫无疑问也需通过经验把判断力磨炼得更加敏锐，以便一方面区别这些规则可适用的情况，另一方面创造条件使这些规律易于为人们的意志所接受，并对他们的行为产生有效影响。由于人类受到多种倾向的作用，他们虽能接受纯粹实践理性的理念，但要使它在自己的生命历程中具体起作用，却不是件轻而易举的事情。

道德形而上学之所以必不可少，不仅是因为臆测的理性，以便研究在我们的理性中所发现的先验实践原则的根源，而且如果找不到主导的线索，找不到正确评价的最高标准，那么，道德自身也易于产生各种各样的败坏现象。因为一种行为应该在道德上是善意的，只是合乎道德规律远远不够，而同时一定是为了道德而做出的；如若不然，那种符合就非常偶然并且不可靠。因为，在很多情况下，并不是出于道德的缘故，也会产生合乎道德规律的行为，而在更多情况下却是和道德相背离。现在，只有在纯粹哲学的领域，才可以找到在实践上不可或缺的、纯粹的道德规律。因此，形而上学一定是个出发点，没有形而上学就不会有任何道德哲学可言。那种纯粹原则和经验原则混杂在一起的学说是不配称为哲学的，因为哲学和普通理性知识的区别，正在于哲学在个别的学科中论述了普通理性知识只含混理解的东西。它更不应该称为道德哲学，这种混杂不但破坏了道德的纯粹性，而且阻碍了自身要实现的目标。

请不要因为在此所提出的问题，著名的沃尔夫（Wolff）已经在他那篇普遍实践哲学的道德哲学导论中提到了，就认为我们不必闯入一个全新的领域。

正是由于这曾经是普遍实践哲学，所以它探讨的不是一种特殊的意志，不是一种不需一切经验的动机、一种完全由先验原则来决定被称为纯粹意志的意志。它所考虑的只是普遍意义上的意愿，以及在这种普遍意义下属于此种意愿的全部行为和条件。由此看来，它和道德形而上学的区别，与一般逻辑学和先验哲学的区别一样。此外，前者所考察的是一般思想的活动与规则，后者阐明的则是纯粹思想的活动和规则。因此，道德形而上学必须检验可能的纯粹意志的观念和原则，而非人类决意的活动和规则，诸如此类的东西大都来自心理学。固然，普遍实践哲学也突破自己的权限来探讨道德规律和责任，但这并非异议。因为这一学科的作者们仍然忠实于他们的观念。他们只把先天地由理性所提供、自身完全是道德的动机和只通过比较和经验而将理解提高到一般概念的经验动机同等对待，而无视动机来源上的差异，也没有将它们作为同类来面对，只关注它们在数量上的大小。他们用这样的办法勾画出他们关于约束性（义务）的概念。义务虽然是道德之外的东西，可是在一门哲学中却是能得以寻求的东西，这门哲学根本不用在所有可能存在的可行概念上做任何判断，不管这些概念是先天的还是后天的。

我打算在将来写一部道德形而上学的著作，因而预先写下这些原理。比起纯粹实践理性批判，道德形而上学或许并不存在其他的基础，就好像已经出版了的纯粹思辨理性批判，也就是形而上学的基础一样。然而，对纯粹实践理性批判的需要并不像纯粹思辨理性批判那样绝对必要。因为，在道德关注中，人类理性即便是在最一般的理解中也容易达到正确完美的高度。相反，在理论方面，理性的纯粹应用却完全是辩证的。

其次，如果对纯粹实践理性的批判彻底，我就有必要同时说明在原则上和臆测理性的一致，因为，归根结底只有一个理性，只不过在应用中必须有所区别。但是，要是不对完全不同且正困惑读者的类别做各种考虑，在这里我就无法把这件事做得如此完美。由于这种原因，我使用了“道德形而上学基本原理”这个名称而不是“纯粹实践理性批判”。

再次，道德形而上学这个名称虽然听上去有些吓人，但对于大众化、对于一般人理解颇为恰当，我发现把这一原理作为导言单独来写是有用的，如此一来，在将来就不必把这里不可或缺的细节引进那些简明的著作中了。

在这个原理里，当前的主要目的是找出并确立道德的最高原则，这是一种意图明晰、与其他道德研究迥然不同、无可比拟的工作。我对这个问题的结论迄今为止尚未得到令人十分满意的检验，我若通过把原理应用于整个体系，也许会被更多人所了解；通过多方面的展示，也许会得到更多的确证。不过，我宁愿放弃这种便利，因为它与其说是普遍需要，还不如说是个人的喜好，因为一条原则的使用便利和它所显示的全部，不但不会给它的合理性带来任何的确证，反而会导致某种偏见，妨碍我们从本质上对原则进行严格的检验和评价，而不计后果。

我在这本书里采用我认为最便利的方法，分析地从普通认识进展到对这种认识的最高原则的规定性；再对从检验这种原则及其根源到对我们发现得以应用的一般知识进行综合。本书可分为以下几章：

1. 第一章　从一般的道德理性知识过渡到哲学的道德理性知识。
2. 第二章　从大众道德学过渡到道德形而上学。
3. 第三章　从道德形而上学过渡到纯粹实践理性批判。

第一章　从一般的道德理性知识过渡到哲学的道德理性知识

一般来说，在整个世界，甚至在世界之外，除了善良意志，没有什么能称作无条件的善的东西。理解、机智、判断力等，或者说那些精神上的才能、胆识、果断、毅力等，或者说那些性格上的素质，毋庸置疑，从很多方面看是善的并且令人连连称道。然而，它们也可能是极大的恶而且有害，如果恶意利用了这些天赋，并因此构成我们所称的性格的话。这个道理同样适用于生命中的天资。金钱、权力、声名甚至健康以及全部美好生活、如意境遇，这些通常称之为幸福的东西，如果没有一个善良意志去匡正它们对心灵的影响，使行动原则和善意目的相合的话，它们就会激发人们的自负情绪和猜忌心理。众所周知，一个有理性而非常公正的旁观者，看到一个根本没有纯粹善良意志的人却总是享受无尽的荣华富贵，并不会感到愉快。如此说来，善良意志甚至是构成幸福的不可或缺的条件。

某些特性是善良意志所需的，并有助于它起作用，然而，并不因此而具有内在的、无条件的价值，而必须以善良意志为前提，这一善良意志往往限制人们对这些特性合理的赞扬，更不允许把它们看作是绝对的善。在情感上有所节制、不骄躁、殚精竭虑等，不仅从各方面看是善的，甚至似乎构成了人的内在价值的一部分；虽然它们被古人无保留地称赞，但它们还远不是无条件的善，因为若不以善良意志为原则，这些物质也可能变成极端的恶。一个恶人的冷静会使他更加危险，并且在人们眼里会更为可憎。

善良意志，并不由于它所促成的事物而善，并不因它所实现的事物而善，也不因它善于达到预定的目标而善，而仅是因为意愿而善。也就是说，它本质上是善；并且，它本质上就是高贵无比的。任何为了满足一种偏好而产生的东西，甚至所有偏好的总和，都望尘莫及。如果命运不幸，或者由于无情自然的苛待，这样的意志就完全丧失了实现其意图的力量。假如他竭尽自己最大的力量，仍然还是毫无所成，剩下的只是善良意志（的确不是个单纯的愿望，而是唤起我们力量中一切手段的意志），它仍然如宝石一般，自身放射着耀目的光芒，自身就具有价值。实用性只能当作阶梯，帮助我们在日常交往中更有效地行动，吸引那些尚没有充分认识的人关注它，而不是把它推荐给真正的行家，并规定它的价值。

涉及纯粹意志不计任何用处的绝对价值时，我们一定要注意一件奇怪的事情：虽然连有一般理性的人都一致同意这一观点，但是有人依旧心存疑虑，这里面是否暗藏着异想天开的空想。同时，把理性当作我们意志的主宰，很可能是误解了自然意图。现在就让我们从这个角度来探讨这一观念。

在一个有机物、一个与生活目的相适应的自然结构中，我们假定有这样一个基本原则：这里面没有一个器官不是最合适而且最符合其意图的。假如在一个既有理性又有意志的存在者身上，自然的真正目的是保存它，使它生活合适，一句话就是幸福，那么，自然选择创造物的理性作为实现其意图的工具，它的这种安排就太拙劣了。因为创造物为达此目的的所有行为，它所作为的全部规则，倘若是由本能来支配，对它来说，都要比由理性来规定更加妥当，更有把握来达到目的。如果上天决定把理性赐予最受眷顾的创造物，那么，理性唯一能做的就是对自然给予的幸福处境从旁欣赏，去赞美它，去尽情享有它，并对造福的原因心存感激，而不能使欲望屈从于那种软弱的、虚幻的指导，不能干预自然。归根结底，自然不会让理性进入实践的领地，并且让它不作非分之想，凭它那浅薄的见识，自己就能设想出一个达到幸福的计划和完成计划的途径。自然不但选择目的，也选择适宜的手段。它周密地考虑，把两者完全托付于本能。

实际上，一个理性之人越是蓄意谋划，想要得到生活上的舒适和幸福，这个人就越是无法得到真正的满足。因为经过计算他们所得到的一切好处之后，我不想从普通奢侈品的所有技术发明说起，而只从不同的科学（科学在他们看来毕竟只是理解的奢侈品）说起，事实上所得到的终是无法脱离的烦恼，而非幸福，于是他们对此就以嫉妒多于轻视而告终。这是那些宁愿顺从自然本能指使，不愿理性对自己的作为施加更多影响的人的普遍心理。同时，我们必须承认，不愿过高评价理性给生活幸福与满足带来的益处，甚至把它降低为零的人的意见，绝不是对世界主宰的恩赐的抱怨或忘恩负义，在这种意见背后，事实上暗含着这样一种思想：人们是为了另外的更有价值的理想而生存，理性所固有的使命就是实现这一理想，而不是幸福。这个意图作为最高的条件，必定远在人们的私人意图之上。

理性不但不足以指导意志对象和我们的需要，在某种程度上，它甚至增加了这种要求。那天生的自然本能，反倒具有更大的确定性。我们终究被赋予了理性作为实践能力，亦即作为一种能够影响意志的能力，所以我们必须承认，自然一般在分配其能力时已将能力对应于实现目标的手段。对这样的意志而言，理性是绝对必要的，这种意志不仅作为一种手段对其他事物是善，而且它本身也是善。这种意志虽然不是唯一而完全的善，却一定是最高的善，它是其他所有东西的条件，甚至是期待幸福的条件。在这种意义下，我们的看法就与自然智慧相一致了，这就是，为无条件的目标培养所需要的理性，至少在这个世界上要以各种方式限制有条件的目标，即幸福的实现，甚至使它变得毫无价值。人们认为自然在这里不算没有达到目的。因为以树立善良意志为自己最高实践使命的理性，在实现这一意图时，所得到的也只能是它自己独有的满足，也就是在达到一个目标起点，该目标又由理性决定，尽管这可能包含对偏好的目标大失所望。

由此，我们形成了这样一种关于意志的概念，它本身值得深受尊重，而且其为善对别的任何东西并无意图。这一概念已为自然健全的知性所固有，所以不需要教导，只需要把它解释清楚。这一概念，在对我们行为的全部评价中，居于首要地位并且是其他所有东西的条件。为了说明这一点，我们在这里把责任的概念提出来考察。这一概念就是善良意志概念的体现，虽然其中包含一些主观限制和障碍，但是这些限制和障碍远不能把它掩盖起来或者使它不可认识，而通过对比反而使它显露出来，放射出更加耀眼的光芒。

在这里，那些被认为是和责任相抵触的行为我暂且不谈，这些行为从某一角度来看可能有用，但由于它们与责任相对立，所以也就不存在这些行为是否出于责任的问题。我也不考虑那些真正合乎责任的行为，人们对这些行为并无直接的爱好，而是被另外的爱好所驱使来做这些事情。因为很容易分辨人们做这些合乎责任的事情是出于责任，还是出于其他某种利己的意图。最困难的事情是分辨那些合乎责任，而人们又有直接爱好的行为。例如，卖主不应该向无经验的买主索取过高的价钱，这是合乎责任的行为。在生意场上，明智的商家不索取过高的价钱，而是对每个人都保持相对一致的价格，所以一个小孩子也可以买到其他人一样价格的东西。买卖确实是诚实的，这却并不足以证明，商人之所以这样做是出于责任和诚实原则。因为这对他有利，所以他才这样做。此外，人们也不会有一种直接偏好，对买主同等对待，而不让任何人在价钱上占便宜。所以，这种行为既不是出于责任，也不是出于直接偏好，而仅仅是出于自利的意图。

在另一方面，维持生命是自己的责任，每个人对此也有一种直接的爱好。正因为如此，大多数人对此所持有的焦虑是没有内在价值的，他们的人生准则并没有道德意义。维持自己的生命合乎责任，但他们这样做并不是出于责任。相反，如果身处逆境和无望的忧伤夺走了生命的乐趣，在这种情况下，那些遭此不幸的人，以钢铁般的意志去和命运抗争，而不失去信心或屈服，他们想要去死，虽然不爱生命却仍然维持着生命，不是出于爱好或是恐惧，而是出于责任，那么，他们的人生准则就具有道德的意义了。

尽自己所能对他人友善是每个人的责任。许多人富于同情之心，他们毫无虚荣和利己的动机，对与周围的人分享快乐感到愉悦，对别人因他们的工作而满足感到欣慰。我认为，在这种情况下，这样的行为不论怎样合乎责任，不论多么值得称赞，都没有真正的道德价值。它和另一些爱好相似，特别是对荣誉的爱好，如果这种爱好幸而是有益于公众而是合乎责任的事情，从而享有荣誉，那么这种爱好应受到称赞和鼓励，却不值得崇敬。因为这种准则缺乏道德意义，不是出于爱好，而是出于责任。试想，慈善家心灵上被为自身而忧伤的乌云所笼罩，无暇去顾及他人的命运，他虽然有能力去解救处于困境中的人，但由于他已经自身难保，别人的急难不能触动他，就在这种时候，假设他从那沉寂的无动于衷中摆脱出来，他的行为不受任何爱好的影响，完全出于责任，只有在这样的情况下，他的行为才具有真正的道德价值。进而，假定自然并未赋予某人以同情之心，这个人虽然正直，在性格上却是冷漠的，对他人的困苦无动于衷，很可能由于他对自身的痛苦具备特殊的耐力和坚忍性，于是他认为或者要求别人也是如此。如果自然没能把这样一个绝不能说是坏人的人塑造成一个慈善家，那么，和一个好性情的人相比，他不是在自身之内更能找到使自身具有更高价值的源泉吗？毫无疑问！那高尚的道德品质的价值正由此而来，换言之，他做好事不是出于爱好，而是出于责任。

一个人保证自己的幸福是责任，至少是间接责任，由于对自己处境的不满、生活上的压力和困顿，往往导致不负责任。即使抛开责任不谈，所有人对自身幸福的爱好，都是最强烈、最深切的，因为正是在幸福的观念中，所有爱好集合为一个整体。只不过，幸福的规范通常会干扰某些爱好，因此，人们不能从称之为幸福的整体中，制订出准确无误的概念来。因而，某一个目标明确、获得满足的时间具体的爱好，反而比一个不明晰的观念更有分量，这种情况并不奇怪。例如，一个风湿病患者，很可能采取尽情享受，不管将来痛苦的态度，因为经过自己的考虑，他在这里不愿为了一个他日可从康复中得到幸福的、虚无缥缈的期望而牺牲眼下的享受。但是，即使在这一事例中，如果不把对幸福的普遍爱好当成意志的决定因素，对他而言，至少在这一权衡中健康并非必不可少的因素，那么，增进幸福并非出于爱好而是出于责任的规律依然起作用，正因如此，他的行为才具有真正的道德价值。

在《圣经》上，不但爱邻居，甚至爱敌人的戒条，无疑可以这样理解：因为作为感情的爱是不能被强求的，但出于责任的善行，尽管不是爱好的对象，甚至自然地、不可抗拒地嫌弃却可能被强求，这是实践的而不是情感上的爱，这种爱存在于意志之中，不依感受为转移，存在于行为的基本原则中，不存在于温和同情的原则中，只有这种爱可以被强求。

道德的第一个命题是：只有出于责任的行为才具有道德价值。第二个命题是：一个出于责任的行为，其道德价值不取决于它所要实现的意图，而取决于它所被规定的准则。因而，它不依赖于行为目标的实现，而依赖于行为所遵循的意愿的原则，与欲望目标无关。这样能清晰地看出，我们行动可能考虑的意图，以及作为意志动机和目的的行动后果，都不能给予行动以无条件的或道德的价值。如果道德价值不在于意志所预期的效果，那么，它在什么地方呢？它只能在意志的原则之中，而与引起行动的目的无关。意志好像站在十字路口一样，站在它作为形式的先天原则与作为物质的后天动机之间。既然意志必须被某种东西所规定，那么它归根结底要被意志的形式原则所规定，因为一切物质的原则，在这里都已退出意志。

第三个命题，作为以上两个命题的结论，我将这样表述：责任就是出于尊重规律的行为必要。作为我以前行为后果的对象，我可以爱好它，然而从来不会尊重它，因为它只不过是意志的一个效果，而不是意志的能量。同样，我也不会尊重任何偏好，不论它是我自己的，还是别人的，我对自己的爱好只能是赞同，而对别人的爱好有时会喜欢，因为把这种爱好看作是有利于我自己的利益的。只有那种作为原则而永远不会作为效果、和我的意志相联系的东西，只有那种不是助长爱好而是压制它的，才是可强求的对象。一个出于责任的行为，意志应该完全去除所受的一切影响，摆脱意志的对象。所以在客观方面，除了规律，没有任何能规定意志的东西；在主观方面，除了对实践规律的纯粹尊重，也没有能规定意志的东西。准则也不能规定意志，我应该服从这种规律，即使压制自己的全部爱好。

行为的道德价值并不在于它所期望的效果，也不在于需要从这种预期效果中找出其动机的任何行为原则。因为这些效果，对个人条件的适合度，以至他人幸福的增加，都可通过其他因素产生，而并不需有理性的东西的意志，而最高的无条件的善却只能在这样的意志中找到。所以，我们称为道德的那种卓越的善决定着意志，这种善除了具有规律本身的概念之外，可能就不包含其他任何东西了。当然，这种概念只可能存在于理性的人身上，而不可能存在于预期的结果中。这种善自身已现存于按照规律而行动的人的身上，而不是只有从结果中才能找到它①。

究竟会是哪种规律，它的概念能规定意志，而无须预先考虑其后果，使意志绝对无条件地称为善呢？既然我已经认为，意志完全不具备由于遵循某一特殊规律而来的动力，那么，剩下的就只有行为对规律自身的普遍符合性，只有这种符合性才应该充当意志的原则。也就是说，我从来不应该以这样的方式去行动，除非我的准则成为一个普遍有效的规律。如果想使责任不变成

---

① 或许有人会反驳我，说我只是在一种感觉模糊不清的“尊重”一词的背后寻找庇护，而不是通过理性概念来说清楚问题。虽然尊重是一种情感，只不过不是一种因外来作用而感受到的情感，而是一种通过理性概念自己产生出来的情感，是一种特殊的、与前一种爱好和恐惧相区别的情感。凡我直接认为对我是规律的东西，我都怀有尊重之意。这种尊重只是一种使我的意志服从于规律的意识，而没有干涉对我的感官的其他影响。规律对意志的直接规定以及对这种规定的意识就是尊重。所以，尊重是规律作用于主体的结果，而不能看作是规律的原因。确切一点说，尊重是阻碍自爱的价值观念。所以，既不能被看作是爱好的对象，也不能被看作是恐惧的对象，而是两者同时兼而有之。所以，尊重的对象只能是规律，是一种加之于自身的东西，并且把它看作本质上必要的规律。作为规律，我们毫无个人打算地服从它；作为自身加之于自身的东西，它又仍然是我们意志的后果。在前一种情况下，它类似于恐惧；在后一种情况下，它又类似爱好。一个人尊重理性，就是对规律的尊重，这个人给我们做出了尊重正直规律的榜样。我们把才能的增进当作责任，所以，一个才能出众的人被当作规律的典范，通过锻炼以达到和他相似，这就构成了我们的尊重。所以我们称之为道德利益，完全出于对规律的尊重。

一个空洞的幻想和虚构的概念，那么，单纯对规律自身的符合就一般地充当意志的原则，不须任何一个适用于某些特殊行为的规律为前提，而且必须充当这样的原则。人的一般理性在其实践评价中，与此完全一致，而且通常把这一原则牢记在心中。

例如，有这样一个问题：当我身处困境之中，我可以许下诺言却有意地不兑现诺言吗？在该问题可能包含的两层意思之间，我很容易辨别出假许诺是谨慎的还是正确的。毋庸置疑，前一种情况是人们所经常遇到的。不过我认为，只以这种权宜之计来摆脱当前的困境远远不够，还必须进一步考虑到，与所摆脱的当前困境相比，这种诺言在以后是否会给我带来更大的困境。而且，不管多么睿智，我都很难预见到，失去信用给我带来的不利是否会比我现在所设法逃避的厄运更大些，是否按照普遍准则做事更为明智些，并且要养成不去许诺任何无意实现的承诺的习惯。但我很快就看清楚，这样一个准则仍然是基于对后果的考虑。现在可以看出，出于责任而诚实和出于对不良后果的考虑完全是两回事。在前一种情况下，行为的概念自身中已经含有我所要的规律，在后一种情况下，我还要另外去寻找有什么伴随而来的结果。因为，偏离了责任的原则就是恶，而违背一些谨慎准则还会对我有很多好处，虽然遵守这一准则肯定更便于安排。为了给自己寻找一个最简单、最可靠的办法来回答不兑现诺言是否合乎责任的问题，我只需问自己，我是否愿意把这个通过假诺言而使自己摆脱困境的准则变成一条普遍的规律，不仅对人而且对己都是有利的。我是否愿意这样说，在处境困难而找不到其他解脱办法时，每个人都可以许下虚假的诺言？这样，我很快就会认识到，虽然我愿意说谎，但我却不愿意让说谎变成一条普遍的规律。因为按照这样的规律，也就不会有任何诺言可言了。既然人们不相信保证，那么我对自己将来的行为，不论作什么保证都没有作用。即使他们轻信了这种保证，也会用同样的方式回报于我。这样看来，一旦我的准则变为普遍规律，那么它也就毁灭了自身。

因此，无须多么精明睿智，我得知道做什么事情，我的意志才在道德上成为善的。由于对世事没有经验，不能把握世事的变化多端，我只能问自己：你愿意把你的准则变为普遍规律吗？如果不希望，那么这一准则就要被抛弃。

这并不是因为它对你和其他人会越来越不利，而是因为它不能作为一个原则参与可能的普遍立法程序，对于这一立法的理性要求我予以直接尊重。至今我搞不清楚尊重的根据是什么，这可由哲学家去探讨，不过我至少理解：这是对那种比爱好所中意的重要得多的东西的价值的评估。从对实践规律的纯粹尊重而来的，我的行为的必然性构成了责任，在责任前，其他一切动机都失去了耀眼的光彩，因为责任是价值凌驾于一切之上、自在善良的意志的条件。

这样，我们就在普通人的理性对道德的认识里，获得了它的原则。虽然一般人不以如此抽象的普遍方式设想这一原则，然而，实际上人们从来不曾忽略它，并一直把它当作评判价值的标准。这里不难看出，手里有了这一指针，在一切所面临的事件中，人们能充分辨别什么是善，什么是恶，哪个符合责任的要求，哪个不符合责任的要求。如果不教给他们新东西，只需像苏格拉底那样，让他们注意自己的原则，因此既不需要科学，也不需要哲学，人们就了解如何做是诚实和善良的，甚至是有智慧和高尚的。我们可以推断出，每一个人，甚至是最普通的人，都能知道每一个人必须做什么、必须知道什么。在这里，人们不免奇怪，在普通人的知性中，实践的判断能力竟远在理论的判断能力之上。在理论判断能力中，如果普通理性敢于无视经验和感性知觉，就要陷入不可理解和自相矛盾之中，至少要陷于不确定和混乱之中，陷于不清晰和不稳定之中。在实践的判断能力中，只有把一切感性动机置于实践规律之外，判断力才表现出自身的优越性。至于追问自己的良心和别人的要求到底什么叫作正当，或者规定自己对某一行为价值的断言是否确切，就是件麻烦的事情了。值得注意的是，在对行为作公正的规定的时候，普通知性很有可能像一个经常自许的哲学家那样，有一个实现目标的美好愿望。和一个哲学家相比，它甚至会更有把握一些，因为哲学家无法拥有什么其他原则，其判断却被一大堆与事情本身没什么关系的计较所干扰，偏离了正确的方向。因此，把关于道德的事物交由一般理性去决断，至多莫过于让哲学使道德体系更加完善、更加易懂，同时，在应用上，尤其是在论证方面，更加方便，而不使一般理解失去其令人愉悦的质朴感，并且也不通过哲学把它引向一条质询和指令的新路上去，这难道不是更为明智吗？

天真无邪的确是件值得骄傲的事，不过可悲的是它很难保持，并且容易被引诱而走上邪路。因为这个缘故，智慧——它的本意是行动更多于知识——也需要科学，不是因为它能教导什么，而是为了使自己的原则更易于为人们认可和保持得更长久。理性所代表的责任对于人们来说值得尊重，面对这样的责任所发出的一切指令，人们感到自身内心在其需求和偏好中有一种强大的平衡力，他们所总结出的全部乐事都被冠以幸福之名。理性毫不让步地发布其指令，却不对偏好做出允诺，甚至可以说，不顾并蔑视这些要求，坚持着而且看起来颇为有理。从这里产生了一种自然辩证法，一种对责任的严格规律进行论辩的倾向，至少是对它的纯粹性和严肃性产生怀疑，并且在可能时，使它适应我们的愿望和需求，也就是说，从根本上破坏它，使它失去价值。这种事情，使普通的实践理性终究不能称为善良。

如此一来，普通人的理性并不是出于某种思辨上的需要，在它还满足于纯粹健康的理性时，这种需要不会出现，而是由于自己的实践理由，而超出了它的范围，进入实践哲学的领域，以便对其原则的来源以及明确的指令，以及基于需要和爱好的准则相反的规定有清晰的主张和了解，使它摆脱产生自对立要求的无所适从的困扰，不再担忧因含糊其词而失去一切真正的基本道德原则。所以随着普通实践理性的发展，不知不觉就产生了辩证法，迫使它向哲学求助，如同我们在理论应用上所看到的那样，辩证法只有在我们理性的彻底批判中才能找到其落脚之处。

第二章　从大众道德学过渡到道德形而上学

虽然之前我们都是从实践理性的普通用法中推导出来责任的概念，但是，这并不等于说我们已经把责任视为一个经验概念了。更进一步，我们甚至可以这样说，倘若我们留心人们的行为方式，我们会发现正如我们所承认、正抱怨的那样，在经验中找不到一个完整的例子，可以表明人们有意基于纯粹的责任而行动。同时，有些事情的发生，即使符合责任的要求，也难以判断它们本身是否具有一种道德价值。所以，一直以来都有一些哲学家完全否认这种意向在人类行为中的真实性。这些哲学家把一切都或多或少地归于提炼加工过的利己之心。但他们只是以真诚的惋惜之情来描述人性的脆弱和败坏，并不因此怀疑道德概念的正确性。人性的高尚虽足以把一个令人肃然起敬的理念当作自己的规范，然而它太过软弱，所以无力恪守这种理念。本来应为人们立法的理性，却只服务于爱好的个别兴趣，至多不过是与他人保持最大的一致而已。

诚然，仅凭经验绝不可能准确无误地辨别出个别情况，判定一种在其他方面合乎责任的行为，其准则是否完全以道德的根据和责任的观念为基础。有时会发生这种情况，尽管通过最彻底的自我省察，除了责任的道德根据之外，我们找不出什么东西能够促使我们去进行这样或那样的善的活动，去承受巨大的牺牲，但并不能由此就确定地得出结论说，在那表面的理想背后没有暗含着实际的自利动机，作为意志所固有的、发挥决定作用的因素。我们总是乐于用一种虚假而高尚的动机来哄骗自己，其实，即使通过最严苛的省察，也永远不会完全搞清楚那隐藏的动机。因为，从道德价值上说，重要的不是看得见的行为，而是隐藏在那些行为背后的、不为人知的原则。

一些人认为道德不过是人们因浮夸而从头脑里虚构而成的，在听到了责任完全是从经验中推导出来（由于贪图安逸，人们易于相信其他概念也同样如此）的议论，是最高兴不过的。对他们而言，决定性的胜利就成了顺理成章的事情。出于对人性的爱，我愿意承认，我们大多数的行为是合乎责任的。不过，如果进一步观察人们所从事的那些活动，人们就会到处碰到那个与众不同的、可爱的自我，这些活动所着意的就是这个自我，而不是要求更多自我牺牲的、责任的严格命令。随着阅历的增长，判断因所获得的经验而更加精准，在观察中更加锐利。一个人只需成为冷静的观察者，不需成为德性的敌人，就不会把对善良的迫切愿望和现实混为一谈。有时，他甚至怀疑在这个世界上是不是能够找到真正的德性。我们关于责任的那些理想会全部破灭，我们对道德规律诚挚的尊敬会从心灵中消失，除非我们坚信：尽管还没有这样从纯粹源泉涌现出来的行为，但是世界上是出现这件事还是那件事都是由独立于一切经验的理性而规定，从而，对那些至今世界上还无例可援的行为，尽管把经验看作是一切基础的人怀疑能不能行得通，但仍果断地接受理性的规定。例如，即使至今还没有一个真诚的朋友，但纯洁真诚的友谊是每个人都渴求的。因为作为责任的现任，它不顾一切经验，把真诚的友谊置于通过先天根据而规定着意志的、理性的观念之中。

进一步说，除非有人推翻道德概念的真理性，否认它与某一可能对象的所有联系，他就只能承认，它的规律不仅对于人，而且一般地，对于一切有理性的东西都具有普遍的意义；它不但在一定条件下有例外地发生效力，而且是完全必然地发生效力。因此，可以肯定的是，绝不可把经验作为根据，来辨析这些规律的可能性。如果这些规律都是经验的，没有充分先天地在纯粹而又实践的理性中取得它们的源泉，那么，我们有什么权力让那也许在偶然的条件下只适用于人类的东西，当作对每一个有理性的东西都适用的普遍规范，而不加限制地加以恪守呢？我们有什么权力使那些也许仅仅是在偶然的人类条件下有效的东西受到我们无限制的尊重呢？

对于道德，没有什么比举例说明更拙劣的了。因为，展示出的道德的每一个例证，其本身在事前就需对照道德原则来加以鉴别，看它是否值得充当原始例证，也就是当作榜样并不增加道德概念的分量。就连圣经上的至圣，在我们承认他为至圣之前，也必须和我们道德完满性的理想相比较。关于自己，他这样说道："为什么称人们所看到的我为善？除了你所见不到的上帝之外，任何东西都不是善的，都不是善的原型。"那么，我们从什么地方得到作为至善的上帝的概念呢？只能来自理性所先天制订的道德完满性的理念，并和意志自由概念不可分割地结合在一起。模仿在道德事务中毫无地位，例证只能起鼓舞作用，也就是把规律所规定的东西变成可行的、无可怀疑的。它们把实践规则以一般的方式表示出来的东西变成看得见摸得着的。但我们绝不能以此为借口，抛弃它们在理性中的真正原型，只根据例证行事。

如果没有一条真正的最高原理不是独立于经验，而只以纯粹理性为基础，那么，我认为，要把这些先天建立起来的概念连同其所属原则一起展现在普遍中，展现在抽象中，是不成问题的问题；这样的知识应与普通知识相区别，而称之为哲学知识，是不成问题的问题。在我们的时代，这个问题也许是必要的。因为，倘使人们就这样的问题，即要脱离一切经验的纯粹理性知识，其中包括道德形而上学，还是要普通实践哲学，进行集体表决，那么就很容易猜测出哪一方会占优势。

如果能事先提高纯粹理性原则，并令人充分满意，然后再下降到常人的概念，这当然是值得称许的。也就是说，首先要把道德哲学放在形而上学的基础之上，等它被建立起来之后，再通过大众化把它普及开来。而在这与基本原则的准确性密切相关的研究初步阶段，就向大众化让步，这是完全不可思议的。这样的做法期望得到真正哲学大众化的、极为难得的好处，未免过于荒谬。因为要让人们彻底放弃自己的见解，那就不会有任何形式为大众普遍理解，同时还会产生一种由混乱的观察和不成熟原则合成的、令人讨厌的混合物。这种混合物符合头脑浅薄的人的胃口，因为它可成为日常闲谈的资料；头脑深刻一点的人，对此却感到惶惑，感到毫无收获，然后弃之而去；至于那些看穿了这些谬论的哲学家，为了去取得正确大众化所必要的、深入确定的见解，号召暂时摆脱这种冒牌的大众化，却很少有人听从。

如果有人只在大众喜欢的趣味里寻找道德，那么在这里他见到的将一会儿是人性的特殊规定（其中包括理性本性自身的观念），一会儿是道德完善性，一会儿又是幸福，在这里是道德情感，在那里是对上帝的畏惧，把这样一点儿、那样一点儿混在一起，成为不可思议的混合体。他从来也想不到自问，在我们只能得之于经验的对人性的认识中，是否到处都能找到道德原则；如果情况并非如此，如果这些原则完全是先天的，与经验无关，只能在纯粹理性中找到，而在其他地方中找不到半点，那么，是否应当把这种学问作为一种纯粹实践哲学，或者用人家的贬义之词，道德形而上学①，完全区别开来，让它独立地使自身得到充分了解，并规劝那些渴望大众化的公众，等候这项工作的完成。

这样一种全然独立的道德形而上学，与任何的神学、任何的物理学或超物理学都没有共同点，与那些被人们称为下物理学、潜在性质鲜有共同点。它不仅是相关责任的所有理论上合理而明确的知识的一个不可或缺的根基，同时也是道德形而上学原则真正付诸实施的最重要的急需品。这种纯粹的、去除了出自经验外来要求的责任观念，一般地说，也就是道德规律的观念。总而言之，仅通过理性的途径，对人心产生了比人们从经验所得到的全部其他动机都要强有力的影响②，而理性正是在这里才第一次察觉到，它自己本身也是实践的。纯粹的责任观念在对自身尊严的意识中轻视那些来自经验的动机，并逐渐成为它们的主宰。相反，一种混杂的道德学说，一种把出于情感和爱好的动机与理性概念拼凑在一起的学说，则一定使心意在两种全无原则可言的动因之间摇摆，只是偶尔会导向善，却常常趋于恶。

由此可见，第一，全部道德概念都先天地处于理性之中，并且源于理性，在最普遍的理性中如此，在最高度思辨的理性中也是如此。第二，它们绝不是经验的，更不是从偶然的经验知识中抽象出来的。第三，它们作为我们的

---

① 正如纯粹数学与应用数学相区别，纯粹逻辑与应用逻辑相区别，因此，如果愿意的话，人们也可以把道德的纯粹哲学（形而上学）与道德的应用哲学，也就是应用于人性的哲学区别开来。通过这种指明，人们就立刻意识到，道德原则不以人性所固有的特点为基础，而是自身先天常住的。因而，一切有理性东西的，其中包括人的实践规则，都来自这些原则。

② 我有一封来自已故的卓越的苏尔采的信，在信中他问我，为什么那些关于德性的说教在理性听起来头头是道，却几乎没有起到什么作用。因为我想把问题研究得更充分些，而推迟了答复。这道理不在别处，而在于教导者本人就没有把这些概念弄清楚，为了加强他们从各方面寻找促使为善的动因，本意是增大药剂的力量，结果却适得其反。通常，一个人认为善良行为，即使在极度窘困、多方引诱的条件上，也应该全不考虑是否能在这个世界上和另一世界上的利得，而以坚定的灵魂去做。果真如此，那么它就比同样的、只是多少受着不纯动机影响的行为高出许多，并使后者黯然失色。因为纯洁的行为可以提高人的心灵，鼓励人意愿去做同样的事情。即使少年儿童也会受到感染，用同样的态度而不用相反的态度去对待责任。

最高实践原则，在来源上具有纯粹性，配得上充当我们至高的实践原则。第四，如果有人在其中掺杂经验，那么，行为就在同等程度上降低其真正影响力和绝对价值。第五，从纯粹理性中引导出道德概念和规律，并加以清晰的表述，以至规定整个实践的或者纯粹理性知识的范围，也就是划定整个纯粹实践理性能力的范围，不仅是单纯思辨上的需要，同时在实践上也是非常重要的。这样做的时候，我们不必使这些原则依赖人类理性的某种特殊本性，虽然这样是被思辨哲学所允许的，有时甚至必须这样，但是我们也应该从一般的有理性东西的普遍概念中导引出道德规律来，因为道德规律对每一个理性存在者都应当同样有效。

因而，在应用于人的时候，道德虽然需要人类学，然而，作为纯粹哲学，作为形而上学，首先要离开人类学来充分说明（在这样完全不相同的知识部门里区别对待并不困难）。请记住，倘若对道德形而上学不甚了解，那么我敢说，不但在以思辨地评价一切合乎责任的道德因素是徒劳的，就是在单纯的普通实践使用中，首先是在道德教育中，也不可能把真正原则作为道德的基础，以便提高道德情操的纯洁性，引起人们对世界上最高的善的关注。

然而，在这一研究中，不仅是为了从普通的、在这里很值得重视的道德评价扩展到哲学的评价，而是从那种只能在例证中摸索前行的大众哲学，通过各个自然阶段，扩展到不再受经验局限，而贯穿于本学科理性知识的整个内涵，径直达到不受制于例证的形而上学，我们必须依次探讨理性的实践能力，从它普遍规定的规则，到责任概念的来源，都加以详尽的描述。

在自然界中，每一个事物都是依据规律发生作用的。唯独有理性的东西有能力按照对规律的观念，也就是依照原则而行动，或者说，具有意志。既然理性为出自于规律的行动所必需，那么意志也就是实践理性。如果理性规定了全部的意志，那么，有理性东西会被视为客观必然的行为，同时也就是主观必然的。换言之，意志是这样的一种能力，它只选择那种理性在不受偏好影响的条件下认为实践上是必然的东西，也就是善的东西。如果理性不能充分地规定意志，如果意志还为主观条件、为与客观不相一致的某些动机所左右，总之，如果意志并不完全与理性一致，像在人身上所表现的那样，那么，这些被认为是客观必然的行动，就是主观偶然的了。对客观规律而言，这样的意志的规定就是必要性。也就是说，客观规律对一个尚不是彻底善良的意志的关系，被看作是一个有理性的东西的意志、被一些理性的原则所规定，而这意志依照它的本性，并没有必要顺从这些原则。

一个客观原则的概念，就其对意志具有强制性而言，称为理性命令，对命令的形式表述称为命令式。

一切命令式都用“应该”这个词来表示，它表明了理性客观规律与意志的关系。就主观状况来说，这种关系不必由意志决定，因为这是一种义务。人们常说，做这件事好，做那件事不好，但听这话的意志，不会因为看起来是做了一件善事就会去做。实际上善是由理性观念决定意志，并不是出于主观原因，而是出于客观原因，即对所有理性存在者都同样有效的依据。它与乐意不同，乐意是由于只为这个人或那个人在感觉上接受的主观原因，通过感觉影响意志，而不是作为理性原则，而为所有人所接受①。

一个完全的善良意志，同样服从善的客观规律，但不能由此得出推论，认为它受制于这些规律而依照它们去行动。因为就其主观状况来说，它自身就是为善的观念所决定的。因此命令式并不适用于上帝的意志，一般来说，不适用于神圣的意志。在这里，“应该”没有存身之地，因为意志自身必然地和规律相一致。因此，命令式只是表达意志客观规律，和这个或那个有理性东西的、不完全的意志，例如人的意志关系的一般公式。

所有命令式，或者是假言的，或者是定言的。假言命令把一个可能行为

---

① 欲望对感觉的依赖叫作爱好，而偏好总是指向一种需要。可偶然决定的意志对理性原则的依赖叫作关切。只有在并不经常与理性相符合的意志身上，才发现关切，在神圣的意志那里，找不到关切的影踪。人的意志也可对某种事物表示关切，并不出于关切而行动。前者是对行为的，是主动关切，后者是对行为对象的，是被动关切。主动关切表明意志对理性原则的依赖，被动关切则是意志因为爱好的关系，对这些原则的依赖，也就是说，理性只提供如何满足爱好需要的规律。在前一种情况下，我所表示关切的是行动；在第二种情况下，我所表示关切的是使我喜欢的行动对象。在第一章里，我们已然了解到，一个出于责任的行为，与对象的关切无关，它仅仅着眼于行为本身和它的理性原则，着眼于它的规律。

的实践必然性视为实现之人想要的，至少是可能想要的另一目的的手段。定言命令、绝对命令则把行为本身视为自为地客观必然的，与另外的目的没有关系。

既然任何实践规律都把可能行为看作是善良的，那么对一个可以被理性实践地决定的主体而言，就是必然的。因此，全部的命令式，都是必然地按照某种善良意志规律来规定行为的公式。那种只是作为达到另外目的的手段而成为善良的行为，这种命令是假言的。如果行为自身就被视为是善良的，并且因此在自身就合乎于理性的意志之中，作为它的原则，这种命令是定言的。

命令式说明什么样的行为对我是善的，并且提出与意志相关的实践规则，但意志并不因为行为是善良的就直接去行动。这一方面是因为主体并不总是了解行为的善良；另一方面是因为，即使了解，主观的准则也可能和实践的客观原则相抵触。

假言命令表明，或是从一定的可能角度，或是从一定的现实角度来看，这种行为是善良的。在前一种情况下，它是或然性的实践原则；在后一种情况下，它是实然性的实践原则。定言命令宣称行为自为是客观必然的，既不考虑任何意图也不考虑其他目的，所以被当作一种必然的实践原则。

人们能够把因某个有理性东西的力量而成为可能的东西，视为某一意志的可能意图，因此，那被认为实现有关意图不可缺少的行为原则，在事实上，就是无限多的。所有科学都有实践部分，它的任务是指出我们能实现什么样的目的，以及如何去实现这一目的。这些为达到某种目的而出的指示，一般被称为技艺性命令。至于目的是否合理、是否有益，这里并不涉及，而只是为了达到目的，人们必须这样做。一个医生为彻底治愈病人做出的决定，和一个放毒者为了确信把人毒死做出的决定，就它们都是服务于意图的实现而言，具有同等的价值。由于一个人在少年时代，不知道在生活中会遇到什么样的目的，所以做父母的，事先就想方设法让他们的孩子学习各式各样的事情，希望孩子们学会使用达到全部随便什么目的工具的技艺。因为他们没法确定，这目的是否会成为孩子的实际意图，在这时候，他所具有的意图就是或然的。这种忧虑如此强烈，一般他们都会忽略对所选为目的的事物的价值加以判断以及怎样校正这一判断。

不过，有一个目的可能是为所有理性存在者作为命令的独立对象所共有的实际前提，它不仅是一个或然具有意图，而且是他们的确定的前提，根据自然的必然性所具有的完整意图，这就是对幸福的意图。如果把行为的实践必然性当作是实现幸福前景的工具，这样的假言命令就是实然的。不应该把这样的命令式看作是不可靠的或只是或然意图的必然性，因为这个意图是每一个人所先天具有的前提，属于人的本质。选择实现自己最大福利的手段的技能，被狭义地称之为机智。因此，有关自己幸福工具的选择，是命令式，是机智指示，依旧是假设的。行动不是接受命令，而是作为实现另外目的的工具、手段。

最后，还有一种命令式，它直接命令人的作为，而无须一个另外的、通过某种作为而实现的意图为条件。这种命令式就是定言命令。它涉及的是行为的形式和行为所遵循的原则，而与行为的质料以及由此而来的效果无关。在行为中，本质的善在于信念。至于后果怎样，则听其自便。只有这样的命令式才可以称作道德命令。

以这三类原则为根据的意愿，可按照对意志强制性的不同，加以明确地划分。为了使这种划分更清晰，我想最合适不过的是依次这样加以称呼。它们或者是技艺规则，或者是机智规劝，或者是道德戒律（规律）。只有规律才包含着无条件必然性的概念，客观的、普遍适用的、必然性的概念，戒律就是必须遵守的规律，即使和意愿相背驰，也必须执行。规劝所包含的必然性却只是在主观、偶然的条件下，在某个人把某件事认作是自己的幸福时，才起作用。相反，定言命令不受任何条件的限制，是绝对的而又具有实践的必然性，只有它才是名副其实的戒条。人们也可以把第一类命令式称为技术的，属于工艺的命令；把第二类称为实用的，属于福利的命令；把第三类称为德行的，属于自由作为，属于道德的命令。

现在产生了这样一个问题：所有这些命令式是如何成为可能的？这个问题并不要求我们知道命令所规定的行为是如何完成的，而要求知道理解命令在所提任务中表现出的意志强制性。一个技术命令如何成为可能无须解释，谁想要达到一个目的，倘若理性对行为有决定性的影响，在其力量可及的范围内，它就同样要求有实现目的所不可缺的手段。从意愿的角度来看，这种命题是分析的。因为，愿望所达到的目标就是把它当作自己的后果，这已经是把自己作为行动的原因了，也就是把自己当作工具的使用者了。命令式从这个对目的意愿的概念中引申出达到这一目的必要行动的概念来。要为一个既定意图去规定工具或手段固然需要综合命题，但它所涉及的不是根据意志的活动，而是目标的现实。比如，为了按照一个确实可靠的原则，把一条直线一分为二，我就必须从直线两端作两个圆弧，数学家是用综合命题来讲授这一原则的。然而，当我知道了只有通过这样的办法才能产生预期的结果，我又期望这一结果圆满实现，那么我就想要有对此所必需的行动，这是一个分析命题。所以，设想某物是某种手段可能的结果，和设想我自己是以此方式来行动，完全是一回事。

机智命令，如果只是简单地给幸福一个明确的概念，那么，就要和技术命令完全一样是分析的。因为在这两种情况下，都是谁想要依照理性的必然要求，在力所能及的范围内实现目的，他也就想要拥有为达此目的不可缺少的手段。不幸的是，幸福的概念如此不确定，虽然每个人都希望得到幸福，但他从来不能确定，并且前后一致地对自己说，他所想要的到底是什么。这种情况出现的原因在于：幸福概念的所有成分都是经验的，它们必须来自于经验。同时，只有我们现在和将来幸福状况的绝对全体与最高程度才能构成幸福概念。因此，就是一个洞察一切、无所不能然而有限的东西，也不能从自己目前的愿望中形成一个确定的概念。他想要财富吗？这将给他带来多少烦恼、忌妒和阴谋啊！他想要学识和洞察力吗？这可能只是使眼光更加敏锐，以致那些直到如今还没看见却无法避免的罪恶引起更大的恐惧，并且把更多的要求加到本已使他备受折磨的欲望之上。他想长寿吗？谁能向他保证这不是长期的痛苦呢？也许健康总是无害的吧？然而，虚弱的身体却可以避免一个完全健康的人所易于陷入的放纵。这样的例子还可以举出很多。一言以蔽之，他不可能找到一个使他真正幸福的、万无一失的原则。因为只有无所不知的人才能做到这一点。行为并没有一个获取幸福的确定原则，它只能听取经验的忠告，例如生活要严肃、节俭，待人要礼貌、自制等，它们教导经验要生活如意，在大多数情况下是必要的。这样看来，从严格的意义上来说，机智命令并不限定什么，并不把行为看作是客观的，实践上是必然的。它们理应被当作理性的忠告而非理性的命令，完全不可能一劳永逸地规定什么样的行为是有理性的东西得到幸福所普遍必需的。因此，严格地说，机智命令不可能命令我们去做使我们幸福的事情，因为幸福并不是一个理性的观念，而是想象的产物，它只以经验为根据，人们不能够期待经验的根据会规定一个行为，因为这需要一个实际上是无限的因果系列的全体。不过，人们如果承认，他实现幸福的手段是万无一失的，那么，这种机智命令也就是分析的实践命题了；它与技术命令的区别只在于后者的目的只是可能的，而前者的目的则是被给予的，两者都是给人们指定的手段，以便实现预定的目的；在这两种情况下，命令都是为想达到目的的人指明他愿意采取的手段，从而是分析的。因此，对于一个这样的命令式来说，其可能性也就不难理解。

相反地，道德命令如何成为可能，就毫无疑问是唯一需要回答的问题，它绝不是假言的，因此，也不像假言命令那样，它客观含有的必然性以任何的前提为基础。必须时刻留意，不要通过例证，即通过经验证明在什么地方有这样一种命令式；但须小心提防，那全部看起来是定言的命令式实质上很可能是假言的。比如：你不应言而无信，人们把避免这种情况的必然性，不仅是只看作避免其他罪恶而提出的劝导或忠告，不应看作是这样的意思：你不应做虚假的承诺，以免在谎言被揭穿以后失去信用，而必须把这种行为本身看作就是坏事。如此戒律的命令是定言的。但是，人们并不能确切无误地通过例证证明，在这里，意志只是被规律所决定的，而没有任何其他诱因，虽然表面上看来是这样。因为对羞辱的暗中惧怕，或许对其他危险的莫名不安，可能经常会对意志产生影响。当没有只不过意味着我们还不知道的时候，谁又能够通过经验证明这个原因的不存在呢？在这种情形下，表面上看来是定言的无条件的所谓道德命令，实际上不过是一种实用的规范，它依我们的方便有利而制定，并要求尊重。

因此，对定言命令的可能性，我们要优先对其加以研究。由于在这里，我们不便在经验中寻找它的现实性，所以仅限于说明这种可能性，而不能证实这种可能性。与此同时，我们至少可以明白这样一点，那就是只有定言命令才能算作实践规律。因为，那种仅对达到某种预定的意图是必然的东西，皆可被认为在其自身就是偶然的，任何时候只要我们放弃这意图，这样的规范对我们就无效了。意志无条件的戒律则完全相反，它是没有任意选择的自由的，它自身就具有我们要求于规律的那种必然性。

其次，在这种定言命题或定言规律的情形中，寻求其根据、发掘出它的可能性，是非常困难的。它是一个先验综合命题①，在理论认识中，寻求这种命题的可能性已经有许多困难，所以，容易推知，在实践领域里也不会少。

要解决这一问题，我们首先要研究，单只一个定言命令的概念，是否不能向我们提供一种公式，其中包括唯一能成为定言命令的命题。因为即使我们知道了这种绝对戒条的主要内容，但是它如何可能的问题还要我们在下一章以很大的精力来解决。

一般说来，在设想假言命令时，除非我已经明白它的条件，否则我事前并不知道它包含什么内容。不过，在我设想一个定言命令的时候，我立刻就知道它的内容是什么。因为命令式除了规律以外，还必然包含着与规律相符合的准则②。然而，规律中并不包括限制自己的条件，所以，除了行为准则应该符合规律的普遍性之外便一无所有，而只有这样的符合性，才使命令式自身成为必然。

---

① 我不以任何爱好的条件的前提，先验地、必然地，不过是客观地，也就是在一个对一切主观动因具有充分威力的理性观念之下，联系起活动和意志。同时这也是一个实践命题，这个命题不是把行动的意愿分析地从另一个预设的意志引导出来，因为我们没有一个这样完满的意志；而是把这意愿直接地与一个理性存在者的意志的概念，作为在它之内没有包括的东西，联系起来。

② 准则是行为的主观原则，必须与客观原则，也就是实践规律相区别。准则包括被更改规定为与主观条件相符合的实践规则，而更经常的是与主观的无知和爱好相一致，从而是主观行为所依从的基本命题。规律则是对一切有理性东西都适合的客观原则，它是行为所应该遵循的基本命题，也就是一个命令式。

因此，只有一条定言命令，那就是：要根据你认为能成为普遍规律的准则去行动。

如今，倘若能够把这条命令作为原则，而推导出其他一切命令式来，那么，尽管我们还弄不清楚，那被认为责任的东西是否是一个空洞的概念，但我们至少能够证明在这里我们所想的是什么，这一概念说明的是什么。

由于规定后果的规律普遍性，在最一般的意义上，就形式来说，构成了称之为自然的东西，也就是事物的存在，而这存在又为普遍规律所规定，因此，责任的普遍命令，也可以这样描绘：你的行动，应该把行为准则通过你的意志变成普遍的自然规律。

现在我们应该列举出几种责任，采用通常的分法，分为对我们自己与对他人的责任，完全的责任与不完全的责任①。

（1）一个人由于经历了一系列厄运而感到心灰意冷、厌倦生活，如果他仍然拥有理性，能问问自己，结束自己的生命是否与他的责任相违背，那么就请他考虑这样一个问题：他的行为准则是否能够变成一条普遍的自然规律。他的行为准则是：当生命期限的延长只会带来更多的不幸而不是更多的满足时，我就把缩短生命作为对我最有利的原则。那么可以再问：这条自利原则，是否可能成为普遍的自然规律呢？人们很快就可以看到，以通过情感推动生命的改善为独特职责的自然竟然把毁灭生命作为自己的规律，这是自相矛盾的，从而也就不能作为自然而存在。这样看来，这样的准则不可能成为普遍的自然规律，并且和责任的最高原则完全矛盾。

（2）另一个人在困境中觉得需要借钱，他很清楚自己无力偿还，但事情却明摆着，假如他不明确地承诺在一定期限内偿还，他就借不到分文。他乐于做这样的承诺，但还良知未泯，尚能扪心自问。用这种手段来使自己摆脱

---

① 应该指出，我们必须把责任的分类留待将来的《道德形而上学》。在这里，仅为了编排我们的例证，以便引用，除此之外，根据我的理解，完全的责任不允许有利于爱好的例外，同时我认为不仅有外在的完全责任，还有内在的完全责任。这种理解是和经院中对这个词的理解背道而驰的，但在这里我无意于为自己辩护，因为不论人们能不能接受我的意见，都并不妨碍我的意图。

困境，不是太不合情理、太不负责任了吗？假定他还是决定这么做，那么他的行为准则就会是这样的：当我需要金钱的时候我就去借钱，并承诺如期偿还，尽管我知道自己永远无力偿还。这样一条利己的原则，将来也许永远都会占便宜，现在的问题只是这样做是否恰当？我要把这样的利己打算变成一条普遍规律，问题就可以这样提出：如果把我的准则变成一条普遍原则，事情会怎么样呢？从这里我们可以看到，这一准则永远也不会被当成普遍的自然规律，而不必陷于自相矛盾。因为假如一个人认为自己在困难的时候，可以把随便承诺不负责任的“空头支票”变成一条普遍规律，那就会使人们所有的谎言和保证成为不可能，不会有人再相信他人所做的保证，并把所有这样的承诺看成欺人之谈而作为笑柄。

(3) 第三个人有才能，在受到文化培养之后会在多方面成为有用之人。然而他宁愿无所事事也不愿下功夫去施展和增加自己的才干。他可以问问自己，他这种忽视自己天赋的行为，除了和他享乐的准则一致以外，能和人们称之为责任的东西相统一吗？人们可以像南海上的居民那样，只是过空闲、享乐、繁衍生息的日子，一句话，过行乐的生活，而让自己的才能白白地浪费。不过，他们总不会愿意让它变成一条普遍的自然规律，因为作为一个理性存在者，他必然希望自己可以从各个不同的方面施展自己的才能。

(4) 第四个人事事如意，当他目睹别人在困境中苦苦挣扎，而自己对之能有所帮助时，却想到：这跟我有什么关系呢？让每个人都听天由命，自己管自己好了。我对谁都没有奢望，也不羡慕谁，他过得好也罢，处境困难也罢，我都没有心思去过问！如果这样的思想方式变为普遍的自然规律，人类当然可以存在下去，并且毫无疑义地胜似在那里空谈同情与善意，遇到机会也会显现一些热心，但反过来却在哄骗别人、出卖别人，或者用其他办法侵犯别人的权益。这样一种准则，虽然可以作为普遍的自然规律持续下去，却没有人愿意把这样一条准则当成普遍有效的自然规律。做出这样的决定的意志，将要走向自己的反面。因为在很多情况下，一个人需要别人的爱和同情，有了这样一条出自他自己意志的自然规律，那么，他就完全无望得到他所渴望的这些东西了。

这就是一些实际责任的例子，至少我们认为这是实际责任。它的分类很清晰，是依据同一个原则来进行的。人们必定愿意我们的行为准则能够变成普遍规律，一般来说，这是对行为进行道德评价的标准。有些行为，如果陷于矛盾，人们就不能把它的准则当作普遍的规律，更不会希望它如此。在另外的一些行为中，虽然找不到这种内在的不可能性，但仍然不愿意把它的准则提升到普遍的规律，因为这种意愿与它自身相矛盾。很容易看出，前一种与严格的或是狭义的责任相冲突，后一种与广义的责任相冲突。通过这些例子，显而易见，全部责任在约束力的类型上依从同一个原则，而不是在行为的对象上依从同一个原则。

如果我们在违背责任的要求时反省自察，就会发现，实际上，我们并不愿意让自己的准则成为一条普遍的规律，在我们看来也不能成为一条普遍的规律。我们只是认为自己有这种自由，为了自己，为了便于爱好的满足，只有这一次，下不为例。因此，如果我们从同一个立场、从理性的立场来周密地考量一切，就会发现我们的意志里就存在着矛盾。某一原则作为规律在客观上是必然的，然而在主观上却又不把它当作普遍的，而允许有例外的情况存在。于是我们一方面完全从理性的角度来考察自己的行为，另一方面又从受爱好影响的意志的角度来考察同一行为。因此，这里实际上并没有什么矛盾，而是爱好与理性规范的对抗。原则的普遍性被看作普遍有效性，理性的实践原则与准则狭路相逢。虽然这种观点无法用我们自己公正的判断加以证明，却足以表明我们实际上承认了定言命令的普遍有效性。只是在尊重定言命令的前提下，我们在不得已的时候，才允许自己有一些例外。

至此，我们至少已经阐明了这样一种观点：如果责任是一个概念，具有内容，并且对我们实际上的行为起着立法作用，那么，这种作用就只能以定言命令来表达，而不能用假言命令来表达。更重要的是，我们已经清楚地阐明了包含着所有责任原则的定言命令的内容。然而，我们还没来得及先验地证明：这样的命令式确实存在，有一种完全自为地起着作用而不受任何动机影响的实践规律，并且，责任服从于此规律。

为了证明上述种种，最重要的事情就是记住，千万不要从人的本性的个别性质出发推断出这个原则的真实性。因为，责任应该是一切行为实践的必然性。因此，它适用于所有理性存在者，定言命令只能应用于他们，正是由于这种原因，它才成为对一切人类意志都有效的规律。相反，从人性特别的自然素质，从某种情感和癖好，如果可能，甚至从一种特殊的只为人类理性所固有的而所有理性存在者的意志并不必须发挥作用的倾向并不能推衍出规律，只能推衍出为我们所用的准则来，只能引申出为癖好和爱好所需要的行为的主观原则。然而它却引申不出，即使和我们全部癖性、爱好、自然素质相反，我们却赖以行动的客观原则。因为，责任的诫命越是严厉，内在尊严越是崇高，主观原则发挥的作用就越小，尽管我们用力地反对它，但责任戒命规律性的约束并不因之减弱，它的有效性也不会因此打折扣。

显然，哲学在这里遭遇了危机，它需要一个固定的基础，尽管天地间没有什么东西支撑它。在这里，它应该显示它是自己规律的真正主宰者，而不是一个代理人的证明，代理人只会说一些无关痛痒的闲话。固然代理人也聊胜于无，但它究竟不能颁定那些理性的基本原理，这些原理当然是先天的，并且具有至高的尊严。人的一切都来自规律不容置疑的权威，来自对规律的无条件尊重，没有任何东西是来自人的爱好，否则，就是践踏人，让他轻视自己，让他心怀憎恶。

这样看来，所有经验的东西作为附属品不但对道德原则没什么价值，反而有损它的纯粹性。真正善良意志所固有的、不可估量的价值，在于它的行为原则不受所有只由经验提供的偶然根据的影响。我们不得不经常提醒人们，警惕粗心大意，以至于警惕想在经验的动机中寻找行为原则的粗鄙方式。因为人的理性在困乏之时乐意睡在鸭绒枕上，沉醉于梦幻中，把一朵彩云当作女神去拥抱，使得人们看起来像道德，但曾经见过德性的真形的人就可以看出来，它根本不像德性。

于是，这里提出了这样的问题：人们的行为在任何时候都应该根据他们自己的意愿当作普遍规律看待的那些准则进行评价，这条规律对所有理性存在者都是必然的吗？如果有这样一条规律，它必定完全先验地和一个理性存在者的意志的概念结合在一起。但是，要想发现这种联系，人们却必须摸索着向前再进一步，也就是进入形而上学，进入一个和思辨哲学互不相同的领域，进入道德形而上学的领域。在实践哲学中，我们并不寻找某事某物发生的根据，而是寻求某事某物应该发生的规律，这种事也许一次都不会发生。我们所探求的是客观规律，而不去探求某一事物是否合意的缘由，不去区别满足是感觉的还是情趣的，不区别情趣满足和理性的普遍满意，不去探求快乐和痛苦的基础是什么，不去问为什么欲望和爱好由此产生，并且在理性的帮助下制定了各种准则。因为所有问题都属于经验心理学，它构成了物理学的第二个部分，它的规律以经验为基础，人们视它为自然哲学。我们这里讨论的是实践的客观规律，也就是意志与自身的关系问题，它自身单纯为理性所规定，一切与经验有关的东西都被排斥在自身之外。因为如果仅是理性自身规定行为，我们正要研究其可能性，并且只能先验地做这件事情。

意志被认为是一种按照对一定规律的表象自身规定行为的能力，只有在理性存在者身上才能够发现这种能力。假定目的就是意志自身规定的客观根据，那么，如果这一目的只是由理性指定，它一定也适合于所有理性存在者。相反地，那种只包含行动可能性依据的东西，就是手段，这种行动的结果才是目的。欲望的主观根据就是冲动，而意志的客观根据就是动机。因此，每个有理性的东西都要分清，哪个是来自冲动的主观目的，哪个是出于动机的客观目的。在抛却所有主观目的时，实践原则是形式的；当它以主观目的，从而以某种冲动为基础时，就是物质的。那些被理性存在者随意选为行动结果的目的、物质目的，都是相对的。因为只有与主体的某一特殊欲望相联系，它们才会获得价值，所以这种价值不能向所有理性存在者，也不能向每一意志提供普遍的、必然的原则，不能提供实践规律。这些相对目的仅仅是假言命令的根据。

如果有一种东西的存在具有绝对的价值，其自身就可作为目的，它能自在地成为一些确定的规律的基础。在这种东西身上，也只有在这种东西身上，才能找到定言命令的根据，即实践规律的基础。

我认为，人，一般来说，每个理性存在者，都自在地作为目的而存在着，他不单纯是这个或那个意志随意使用的工具。在他的所有行为中，不论对于他自己还是对其他理性存在者，任何时候都必须被当作目的。所有爱好对象所具有的价值都是有条件的，爱好和以此为基础的需要一旦不存在，他的对象也没什么价值了。爱好自身作为需要的源泉，不能因它自身被期望而具有绝对价值，而每个理性存在者倒是期望彻底摆脱它的影响。因此，所有为我们行动所获得的对象，其价值在任何时候都是有条件的。那些其实从不以我们的意志为依据，而以自然的意志为依据的存在者，如果它们并非理性存在者，就被称为“物”。相反地，理性的存在者，叫作“人”，因为他们的本性显示自身自在地就是目的，是种不可被当作手段使用的东西，从而限制了所有随意的选择，并且是一个受尊重的对象。所以，它们不仅仅是主观目的，作为我们行为的结果而存在，只是为我们的价值；而是客观目的，其存在本身就是目的，是种任何其他目的都不可替代的目的，所有其他东西都作为手段为它服务，除此以外，在任何地方都不会找到有绝对价值的东西。假如所有价值都是有条件的、偶然的，那么理性就在任何地方都难觅最高的实践原则的影迹了。

如果有这样一条最高实践原则，如果对人的意志应该有一种定言命令，那么这样的原则一定形成于对任何人都是某种目的的表象，由于它是自在的目的，所以构成了人们意志的客观原则，成为一个普遍的实践规律。这种原则的根据就是：理性的本性本身作为自在目的而存在。人们必然相信自己也是这样的存在，所以它也是人们行为的主观原则。其他每一个理性存在者，也和我一样，依照同一规律表明自己的存在；因此，它同时也是一条客观原则，作为最高的实践根据，从这里必定可以推导出意志的所有规律。于是得出了下面的实践命令：你的行动，要把你自己人身中的人性与其他人身中的人性始终都同样看作是目的，永远不能仅仅看作是手段。现在让我们看看这一原则能否行得通。

这里还是用前面的例子。

第一，一个人对自己必然承担责任。打算自杀的人可以问问自己，他的行为是否和把人看作自在的目的这一观念相一致。如果为了逃避困境而伤害自己，那么他就是把自己的人身当作工具，用来维持一个尚可的境况直至生命的终结。但是，人并不是物，不是一个仅仅作为工具使用的东西，必须始终在他的所有行动中，把他当作自在目的看待，因而我无权处置代表我人身的人，残害他、摧残他、毁灭他。为了避免误解，在具体讨论道德问题的时候，我们还要进一步界定这一基本命题，比如，截肢以保全自己，冒着生命危险去保全自己等，在这里就不多说了。

第二，至于对他人的必然责任或必有的责任，一个人在打算对别人作不兑现的诺言时就看得出来，他仅仅是把别人当作自己的工具，而不同时把他当作自在目的。通过这样的谎言，被用之于我的意图的那个人，不可能赞同我对待他的行为方式，从而他自己也不可能忍受这一行为的目的。如果我引用侵犯他人自由和财产的行为作为例子，很明显，这种做法是破坏他人的原则。因为十分明显，别有用心地侵犯别人的权利，只是把别人的人格看作为我所用的工具，而绝不会想到，别人作为理性存在者，任何时候都应被当作目的，不会对他人行为中所包含的目的同样尊重。

第三，至于对自己的偶然责任，或者说可嘉的责任，行为只是和在人身中作为自在目的的人性不相抵触还不够，我们的行为还必须与它保持一致。如今，人性之中有获得更大完善的能力，这种完善也就是在我们主体之中的人之本性的目的，如果对这种目的视而不见，倒也并不妨碍把人性作为目的而保存，但不能促进实现这一目的。

第四，至于对他人可赞许的责任，所有人全部的自然目的就是他自己的幸福，虽然除非有意地从这里有所得，否则就不会有人对他人幸福做有益之事。然而，与自在目的的人性相一致，在这里仍然是消极的，而不是积极的。如果人们不尽其所能，促使他人实现所可能有的目的，倘若这种看法对我充分发挥作用，那么，自在目的的主体的目的，一定会尽可能地也成为我的目的。

人性，一般来说，作为每个人行为最高界限的理性本性，是自在目的这一原则，不是从经验取得的。首先，由于它的普遍性，它应用于所有理性存在者，这一点是经验不能做到的。其次，由于人性并不被主观地当作人实际目的的对象，而是当作规律而成为所在主观目的的最高条件，被当作客观目的，因此它只能来自纯粹理性。所有实践立法都客观地以规则和法规为基础，它的普遍形式，使它能够根据第一项原则成为规律，甚至可以说是自然规律，并主观地以目的为根据。依据第二项原则，所有目的的主体都是人。由这里，进而推导出实践意志的第三项原则：作为自己和全部普遍实践理性相协调的最高条件，每个有理性东西的意志的观念都是普遍立法意志的观念。

按照这项原则，所有与意志自身普遍立法不一致的准则都要被摒弃，因此，意志并不去简单地依从规律或法律，他之所以依从，由于他本身也是个立法者，正由于这规律，法律就是他自己制定的，所以他才必须依从。

前文提及的那些命令式，也就是行为如同自然秩序那样与规律相一致，或者理性存在者以其自身的普遍优先权从自己命令式的决断中排除全部的关切，以免其成为动机，它们正是为此而成为定言的。然而，它们只是被当作是定言的，假如人们想表现责任观念，就不能不把它们当作是定言的。我们不可能自为地证明无条件地命令着的实践命题的存在，通常来说，在这一章中这种可能性更小。不过有一件事情可以做，那就是，在命令式自身中，通过它所包含的规定来表明，在愿意时从责任中清除所有关切，这一点是定言命令区别于假言命令所特有的标志。现在，这一任务在原则的第三个公式中完成了，也就是说，是在每一个理性存在者的意志都是普遍立法的意志的观念中完成了。

当我们提及这样的意志时，尽管有的意志仍然由于对某种规律的关切而服从这一规律，但是自身作为最高立法者的意志，却不可能依赖于任何关切，因为像这样没有独立性的意志自身就需要另一种规律，以便把利己的关切限制在与普遍规律相适合的条件之下。

人的意志，作为通过它的全部准则而普遍立法的意志，它的原则的合理性可以就定言命令而做进一步的证明。普遍立法者的观念不以任何利益关切为基础，在一切可能的命令式中只有它才是无条件的。如果我们把这一命题倒过来，或许会更好些。如果有一种定言命令，存在一种对所有理性存在者都有效力的规律，它只能这样下命令：要把来自意志准则的全部，都视为是一个自身普遍立法的意志所制作的，因为只有如此，实践规律和意志所遵从的命令才是无条件的、不以任何兴趣为根据的。

如果我们现在回顾在寻找道德原则上所做的所有工作，看到它们全部遭受失败不会有意外之感。人们看到人通过责任被规律所约束，但他们没有考虑到他所遵从的只是他自身所制订的普遍的规律，没有想到他之所以受约束，只是由于不得不根据其自然目的就是普遍立法的、他自身所固有的意志而行动。当人们认为某人遵从某种规律的时候，必定产生一种关切或兴趣作为刺激或促进，因为这种规律并非产生于他自己的意志，他的意志受另外的某种东西驱使，以某种方式作符合规律的行动。从这一切所作出的必然结论是，为追求责任的最高根据而做的全部努力，都无可挽回地失败了。因为人们从没有承担什么责任，他的行为不过是基于某处关切的必然性罢了。这种关切可能是他自己的，也可能是外来的。无论怎样，命令总是有条件的，而不足以成为道德诫命，因此我把这样的基本命题称为意志的自律原则，而把与此相反的命题称为他律性。

所有理性存在者都把自己的意志普遍立法概念当作立足点，从这样的立场对自身及其行为进行评价，就会产生一个与此相关的、富有成果的概念，即目的王国的概念。在我看来，王国是由一个被普遍规律约束起来的不同的理性存在者的体系。理性规律规定了目的普遍有效性，因此如果把理性东西的个体差别抽象化，同样把他们的私人目的也抽象化，人们将有可能设想出一个在联系中有系统的、有理性东西的目的，也包括每个人所设定的个人目的；将有可能设想出一个，依据前文提及原则可能存在的目的王国。

每一个理性存在者都必须遵从这样的规律，不论是谁，在任何时候都不应该把自己与他人只当作工具，而应该始终看作自身就是目的。由此就产生了一个受普遍客观规律约束的理性存在者的体系，产生了一个王国。无疑这只是一个理想的目的的王国，因为这些规律同样着眼于这些东西相互之间的目的与工具的关系。

每个理性存在者都作为成员而属于目的王国，虽然在这里他是普遍立法者，但他同时自身也服从这些法律、规则。他是这一王国的领袖，在他立法时不服从异己意志。

同时每个理性存在者，始终要把自己看作一个由于意志自由而可能的目的王国中的立法者。他既作为成员而存在，又作为领袖而存在。只有当他独立地摆脱一切需要，并对他的意志有充足的支配力量时，他才能保持其领袖地位。

因此，道德与所有的立法活动的关系密不可分，而只有通过这种活动目的的王国才成为可能。每一个理性存在者都被赋有立法能力，规律或法律只能出自他的意志。他的原则就是：始终都要按照与普遍规律相一致的准则行动，所以只能是他的意志同时通过准则而普遍立法。如果这些准则不能因其本性就与作为普遍立法的有理性的东西的客观原则相一致，那么依据以上原则而行动的必然性，就被称为实践必然性，也就是责任。在目的王国中，责任并不适用于国王，而是适用于每一个成员，其中每一个成员都须承担同等程度的责任。

根据这项原则而行动的实践必然性，即责任，绝不能以情感、冲动与爱好为基础，而只能以理性存在者的相互关系为根据。在这样的关系中，每个理性存在者的意志，总是必须被看作是立法的意志，因为若非如此它就不是自在目的了。因此，把意志的每个准则都当作普遍规律与其他意志结合在一起，同时也与自身的每一行为联系起来。这种联系并不是为了任何实践动机或预期的受益，而是为了理性存在者的尊严观念，这种理性存在者除了自己的立法以外，不遵从任何其他东西。

在目的的王国中，每一样东西或者有价值，或者有尊严。一个有价值的东西能被其他东西替代，这是等价；超越于一切价值之上，没有等价物可替代，才是尊严。

与人们的普遍爱好以及需要相关联的东西，具有市场价值；不以任何需要为前提，而与某种情趣相适应，迎合我们趣味的无目的的活动的东西，具有欣赏价值；只有那种构成事物作为自在目的而存在的条件的东西，不但具有相对价值，而且有尊严。

因此，道德就是理性存在者能够作为自在目的而存在的唯一的条件，因为只有通过道德，他才能成为目的王国的立法成员。所以只有道德和与道德相适应的人性，才是有尊严的东西。工作上的技能与勤奋有市场价值，睿智与活跃的想象力富于情趣有欣赏价值；相反地，遵守诺言、坚持原则并非出于本能的宽厚才具有内在价值。自然与人工的东西，并没有这些属性，因而也没有办法替代它们，因为这些属性的价值并不在于那些由此产生的后果，也不在于它们所带来的效益与功用，而在于意向，在于意志的准则。这准则虽然未必会取得应得的结果，但以这样的方式在行为中表现出来，这些行为并不期待来自主观意图的嘉奖，也不以直接造福于人而自诩。它们对此都比较冷漠，无动于衷。他把自己从事这类活动的意志视为直接尊重的对象，只有理性才能把这些行为加之于意志，人们不能诱使意志这样行动。总而言之，这总是与责任不相容。这样的评价表明，这样的思想方式就是尊严，它无限地凌驾于所有价值之上，这价值若妄想与它相比较，难免会侵犯它的圣洁。

那么，有什么依据对道德的善良意向或德性作如此高的评价呢？原因无非是它给了有理性的东西普遍立法参与权，正是拥有了这种参与权，他才有资格成为可能的目的王国的一个成员。作为自在目的，理性存在者的本性就规定它为目的的王国的立法者。对所有自然规律而言，它都是自由的，它只服从自己所制定的规律、准则，正是根据这些规律，才成为它自身也遵从的普遍的立法。除了规律或法律所规定的价值，它没有其他任何价值。只有立法自身才拥有尊严，拥有无条件的、不可比拟的价值，只有它才配得上有理性东西在称颂它时所用的“尊重”这个词。所以自律性是人的本性以及每一个理性存在者的本性的尊严的基础。

总之，前文所列举的观察道德原则的三种方式，是同一规律的不同公式，其中第一个又包含着其他两者。它们之间虽然有区别，不过与其说这种区别是客观实践的，不如说是主观的，其目的在于通过某种类比使观念与直观相接近，因此与情感相接近。所有的准则都具有：

1. 一种形式，存在于普遍性之中，道德命令的公式，在这方面，就成为这样的：所选择的准则应该是具有普遍自然规律那样有效的准则。

2. 一种事件，作为一种目的，即理性存在者，其本性就是目的，并且是自在目的，它对任何准则所发挥的作用，就是对单纯相对的、随意目的的限制条件。

3. 通过上述公式，对全部准则作完整的规定，这就是：全部准则通过立法而与可能的目的王国相一致，如同对一个自然王国①那样。这一进程也正像意志诸范畴的进程一样，形式的单一性，意志的普遍性，质料的多样性，客体也就是目的的多样性，以及体系的整体性或完备性，当作道德的评价时，最好遵循严格的步骤依次进行，先以定言命令的形式作为基础，你的行为所依照的准则，其自身同时就能够成为普遍的规律。倘若人们打算给道德规律打开一扇大门，最好是让同一行为依照次序通过以上三个概念，并且用这样的办法，使它尽可能地与直观相接近。

我们可以在我们开始的地方结束，结束于一个无条件的善良意志。意志完完全全是善良的，绝不会是恶的，也就是说，倘若把它的准则变成普遍的规律，绝对不会是自相冲突的。因而，你要始终遵从那些你也打算把其普遍性变成规律的准则而行动。这一原则就是善良意志的最高规律，是意志永远不会与自己相冲突的唯一条件，只有这种命令式才是定言的，因为作为对可能行为的普遍规律的意志，其有效性与按照作为自然一般形式的普遍规律而形成的实存事物的联系相似。因而，定言命令可以这样来表达：你行动所遵从的准则，要能同时使其自身成为像自然普遍规律那样的对象，那么，这也就是绝对善良意志的公式。

理性自然与其他自然的差异在于它为自己预设了目的。这一目的就是每个善良意志的质料。在绝对善良意志的理念中，并不存在实现这种或那种目的的限制性条件，所有设想的目的都必须被抽象掉，因为这样的目的使意志成为相对的善。因此，在这里，目的不是一个设想的目的，而是一个独立的目的，它只能从消极方面被思想，也就是永远不能有与它相冲突的行动，永远不能只把它当作工具，无论何时都必须把它当作任何意愿的目的而受到珍

① 目的论认为自然是一个目的王国；道德学则把一个可能的目的王国视为自然王国。第一种情况下，目的王国是用来阐释现存事物的理论观念。第二种情况下，自然王国则是一个实践观念，要通过我们的行动把尚未存在的东西变成现实，也就是与实践观念相符合。

重。这一目的只不过是一切可能目的本身的主体，因为这一主体同时也是一个可能绝对善良意志的主体，如果让这一意志从属于其他对象，就必定被矛盾所制约。对待每个理性存在者，你的行为都同样依从当作自在目的的准则，不论是你自己还是别人。这一原则与另一基本命题具有同样的本质，你的行为所遵循的准则需在自身中包含固有的对每个理性存在者的普遍有效性。在对每一个目的使用手段时，我应该把自己的准则限制在以它的普遍性对每一个主体都是规律为条件，这也等于说，目的的主体，即理性存在者本身，任何时候都不能被单纯当作工具，而是当作工具使用的最高限制性条件，即无论何时都须被当作目的，这是所有行动准则的基础。

由此，一个无可辩驳的结论产生了：任何一个作为自在目的的理性存在者，不论它所遵从的是何种规律，法律都必定同时也要被视为普遍立法者。正由于他的准则对普遍立法多么有利，所以理性存在者会以其自在目的而表现出独特性，同时使它自身具有超乎所有自然物的尊严和优越性。它的准则在任何时候都不但要从自身的角度出发，也要从任何作为立法者的、其他有理性的东西的角度出发，它们也正是由此而被称为人身。依照这样的方式，一个理性存在者的世界才有可能作为目的王国，并且通过自己的立法，把所有人身作为成员。所以，任何一个理性存在者的行为，要以任何时候都好像自己是普遍目的王国中的一个立法成员为准则。这些准则的形式原则是：你的行动应该使自己的准则，同时对所有理性存在者都是普遍规律。一个目的王国只有与自然王国相类似才有可能，前者遵从准则，遵从加于自身的规则，后者遵从由外因发挥作用的必然规律。纵使自然界的总体看起来像一架机器，但由于它把理性存在者当作目的，而与它相联系，以此为依据，也称之为自然王国。像这样的目的王国将要通过准则得到实现，这些准则借助于它们的规则把定言命令加于理性存在者，以便它们受到普遍服从。一个理性存在者，即使他认认真真地按照准则行动，却不能期望他人也都同样地遵守准则，不能期望自然王国和它有序的安排以及作为一个可能的目的王国合格成员相一致，换言之，不能指望自然王国满足他对幸福的希冀。尽管如此，行为所遵从的准则，只能是可能目的王国普遍立法成员的准则，这个成员具有发布定言命令的充分力量，这一规律依然有效。不过，在这里就出现了一种悖论：唯有作为理性自然的人性的尊严，不计由此而达到的目的与利益，从而只有尊重理念，才能成为意志不可更改的规范，同时准则的崇高正在一切这类动机的独立性之中。每一个理性存在者的这种尊严，使他成为目的王国的一个立法成员。因为，若非如此，它就必须服从自己所需要的自然规律了。虽然可以设想，自然王国与目的王国统一于最高主宰之下，这样，目的王国就不只是个观念，而具有真正的实在性，同时，它的动机也得到加强，虽然其内在价值并没有得到提升。尽管如此，但人们普遍对完全不受限制的立法者有如此看法：从人们的大公无私，从赋予人们以尊严的观念来衡量那些有理性的行为，事物的本质并不因外在关系而改变，抛开这些外在因素，一个人只能由构成其绝对价值的东西来评判，评判者即便是最高存在者，也是如此。因此，道德就是行为对意志自律性的关系，也就是通过准则对可能的普遍立法的关系。与自律性相符合的行为是被许可的行为，与自律性不相一致的行为即是被禁止的行为。其准则和自律规律必然符合的意志，是神圣的、绝对善良的意志。一个不绝对善良的意志对自律原则的依赖、道德的强制性，是约束性，出于约束性的行为客观必然性，称为责任。

由此得知，虽然在责任概念上，要对规律服从，然而，我们同时还是认为那些尽到了自己全部责任的人，从某种层面而言是崇高的、有尊严的。他之所以崇高，并不是因为他遵从道德规律，而是因为他是这规律的立法者，并且正因为如此，他才遵从这一规律。上面我们已经指出，不是对规律的恐惧或喜爱，而是对规律的尊重，才是动机给予行为以道德价值。只有在其准则可能是普遍立法的条件下才行动的意志，才是人们可能的理想意志，才是适宜的尊重对象。人的尊严正在于它具有这样普遍立法的能力，尽管同时他也要遵从同一规律。

意志自律是道德最高原则

意志的自律性是意志由之成为自身规律的特性，而不管意志对象具有何种属性。因此，自律原则是：在同一意愿中，除非所选择的准则同时也被理解为普遍规律，否则，不要做出这样的选择。这一实践规则是个命令式，换言之，任何有理性的东西的意志，都必然受到它的约束。这是命令式，却不能通过分析其中的概念来证明，因为这是一个综合命题。我们必须超越对象的认知层面，进而对主体批判，即纯粹实践理性批判，因为这一必然的综合命题一定要完全先天地来认识。这不是当前这一章所探讨的范畴。但我们通过对道德概念的剖析却完全能揭示出自律是道德的唯一原则。因为经过剖析就可以看到，道德原则必定是个定言命令，而这命令所颁布的正是自律。

作为道德的一切非真正原则源泉的意志他律性

如果意志在其准则和自身普遍立法的适应性以外，走出自身，而在某一对象的属性中去规定它的规律，就要导致意志他律性。不是意志给予自身以规律，而是对象通过与意志的关系给予意志以立法。这样的关系，不论是基于偏好还是基于理性表象，所接受的只可能是假设命令：我要做某件事是因为我愿意做某件事。道德的或假设命令，则与此相反地说：我不是喜欢另外什么东西，而这样或那样地行动。例如，前者说：为了保持名誉，我不应该说谎。因此，自律的人应该摆脱所有对象，使对象不能影响意志，所以，实践理性、意志，就用不着忙于约束他者的关心，而只是表明自己的威信就是最高的立法。举例来说：我应该努力增加他人的幸福，并不是从他人幸福的实现中得到什么好处，不论是通过直接爱好，还是通过间接理性得来的满足，而仅仅是因为排斥他人幸福的准则，在同一意愿中就不可以作为普遍规律来看待。

以他律基本概念为依据的道德原则的分类

如同在其他地方一样，未经批判以前，人类理性在走上唯一的正确道路以前，要经过一切可能的歧途。

从这一观点来看，所有原则不是经验的，就是理性的。前者以幸福原则为原则，以自然的或道德的情感为根据；后者以完美为原则，或建立在可能有效完美的理性概念上，或建立在作为意愿决定因素的独立的完善美概念上。

那些经验原则，不论在哪里，都不适于作为道德规律的基础。因为，倘若道德规律立足于人性的特殊结构，或者立足于人之所处的偶然环境，它们就不会具有对所有理性存在者都有效的普遍性，也不会有由此给予理性存在者的实践必然性。之所以必须排斥个人幸福，并不仅仅因为这个原则的虚假性。经验已经证明，设想人的处境良好、他的行为也随之良好，并没有牢靠的依据，也不仅仅因为这个原则对道德的建立一点用处也没有。因为使一个人成为幸福的人，和使一个人成为善良的人并不是一码事；一种为自己占便宜的机智与一种使自己有德行的机智，全不相干；而是因为这一原则向道德提供的动机正破坏道德，彻底败坏它的崇高性，抹杀为善的动机与作恶的动机之间的差别，只教我们去仔细计量，将它们混为一谈。另一方面，把道德感这种被认为特殊的情感请出来同样没什么作用，那些不会思想的人，相信情感会帮助他们寻找到出路，甚至在有关普遍规律的事情上也是如此。但是，在程度上天然有无限差别的情感，难于为善与恶提供统一的标准，而且一个人仅凭情感不会对别人做出可靠的评价；但是情感却是与道德及尊严相接近的，因为它使德性幸而能直接承受对它的满意和称颂，而不须当面对它说。人们追求它并不是因为它的美好，而是为了自身的利益。

在那些道德的理性原则之中，完善性的本体论概念胜于神学概念，尽管它是空洞的、不定的，不能在广漠无垠的、可能实在的领域里找出大量的适合我们的东西，也不能区别这里所讨论的实在性与其他实在性，找出它们的特点。它要不可避免地陷于循环论证，只能把应该去说明的道德暗中作为前提。神学概念是引申自绝对完善的神圣意志，它之所以不如本体论概念，不仅仅是因为我们无法直观它的完善性，我们只能从自己的概念中将它推衍出来，而其中最重要的就是道德概念，而是因为当我们如此做时，在这种阐明中就要发生循环论证；所剩下来的，关于神圣意志的固有属性，就是对荣誉和主宰的欲求，并且和对威力和报复的恐惧观念结合在一起，任何以此为根据的伦理学体系，都直接与道德背道而驰。

道德感概念与一般完美概念均不能作为基础，但至少不会对道德造成削弱。如果在这两个概念之间进行选择，我将选择后者，因为它至少使问题的决断脱离了感性，并引导到纯粹理性的法庭上；虽然它并无所断定，却无损地保存了自在善良的意志的理念，以待进一步规定。

最后，我并不打算对这些学说作详尽的反驳。这种反驳并不困难，那些因职务关系，由于听众要求，不能不对两者之一做出说明的人，也许就会表述清楚，以致这种反驳就显得多余了。在这里，我想着重指出这些原则为道德提供的最初基础是意志的他律性，正是因为这个缘故，它们必然会迷失其目的。

不论在什么地方，如果为了对意志加以规定而把意志的对象当作规定的基础，那么这样的规定只能是他律性，这样的命令只能是有条件的。这就是：如果或者因为某人意愿这一对象，所以，他应当如此这般行动。因此，它永远不会是道德命令、定言命令。不论对象是借助爱好，像在个人幸福原则中那样规定意志，还是通过一般地以我们可能意愿对象为目标的理性，像在完善原则那样规定意志。在这里，意志永远不能通过行为的表象来直接地规定自身，而是借助于行动对意志的预期效果，把预期效果作为动机来规定自己：我应该做某件事情，是因为我意愿另一件事情，在这里，我主观上，一定还有另外的规律作为这一规律的基础，按照这一规律我必然意愿另外的东西，这样的规律又要求一种命令来对这种准则作出限制，作用于主体意志的动因，通过对主体自身力量所得结果的表象，而与主体的结构相一致。这样的动因隶属于主体的本性，或者它的感性、爱好与情趣，或者它的知性和理性，所以，从严格的意义上说，正是自然成就规律。这样的规律，本来只不过是自然的规律。像这样的规律必定通过经验来认识和证明，所以其本身是偶然的，不足以成为其中也包括道德规则的必然实践规则，它永远只代表意志的他律性，意志不是为自己立法，而是由一个异己的动因，通过被规定来接纳规律的主体的本性为意志立法。

一个绝对善良的意志，它的原则必定表现为定言命令，包含着一般意志的形式，任何的客体都不能对它作出规定，也就是作为自律性。由于它，绝对善良意志，才能使自己的准则自身成为普遍规律，也就是每个理性存在者加于自身的唯一的规律，不以任何动机或关切为根据。

这样的先天实践综合命题是如何可能的，为什么是必然的，这个课题并不属于道德形而上学的范围。在这里我并不坚持它的真理性，更不会夸口说有能力证明这种真理性。我们只是通过普遍接受的道德概念的发展指出：有一个自律性与这样的概念直接联系着，甚至可以说成为它的基础。任何人倘若把道德当作真实的东西，而不是当作虚幻的观念，他就必须接受所提出的道德原则。这一章与第一章一样，所用的都是分析的方法。如果定言命令以及意志的自律性是真实的，并且作为一种先天原则是绝对必然的，从这里就得出结论：道德不是心灵的幻象。但是这一结论又须以纯粹实践理性的可能综合应用为前提。但是如果不先对这种理性作一番批判，我们就不敢冒险这样综合应用。在最后一章中，我们只限于满足我们的意图，对这一问题举出其主要线索。

第三章　从道德形而上学过渡到纯粹实践理性批判

自由概念是阐明意志自律性的关键

意志是有生命东西的一种因果性。如果这些东西是理性的，那么，自由就是这种因果性的特性，它不受外部因素的制约而独立地发挥作用。正如自然必然性是所有无理性存在的因果性特性，它们的活动受外部因素的影响而被规定。

以上对自由的阐明是消极的，因而不会很有成效地去深入到自由的本质。然而，正是从这里推衍出了自由的积极概念，一个更加完整和丰富的概念。既然因果的概念是伴随着规律的概念，那么根据这一个概念，另一种东西，即结果，通过我们称为原因的东西而确立。因此，自由尽管不是得之于自然的意志所固有的特性，但并非没有规律，而是一种具有不变规律的因果性。它只不过是另一种不同的规律而已，若非如此，自由意志就变成了一个谬论。自然必然性，是一种由作用因所组成的他律性。因为在这种因果性中，只有依照作用是其他东西的规律，才是有可能的；那么，意志的自由就只可能是自律性了，也就是说，意志所固有的性质就是它自身的规律。意志的所有行动对它自身都是规律这一命题，所表示的也是这样的原则：行动所依从的准则必定是以自身成为普遍规律为目标的准则。这一原则也就是定言命令与道德原则的公式，因而自由意志和服从道德规律的意志具有同一性。

如果以意志自由为假定的前提，通过对概念的分析，就可以从这一前提推导出道德及其原则。但是，原则是一个综合命题，即一个绝对善良的意志，也就是那种其准则任何时候都把普遍规律当作内容的意志。因为，通过分析绝对善良意志的概念，并不能发现准则这种固有的性质，这样的综合命题只有通过一个与双方都有关联的第三者，把两种认识结合起来，才有可能找到。自由的积极概念提供了第三种认识，它不像物质原因那样，具有感性世界的本性。在感性世界概念中，一个作为原因的概念只有与一个作为结果的概念相联系。在这里我们还不能表明，自由所指明的和我们对它先天就具有观念的第三种认识是什么，也不能使人清楚地把握自由概念是怎样从纯粹实践理性中演绎出来的，以及清楚地了解定言命令是如何变得可能的。因此，我们还需要再做一些准备工作。

自由必须假设是所有理性者的意愿的特性

如果我们没有充分的理由断言所有理性存在者都享有自由，不论以什么为依据，也不足以赋予我们的意志以自由。就我们单纯是理性存在者而论，既然道德是我们的规律，那么，它对所有理性存在者当然也是有效的。并且，道德既然是从自由所固有的性质引申出来的，那么，就证明自由是所有理性存在者的意志所固有的性质，自由是不能由某种所谓对人类本性的经验来充分证明的。这样的证明是不可能的，它却能先天地被证明。因此，人们必须证明它一般地属于具有意志的理性存在者的行动。我想说：每个只能依从自由观念而行动的东西，从实践的观点来看，才是获得了真正的自由。也就是说，所有与自由密不可分的规律都被认为是自由的，正如在理论哲学中意志也被说成是自由的一样。我认为，我们必须承认每个具有意志的理性存在者都是自由的，并且依照自由观念而行动。我们认为，在这样的存在中有种理性，这就是实践理性，具有与其对象有着因果关系的理性。我们不可能设想，理性会有意识地在有关判断的事情上接受外来的干涉，因为这样，主体就不是把判断力的规定赋予自己的理性，而是赋予外在的冲动。理性必须把自身看作自己原则的创始人，不受外在的影响。因此，它必须把自身看作是实践理性，看作是理性存在者的，自身即是自由的意志，只有在自由观念中，才能够是它自身所有的意志，从实践的观点来看，这样一个意志必定为所有理性存在者所拥有。

与道德观念相联系的关切

最后，我们已经把具有规定性的道德概念转变为自由观念，但是在我们之中或是在人类本性之中，我们都不能证明自由是某种真实的东西。仅仅是在我们看来，如果我设想一个存在者是有理性的，并且具有对自身行为因果性的意识，即具有意志的话，我们就必须预设自由为前提。这样我们就发现，正是由于同样的原因，我们必须赋予具有理性和意志的每个存在者以依从其自由观念而规定自身去行动的特性。

以自由观念为前提，我们就可以总结出这样一条行动规律：行为的主观原则即准则，在所有情况下都必须同时能够当作客观原则，即普遍原则，当作我们的普遍立法原则。然而，一般地作为理性存在者，为什么我应该服从这一原则，同时所有其他理性存在者也都服从这一原则呢？我必须承认，不论对什么事情的关切或兴趣都不能促使我这样做。因为关切不会发布定言命令，但是，在这里却必然地引起了我的关切，并且明白它发挥的作用。于是这样的应该，本来就是一种意愿。这一情况，适用于所有理性存在者，如果它的理性在实践上不受阻碍。有些像我们一样的人，把感性当作一种另外的动力，并不只是做理性所要求做的事情，对于这些人而言，行动的必然性才是应该，主观必然性与客观必然性相区别。

如此看来，道德规律，即意志自律性原则，似乎只是在自由观念中作为前提而存在，我们不能证明它的实在性和它本身的客观必然性。但即便如此，在这里我们也仍有收获。因为，我们对真正原则所做的规定，至少比以前更准确了。然而，在这些原则的效用与服从于它的实践必然性方面，我们还没有取得丝毫的进展。因为，为什么我们的准则，作为一种规律，它的普遍性必须是我们行动的限制性；为什么我们认为这种行为的价值，比对任何事物的关切都要高；并且凭什么相信只有如此，人们才感到自己的人格价值，与此相比，所有个人的得失都显得无足轻重；对于以上这些问题，我们都无法给出令人满意的答案。

有时，我们的确会关切一种和实际状况没什么关系的个人品质，希望在理性有这种意向时，这种品质使我们能够参与其中。举例来说，使人值得幸福的价值，就其自身来说就是令人感到关切的，尽管促成置身这种幸福状况的基础并不具备。事实上，这一判断是从道德重要性的前提所得出的结论。如果我们是通过自由概念，而与对全部经验的关切解除关系，虽然我们脱离了关切，把自己看作在行动上是自由的，但是，为使自己的人格有价值，我们还是要遵从某种规律，这种价值能够补偿我们在实际状况方面所遭受的所有损失。这种事情是如何变成可能的？道德规律的约束性由何而来？答案仍不可知。

这里清楚地表明，人们必须承认有一种似乎无可逃脱的循环。为了把自己想成在目的序列中是服从道德规律的，我们假定自己在动因的序列中是自由的。相反地，我们由于赋予自身以意志自由，所以假想自己是服从道德规律的。自由与意志的自我立法，两者都是自律的，因而是可交互使用的概念，其中的一个不能用来解释另一个，也不能为另一个提供依据。最多不过是从逻辑的目的，把同一对象的不同概念归结为一个单一的概念，如同把同一数值的不同分数约简为最小的公约式一样。

我们还有一个方法，那就是去追问：我们认为自己是通过自由而发挥作用的先天原因时的观点和认为自己的行动是我们眼前所见结果的观点，是不是并不相同？

既无须深思熟虑，也无须过高的才智，一个普通人，依照他特有的方式，用他名之为情感的模糊的判断力就能发表这样的见解：所有不经我们的选择得到的表象，如感觉表象，向我们所提供有关对象的知识，只能如同它们作用于我们那样，至于它们本身是什么，仍然不为我们所知。至于这些表象空间是什么，不论知性如何加以审慎，我们所能得到的只不过是现象，而永远达不到对物自身的本质认识。这种区别之所以形成，也许由于我们见到了由另外方面而来的使我们感到被动的表象和我们自身所产生的证明了自身能动的表象之间的不同，但是一旦形成了这种区别，就必然会得出结论，在诸多现象背后，还另有一种尚未显现的东西，这就是物自身。人们必须承认并且接受这个结论，我们自己也明白，我们永远也不会知道这些自在之物，除了自身所作用于我们的那些之外，我们永远都不会知道它们自身之所是。这一区别，以粗略的形式提出了感性世界和知性世界的划分。感性世界，由于感觉上的差异，所以在不同的对世界的观察者中，是千差万别的，而作为感性世界的基础的知性世界却始终保持不变。因此，一个人通过由内部感受得来的知识，是不能够推测他自己的面貌的。因为，他自己全然不能创造自己，他只能经验地，而非先天地，得到有关自己的概念。很自然，他人能通过内部感觉，通过自己本性的现象和自己意识的被作用方式来获得关于他自己的知识。并且，除了这种完全由现象拼凑而成的对自身主体的描绘之外，他还必须要承认，在背后有某种东西作为他的基础，认定有一个独立自在的自我。就自身仅是知觉，就感觉的感受性来说，人属于感觉世界；就不经过感觉直接达到意识，就他的纯粹能动性来说，人属于理智世界。我们对于这一世界，还没有更多的知识。

一个善于思考的人，由他所遇到的事物必定可以得出这个结论；而一个最普通理智的人，也会得出相同的结论。因为众所周知，这种人是最相信在感性对象之后，有一个自身能动、永不可知的某物的。然而，通过再次把这种不可知的东西感性化，即想使其变成直观对象，他们却扰乱了这个结论。最终，他们无法变得更明智。

人们发现，在他们自身之内确实存在着一种把他们和其他事物区别开的能力，以至于把他们与被对象所作用的自我区别开来，这种能力就是理性。作为一种纯粹的自发性，理性甚至凌驾于知性之上，因为知性虽然也是一种自发的能动性，而不像感觉那样仅包含因事物作用而引起的被动的表象，但是知性活动所产生的概念，只能用于使感觉表象隶属于规则，并把它们结合到意识之中，如果没有这种感性的运用，知性就不能思维。相反地，理性在理想的名义下展现了纯粹的能动性，它远超过感性能够给予理性的任何东西，并证明自己的主要功能就是对感性世界和知性世界作出划分，这也就为知性自身厘清了界限。

如此看来，一个理性存在者必须是理智的，而不是低能的，他并不属于感性世界，而是属于知性世界。因此，一个理性存在者，会从两个角度来观察自己与认识自身力量运用的规律，认识自己的全部行为。第一，他属于感性世界，服从自然规律，具有他律性；第二，他是知性世界的成员，只服从理性规律，而不受自然与经验的影响。

作为一个属于知性世界的理性存在者，人只能从自由的观念来思考他自己意志的因果性。自由即是理性在任何时候都不为感觉世界的原因所决定。自律概念与自由概念不可分割地联系在一起，道德的普遍规律总是伴随着自律概念。在概念上，理性存在者的所有行动都必须以道德规律为基础，如同所有现象都以自然规律为基础一样。

上面我们提出，在我们从自由到自律，从自律到道德规律的推理中，似乎暗含着一个循环论的设想已无法立足。这个设想认为，我们是为道德规律而提出了自由观念，目的是以后再从自由中推论出道德规律。这并不能为道德规律提供任何根据，而是一种虚设的原则，这样的原则虽然好心人愿意相信，但我们却从来提不出一个使人信服的命题。现在我们了解到，在我们认为自己是自由的时，就是把自身置于知性世界中，作为一个成员，并且知道了意志的自律性，连同它的结论——道德；在我们把自己想成是受约束时，就把自身置于感性世界中，同时也属于知性世界。

定言命令怎样才是可能的?

理性存在者认为自己作为智者，隶属于知性世界，而只有他属于这一世界的动因时，他才把自己的因果性称为意志。另一方面，他也意识到自己是感性世界的一部分，他的行动只不过是感性世界的因果性的现象。但是我们并不清楚，这些以我们所不知道的原因为根据的行为是如何可能发生的；或者可以认为这些行动是被另外一些现象所规定的，例如，欲望与爱好等感性世界的现象决定了其行为。作为知性世界的一员，我的行动与纯粹意志的自律原则是一致的，而作为感性世界的一部分，我又必须承认自己的行为与欲望、爱好等自然规律完全符合，并且与自然的他律性相符合。前者以道德的最高原则为依据，后者以幸福原则为根据。既然知性世界是感性世界的根据，因而也是它的规律的根据，因此知性世界必须被认为是对全部属于知性世界的我的意志具有直接立法的作用。因此，我认为自己是理智的，是知性世界规律的主体，是意志自律性的主体。一言以蔽之，在必须承认自己是一个属于感性世界的存在者同时，我认为自己是理性的主体，这种理性在自由观念中包含着知性世界的规律。因而，我必须把知性世界的规律看作是对我的命令，把依照这种原则行动看作是自身的责任。

因此，定言命令之所以是可能的，就在于自由的观念使我成为知性世界的一员。如果我仅仅是这一世界的成员，那么，我的所有行为就会永远和意志的自律性相一致。但是，既然我同时是感性世界的一员，那么，我的行为也应该与这一规律相符合。这一定言的（无条件的）应当呈现为先验的命题，因为我除了被感性欲望影响的意志，另外还加上完全同一个意志（这一意志本身是纯粹的、实践的）。这种意志隶属于在理性上包含着被感性所作用的意志最高条件的知性世界。这种方式完全像自身不过是一般规律形式的知性概念加于感觉世界的直观一样，由于这种相加，所有关于自然的知识才有成为先验综合命题的可能。

普通人理性的实践应用证实了这一推论。在我们树立了坚定地、自觉地依照善良准则行动的光荣榜样时，在我们树立了具有同情心、仁爱之心甚至不顾利益与舒适的巨大牺牲的范例时，每一个人，甚至是最坏的恶棍，如果尚能运用自己的理性，他们一定希望自己拥有那样的品质。但是由于自己的爱好和冲动，他无法做到这一点，不过，与此同时，他希望能从这些爱好中摆脱出来，卸去这些负担。这就证明，如果他能从所有感性冲动中获得自由，他就能在思想上把自己置于另一种事物的秩序中，离开感性的领域，挣脱自己的欲望。这样的愿望不会满足他的欲望，也不会给他现实的乃至想象的爱好提供实现的条件。因为为他拔除了欲望的观念就会失去它自身的高尚，倘若它提供了这样的条件的话。从这里他所能得到的，只是他的人格更大的内在价值。当他被自由观念驱使（即为对感觉世界决定因的独立性所驱使），自愿地转变到知性世界成员的立场时，他会把自己想象成一个更善良的人。在这一立场上，他意识到，并且承认善良意志就是他作为一个感觉世界成员的不良意志的规律。即使在他违背这一规律时，他仍然承认它的权威性。作为知性世界的一员，道德上的“应该”就是他的“必然”意愿，只有当他作为感性世界的一个成员时，才把道德上的“应该”看作是“应该”。

一切实践哲学的最后界限

就人们的意志而言，所有的人都认为自身是自由的，由此产生了对有关行为的所有判断，诸如对应该做却没有做的行为的判断。但是，这种自由不是经验的概念，也不可能是经验的概念，因为在经验表明所得的必然结论与自由前提相反时，这个概念依然不受影响。另一方面，所有事物的发生没有例外地都被自然规律所决定，也同样是必然的，自然必然性同样不是经验概念，因为其中包含着必然性的概念，也就是包含先验知识。然而，自然概念是被经验所确认的，如果经验作为被自然规律联系起来的对象的知识是可能的，那么以自然概念为前提就不可避免了。所以自由是一个理性的概念，它的客观实在性本身还没有得到证实；而自然是一个知性的概念，它通过例证表明，而且必然展示自己的实在性。

由此便产生了理性的辩证法，因为意志所赋予的自由似乎与自然的必然性相对立。在这样一个十字路口，以思辨为意图的理性发现，自然必然性的道路比自由的道路更合适、更有用。但是从实践目标来看，自由是理性可能用于我们行为的唯一可行的小路。所以，不论是最缜密的哲学，还是最普通的推理都没有办法通过论证来否定自由。哲学必须认为在人类的同一活动中，自由与自然必然性之间并没有真正的矛盾。因为不能放弃自然的概念，同样不能放弃自由的概念。

因此，即使我们永远不会知道自由是如何变成可能的，但至少我们要令人信服地消除这种表面上的矛盾。假如对自由的思想与自身相矛盾，或者与同等必要的自然相矛盾，那就要在与自然必然性的竞争中完全被抛弃。

如果一个自认为自由的主体设想，在称自己为自由的时候，其意义与关系正如在同一行为中他认为自己是遵从自然规律一样，他就没有办法使这个矛盾消除。因此，思辨哲学的一个不容推卸的责任就是至少指出，矛盾的幻象之所以出现，是因为我们没有在不同的意义上，或者在不同的关系中去思考人，在我们称他为自由的时候，却把他看作是自然的一部分，看作是自然规律的服从者。我们不但必须指出自由和自然能够很好地共存，并且必须把它们想成是必然地统一在同一主体中。若非如此，我们就没有理由用一个观念来加重理性的负担，这个观念虽与充分设定下来的其他观念可以没有矛盾的统一，却使我们感到困窘，使理性在它的思辨运用中让我们深感困惑。这种责任只是思辨哲学应当承担的，它必须为实践哲学清扫道路。哲学没有权利选择，是消除这一表面的矛盾，还是让它在那里保持原状。因为如果让它在那里保持原状，那么这种理论就没有抵抗力，宿命论就会乘虚而入占领这个领域，道德就会从自己的领地中被驱逐出去，这被认为是不合法的占有。

并且，在这里我们还不能说已经触及实践哲学的界线。因为解决矛盾并不是实践哲学的任务，它要求思辨性终止它在理论问题上所涉及的纷争，以便实践性获得稳定与安全，避免它在有关建立大厦的根基方面引起争论，并受到外来的攻击。

在普通理性看来，意志自由就是必须意识到和承认，意志是不为主观原因所决定的，是不为感觉所决定的，总之，它是独立于感性的。以这样的方式，认为自己是理智的人，当他想到自己作为理智而具有意志，从而被赋予因果性时，把自己置于另一种事物的秩序之中，完全置身于与另一种决定根据的关系中；不过，当他认为自己是感性世界的一个现象，实际上也的确是一个现象时，他就使自己的因果性依照外在的规定，遵从于自然规律。现在，他明白，两者可以共存，实际上也必须共存。因为一个作为现象的存在者，属于感性世界的存在者，服从某种在他作为自在之物时并不服从的规律，在这里并不矛盾。人们必须通过双重方式来观照自己，依照第一重方式，必须明白自己是通过感觉被作用的对象；按照第二重方式，又要求他们意识到自己是理智的，在理性的应用中不受感觉印象的作用，是知性世界的部分。

上面解释了这一现象的原因：人们要求有一种意志使他们不去重视仅仅属于欲望与爱好的事物，并且认为在行动时排除所有欲望与感性的诱惑，对他们而言不但是可能的，而且是必需的。这些行动的原因就在作为理智的他们之中，就在按照意会世界的原则的行动与结果之中，在知性世界中只有理性，只有独立于感性的纯粹性才是立法者。进一步说，只有作为理智，他们才称得上真正意义的自己。作为人，他们只是自己的现象，他们清楚这些规律对他们的效力是直接的并且无条件的。因此，尽管爱好的冲动，以至于感到世界的所有力量都在鼓动他们，对他们作为理智的意志规律却毫发无伤。有时他们的确过于放纵自己的意志，允许爱好与冲动对他们的准则发生作用，对他们意志的理性规律造成损害，他们甚至认为自己对这些无须承担责任，不承认这是真正的自己，不承认这是意志。

在实践思想自己进入知性世界时，它绝没有超出自己的界限。如果它试图靠直观或感觉自己进入知性世界时，它就超出自己的界限了。对于并不给予理性任何决定意志规律的感性世界而言，知性世界只是个否定思想。只有在这一点上，它是肯定的，那就是自由作为一个否定规定同时却与肯定能力发生联系，甚至与理性的因果性发生联系。我们称其为意志的因果性，因为这样活动的原则与理性原因的固有性质相符合，也就是以准则与普遍规律相符合为条件。如果实践理想想向知性世界索取一个意志的对象、一个动机，那就是越过了界限并装作为它完全不知道的东西。因此，知性世界的概念只是一种立场，理性为了把自己想成实践的，只能在现象之外采取这样的立场。如果感性对人的作用是决定性的，那么，理性就不可能把自己设想成是实践的。这一立场是不可缺少的，除非否认人对自己有作为一个理性的原因，理性地活动的原因的意识，也就是否认人对自己有作为自由活动的原因的意识。这一思想当然包含与适用于感性世界的自然机械学不一样的秩序与立法的观念。这就使知性世界的概念把所有理性存在者看作自在之物的概念成为一种必要。但在这里我们只能依照形式的条件来考虑它，依照作为规律的意志准则的普遍性，依照唯一能构成自由的意志自律性而思考它，决不给予我们以思考它的其他机会，另一方面，所有直接作用于对象的规律造成他律性，它们属于自然规律，只对感性世界有效。

如果用理性去解释纯粹理性是如何实践的，它就完全超出界限了，正如去解释自由是怎样实现的一样。

解释就是把某物归结为规律，其对象也许会在经验中给予，其他的我们什么也不能解释。而自由仅是一个观念，其客观必然性绝不能用自然规律来说明，也无法在经验中找到。没有任何例证可按照类比法来作为它的依据，因此它永远不会被把握和被想象。它之所以被当作必要的条件，是由于有理性的东西相信自己意识到意志，意识到一种和仅是欲望能力不同的能力，也就是决定自己像理智那样活动的能力，按照理性规律活动而不以自然本能而改变。在按照自然规律去规定无效的地方时，所有解释也就终止了，所剩下的就是对反对意见进行反驳。有些人自认为更深刻地洞察到了事物的本质，大胆地宣布自由不可能。我们只能告诉他们，他们发现的所谓矛盾，仅仅是他们在把自然规律适用于人的行为的时候，必须把人当作现象罢了。如今我们要求他们把作为理智的人看作是自在之物，他们还坚持把他当作现象不改。诚然，在同一主体中，把它的因果性、它的意志和感觉世界的所有自然规律相分离，是一个矛盾，但是，只要他们愿意重新考虑一下，并且承认，在现象背后必定有些自在的东西，作为它们的潜在基础而存在是合理的，这一矛盾就不再存在。除此之外，我们不能期望这些基础的活动规律和它们的现象所服从的规律是一样的。

在主观上不能解释意志自由，就好像不可能发现和解释人们对道德规律所感到的关切①。但是，他们对道德规律的确很关切，我们把这种关切的内在基础称为道德感。在某些人眼中，这种道德感被错误地当作道德判断的标准，而必须把它看作是规律对意志产生的主观效果，其客观原则也只能由理性来提供依据。

为了使被感觉作用着的有理性的东西通过理性所获得的东西也成为应该希望的东西，在这里理性的确需要有一种能力，在肩负的责任中注入快乐和满足的感觉。因此，理性一定要有一种因果性，去规定感性，使之与它本身的原则相符合。然而，几乎不可能辨别并先天地知晓一个不包含一点感性东西的纯思想如何产生快乐和不快乐的感觉。这种特殊的因果性，和其他一切因果性一样，我们先天地不能有任何规定，而只能依靠经验。而经验，只能在原因和结果同时存在于两个经验对象中的时候，才能加以举例。但是在这里，理性是把观念作为并不存在于经验对象中的结果的原因，并且观念不向经验提供对象。因此，对于我们而言，作为规律的准则普遍性，我们为什么对道德感到关切，这是完全无法解释的。只有一点是肯定的：它对我们有效，并非由于我们对它感到关切，因为关切是他律的，是实践理性对感觉的依赖，对一种基本情感的依赖。它之所以使我们感到关切，是因为我们是人，是因为它来自于作为理智的我们的意志，因而也来自于我们所固有的自我；至于那属于现象的东西都由理性决定，并服从于自在之物的本性。

于是，“一个定言命令是如何可能”的问题，可以这样解答：我们所能提出的唯一可能的前提，就是自由的理念，我们能够指出这一前提的必然性，为理性的实践运用提供充分的依据，也就是对这种命令有效性的信念、对道德有效性的信念提供充分依据。然而这一前提本身是怎么可能的，是人类理

---

① 只有通过关切或兴趣理性才能成为实践的，成为规定意志的原因。因此，我们只能说有理性的东西对之感到关切，而无理性的生物只能感到感性的冲动。如果人们准则的普遍有效性是规定意志的充足理由，那么对行为的直接关切只能为理性所有。只有这样的关切才是纯粹的。如果理性只有通过另外的欲望对象，或者以主体特殊感觉为条件才能规定意志，那么它对行为只有间接关切。因为离开经验，理性自身既不能发现意志的对象，也不能发现背后的特殊感觉，所以间接关切只能是经验的，而不是纯粹理性的。推动理性深入而对逻辑所感到的关切永远不是直接的，而是理性所怀抱的意图的前提。

性永远也没有办法探测的。然而，从理智意志自由的前提得出了一个必然的结论：自律性是规定意志的形式条件。意志自由这个前提，有可能为思辨哲学证明，但是由于它不关涉和自然性原则的矛盾，自然必然性只在感性世界的各种现象的相互关系中表现。同时，这一前提是无条件必要的，假如在实践上没有这个前提，一个有理性的东西就不能发现他的理性因果性，就不能发现一个和欲望不同的意志，换句话说，有理性的东西的所有自愿活动，都必须在观念上以这样一个前提为基础。但是，为什么纯粹理性不必从其他地方取得动力，自身就可以是实践的？为什么作为规律的所有准则的普遍有效性，也就是成为纯粹实践理性的合理形式，可以不用引起我们关切的任何意志材料或对象，而自己成为动力，产生一种可称为纯道德的关切？简单来说，为什么纯粹理性可以是实践的？对这类问题的回答，人类理性完全无能为力，对回答这类问题的所有探索都是徒劳无功的。

假如我想要探求自由本身作为意志的因果性是如何成为可能的，其情况也相类似。因为，在这样做的时候，我就把作为解释的哲学基础抛在脑后，除此以外我又没有别的基础。当然，我可以陶醉在尚为我保留的意识世界，或理智的世界里，不过，尽管我对这个世界有一个理由充足的观念，却没有一丁点儿知识，那么不论我怎样竭尽自己的理性自然能力，我永远也不能得到这种知识。这一世界仅仅意味着，当我为消除来自感性领域作为动机的原则，把所有属于感性世界的东西都从我意志决定因素中抛弃掉的时候，所剩下来的某种东西。我这样做的原因是限制感性动机，指出它绝对没有把所有都囊括在内，在它之外还有更多的东西；至于这些东西是什么，我就无可奉告了。在我抛弃所有材料、所有对象的知识，只用纯粹理性来表述这一理想的时候，对我而言，所剩下的就只有形式，只有准则普遍有效性的实践规律，与此同时，只剩下与纯粹知性世界相关联的理性与作为可能的规定着意志的作用因。除非在意会世界中这个观念自身是动因，或者理性对这一世界有先于一切事物的关切，那么这里就再也找不出动因了。然而要把这个问题说清楚，是我们力所不及的。

这里就是道德探索的最终界限。划定这样一个界限是重要的，一方面可以避免理性在感觉世界内，用对道德有害的方式，四处摸索最高动机和即便能够理解却是经验上的关切；另一方面，也能够避免理性在我们所谓的意会世界的空无一物的超验概念的空间里，无力地拍打着翅膀，却不能离开原地，并沉沦于幻象之中。纯粹知性世界的观念，作为一个全体理智的整体，就合理信仰而言，永远是个有用的可信的观念。由于我们有理性的东西，尽管同时是感觉世界的成员，自身也是理智的一分子。因此，尽管在这条边界上所有知识止步了，然而通过有理性的东西的自在目的普遍王国这个伟大思想，却引起我们对道德规律的衷心关切。我们只有小心谨慎地按照自由规则行事，就如同遵循自然规律一样，才能成为这个王国的一员。

弗里德里希·席勒

主编的话

弗里德里希·席勒（1759—1805），德国18世纪著名诗人、哲学家、历史学家和剧作家，德国启蒙文学的代表人物。席勒1777年开始创作剧本《强盗》，1781年完成。1782年至1787年相继完成了《阴谋与爱情》《欢乐颂》等作品。1796年后创作了《华伦斯坦》三部曲、《玛丽亚·斯图亚特》《威廉·退尔》等。1805年5月9日逝世。

席勒是德国文学史上著名的“狂飙突进运动”的代表人物，也被公认为是德国文学史上地位仅次于歌德的作家。他出生于德国符腾堡的小城马尔赫尔的一个贫穷市民家庭，父亲是军医，母亲是面包师的女儿。席勒在童年时代就对诗歌、戏剧有浓厚的兴趣。他1768年进入拉丁语学校学习，但1773年被公爵强制选入自己所创办的军事学校，接受严格的军事教育。在军事学校学习期间，他接触到了莎士比亚、卢梭、歌德等人的作品，这促使他坚定地走上文学创作的道路。

法国大革命时期，席勒发表美学论著《美育书简》（1795年），曲折地表达了他对暴风骤雨般的资产阶级革命的抵触情绪。他主张只有培养品格完善、境界崇高的人才能够进行彻底的社会变革。这也是在《唐·卡洛斯》中宣扬的开明君主思想的延续。尽管如此，席勒始终没有放弃寻求德国统一和德国人民解放的道路。他把美学研究和社会变革等问题结合得非常紧密。

美育书简

第一封信

承蒙您的惠允，我通过这一束书简将我对美与艺术研究成果展现给您。我深感这一任务的重要性，也了解它的魅力与庄严。我所要谈论的主题和我们的幸福直接相关，与人性的道德高尚亦相差无几。美丽的心灵能感受并实现美的所有力量，我将在此心灵面前探讨美的事物。在这一探讨中，如需像原则一样追求感觉，我将会承担起任务中最为艰巨的部分。

我向您索取恩惠，但您却认为是分内之事，而我是追随我的爱好。您为我制定的规则自由自在而非约束，这对于我的确是一种需要。不采用惯常的论述形式，这就不会使我因术语使用不当而损害审美情趣。我的观点主要源于我的内心深处，而不是来自丰富的外界经验，也不是来自对群书的博览。当然，我并不否认其根源，但是我既不能把错误归咎于某一学派的影响，也不愿依据权威或其他力量使其存在。

坦率地说，下面的原则绝大部分是以康德的各项原则为基础的，倘若这一探讨过程令您联想到某一特定的哲学学派，那么这是我的能力问题，而不是康德的原则问题。是的，我认为您的自由不可侵犯。您的感受为我提供了赖以建设的事实依据。您的自由思想为我们制定了论证的准则。

对于康德体系实践部分中居于主导地位的那些思想，只有在哲学家那里才会有不同的看法，我可以证明，大部分人对此的看法从始至终都是一致的。倘若它们脱离学术形式，它们就成了常识中的至理名言和道德本能的事实，这种道德本能正是贤明的大自然作为保护者在人具有准确的洞察力以前所赋予人的。不过正是这种学术的形式，既为知性揭示了真理，又在情感面前掩藏了真理。因为知性如果自己把握这一对象，首先要肢解内在感觉的对象。正如只有通过分解，化学家才能发现物质的联系一样，只有通过分解，哲学家才能发现顺应自然的作品。为了捕捉稍纵即逝的现象，就必须把这些现象束缚在规则的枷锁中，将其美丽的形体拆分成抽象的概念，借助贫乏的文字框架使精神保持鲜活的生命力。如果在这种摹写中不能重新发现自然的情感，在分析家的报告中真理成了荒诞之言，那岂不是怪事一桩？

倘若下述探讨为了使其对象接近知性而超出了感性的范围，那么也请您多加谅解。适用于道德经验的语言，必然在更高的程度上也适用于美的现象。美的魔力正是建立在神秘的基础上的，而当美的各种因素必然结合，魔力也就失去了其本质。

第二封信

然而，除了吸引您的注意力到美的艺术舞台之外，我还能怎样更好地运用您赋予我的这种自由呢？当道德世界的有关问题让人们产生更浓厚的兴趣，时代环境又迫切地要求哲学探讨精神去从事于一种完美无瑕的艺术作品，去建立一种真正意义上的政治自由时，却在为审美的世界物色一部法典，这是不是至少是不合时宜的呢？

我不想脱离这个时代，也不愿为另一个时代而工作。如同每一个人都是国家的公民，同样地，他也是时代的公民。倘若他不可能甚至不允许他与自己生活的时代脱离关系，那么，为什么没有义务在他选择时要包含时代的需要和风尚呢？

但是似乎这种抉择对艺术不利，至少它不利于我的探讨所涉及的那些艺术，事件的进程使时代的创造精神朝着愈来愈远离理想艺术的方向发展。艺术必须与现实拉开距离，并且光明正大地超出需要，因为艺术是自由之女，它不能从物质的欲求而只能从精神的必然性接受规范。然而，在当今时代，实用占据主流地位，把堕落了的人性置于它的专制桎梏之下。时代以追求利益为荣，所有的力量都要为它服务，所有的天才都要拜倒在它的脚下。在这个实用的天平上，艺术的精神贡献毫无分量可言，它得不到任何的鼓励，从而消失在我们时代的名利场的喧嚣之中，甚至连哲学的探索精神都被逐渐剥去了想象力，艺术的领域越来越小，而科学的范围却越来越大。

哲学家就像老于世故的人那样，目光充满期待地关注着政治舞台，人们相信，人类的最后命运将在此接受审判。若离开上述普通的讨论，不就暴露了对社会公益的令人指责的冷漠吗？这一重大的裁决，由于它的内容、结果和每个自称为人的人都有直接的关系，由于它的审议方式，每个独立思考的人必然都格外关注。以前，只能由强者滥用权力来解答的问题，现在似乎要在理性至上的法庭提出诉求。只有始终能将自己放在整体的中心并把自己的个体提高到全人类高度的人，才能使自己成为理性法庭的陪审员，从而既作为个人又作为世界公民及诉讼当事人，始终关注这一事态的进展。在这一伟大案件中做出最终裁决，这不仅仅是他个人的事情，应该按照法律做出裁决，作为有理性精神的他，是有能力和资格做出这种裁决的。

和这样一位天资聪颖的思想家和自由的世界公民去探讨这一主题，并把这一裁决赋予为人类幸福而充满美好热忱的心灵，这对我来说具有极强的诱惑力。虽然在现实中我们生活在不同的地域而相距又如此遥远，但是在思想领域，您的公正无私的精神与我不谋而合，这多么令人愉快又令人惊异啊！我抵制了那种如此动人的诱惑，让美在自由面前先行，我坚信它的正确性不仅可以用我的爱好来解释，而且可以通过各种原则加以证明。我希望能使您相信，这一题目不仅关系到整个时代的鉴赏力，更关系到这个时代的需求。为了在经验中解决政治问题，我们就必须通过审美教育的途径，因为正是通过美，人们才可以达到自由的目的。只有先令您想起把理性引入政治立法的那些原则，方能做出这种证明。

第三封信

自然界对待人并不比对待它的其他作品更为恩惠：在人还不能作为独立的智者行动时，大自然就代替人行动。但是，人之所以为人是人不局限于单纯的自然界所造就的模样，而有能力通过理性完成自身预想的步骤，将必要的作品转变为自由选择，把自然的必然性提高至道德的必然性。

当人脱离了感性混沌状态，他会对人自身产生认知，四处观望并在国家中发现自我。在他能根据自己的意志选择这种地位以前，他要受到必需的约束。在可以遵从理性法则建立国家以前，需要按单纯的自然规律建立国家。但是，作为有道德的人，始终不会对这种具有政治需要产生满足感，这种国家只是由它的自然规定产生的，并且只是在这一点上才是合理的。倘若他可以说，这种国家对他而言堪称是一种灾难！作为人，他有权利去摆脱盲目必然性的统治，如同他在很多其他的方面通过他的自由而摆脱了这种统治，例如，通过道德使性爱所役使的那种卑劣低俗的特性无影无踪，并通过美使之高尚化。因此，人以一种人为的方式从他的成年回到童年时代，并在理念中构成一种自然状态。这并非经验所得，而是其理性导致的结果，是由他的理性规定必然构成的。从这种理性中寻找一个终极的目标，这在人的实际自然状态中是难以达到的，在当时他尚不能做出这种选择，就如同他从头开始并以具有明确见解和自由抉择的独立状态来代替制约状态。不管那种盲目的力量如何巧妙并且牢固地为它自己的作品打下基础，不管它多么粗暴地维护这一作品并为其加上任何尊贵的外衣，在这一过程中，人都可以无视这一切，因为盲目的作品不具有权威性，自由没有必要屈从于它。所有的事物都要为最高的终极目标服务，这一目标是理性在人格中树立起来的，一个达到成熟的民族一定会产生并最终确证这一目的，即要将自然之国家转变为道德之国家。

这种自然的国家（如同每一种政治实体，最初它是在强力的基础上而不是在法则的基础上建立的）违背人类的道德本性。对于道德的人而言，单纯合法性则应当使人服务于法则；而自然的国家却完全适合于自然的人，为了避免暴力伤害而制定法则。但是，自然的人是现实的，道德的人却令人生疑。因此，理性要取代国家，就必然要废除自然的国家，就要敢于把自然的、现实的人变为不现实的、道德的人，就要用可能的（即便在道德上是必然的）理想社会代替现实社会。从人类那里，理性只能取走原本就是人类的东西，而不可能获得人类所不具备的东西，并将指出人类应该和可能拥有的。倘若理性对人存有过高的期望，它为了一种人性（这是人还缺少的并且它的缺少并不会有损于他的生存）甚至剥夺了人作为动物性的手段，那么就等于剥夺了他的人性存在的条件。这就等于人在把他的意志固定为法则之前，理性从人的脚下撤去了本性的阶梯。

因此，这里特别需要思考的问题是，在没有建成观念中的道德社会以前，自然的社会就一刻也不能停下脚步，不能为了人的尊严无视人的生存，并将其置于危险的境地。机械师修理钟表时，要让齿轮保持运转；当国家这一活的钟表在运转时需要修理时，也需要在运转的情况下去更换旋转着的齿轮。因此，我们必须寻找使社会持续运行的某些支柱，使这些支柱独立于我们所要废除的自然国家。

在人的自然属性中找不到这种支柱，人类的自私和残暴的特性谈不上维持社会利益，甚至对社会起到一种破坏作用。在人的道德属性中也找不到这种支柱，这种属性有待形成。因为它是自由的而且从来没有出现过，立法者绝不会根据它来行事，绝不会考虑到它。似乎必须从道德自由中分离出任意性的物质性质，重要的是使前者与法则一致，后者依赖于印象。重要的是使前者与物质保持距离，以便使后者更接近物质。由此产生出与两者相关的第三种属性，它开拓了从单纯力量的统治转变为法则的统治开辟道路，它不是道德性格发展的“拦路虎”，而是盲从中的道德的感性保障。

第四封信

可以肯定的是，只有第三种性格在一个民族中居于主要地位，才能顺利地完成按照道德原则对国家的改造，只有这种性格才能够保障道德原则的持久稳定。在建立道德国家时，伦理法则为推动力，自由意志则进入因果领域，在这一领域，所在事物都与严格的必然性和稳固性产生联系。然而，我们知道，人的意志具有偶然性，只有在绝对的存在物质那里，自然的必然性才能与道德的必然性相一致。倘若把人的伦理态度当作自然的结果，那它必然是一种本性，就必然会通过其本能实现这样一种生活方式，而产生一种道德意义上的性格。但是人的意志在义务与爱好之间是完全自由的，其人格的无上权力不可能也不允许受制于自由。因此，倘若人具备这种选择的能力并因此而成为各种力量的因果联系中可靠的一环，那么也只能由此而实现这一点，即在现象的领域中，这两种本能推动力的作用完全一致。除了形式上的不同以外，人的意愿的实质仍然是相同的，从而他的本能与理性的一致就足以适应普遍立法。

可以说，就天赋与素质来说，每一个个体的人都具备纯粹理想人的因素，在诸种变化中与这种不变的统一体保持和谐，这正是他的生存的伟大使命。在每一主体身上都能够多多少少清楚地看到这种纯粹的人，他可以由国家来代表，试图用这种客观的接近标准的形式结合主体的多样性。但是，怎样让现代的人和理想中的人保持一致？同样地，怎样令国家能够在个体中维护自己？在这里我们可以设想两种不同的方式：或者通过纯粹的人压制现实的人，使国家取代个体；或者将个体转换为国家，把现实的人升华为理想的人。

片面的道德评价固然模糊了这种区别，因为如果理性法则无条件地生效，那么理性就可以得到满足；但是，在全面的人类学评价中，我们就要将形式纳入考虑的范畴，也要将内容考虑在内，鲜活的感觉也有发言权，这种区别就更加显著了。理性虽然要求统一，但是自然却要求多样性，因此人需要这两种立法。前者（理性的法则）通过不受诱惑的意识对人施加作用，而后者（自然的法则）却通过无法排除的情感对人施加作用。倘若道德的性格只能通过牺牲自然的性格方能保持，那么就表明人在教养方面还有所欠缺。倘若国家的宪法只有通过避免多样性才能达到统一，那么就说明它还有很多不足之处。国家不仅应该重视个体身上客观的与一般的性格，而且应当重视个体身上主观的与特殊的性格。在国家不断扩大隐形的道德领域之时，不应该缩小作为外部物质世界的现象的领域。

当机械师着手于未成形的素材拟赋予他所要达到的形态时，他会毫不犹豫地改变这块材料，因为他所加工的自然本身并不吸引人的注意，他所重视的不是各个部分组成的整体，而是整体中的各个部分。当艺术家加工同一个素材的时候，同样会果断地改变，只是尽量避免显示出这种改变。他并不比机械师更重视他所加工的素材，但他会试图在表面上显示出尊重来迷惑维护素材自由的人。对于教育家和政治家而言，情况就截然不同了，他们既把人当作他们的素材，又把人当作他们的课题。在这时，目标回到了他们的素材之中，只是因为整体服务于局部，局部就要适应于整体。与艺术家对待他的素材的态度截然不同，政治家必须尊重他的素材——人类，他必须保护人类的特质与个性，而这种保护是客观的，以人的内在本质为目的，而非为了迷惑什么人。

国家是通过其自身并为了其自身而建立的机构组织，因此，只有使局部与整体相协调，国家才能产生。因为在公民的心目中，国家是纯粹和客观人性的代表，所以国家对待公民的态度必定如同公民对待国家的态度一样。因此，国家尊重他们的主观的人性，并将其升华到以客观存在为准。倘若内在的人性和他本身是一致的，那么，他能保留自身的特异性，而国家只是公民美好本能的解释者，是内在立法的更明确的体现。倘若与此相反，在一个民族的性格中，主观之人和客观之人仍然处于对立的位置，只有压制前者才能让后者处于优势地位，那么，国家对于公民也只能保持法律的严肃性，为了维护自身利益，压制敌对的个体性是必须要做到的。

这种双重方式使人对立起来：情感支配原则时，变成一个原始人；当原则破坏了情感时，变成一个野蛮人。原始人不重视艺术，并把自然作为至高无上的伴侣；野蛮人嘲弄和轻视自然，然而他比原始人更卑劣，他进而成为感官的奴隶。文明人把自然当作亲密的朋友，他尊重自然，尽管会压制自然的专横。

因此，当理性将道德统一引入物质社会的时候，不会破坏自然的多样性；当自然在社会道德建设中试图保持多样性时，也不会破坏道德的统一。成功的形态应该同一致与杂乱都不相干。在有能力和资格把必要性的国家转变到自由的国家的民族中，人们将会找到具有完整的性格。

第五封信

在当代及所发生的事件中，我们是不是看到了这种性格呢？我把注意力立即集中到在这一广阔画卷中最突出的对象上来。

的确，舆论的威信已经减弱，专制的本性已经被揭露，虽然它尚有权力，但是已经失去了尊严。人类已从长期的麻木不仁与自我欺骗中醒来，不但要求恢复自己的不可丧失的权利，而且已经开始用暴力手段夺取被无理剥夺了的权力。自然国家的建筑根基已不牢固，腐朽的基础面临坍塌。让法律戴上王冠，人类最终获得尊重，让真正意义上的自由成为政治联盟的基础，这种自然的可能似乎已经存在。但这种希望是徒劳的！因为还不存在道德的可能，有利的时机却遭遇了感觉迟钝的一代人。

人类在行动中勾勒出自己的形象。在这场现代的戏剧中，他们所扮演的角色究竟是怎样的？一方面是蛮横粗野，另一方面是萎靡不振：人们堕落的这两种极端竟在同一时间出现！

广大的下层阶级表现出野蛮的不知天高地厚的本能，由于脱离了社会秩序的束缚，正以无法控制的暴怒忙于满足兽性。这可能是客观的人性所致，他们在抱怨国家。主观的人性需要尊重国家的各项须知。虽然国家不重视人类本性，但只要国家还保障个人的生存，我们就无可指责，在尚未考虑到人性教养的时候，我们能指责国家急于凭借自然的重力来分选或靠聚合力来联结吗？这种国家的解体是有其合理性的。走向解体的社会不是转向有组织的生活，而是倒退到原始的状态。

从另一方面讲，有文明阶级表现出令人不适的懒散与性格堕落的景象。因为它的根源正是文化本身，这就更加令人厌恶。我记不清楚是哪位古代或现代哲学家曾经说过：高贵的东西在解体时就变成了卑劣之物①，这一说法似乎同样适用于道德领域。倘若人们放纵自己的性情，就会由自然之子变成狂徒，由艺术的门生变成一文不值的人。上流阶层不无理由地以此自炫的知性启蒙，总体而言，对人的志向的高尚化影响极其微小，倒不如说是它提供了适应腐化的准则。我们在其正当的范围内不承认自然的权威，那么，在道德的范围内我们就要承受自然的淫威，我们正是以抗拒自然影响力的方式从自然中获取我们的原则。我们的道德习俗中造作而又夸张的端庄拒绝了对自然做出宽恕的表决，那么，在唯物主义伦理学说中就得给予自然以决定性的最

① 柏拉图语。

后发言权。自私自利已经在我们高度文明的社交活动中占据一席之地，我们经受着社会的一切传染病与一切灾祸，却没有孕育出一颗贴近社会的心。我们令自己的自由判断屈从于社会专制的舆论，使情感屈从于社会奇异的习俗，使意志屈从于社会的诱惑，而我们只是为反对社会的神圣权力而放纵着我们的任性。在粗暴野蛮的自然人那里，他们的心跳尚能引起共鸣；而文明人的心却充满盲目的自信。这如同在大火熊熊燃烧的城市里，每个人都只寻找他自己的可怜的财物来躲避这场劫难。我们相信，只有摆脱感伤的情绪，才能找到防范社会迷误的办法。嘲讽有时能惩罚狂热分子，却同样不加体谅地对最高尚的情感造成了亵渎。那种远非能让我们享有自由的文明，伴随它在我们身上所形成的每一种力量，一种新的欲求随之产生。自然的镣铐越来越可怕的收紧，以致患得患失的恐惧感遏止了要求改良的强烈本能，顺从的准则成了生活的最高的生存之道。因此，我们发现时代精神在乖张与粗野、造作与自然、迷信与道德之间徘徊，只是一种暂时的平衡还在不时地制约着时代精神。

第六封信

或许我对时代的描述有些过度？这种指责并非我所期待的，我所期待的是另一种指责，说我由此要证明的东西太多。您会告诉我，这幅景象与现代的人性相似，但它也完全像处于文化途程之中的所有民族，因为所有民族在借助理性回归本性之前，必然毫无例外地由于过分理智而脱离本性。

但是，当我们或多或少地关注时代性格的时候，把人性的现今形式和以前的、特别是古希腊人的性格比较，就会得到令我们感到惊讶的结果。我们针对任何其他自然本性所显示的文化教养，却不适合与希腊人的本性相提并论。希腊人的本性有艺术的一切魅力和智慧的全部尊严，不像我们的本性成了艺术和智慧的牺牲品。希腊人以我们的时代所缺少的那种质朴真诚使我们感到羞愧，而且可以使我们的行为违反自然而感到慰藉的那些优势也成为我们的榜样。他们既有丰满的外在，又有丰富的内涵；既有哲学思考，又有艺术创作；既温文尔雅，又生龙活虎。在他们的身上，我们看到了一种完美的人性，既有年轻人的奇思妙想，又有理性的强大光芒。

在希腊时期，精神力量在觉醒中，感性与精神尚未严格地区别成相互敌对又界限分明的不同领域。诗歌尚未以诙谐为追求目标，思辨尚未堕落为诡辩，必要时可以互换其位，因为两者都只是以其自身的方式推崇真理。尽管理性高扬，但它总是亲切地使物质的东西紧跟它的步伐；尽管理性划分得如此精细，但绝不会出现残缺。理性虽然分解了人性，并把它分别在众神的身上加以扩大，但并没有因此就使人性碎片化，而是通过不同方式将它组合起来，使完整的人性在每一个神的身上表现出来。而我们现代人在此是多么不同！我们这里，物种的形象在个体中被扩大了——但是被肢解，而不是重组，以至于我们要看到整体，就必须从不同的个体处收集构成要素。在现实生活中，人们总是试图相信，各种精神能力分别地表现在经验中，如同心理学把它们分解成概念，呈现在我们面前的并非整体，而是一部分有天赋的人所组成的阶级，而其余的人就像畸形的植物，本性的痕迹非常微弱。

我承认，从知性的天平上来看，最优秀的古人并不比现代人更具优势。但是，这场对抗应当包括每个成员，用整体与整体来抗衡。哪一个现代人能站出来一对一地与雅典人比试一下人性的价值？

族群有所长，个体有所短，原因何在？为什么作为个体的希腊人能够成为其时代的代表，而作为个体的现代人却没有这种能力呢？因为希腊人所获得的形式是来自于自然的本性，而现代人所获得的形式是来自分离一切的知性。

正是文化本身给现代人性造成了这种伤害。只要累积的经验和更清晰的思维使科学更明确的划分成为必然，国家越来越复杂的机构使等级和职业更严格的区别成为必然，那么人的本性的内在纽带也就会发生断裂，致命的冲突割裂了人性的和谐力量。直观的知性与思辨的知性占据着各自不同的领地，处于敌对状态，互相猜忌地保卫着各自的领域。人们的活动备受某一领域所局限，这样人类就把自己交给了一个主宰者，他常常压制人类其余的禀赋。因此，不是丰富的想象力糟蹋了知性辛勤获得的果实，就是抽象精神熄灭了那种温暖过我们心灵并且激发过想象力的火焰。

艺术与学问在人的内心世界造成混乱，近代统治的精神使其普遍化。诚然，期望早期共和制的那种简单机构会随着早期的道德习俗及社会关系的消亡而继续存在并不明智，然而，它没有成为高级的生机勃勃的生活，却沦为平庸而粗俗的机器。在希腊城，每个人都享受着独立的生活，如有必要可以变为一个独立的个体。希腊城邦的这种水螅式的本性现在却变为一种精巧的机制，其中由数量众多却无活力的局部组成一种机械生活的整体。如，国家与教会、法律与习俗都脱离开来，享乐和劳作脱节，手段和目的脱节，努力与回报脱节。人类永远被束缚在整体中的一些细枝末节上，人类也就变成了一个断片。耳朵里听到的永远是由他推动的机器齿轮的那种单调乏味的嘈杂声，人类从未和谐，不是把人性印刻到本性中，而是把自己变成职业和科学知识的一种标志。人性所选择的形式并不能决定把个体联系到整体上去的那个细微断片（人怎么可能把他的自由托付给这样一种人为的、盲目的机器呢），人类自由的智慧被固有的准则所束缚，死板的字母替代了活生生的知性，熟练的记忆比天才和感觉更能起到可靠的指导作用。

倘若社会或国家把作用作为衡量人的标准，只重视公民的记忆力、图解式的知性和机械的熟练技巧；倘若此时只重视知识而对性格没什么特殊的要求，相反地，只要求遵守公共秩序和奉公守法而把最大的无知视为优异；倘若只要求各种能力的发展却忽视了主体性格发展的完整性，为了个别的某种天赋而忽略了人心灵中其他的天赋，这怎么不使我们惊异？的确，我们知道一个天才不会把他的事业局限在职业的界限里，但是普通人会将他全部的精力消耗殆尽于他的事业中，如果普通人在不影响本职的前提下去做他们感兴趣的事情，境界便会提升。国家不提倡大材小用，它不愿失去占有人才的权利，宁愿联合乌拉尼亚的维纳斯，也不愿同基西拉的维纳斯共有人才。①

因此，为了让抽象的整体能够继续运转（或苟延残喘），必定要逐步地消灭个别的具体的生活形态。国家始终是异己于它的公民，因为他们对于国家不会有任何存在的感知。鉴于国家公民的多样性，它只能通过等级的划分来

① 原词为“地上的维纳斯”和“天上的维纳斯”。

统治并通过代表间接地来了解人性。最后在国家的眼中没有人性，把人性与知性混为一谈，对于那些不太为他们讲话的法律人们则报以冷漠的态度，终于不愿再维系那种使人性与国家不能缓解的纽带，于是积极的社会分解成道德的自然状态。在这里，权力只是一个多数的政党，需要它的人回避它、憎恨它，甚至诅咒它，而不需要的人反而尊重它、谈论它，甚至敬畏它。

人性在这两种内在和外在压力下能不能采取与它实际上所不同的路线呢？当思辨精神在观念世界中追求它认为不应丧失的占有物时，它在感性世界中就必定成为异己者，并且为了形式而摒弃实质。由于各种规则的束缚，公共事务被单调圈子所局限，这样自由的整体必然消失，并变得更加贫乏。所以，思考的心智试图按照所设想的对现实进行改造，并把想象的主观条件上升到事物的普遍规律，务实精神却走向相反的极端，按照特殊的局部经验来估量一般的经验，以为这一经验可以普遍适用于任何事务。思考的心智必定成为徒劳的精明牺牲品，而务实精神成为迂腐的局限性的牺牲品。因为前者站得过于高远，而后者又站得低矮。这种精神倾向的危害是显而易见的，而且还不仅限于知性和创造方面，它的影响所及也扩大到人的感觉和行动。我们知道，心灵的感受性就程度而言与想象力的活泼性相关，就范围而言与想象力的丰富性相关。当分析能力占主导地位时，必定剥夺了想象的激发和威力，而对象领域的进一步受限必定减少其丰富性。抽象思维的人通常具有一颗冷静的心，因为他将印象分解成不同的部分，而印象只有作为一个整体才能打动人的心灵。实干家往往具有一颗狭隘的心，因为他的想象力被单调的职业圈子所限制，而不能用另一种方式看待事物。

我只是要揭示我们这个时代性格的不良倾向并追寻其根源，而不是要归咎于天性。我可以向您承认，对人性的肢解而言，个体得不到什么好处，然而这是人类进步的唯一方式。希腊人的人性无疑表现得最充分，它既不可能长期坚持，也不可能得到进一步升华。其不能维持下去的原因是知性通过已经积累的贮备必定要从感觉和直观中分离出来并追求认识的明晰性；其不能进一步进步的原因是一定程度的明晰性只能与一定程度的丰富和热情相适应。希腊人已经达到了这一境界，倘若他们要更文明，那么必须像我们一样，放弃本性的完整性，分别在不同的道路上去探索真理。

要发展人的各种素质，除了使它们彼此对立之外，别的任何办法都徒劳无功。各种力量的这种对立是文化文明的重要工具，但也仅仅是工具而已，因为只要这种对立存在，人类就处于通向文明的途中。只有把人身上的各种力量隔离开来并强行制定单独的规则，使它们与事物的真实相矛盾，才能驱使安于事物外部表象的常人去探究事物的本质。当纯粹知性试图篡夺感性权威时，经验知性却千方百计地使纯粹知性服从于经验条件，这两股势力达到尽可能成熟并占据了其领域内的全部范围。一方面，想象力敢于通过它的恣意放纵去解除束缚世界的秩序；另一方面，它迫使理性上升到认识的最高源泉，并求助于必然性的规律来遏制想象力的肆意妄为。

当然，片面地强调这些能力不可避免地会将个体引向歧途，却将人类引向真理。由此只是把我们精神的全部能量集中在一个焦点上，把我们精神的全部潜能汇合到一种能力上，如同我们为这种能力插上翅膀，使它远远超越自然给它设置的种种限制。的确，就整体而言，任何个体都不可能用自然所赋予他的目力观测到用天文望远镜才能观察到的木星的卫星。倘若不是理性分散到个别承受它的主体身上，人类不会对无限的时空进行分析或对纯粹理性进行批判，就好像把它从各种素材中取出用高度的抽象来观察无限的能力。但是，这种分解成纯粹知性与纯粹直观的精神能不能用想象力的自由活动来代替逻辑的严密束缚，用真诚纯洁的感官来发现事物的个性呢？这里，自然也专门为全面的天才设置了一个不可逾越的界限，只要哲学家的最高职责是在预防谬误而不是探求真理，真理就成了殉道者。

不论世界作为一个整体从培养人类才干的方法中获得多大的好处，我们不能否认的是，接受这种培养的个体在这种灾难中仍要承受痛苦。体育训练固然可以使身体强壮，但是只有让身体自由均衡地运动才能孕育美。同样，精神力量的积极发展可以培养非凡之人，但是只有各种精神能力的协调才能造就出幸福和完整的人。

倘若人性的培养发现必须做出这种牺牲，那么，我们将与过去和未来的时代处于怎样的关系呢？我们曾是人性的奴隶，为了它我们从事了长达几千年的奴役劳动，被摧残的本性留下了屈辱的痕迹——以便让后世盼到幸福的安乐和道德的健康，并使他们的人性自由地展现。

但是，人为此而注定会错失某一目标吗？难道自然会为了它的目的夺走理性本身为我们规定的完整性吗？为了培养特定才能而必须牺牲整体，这是一种谬论。或者，当自然法则力图逼迫这一趋势的时候，我们有责任通过更高的艺术来恢复被破坏了的本性的完整性。

第七封信

我们应当期待国家达到和谐状态吗？那不可能，因为现在的国家正是祸首。即使更改观念中所设想的国家，也不可能作为更好的人性的基础。相反地，它只能建立在更好的人性的基础上。因此，我要把现在的探讨回到之前我们暂时离开了的那个问题上。当今时代并没有为我们提供作为国家道德改善必要条件的那种人性形式，与此相反，时代向我们展示的是它的反面。如果我之前提出的各种原则是正确的，并且事实证明了我对当今时代的描述，那么除非是达到人类的内心不再分裂、人的本性得到了充分尊重的发展，从而能使他自己成为设计师并保证人类的现实成为理性的政治创造物。如果没有这些，我们仍然会把这种国家改革的各种尝试看作不合时宜，而把建立在这一基础上的希望看作是幻想。

自然为我们的道德发展规划了必经之路。只有在低级组织中原始力量的竞争逐渐缓和，自然才会塑造自然人的高贵教养。同样，只有道德者的原始属性与盲目冲动的对抗平息下来，对立已经停止的时候，人类才能发展其多样性。另一方面，只有当人的性格的独立性得到了保证，只有使对他人专制形式的屈从让位给庄严的自由时，人类才能够使其内在的多样性服从理想的一体性。如果自然人还处在不受任何法则的约束并滥用任性时，则不能给予他自由。文明人很少应用自由，他的自由意志也不该被剥夺。如果使自由的原则退让于野蛮、冲动，那么，自由原则的馈赠就成为对社会秩序的出卖。倘若把它与盛行的软弱和自然的局限联系起来，则熄灭了独立自主性和独特性最后闪现的一点火花，那么和谐的法则就变成了反对个人的专制暴政。

今天我们的首要任务是复原那已经堕落的时代性格。一方面要排除自然的盲目力量；另一方面要恢复它的单纯、真实和丰满，这个任务不是在一个世纪内就可以完成的。我承认，在此期间一些尝试可能在个别地方会获得成功，但人类的整体性状况绝对不会因此而有所改观。行为的矛盾将始终证明准则的统一性的不存在。在世界的其他地区，人们或许尊重黑人的人性；而在欧洲，人们却亵渎了思想家的人性①。旧原则依然存在，它却穿上了时代的外衣，哲学借用了教会的名义进行教会所批准的压迫。一方面，出于对自由的恐惧（在其最初的试探中自由总是被当作敌人），人类心甘情愿投入了奴役的安逸怀抱；另一方面，出于对迂腐的监护职责的绝望，人们回归到原始状态的粗野境遇中。篡夺以人性之软弱为借口，暴力以人性之尊严为借口，直到最终一切人间事物的伟大统治者——盲目力量——介入并像拳击手那样对这些原则的表面冲突进行裁决。

第八封信

因此，哲学是否应该沮丧而绝望地从这一领域中退出呢？当形式的统治日渐巩固时，却让一切天赋中最重要最宝贵的东西受到无形的偶然支配？在政治世界中盲目力量的冲突应该永久延续下去而社会的法则永远不能战胜敌对的自私自利吗？

绝对不是！理性本身固然不会与这种抵御了理性进攻的粗暴力量直接对抗，不像《伊利亚特》中农神的儿子（宙斯）亲临凄凉的战场战斗。但是理性会从战士中间挑选最有价值的人，像宙斯对他的天使那样，赐予其神器，并通过理性的勇气和无穷的神力获取伟大的胜利。

理性竭尽全力寻求并提出法则的时候，意志能量与激情是实行法则必不可少的。如果真理要在与各种力量的斗争中获胜，那么它本身必须成为力量，并找到人类的某种本能成为它现象王国中的拥护者。因为本能是感觉唯一的能动力量。如果说真理到现在尚不能证明它有决胜的力量，不是因为知性不

① 此指北美的黑人解放斗争和欧洲对卢梭的迫害。

能揭示真理，而是因为心灵对它关闭了，本能也对它敬而远之。

在哲学和经验之光面前，为什么普遍肆虐的仍然是人们的偏见？时代受到启蒙，换而言之，知识被发现并得以传播，它足以修正我们实践的原则。自由探讨的精神消除了长期以来阻塞通向真理之门的虚妄概念，并摧毁了建立在狂热和欺骗基础上的那些庙宇。理性将感官的迷误和欺诈的诡辩消除殆尽，曾经使我们背弃自然的哲学又在大声疾呼，要我们回到自然的怀抱，那么为什么我们还是不开化的人？

在人的心灵中还存在某些东西，它们阻碍我们接受真理（尽管真理是非常明确的），还存在某些阻碍承认真理的东西（尽管真理可以得到生动地确证）。一个古代智者已经看到这一点，这个道理就隐含在这一富有意义的格言中：勇气即智慧①。

要克服天性的惰性与心灵的怯懦为智慧所设置的障碍，就要有勇气的力量。古老的神话中全能的智慧女神脱胎于丘比特的头颅，这不是没有原因的。因为实现智慧引导要做的第一件事就是战斗。在她的诞生中已经与感性进行了艰苦的斗争，因为感性不想从甜蜜的梦中被唤醒。大多数人在与困苦的斗争中筋疲力尽，以致不能在与谬误的更艰巨的斗争中再次振作。如果他自己逃避思想劳作的艰辛，满足于让别人替他思考，倘若遇到了他内心激起更高的需求时，那么，他就会抱着信任的态度接受国家和教会为这种情况所准备的公式条文。如果我们对这种不幸的人表示同情，那么，我们就会对另一部分人蔑视，因为他们有更好的处境，甘愿受基本生存需求的束缚。这些人不追求真理的光辉，却宁可要模糊概念的空想：这种真理的光芒会驱散他们迷幻的世界中的幻影，而在模糊概念的虚幻中人会感到更活跃，想象力可以随心所欲地构成适意的形象。正是在这种应该为知识所澄清的迷惘之上，他建立了自己所谓的幸福大厦。真理剥夺了他们所珍视的一切，难道他们应当为此付出如此巨大的代价？为了热爱智慧，他们应该成为智者，这些人已经感

① 贺拉斯（前65—前8年）诗体《书简》中的话。

觉到的真理，就被称作哲学。①

因此，理智的启蒙只有在对性格产生影响时才值得被尊重，它离成功尚远。在一定程度上，这种启蒙的出发点就是性格，因为心灵是通向头脑之路。感受能力的培养是当今时代最为紧迫之事，这不仅因为它是一种提高人生洞察力的手段，而且它本身就会唤起洞察力的改善。

第九封信

然而，这里是不是构成了循环论证？理论上，开化必然要以实际的文明来襄助，而实际的文明又是产生于理论上开化的？政治领域的一切改善都应该从性格的高尚化出发——但是在野蛮国家制度的支配下，人的性格怎么可能高尚？所以，我们必须寻求一种国家没有为我们提供的工具，去找到不受一切政治腐化污染、依旧纯洁的源泉。

现在，我开始讨论我所致力于此的要点。这一工具就是美的艺术，在艺术不朽的范例中找到了纯洁的源泉。艺术如同科学，摆脱了一切独断者的成见，两者都为绝对避免人的专断而感到欣慰。政治立法者可以将艺术和科学放逐，却不能在这两个领域中支配一切。他可以驱逐真理之友，真理却永远存在。他可以凌辱和藐视艺术家，却不能伪造艺术，没有什么东西比科学和艺术更忠于时代精神。艺术创造乐趣并从判断艺术乐趣的批评家那里接受法则。在时代性格变得乖张或者沉闷的地方，我们可以看到，科学固守着它的疆界，艺术却陷入规则的沉重桎梏中。时代性格松散或温和时，科学就惹人喜爱，而艺术就尽力向人们提供愉悦。自古以来，哲学家和艺术家一直在努力将真理和美注入芸芸众生的心灵深处。真理和美却以不可摧毁的生命成功地显现出来，并胜利地脱离了深渊。

时代造就艺术家，但如果这个时代之子是时代的门徒甚至是时代的宠儿，那他就并非是幸运儿。仁慈的神及时地把婴儿从母亲的怀中夺走，用更好的时代的乳汁来喂养他，并让他在遥远的希腊天空下成长。当他长大成人，他

① 这段话的依据来自毕达哥拉斯。

以一种不同的姿态回到自己的时代。然而，他的到来不是为了取悦时代，而是像亚加米农[①]的儿子那样艰辛地净化这个时代。虽然艺术家的素材是由现在的时代取得的，而他的形式却是从一代人甚至几代人取得的，是从他的本质的绝对不变的统一性中取得的。美从世外自然的纯净中涌流出，从几代人或几个时代的阴暗旋涡中翻滚，但污浊不会将它玷污。时代情绪可以玷污它的内容，也可以使其高尚化，但是纯洁的形式却能够避免这种变化。公元1世纪的罗马，人们已经长期对他们的皇帝表示臣服，神的石像依然高高竖立，神灵早已成为笑料，但寺庙依然占据神圣的地位。尼禄[②]和康茂德[③]的丑行本用宫殿遮羞，但这个建筑物的高雅与他们背道而驰。人性丧失了尊严，但是艺术拯救了它，并把它保存在意义深刻的大理石中。真理在艺术形象中得到永生，在复制品中又得以重生。正如高贵的艺术比高贵的自然有更长久的生命力一样，由灵感塑造和唤起的艺术也走在自然前面。在真理把胜利之光投向心灵深处之前，诗歌捕捉到了它的光芒；当山谷深处还被阴暗潮湿的夜晚所笼罩时，曙光就已在人性的山峰闪现了。

艺术家如何在时代的污浊面前保护自己呢？那就要蔑视时代的判断，他要仰视尊严和法则，而不俯视富足与需求。他既要摆脱瞬间留下自己痕迹的虚荣，同时也要摆脱迫不及待将艺术的绝对尺度加诸时代的狂热，把现实的领地留给知性，而艺术家努力从可能性与必然性的结合中创造出理想。他把理想铭刻在虚构与真实中，铭刻到想象力的游戏中以及行动的真情实意中，铭刻在一切感性与精神的形式下并默默地把理想投入到无限时空中。

然而，不是每一个心灵燃起理想火花的人都能以创造的沉着和持久的耐心把理想铭刻于无言之石上或注入质朴的文字中，或将理想托付给时代的忠实之士。用这种平和的手段把本能与创造力量直接置于当今时代与实际生活

---

① 亚加米农为迈锡尼王，曾发动特洛伊战争，为希腊联军的统帅。

② 尼禄（公元37—公元68年）于公元54—公元68年执政，古罗马朱里亚·喀劳狄王朝的暴君，后被迫自杀。

③ 康茂德于公元180—公元192年执政，古罗马安敦尼王朝的最后一个皇帝，凶狠残暴，后被杀。

中，试图把无形的物质转化为道德的世界，这样做过分急躁了。对富于感性的人而言，他可以更深切地感受到人类的不幸和屈辱。燃烧的热情、炽烈的欲望在充满力量的心灵中迫不及待地要求行动。但是他也要自问，道德世界的这种混乱是否伤害了他的理性，或者是否让他的自爱之心感到痛苦？如果他还不明白这一点，那么他将通过追求能够迅速明确结局时的冲动去发现它。纯粹的道德冲动指向绝没有时间概念，只要未来是由现在的必然发展而来的，未来就变成了这种冲动的现在。在毫无限制的理性面前，有了方向也就预示着成功；只要开始踏上征程，那么道路就一定畅通无阻。

如果一个热爱真理与美的年轻朋友问我，他怎样顶着时代的各种阻力去满足他胸中升腾的高贵向往，我会回答：为你意欲影响的世界指出向善的方向，从而平和的进程会带来你要的结果。如果你通过教诲令时代的思想向必然与永恒靠近，如果你通过行动或创造把必然和永恒转化为你追求的目标，那么你已然为世界指出了前进的方向。妄想和任性建立起来的大厦已经倾斜并即将坍塌；而且只要你已经确信它摇摇欲坠，它已然坍塌。它不存在于人的外部，而是存在于人的内心。你应该在你的朴素心灵中培育必胜的真理，把它从心里显示到美的世界中去。这样，不仅你的思想可以忠于它，你的感官也能爱抚地获取它的形式。当它在你的心灵中确立了理想的保护者之前，不要让它冒失地进入现实世界，以免从现实世界拿走你所提供的范例。同自己的时代生活在一起，但不要成为它的产物。给予你的同时代人以他们所需要的东西，但不提供给他们所赞赏的东西。不要去分担他们的过错，而要以高尚的情操去分担他们的困难，心甘情愿地屈从于他们所难以逃脱又难以承担的奴役。用你回绝他们所追求幸福的坚毅勇气来证明，并不是因为你怯懦才去分担他们的苦恼。当你要影响他们时，你得设想这种影响会对他们造成什么后果；当你试图为了他们而去行动时，你要按照他们实际的样子来设想。通过他们的尊严去寻求他们的赞同，但是为了他们的幸福，你要将他们的卑劣记录在册。因此，用你自身的高贵去唤起他们的高贵，同时，他们的卑劣并不会泯灭你的目标。你严肃的原则会使他们对你望而生畏，但是在游戏中他们会受到原则的潜移默化的影响。他们的鉴赏力比他们的心灵更纯洁，在审美趣味的世界里，你必须抓住这些胆怯的逃兵。你不需要攻击他们的准则，也不必指责他们的行动。但是你可以就他们的懈怠和堕落显示一下你的创造能力。你应该把他们的放逐任性、轻浮和粗俗剔除，潜移默化地从他们的行动中及他们的志趣中驱除这些劣根性。无论在何处，都使他们周围充满着高贵、伟大和精神丰富的形式，直到外观战胜现实、艺术战胜自然为止。

第十封信

通过我前面书信的内容可以知道，您与我在这一点上保持着一致：人会走上两条不同的道路，我们的时代实际上正在这两条路上彷徨，或者沦为卑劣，或者懒散和堕落。我们的时代应该通过美将人由这两条歧途引上正路。美何以能同时补救这两种相反的缺点，把这两种对立的特性在自己身上得到统一？它能够束缚野人的天性，也能解放野蛮人的本性？它能否同时达到紧张和松弛？——如果它实际上解决不了这双重的矛盾，那么，我们怎么能期待它完成人性培养这样巨大的任务呢？

诚然，我们已经听厌了这种观点，就是说发达的美感可以改良习俗，这似乎无须再做证明。依靠日常的经验我们得到结论：修养通常与知性的明晰、情感的活跃、自由思想以及行为的庄重联结在一起，而缺乏修养的人却与此相反。人们甚至用古代最有教养的民族——希腊人作为例证，他们将美发展到了最高峰，而在原始的民族或者半野蛮的民族那里却不乏相反的例证，由于粗野或冷酷而美的感觉迟钝。有时一些思想家会有这样一些想法：或者否定这一事实，或者怀疑由此得到的结论的正确性，他们既不把这些民族的那种原始性看得如此之坏，也不把开化的民族看得如此之好。在古代已经有人认为美的艺术谈不上善行，因此阻止艺术想象力进入他们的共和国。

我指的并不是那种因为没有受到它的恩惠而嘲弄它的人。这些人除了谋利的辛劳与实际利益之外不知道有别的价值尺度——他们怎么可能赞赏为人的外部及内心鉴赏力默默地奉献呢？开明文化的偶然缺陷让他们对其重大优点视而不见。缺乏形式感的人把演说言辞的优美当作谄媚，把交往中的文雅蔑视为虚伪，把行为中的大方和庄重蔑视为装模作样。这种人不会为此而原谅女神的宠儿——他作为社会活动家使所有人感到欢畅，作为实业家使所有人感到心悦诚服，作为作家使自己的整个世纪都刻上时代的烙印，而他作为勤劳的牺牲品以他的全部知识也不能引起任何人的注意，甚至移不动一块砖石。因为他绝不会从对手那里学会使人感到惬意的独特才能，所以留给他的除了对喜欢外观胜于喜爱本质的人性的惋惜之外，就没有别的了。

但是有一些人的观点倒值得我们关注，他们否定美的作用并从经验中找出了可怕的根据。他们说："不可否认，美的魅力掌握在好人手里就会更加充满魅力，但是它不会违背自己的本质，落入坏人之手会产生相反的结果，会把它对心灵的吸引力用于错误和非正义的事。其之所以如此，是因为品位只注重形式而不注重内容，从而将心灵引向危险的处境，完全忽略一切实际，只迷恋迷人的外衣而忽视真理和道德，不重视事物实质的区别，只以外观决定事物的价值。"他们接着指出："许多有能力的人并未为了美的诱惑而放弃严肃和努力的行为，至少他们没有被引诱去草率地行动！许多意志薄弱的知性仅仅为此而和公民的习俗格格不入，因为诗人流于幻想而建立了这样一个世界，使其中的一切都迥然不同。在这里没有习惯的限制，没有艺术的压制。自从各种情欲在诗人的描绘中用最耀眼的语词进行夸耀，在与法则和义务的斗争中通常建立了自己的领地，难道各种情欲没有学会任何危险的辩论术？现在，美为由真理支配的社会交往提供法则，受人尊重的程度也由外在印象决定，这给社会带来了什么呢？的确，人们看到现在各种道德欣欣向荣，在表面现象中产生了种种显著的效果并在社会中被赋予一种价值，但是，由此使一切纵欲蔓延，使所有恶心肆虐，它们都披上了一种美的外衣。"这些应当引起我们的反思，几乎在每一个艺术繁荣、鉴赏力支配一切的历史阶段，人们都会发现人性的沉沦，但也可以举出并非个别的例证，说明在任何一个民族中审美文化的高度发展和极大普及与政治自由和公民道德、社会美德与好的道德、行为的光辉与行为的真理都是齐头并进的。

在雅典和斯巴达还保持着自己的独立性，他们对法则的尊重作为立国基础时，鉴赏力还远远达不到成熟，艺术还处在幼儿期，还远远未达到美可以支配人们的心灵的地步。虽然诗歌艺术已经达到异常的顶峰，但只是靠了天才的翅膀。我们知道天才与未开化有关，是在黑暗中才闪现的光芒。它的出现不能代表时代的鉴赏力，它甚至是为了反对时代的鉴赏力而应时而生的。当伯里克利和亚历山大时期艺术的黄金时代到来的时候，鉴赏力的统治扩大到更广阔的范围，希腊国家的力量和自由已几乎消失：真理被雄辩歪曲，在苏格拉底的嘴里智慧捍卫着智慧，在佛雄①的生活中美学是犯罪。众所周知，罗马人首先在国民战争中几乎用尽了全部的力量，在我们看到希腊艺术战胜了他们性格的刚强之前，受东方奢侈之风的影响大势已去，而屈从于一个幸运君主的奴役之下。阿拉伯战斗力量在阿拔斯王朝的基础衰败下来以后，文明才出现曙光。近代的意大利，美的艺术同样是出现在伦巴第②的神圣联盟破裂之后，佛罗伦萨服从于美第奇家族③；当那些勇敢的城市独立的精神让位于不光彩的屈服时，美的艺术出现了。再以现代国家为例证，说明在同样的情况下，文明程度是随着自由度的下降而提高的。在古代世界中，我们会发现鉴赏力和自由各自规避，美只是在英雄道德堕落时才建立起它的统治。

这种以牺牲审美性格力量建立审美文化正是人身上所有伟大和卓越事业的最有效的原动力，任何巨大的优势都不能弥补它的缺位。倘若我们只从现在的经验中估量美的影响力，那么，我们必定不会竭尽全力去培养对人的真正教养有威胁的感性。人们宁肯不顾粗野与强硬的威慑而舍弃美的融合力，也不愿看到人类本性遭受萎靡不振的影响。但是，经验不适合决定这一问题，在审视证据以前，人们并不怀疑我们所谈论的美学与之前所证明的例子相同。看来，首先要明确的概念，这一概念除了根据经验之外还有其他的来源。因为通过这一概念我们才能弄清楚，在经验中称为美的东西是不是有理由承受美这个名称。

倘若需要指出这一概念，那么美的纯粹理性概念只能以抽象的方法去探求，并可由感性与理性本性的能力中得出推论，因为它不能从实际的事例中获得，而是要依靠它来指导和调整我们对各种事例的判断。总而言之，美只

---

① 佛雄（公元前 402—公元前 318 年）政治家、雅典将军，后被民主派处死。

② 位于意大利北部的城市。

③ 美第奇家族曾是意大利佛罗伦萨地区的名门望族。

能表现为人性的一种必要组成部分。我们现在必须提高到人性的纯粹概念上，因为经验只是说明个别人的个别状态，而绝不能表现整个人类。因此，我们必须从个体的、变化着的表现方式中发现绝对和永恒的存在，尝试通过排除一切偶然的限制来获取人性存在的必然条件，虽然这种先验的方法会暂时让我们摆脱现象常规的圈子和事物的生动显示，而停留在抽象概念的纯粹领地，但是我们要寻求认知不可动摇的牢固基础，如果不敢突破现实，就绝不会探求到真理。

第十一封信

抽象上升到一定高度，就会得到两个概念，它们使抽象终止并呈现其区分的界限。抽象，在人的身上，可以区分出持久不变的东西和经常变化的东西，恒定不变者称为人格，频繁变动者称为状态。人格和状态即自我与源自于“我”的规定性。只有在必然的存在中我们才能将这两者看作是同一的，而在有限的存在中则永远是两个东西。状态在人格的不变中变化，人格在状态的变化中不变。我们始终保持着我们自己的样子——从静止到运动，由慷慨激昂到漠不关心，从和谐到矛盾。在绝对的主体中，人做出的决定取决于人格，因为这些规定性本身来自人格。神性所具有的一切，人格也都具有，因为它就是人格。它之所以具有永恒性，是因为它是永恒不变的。

作为有限存在的人，人格不同于状态。因此，我们既不能把人格作为状态的基础，也不能把状态当作人格的基础。倘若是后一种情形，人格就会产生变化；倘若是前一种情形，那么状态就会保持恒定。在任何一种情况下，就都不存在人格和有限性了。不是因为我们思考、愿想和感觉，我们才存在；也不是因为我们存在，我们才会思考、愿想和感觉。我们有感觉、思考和欲望，是因为在我们的存在之外有另外的存在。

因此，人格必须建立于自己的基础之上，因为永恒不会产生于变化，这种对我们来说处于首要的东西就是绝对的、以自身为基础存在的观念，即自由。状态必然也有其基础，它不是通过人格来实现的，所以，它不是绝对的，这种对我们而言处于第二位的东西就是一切赖以存在或形成的条件，即时间。

"时间是一切变化的条件"，这句话可以说明上述观点，即"演替是某些事物产生的条件"。

人格在恒定的自我中显示自我，它只在内心深处，不能以时间为开始。正好相反，时间以人格为基础，因为一切变化都以恒定不变为依据。倘若存在变化，那就必须有某些东西在变化，而不是其本体在变化。当我们提到花开花落的时候，我们是把花看作变化中恒定的存在，用它来比作人格，从中表现出花开、花落两种状态。毋庸置疑，人会出生、长大、失去，这是变化，人不单纯是一般的人，而是处在一定状态中的人。在时间中我们已经形成了特定的状态，因此，人作为一种现象必然有一个开始，尽管他身上的纯粹理智是永恒不变的。没有时间就没有变化，人就不会是特定的存在，他的人格存在于天赋中，而不会存在于实在中。只有通过他的持续不断的表现，才能显现出不变的自我。

因此，人首先要感知到最高智慧自身所创造的活动之物或实在性，而且，人只有通过知觉把其当作在空间上存在于自身以外、在时间上在自身之内变化之物，才能感知到它们。在他自身之内变化着的东西伴随着他不变的自我——在各种变化中他的自我都是恒定的。将各种知觉转化为经验，即转化成认识的统一体，把他在时间中的诸种表现方式构成适用于一切时间的规律，是通过其理性本性所赋予他的规则。只有人在变化的时候，他们才存在；只有人保持恒定不变的时候，他的人格才存在。要想在变化的潮流中成完美的人，则应该永远保持恒定不变。

我们知道，有一种无限的存在物，即神性，我们只能称之为具有神性的倾向，这种倾向的无限使命是神性最根本的标志，即权能（所有可能的现实性）的绝对性体现和表现（所有现实事物的必然性）的绝对统一。毋庸置疑，人自身的人格中具有这种趋于神性的禀性，通向神性的道路，倘若我们可以把这条永远不能抵达目标的路称为道路的话，需要从感性开始。

离开一切感性来看人的人格，那只不过是一种可能具有无限表现的灵智，只要人不观照它和感觉它，它就是一种形式和空洞的权能。如果离开精神自发性来看人的感性，感性只不过是一种素材，因为没有感性，人就只是形式，但绝不会把人与物质结合在一起。如果人仅仅停留在感觉上，仅仅是在渴求某种东西或把行动停留在某种欲求上，人就只存在于物质生活中，这里我们把世界理解为存在于无形式内容的时间中。只有人的感性才能使他的能力转变为行动力，但也只有在他的理性人格之上，这些活动才能成为他自己的活动。所以，为了使自己不仅是作为物质存在，人必须赋予物质以某种形式；而为了不只是一种徒具形式或空洞的物，人必须将自己的天赋禀性具化成实在。创造时间，将变化与恒定对立起来，使人的自我永恒与物质的多样性相对立，他就将形式赋予了物质；排除时间，维持变化中的恒定，使物质的多样性服从人的自我的统一，人就将形式具化成了物质。

由此产生对人的两种相反的要求，它们是感性和理性的两种基本法则。前者要求绝对的实在性，它把形式具化为物质，使人的一切素质表现出来；后者要求绝对的形式性，它要把物质的存在消除在人的自身之内，使人的一切变化处于和谐中。换言之，人必须把一切内在的东西外化，把一切外在的事物赋予形式，这两项任务的充分实现就可以归结为我们开始时提到的神性概念。

第十二封信

为了完成双重任务，即把我们自身之内必然的东西转化为现实，并使我们自身之外现实的东西服从必然性的规律，我们受到两种相反力量的驱策。因为它们推动我们去分别实现目标，所以我们可以非常恰当地称它们为“冲动或本能”。前者称为感性冲动，它是从人的物质存在之天性中自然而然地产生的。它把人置于时间的限制之内，并使人成为物质的存在。不是给人以物质，因为这已经属于人格的一种自由活动，这种活动承受物质并和恒定不变的自身相区别。在这里，物质无非是在时间中完成的变化或者实在。所以，这种冲动不但要求变化，而且要求时间具有内容。单纯占有时间的这种状态被称为感觉，它只是由它本身表明人的自然存在。

因为存在于时间中的事物都是相继的，因而，一旦确定一些事物的存在，其他一切事物的存在就被排除了。当人在乐器上弹奏一个音符时，只有这个音符在所有可能发音的音符中是现实的。当人在感受现实的时候，他规定的全部无限可能性就只限于这种个别的存在方式。有这种冲动起作用的地方必然存在最大的局限。人处于这种状态中，好比度量中的一个单位级、时间中的一瞬——或者，更确切地说，人不存在，因为只要人受感觉支配，被时间俘获，他的人格也就被废弃了。

只要人是有限的存在物，感性冲动的领域就会不断扩展。因为所有的形式只有在物质上才能够呈现，所有绝对的事物只有通过限制的媒介才能够得到呈现。因此，人性的全部表现都与感性冲动紧密相连。虽然感性冲动只唤醒和发展了人性，但只靠它是不现实的。感性冲动用坚韧的纽带把努力向上的精神捆绑在感性世界上，把有着无限自由的抽象拉回到现时的界限之内。虽然思想可以暂时脱离这种冲动，坚强的意志也可以在抵制它的要求时取得暂时的胜利，但是不久被压抑的本性就会重新主张它的权力，让存在回到实在，使我们认识的内容和我们的活动恢复到充满物质性的、可认知的，且有了目标的状态。

两种冲动中的第二种冲动，我们称之为形式冲动。它产生于人的绝对存在或理性天性，力图使人处于自由之中，使人表现的多样性处于和谐中，在状态的千变万化中保持其人格的恒定。因为人格作为绝对不可分割的统一体绝不会与自己本身相矛盾，因为我们永远是我们自身，所以，那种要求人格不变的冲动除了要求永久性之外别无他求。因此，它此刻决定是永远的决断，它为现在的命令是永久的命令。因此，它囊括了整个时间序列，也就是说，它摒弃了时间，杜绝了变化，它要使现实的事物成为必然和永恒，并且使永恒和必然事物成为现实。换言之，真实性和合理性是这种冲动的诉求。

如果第一种冲动只提供事件，那么，第二种冲动就提供法则——当涉及认知时，它就是各种判断的法则；当涉及行动时，它就是各种意志的法则。当我们认识一个对象，我们赋予主体的状态以客观有效性；当我们根据认知来行动，我们把客观事物作为我们的状态规定的根据——在这两种情况下，我们都是把某种状态从时间中夺回来，并使这种状态对一切人和一切时间都成为实在，也就是说具有普遍性和必然性。感觉只能说："对于主体和时间，都是实在的。”而对其他主体和其他时间，当前感觉的这一判断则可能被取消。但是，当思想说：“这是存在的。”那么，它是永久性的决断，它决断的有效性通过人格本身来担保，人格拒斥了一切变化。爱好只能说：“这对你个人和你现在的需要是好的。”但你个人与你现在的需要将随着变化而消逝，现在你所强烈追求的有一天或许会成为你所厌恶的。但是，如果道德情感宣告：“这应当存在。”因此它成为永恒的决断——要是你因为这是真理而皈依真理；要是你因为这是正当的而将其付诸实践，那么你已经用个别事件的法则来对待一切行事的准则，你生命中的瞬间变成了永恒。

所以，在形式冲动支配一切、纯粹客体在我们的内心起作用时，存在就会得到最大限度地扩大，人由贫乏的感性所限定的数量统一体提高到容纳整个现象领域的观念统一体。在这一过程中，我们不再处于时间之中，时间则以其整个无限的序列处于我们之中。我们就不再是个人，而是人类。所有精神的决断都是通过我们自己做出的，所有内心的抉择都是由我们的行动表现出来的。

第十三封信

初看起来，这两种冲动的倾向彼此完全对立，一种始终在变化，另一种始终保持恒定。这两种冲动完全说明人性的概念，而能够调解这两种冲动的第三种冲动——基本冲动——则是一种不可思议的概念。所以，我们如何才能恢复被这两种对立的倾向破坏了的人性一体性呢？

的确，这两种冲动看似是矛盾的，但不难看出，它们不在同一个主体中。不相遇的事物是不会发生矛盾的。感性冲动不要求把变化扩展到人格及其领域，不要求改变原则。形式冲动寻求一体性与恒定时，并不要求状态也随着人格而保持不变，并不要求感觉是同一的。所以，在本性上它们并不是相互对立的。倘若它们看起来是对立的，那么，只是由于它们忽视了自身并扰乱了彼此的领域而违背了自然。

文明的任务就是从两者出发，保证这两种冲动处于各自固有的范围内。所以，文明应当使二者具有同等的权力，不要对着感性冲动。因此教养承担着双重的职责，首先，是要使感性避开自由的干扰；其次，要使人格远离感觉力量的支配。通过培养审美以完成第一个职责，通过培养理性观念以完成第二个职责。

世界在时间和变化中发展，因此这种把人与世界连接起来的功能若是完善的，它就必然在最大程度上拥有可变性和可延性。因为人格在变化中是恒定的，所以，那种和变化对立的功能的完善性必然具有极大的自由性。感受性的方面越多，这种感受性越灵活，它对各种现象提供的表象就越多，人就越能把握世界，并且人自身的天赋得到发展。相应地，人格获得的力量与深度越大，理性获得的自由就越多，人就可以更多地理解世界，越能将形式具化、外显。因此，人的修养就在于：一方面，使人的感受功能更多地接触世界，从而在情感方面充分发挥主动性；另一方面，使确定功能保持对感受能力的最大独立性，并在理性方面充分发展能动性。结合这两种特性，人就会兼有最饱满的存在和高度的独立与自由，他就不会失去世界，而是以其现象的无限性将世界纳入到自身之中，并使之服从于他的理性的统一体。

这时，人或许会颠倒这种关系，此时这两条路就走不通了。人可能把能动力量表现出的强度置于被动力之上，使物质冲动处于形式冲动之上，把感受功能视为决断功能。人也可把受动力的可延性归于能动力，使形式冲动侵占了物质冲动，从而让感觉功能代替决断功能。在第一种情况下，人就绝不再是他自己；在第二种情况下，人就不复存在了。因此，在这两种情况下，他既不是前者也不是后者，而是成为非实体。

倘若感性冲动具有决断的功能，那么，感性冲动就成为立法者。物质世界压制人格时，人就失去了其作为客体存在的所得。可以说，人只是时间的内容时，他就不存在了并且不再具有内容。人的状态与他的人格一起消失不见，因为这两个概念是相互关联的。因为状态与人格是相关联的——有限的实体就意味着有无限的实体。倘若形式冲动有感受功能，也就是说，思想先于感觉，人格先于其自身并代替了物质世界，人便不再作为主体，人也失去了作为主体所得的自主性。因为恒定包含了变化，实在也需要有所限制才能显露自身。一旦人只是形式，那么，他就不具有形式，并随着状态消失了。

总而言之，只要人是独立的，实在就处于他的自身以外，人才能感受。只要他有感受，实在就在他自身之内，他才是一种思维的力量。

因此，两种冲动需要加以限制，并且只要把它们作为力量来看待，冲动就需要缓和。感性冲动不要进入立法的领域，理性冲动不要进入感觉的领域。感性冲动的缓和绝不能是肉体无能为力与感觉迟钝的结果，这在任何地方都是值得蔑视的。它只能是一种自由的行动，同时只能是人格的一种活动，这种活动通过道德的强度削弱了感性的强度，通过对印象的支配减轻印象的深度而拓展印象的广度。气质的界限是性格确定的，因为只有依靠精神才能使感性丧失。形式冲动的缓和同样不是精神无能为力与思考力或意志力懒散的结果，这只能造成人性的退化。它荣耀的源泉来自于感觉的丰富，感性本身必定要以决胜的力量守卫自己的领域，并抵抗精神随时发起的进攻。总而言之，物质冲动必须靠人格来遏制，形式冲动必须靠感性或天性维持自己的范围。

第十四封信

现在，我们了解到这两种冲动的相互关系。一种冲动的活动为另一方奠定了基础，也对其加以限制，每一种冲动正是通过另外一种冲动的活动来达到它的最高表现。

的确，两种冲动的这种相互关系只是理性概念，只有在人生存的完善状态中才能彻底解决。这是人性的基本概念，人只能在时间的过程中不断接近它，却永远不能达到。“人不应该牺牲他的实在以追求形式，也不应该为了追求实在而牺牲形式。人应该通过特定的存在追求绝对的存在，通过无限的存在追求特定的存在。人应当面对世界，因为他是人；并且作为人，他就要面对着世界。因为他有意识，因此他就得感受；人在感受，其自身就必定有意识。”只要满足两种冲动的一种，或者在满足一方后再满足另一方，那么，他就绝不会懂得这个概念的意义。因为如果他仅是感受，他的绝对人格或绝对与存在对他而言就是一种隐匿；如果他仅是思考，他在时间中的存在或状态对他而言就依然是一种秘密。但是，当人同时具有这两种体验，当他同时意识到自由与存在，当他同时感知作为内容的存在与自身作为精神存在的话，那么，在这些情况下并且只有在这些情况下，人才具有自己人性的完整直觉，并能纠正自觉的客体，便成了他完整命运的象征，因此，成为无限存在的表现（因为这只有在时间的整体性上才能达到）。

假如在经验中可以出现这种情况，它们就会在人的身上引起一种新的冲动。之所以是新的冲动，是因为另外的两种冲动在人身上同时发挥作用产生了它，它和其中每一种都是不一致的，所以有理由把它当作是一种新的冲动。感性冲动要有变化，使时间具有内容；形式冲动要排除掉时间，使之保持恒定。这种新的冲动，结合了那两种冲动（在我们尚未论证这一名称前，请允许我暂时称它为游戏冲动）。游戏冲动的目标是在时间中消除时间，使形成和绝对存在相协调，使变化和统一相协调。

感性冲动要被决断，它要感知自己的对象；形式冲动要自主决断，它要创造自己的对象。游戏冲动将试图像它自己所产生的那样来感受，并像人的感官所感受的那样来产生对象。

感性冲动在自己的主体中拒斥了一切自主和自由，形式冲动则拒斥了一切依从性与受动性。但是，自由的排除是自然的必然性，受动的排除是道德的必然性。因此，两种冲动都强制精神。不同的是，前者压制了自然法则，而后者压制了理性法则。在游戏冲动中，两种冲动的作用结合在一起，同时在道德方面与自然方面强制精神，因为它排除了一切偶然性与一切强制性，使人在物质方面与道德方面都达到自由。当我们满怀热情地去拥抱一个我们本应轻视的人时，我们就深切地感觉到自然的强制。当我们对一个值得尊敬的人流露出敌视之意时，我们就痛苦地感到理性的强制。如果一个人既能赢得我们的喜爱，又能博得我们的尊敬，那么，情感的压力和理性的压力就同时消失殆尽，我们就开始喜欢他，换言之，我们会带着喜爱和尊重与他游戏。

此外，当我们在物质上受到感性冲动的强制并在道德上受到形式冲动的强制时，那么，前者令我们的形式特性变成偶然，后者令我们的物质特性变成偶然。简而言之，我们的幸福是否与我们的完整性具有一致性，或者我们的物质特性是否与我们的形式特性具有一致性，都成了偶然。因此，把两种冲动结合在一起的游戏冲动，将同时使我们的形式特性与物质特性成为偶然，同时也使我们的完整性与幸福成为偶然。因为游戏冲动使两者成为偶然，因为偶然性随着必然性的消失而消失，所以它将去除掉两者之中的偶然性，使形式进入物质的范畴，使实在进入形式的范畴。它愈对感觉与情感产生动态影响，就愈使感觉与情感符合理性的观念；它愈从理性的法则中剥离道德的强制，也就愈使理性的法则与感性的兴趣相协调。

第十五封信

通过一种并不轻松的方式，我把您引向更加接近的目标。倘若您愿意继续与我同行，不久就会豁然开朗，看到美丽的风景，这一生动的景象将是您的旅途辛劳的回报。

用一个普通的概念来说明感性冲动的对象，那就是最广义的生命。这个概念指全部物质存在和一切直接呈现于感官的东西。形式冲动的对象也用一个普通的概念来说明，就是同时用本义和引申义的形象，这个概念包含事物一切形式方面的性质以及它与各种思考力的关系。游戏冲动的对象用一个普通的概念来说明，可以叫作活的形象，这个概念指现象的一切审美性质，换言之，就是最广义的美。

根据这种解释，倘若美是这样的，那么，它就既不延伸到整个生物界，也不仅限于生物界。一块大理石尽管始终是无生命的，却能由建筑师与雕塑家把它变为活的形象。尽管一个人有生命和形象，却不就此论定他就是活的形象。若成为活的形象，那就需要他的形象就是生命，而他的生命就是形象。如果我们只联想到他的形象，那形象是没有生命的，仍是单纯的抽象；如果我们还只是感知到他的生命，那生命就还没有形象可言，还只是简单的印象。只有当他的形式活在我们的感觉里，他的生命在我们的知性中取得形式时，他才具有活生生的形象。无论何时，这都是我们对人的审美标准。

我们了解了美的那些构成，但是这些尚不能说明美产生的源头，因为我们还需要对那种结合本身有所了解，这种结合对于我们而言如同在有限和无限之间的各种相互作用一样，还缺乏足够的研究。理性由先验为基础做出如下要求：在形式冲动和感性冲动间应当有某种联系即游戏冲动，因为它是实在和形式的统一、偶然和必然的统一、被动和主动的统一，它使人性的概念得以完善。它必定申明这种主张，因为它就是理性。因为就其本质而言，它要求完满并排除所有限制，这一种或另一种冲动的单独活动不能形成人性的完整，并会对人性形成一种限制。因此，只要理性表明人性应该存在，那么它就同样由此提出这一规律；只要理性告诉我们有人性存在，我们就清楚有美存在。不论是理性还是经验，都不能告诉我们怎样才是美，怎样才使人性存在。

据我们所知，人不只是物质，也不只是精神。所以，作为人性的完美实现，美既不能像那些过分执着经验证据的敏感观察家所主张的那样，美单单只是生命（当今时代的鉴赏力总是试图把美降低为生命），也不能像那些与经验颇有距离的艺术家和在解释美时受艺术影响而爱幻想的艺术家所认为的那样，美只是形象。美是这两种冲动的共同对象，也就是游戏冲动的对象。这个名称完全符合语言的习惯用法，通常游戏这一名词表示凡是在主观与客观方面都不是偶然而同时又不受外在和内在强迫的事物。心灵在美的直观中处于法则与需要之间恰到好处的位置，正因为它介于这两者之间，它才避免了规律与需要的强制。物质冲动与形式冲动在它们的要求上都是真真切切的，因为在认知上，前者与事物的实在性相关联，后者与事物的必然性相关联；而在行动上，前者的目的在于维持生命，后者的目的在于维护尊严，两者都旨在真实与完美。当尊严与生命混为一体时，生命就无关紧要了。只要爱好开始发挥作用，责任就不再是强制的了。同样，只要事物的现实、物质的真理与形式的真理和必然性的规律相结合，心灵便会更自由地、冷静地接受它们。只要直觉能够与意志相伴，就不会再感到抽象难以接受了。总而言之，当意志与观念交流时，所有实在就失去了它的价值，因为它变渺小了；当意志与感觉相联系时，必然也失去了它的严肃价值，因为它变轻松了。

但是，您或许早就想要对我进行反驳，说我把美当作简单的游戏，将它与“游戏”一词通常所指的那些轻薄对象等同起来，这对美不是一种贬低吗？如果我们把它限制为单纯的游戏，那不是与作为教养工具的美的理性概念与尊严相矛盾吗？那不是与游戏的经验概念相矛盾吗？这种游戏可以排除一切审美趣味而存在，还单纯限于美吗？

在人的各种状态下，正是游戏，也只有游戏，才能使人达到完美并同时发展人的双重天性，但把它叫作单纯的游戏是为什么呢？按照您的概念，您把这看作是限制，但是依据我已有的证明，我认为这是一种扩展。所以，我倒宁可反过来说，只有对于愉快的、美好的和完整的东西，人才是认真的。但是，对于美，人却和它游戏。的确，我们在这里不能想到流行于现实生活的那种游戏，通常它只是针对真正物质的对象。不过，我们在现实生活中去寻找这里所谈的美也将徒劳无益。现实存在的美与现实存在的游戏冲动彼此相配，但是理性提出的美的理想也给出了游戏冲动的理想：这种理想应该在人的一切游戏中有所显现。

如果人在满足游戏冲动的道路上去追求美的理想，那么人就不会迷失方向。希腊人在奥林匹克运动会进行力量、速度、灵巧的非流血竞赛中，在才能的高尚竞技中才能感觉到愉悦，而罗马人却热衷于角斗士比赛或与利比亚对手的决死角斗，我们便能理解，为什么我们不从罗马那里寻求维纳斯、朱诺和阿波罗的理想形象，而却要从希腊那里来寻求这些形象的原因。理性告诉我们：美不应只是生活，也不应只是形式，而是活的形象。换句话说，只要美向人表明绝对形式性和绝对实在性的双重法则，美就是存在的。因此理性表明：人与美只应是游戏，人应该只跟美一起游戏。

归根结底，只有当人在完全意义上是人时，他才可以游戏；只有当人游戏时，他才是完整的人。从表面来看，这一命题似乎不合情理，但当我们把这一命题用于责任和命运这两种严肃事情的时候，它将有深刻的意义。我可以向您保证，它将会支撑起审美艺术与更为艰难的生活技艺的整个体系。然而，只有在科学中这一命题才是预料不到的，在希腊人的艺术情感中，在他们最优秀的大师们那里，这一命题早就存在并发挥作用。只是他们把本来应该在人世间实现的事转移至奥林匹斯山上。由这一命题的真理所引导，他们不仅抹去了世人面颊上因辛苦劳作而增加的皱纹，使其不会有喜怒哀乐不会喜形于色。他们摆脱了各种各样的目的、责任、烦恼的束缚而得到永恒的满足，使无所事事与漫不经心成为诸神的令人羡慕的命运：命运是一个较为人性的名称，它表示最自由与崇高的存在。只有既解除了自然法则的物质压迫，又解除了道德法则的精神限制，在同时围绕这两个世界必然性的更高概念和由两种必然性的统一中，他们才能得到真正的自由。在这种精神的鼓舞之下，他们在自己理想的特征和爱好中同时抹去了意志的所有痕迹。更恰当地说，他们使这两者难以辨认，因为他们了解怎样使两者形成牢固的联盟。朱诺雕像那光彩耀人的容颜告诉我们的，既非优美也非尊严，它不是分别的这两者，因为它同时是这两者。女神要求我们的尊崇，而仙女般的女性则引发我们炽烈的爱。然而，当我们陶醉于天上的仁慈时，又震慑于天上的自满自足。整个形象休憩于自身之中，它是一个完整的造物，当它在空间的彼岸时，没有屈从和反抗，与各种力量相搏斗的能力显得并不重要，尘世所产生的弱点也不存在。我们一方面不可抗拒女性的诱惑，一方面对其尊严保持距离，我们便处于极大的安宁中，产生了一种奇妙的印象。知性没有任何概念、语言没有任何名称可以用来描述这种情形。

第十六封信

我们已经看到，美产生于两种对立冲动的相互作用以及两种对立原则的结合，所以我们要在实在和形式的尽可能完善的结合与平衡中寻找美的最高理想。这种平衡永远只是一种理想，在现实中它绝不可能完全达到。在现实中，总是某种因素比另一种因素占优势，经验所能达到的只是摇摆于这两个原则之间，有时实在占据优势，有时形式占据优势。因此，观念中的美永远不可分割而且具有独特性，因为平衡只能有一个，而经验中的美却不是这样，它永远是双重的。在摇摆中会以两种方式破坏平衡，不是偏于这边，就是偏于那边。

在上封信中，我已经指出，从上面的论述也可以推论出，由美可以同时产生激励与协调两种作用。激励的作用可以使感性冲动与形式冲动互不干扰，协调的作用可以令两种冲动都保持其力量。但是，从概念上来说，这两种作用根本上只是一种，因为它们相互包含，互为条件。由于相互作用，这两种冲动既制约对方又受到对方的制约，美是其最纯粹的产物。但是，经验不能为我们提供如此完美的相互作用的范例，而是或多或少因一方的优势而导致另一方的劣势，或以一方的不足造成另一方的优势。因此，凡是在经验美中只是由想象区别开的东西，以实际存在而彼此不同。尽管理想的美是不可分割的和单一的，但在不同的关系中却显现出融合性与振奋性。在经验美中，存在一种融合性的美和一种振奋性的美。把绝对纳入时间的界限、把理性观念实现于人性之中时，情况就是这样，而且永远会是这样。所以，热衷思考的人只在心中思索道德、真理与幸福，而爱行动的人却只在道德允许的范围内行事，只运用真理，只享受幸福的生活。把后一种人引导回到前一种人——使道德替代道德行为、知识替代认知、幸福替代幸福的体验，这就是物质与德育教育的任务；审美教育的职责在于，使人不以为美的事物都为美。

振奋性的美仍留有粗野和僵化的某些残余，同样，融合性的美能使人对某种软弱有所反抗。因此，前者的作用是使精神不但适应物质方面而且适应道德方面；并且为了改善它的敏捷性，降低性情与性格对感受印象的阻碍，使善良的人性受到野蛮本性才应遭遇的压抑，这种野蛮本性也具有自由的人格才会有的力量。因此，我们在人性中发现了巨大力量与丰富元气的时代，真正伟大的思想常与狂妄冒险有不解之缘，崇高的情感与过度激情相伴而生。人们在规则与形式的时代发现了本性常常受到支配和压制、被超越和凌辱。因为融合性的美是使精神在道德领域及自然领域都得到松弛，欲望的干扰窒息了情感的力量，使性格也受到只有情欲才会遭遇的力量消耗。所以，在这种所谓文明开化的时代，人们多看到温情变成软弱，坦率变成肤浅，正确被变成空洞，自由性变成随意性，自在变成轻浮，安详变成冷漠，而最令人鄙视的讽刺画和最美好的人性直接相邻。在物质与形式两方面都受到强制的人需要融合性的美，因为在他对和谐与优美开始敏感之前，他早已被伟大和力量所激励。醉心于审美趣味的人需要一种振奋性的美，因为他在文明状态中极易失去粗野状态所带来的力量。

我们对美的影响与对审美价值的判断时经常会遇到矛盾，我想我已回答清楚了。倘若我们考虑到存在两种经验美，美的这两个方面都以各自特殊的方式加以证明，那么就可以对这种矛盾做出解释了。只要我们区分这两种美相对应的人性的两种需要，也就解决了这一矛盾。只有在思想上的那种美和人性的形式相互融洽，它们的主张才会变得合乎情理。

沿着自然与审美之路，我将继续我的探讨，并把各种美提高到美的概念。我将评估融合性的美对人的作用和振奋性的美对松弛的人所产生的影响，从而让两种对立的美结合为理想美；同时，让人性的两种对立形式融合在理想的人的统一体中。

第十七封信

从人性的概念推导美的普遍概念时（除了这一概念直接建立在人性的本质基础上并与有限的概念紧密联系外），我们不需要考虑人性概念的其他限制。我们不用考虑在实际生活中可能的限制，从理性中描绘这一天性，它是需求的源泉，与人性的理想一起，我们同时得到了美的理想。

但是，现在我们从观念领域回归到实在中，以便于寻找处于特定状态的人，这种人并非源自纯粹人性概念，而是源自外在环境和他的自由的觉醒。不管人性的概念受到多少制约，我们已从这一概念的单纯内容中得知，整体来说，它只会产生两种对立的偏向。倘若人的完整性在于他的感性与精神力量的和谐能力，那么，他可能由于缺乏和谐或者缺乏能力而不能实现这种完整性。在我们获得与此有关的经验证据以前，我们事先根据理性已经明白，我们所看到的现实的、有局限性的人，或者由于各种力量的偏离活动而破坏了人本质的和谐，或者由于人的本性的统一是建立在他的感性和精神力量的单调松弛状态而分别处于紧张状态或松弛状态。正如现在所要证明的，我们将通过美抑制这两种对立的限制，在松弛的人身上重获和谐与活力，并用这种方式恢复对绝对状态的局限，使人成为完全意义上的人。

因此，现实中的美并不违背思辨中美的概念，我们能将其适用于人性的纯粹概念上。在人身上，美所发现的已受损及仍在反抗的事物，以其个体特性与美混在一起，令美丧失了美的理想中的完整性。所以，在现实中，特殊的美占少数，纯粹的美更广泛。在紧张时，人失去了自由与多样性；在松弛时，人失去了活力。现在我们了解了它真实的特性，而不会被这种矛盾的现象所蒙蔽。与此不同的是，很多评论家从个别经验出发来形成他们的概念，把人在其影响下所表现出来的缺点归咎于美。然而我们明白，人将个体的不完善性转移给美，而由于主观限制不可避免地制约了美的完整，并把美的绝对理想降低到两种受到限制的表现形式上。

我们认为融合性的美是为了使意志松弛，而振奋性的美是为了使意志饱满。倘若一个人同时受到感觉和概念的压力，那么，我就称他处于冲动状态。在人的两种基本冲动中，每一种的单独统治对他而言都是一种强制与暴力状态。自由只存在于人的两种本性的共同作用中。由情感支配的人或感性紧张的人能够通过形式来松弛并使之处于自由中；由规则支配的或精神紧张的人能够通过平静使之处于自由中。为了满足这双重的任务，融合性的美将呈现出两种不同的形态，首先，作为安静的形式，它使粗野的生活和缓下来，并为人从感觉到思维的转化拓展道路；其次，作为活的形象，它以感性力量丰富抽象的形式，使概念趋向直观，使法则趋向情感。它对自然的人发挥第一种作用，对有文明开化的人发挥第二种作用。不过，因为融合性的美在这两种情况下不能完全随心所欲地运用它的物质，而取决于无形式的自然或非自然的艺术，所以，在这两种情况下，这种美还留有原始的痕迹。在前一种情况，它多消失于物质生命中，在后一种情况，它多消失于单纯抽象的形式。

怎样通过美来消除上述两种松弛？我们必须尝试研究它在人的心灵中的根源。所以，请您暂且留在思辨的领域，为您将来永远地解决这一问题，以坚定的心态迈向经验的领域做准备。

第十八封信

美引领感性的人走向形式和思想的领域，美引领灵性的人走向物质世界，并对其恢复了感性。

从这一点似乎可以得出结论，在物质与形式、受动与能动之间存在一种折中状态，而美使我们处于这种状态之中。事实上，多数人由美本身也可以得到这一概念。只要人开始考虑美的作用，全部经验都能够阐明这一点。另一方面，这一概念与任何概念都不一致并存在矛盾。因为物质与形式、受动与能动、感觉与思维之间是相斥的，没有其他事物可以成为它们之间的桥梁。我们如何消除这个矛盾呢？美联系着感觉和思维这两种对立状态，而在这两者之间又根本没有沟通的桥梁。前者确立于经验，后者直接确立于理性。

这是所带来的问题中最关键之一。倘若我们可以圆满地处理这个问题，那么我们就可以寻找到线索，引领我们走出整座美学的迷宫。

但是这与两种大不相同的推论方式有关联，它们在这一探讨中必然是互补的。也就是说，美和两种相互对立而又绝不会一致的状态相关联。我们须从对立出发，从其全部纯粹性和严肃性方面理解与承认它们，以最明确的方式把这两种状态区分开来；否则，我们会把两者混淆。其次，美联结着这两种对立的状态，因而消除了对立。但是由于这两种状态永远维持着相互对立的状态，所以它们的结合无非是它们的被扬弃。所以我们的第二项任务就是，使这种结合完善，令它们达到如此纯粹与完美的状态，以至两种状态完全消失在第三种状态中，而在整体上不留下丝毫痕迹，否则我们就是对其分化而不是使它们结合。在哲学界，美的概念曾占据支配地位，今天仍有部分起支配作用，这些争论的根源是由于人们的探讨没有从应有的严格区分开始，没有使这一探讨达到完全纯粹的结合。一些哲学家思考这一问题时盲目依赖情感的引导，而不能达到美的概念，因为他们在感性印象的整体中没有做出各种区分。而另一些哲学家孤立地把知性当作向导，也根本不能达到美的概念，因为他们在美的整体中只看到各个部分。在他们看来，精神与物质即使在完全统一中也永远呈分离状态。前者在区分情感中联结物的时候，不敢对美进行动态的扬弃；后者在总结知性中呈分离状态时，没有勇气把作为概念的美进行逻辑的扬弃。前者试图依据美的作用来思考美；后者试图使美依据他们思考的那样起作用。两者都不能得到真理：前者是因为他们试图用自己有限的思维能力来模仿无限的自然，后者是因为他们试图用他们的思维法则限制无限的自然。前者担心对美的分解会限制它的自由，后者忧虑过分大胆的结合对美之概念的精确性造成破坏。但是，前者没有考虑到他们完全有理由把美的本质规定为自由，自由并非无规则性，而是规则的和谐，不是随意性，而是最大的内在必然性；后者没有考虑到他们有理由主张对美做出法则，这种法则不在于排除某些实在，而在于绝对地包括一切实在。所以，它并非限制而是放任。倘若我们从美在知性面前所区分出的这两种因素开始，那么我们将远离使这两者搁浅的暗礁。然后，我们也要上升到纯粹的审美整体，通过整体美能够感觉并在感觉中使这两种状态彻底消失。

第十九封信

人自身可以区分被动与主动两种不同的状态，同样，也能对被规定与主动规定的多种状态进行区分。这一命题的阐释可以令我们尽快地达到目标。

在感官给人指明方向之前，对人的身份状态的确定是存在无限可能的。空间与时间的无限给予想象力自由的舞台。因为按照前提的规定，在这一广阔的王国中没有对任何东西是预先规定好的，也没有什么是在一开始被排除在外的，我们称这种无规定性的状态为空虚，但绝不能把它与无限的真空相混淆。

将人的感性加以限定，让无限可能中的一种成为实在是有必要的，这时，人就产生了一种感觉。单纯的确定性无非是一种空洞的能力，现在变成了一种作用力。它获取了一定的内容，作为作用力同时受到了一种限制，这种单纯的能力状态源自无限制的状态，因此拥有了实在而失去了它的无限性。为了描述一个形象，我们必须限定无限的空间；为了展现在时间中的变化，我们必须分割时间的整体。因此，只有通过限制才能达到实在，通过否定或者排除方能实现肯定或现实的设定，通过扬弃，我们的自由决定才得以产生。

如果不存在可能被排除的东西，如果不能由精神的绝对活动联系否定与确定的事物，如果独立不能从立场中得出，那么纯粹的排除无法变为实在，纯粹的感性印象也不能产生感知。意志被定位或判断或思考，这种结果被称作思想。

当我们确定一个空间位置前，还根本没有空间。但是没有绝对空间，我们就不可能确定位置。对于时间也是如此。当我们有片刻之前，对于我们而言就根本谈不上时间，但是如果没有连续不断的时间，我们就不可能有瞬间的概念。当然，我们只有通过部分来实现整体，只有通过有限来实现无限。同样，我们也只有通过整体才能达到部分，通过无限达到有限。

因此，倘若美为人起调解作用，为感觉转变到思维开辟了道路，那么绝不能这样理解这一点：美可以填平感觉与思维、受动与能动的鸿沟。这是一个无限的鸿沟，脱离新的独立能力的中介永远不能由个体产生整体，也绝不会由偶然形成必然。思想是这种绝对能力的行为，虽然这种能力是由感官引起并外化出来的，但是，它的外化很少由感性决定，而是通过它的反面表现出来。独立性关系到排除各种外在影响，它不是由此而对思维有益，而只是为思维能力提供了自由，使之能按照其自身的规律呈现出来。继而，美能够成为一种手段，使人由物质形式、由感觉引至法则，由有限存在引至绝对存在。

但是，前提是：思维能力的自由要被阻碍，这与独立的权利是矛盾的。由外部接受其作用的物质的力量，只有通过取走物质进而对它的活动做出否定才会受到阻碍。倘若我们给予感情以确定的压制自由的权力，那么这就误解了天性。的确，经验提供了大量例证说明，当感性起作用时，理性的作用似乎同样受到了压制，但是我们不能任由感情的强烈程度得出这种精神脆弱结论，而必须由这种精神的脆弱对感情的过分强烈做出解释。因为感性不能处于统治地位，除非意志放弃了它的支配力量。

在我通过这种阐释解答这种异议的时候，我好像陷入了另一个问题中，论证了只有牺牲意志的一体性才能保证精神的自发性。因为如果不是对意志本身进行分割，如果不是它本身对立起来，那么，意志怎么会同时获得受动与活动呢？

在此，我们必须再一次指出，有限的意志才是我们考察的对象，而不是无限的意志。有限的意志无非是通过受动发挥作用，只有通过限制才能达到绝对。当它接受了物质时才活动和形成，所以，这种意志结合了追求形式或绝对的冲动与追求物质或限制的冲动。如果没有物质或限制作为条件，那么，意志既不会具有也不会满足形式冲动。在同一事物中，两种对立的倾向能够共存到何种程度，这个课题虽然使形而上学家处于困窘的境地，但不会困扰先验哲学家。先验哲学家绝不随心所欲地对事物的可能性做出解释，而是以坚实的基础知识帮助人们理解经验的可能性，对他们而言，也就满足了。如果没有意志的独立，就不可能存在经验；同样地，如果没有意志的绝对统一，也不可能存在经验。所以，意志完全有权力把这两个概念作为经验的必要条件，而不必担心它们是否和谐相处。只要我们区别这两种基本冲动与意志，这两种冲动的共处就和意志的绝对统一不相矛盾。虽然这两种冲动存在并作用于意志之中，但意志本身既非物质也非形式，既不是感性也不是理性。那些人似乎从未考虑到这一点，当意志的活动符合理性的时候只是让人的意志本身活动，当意志的活动违背理性时只把意志看作受动的。

两种冲动的任一种只要发展起来，就必然按其本性努力去满足自己。正是因为两者是必然的并且趋向于相反的对象，两者相互扬弃，意志在两者之间持完全的自由。因此，意志是作为一种力量（作为现实性的根据）针对着两种冲动的，而不论哪一种冲动本身都不可以作为针对另一种的力量。由于人所具备的最确定的正义并不会使任意妄为的人不再违法乱纪，享乐的诱惑也不会令意志坚强的人将自己的原则弃之不顾，在人身上除了他的意志以外就没有别的权力了，只有死亡与剥夺他的意识才能使人终止，终止他的内在自由。

外在的需求借感觉决定我们的状态，并依据感觉的中介对我们在时间中的存在进行了规定。它具有强制性，我们必须承受它作用于我们身上的力量。同样，在感觉的促使下并通过与感觉相对立，人们表明了我们的人格，因为自我意识独立于作为其前提的意志。人格的这种原始表现并非我们的功劳，它的缺乏也不是我们的过错。只有那些具有自我意识的人才要求理性，这就是意识的绝对一致性与普遍性。在人尚未成为人时，不要期望他有什么人性的活动。形而上学家很少就自由和独立的意志受感觉限制做出解释。物理学家不能理解这种限制对人的无限性的启示。产生普遍性和必然性概念之根源不是抽象也不是经验。这些概念的早期表现是隐匿的，形而上学家没有发现其根源隐匿在超感性之中。然而，意识的存在与意识恒定的统一成为为所有人设立的法则，也是人对其认知和行为所设立的法则。真理与正义的概念在人的感性时代就已经被无法避免、无法改变、尚未理解地呈现出来，人们在时间中感知到永恒，在偶然的结果中感知到必然，而不用说出它们是从哪里来的和如何形成的。这样，感觉和自我意识就形成了。这两者的来源都同样处于我们意志的彼岸，如同它超出我们认知的范围一样。

倘若这两者都是实在的，倘若人通过感觉媒介获得了某种存在，通过自我意识获得了人绝对存在的经验，那么人的两种基本冲动也就伴随各种对象开始活跃。生活经验（随着个体的开始）唤醒了感性冲动，各种法则（随着人格的开始）唤醒了理性冲动。两者的存在建立了人性。直到这些产生以后，在人身上的一切都要遵循必要法则。但是，现在天性不再干涉人，让人自己来保护天性植于人内心的幼苗——人性。这两种相反的基本冲动在人的身上产生影响，这两者就失掉了强制，也促使了自由的诞生。

第二十封信

通过自由的纯粹概念我们可以得出结论，自由不受（外界）影响，自由本身是自然的作用（自然一词要从最广义上来理解），而不是人的作品。从上述内容同样必然得出，自由只能利用自然的手段来促进和遏止。当人是完整的并且两种基本冲动已经发展充分的时候，自由才开始存在。只要人是不完整的，且他的两种基本冲动中有一种被排除，那么谈不上自由。运用各种手段使人重获完整性，就可以使自由得到重视。

实际上，不论整个人类还是独立的人，都能发觉到人并不完整的时候，以及一种冲动在人身上单独发挥作用的时候。我们知道，人始于单纯的生活，终结于形式，人以前是作为人格的个体，是从有限走向无限的。感性冲动在理性冲动之前发生，因为意识在感觉之后，在这种感性冲动在前的过程中，我们开辟了人自由的全部历史。

有一个时刻，生活冲动是作为自然与必然性发挥作用的，因为形式冲动尚未与它相对立而存在，这时，感性是一种力量，因为人性尚未成人，人的身上除了意志以外还没有别的力量发挥作用。然而，在人现在过渡到的思想状态前正好相反，理性是一种力量，精神的或道德的需求应当替代那种自然的需求。在把法则的力量建立起来之前，必须排除感性的力量。要使不存在的某种东西开始重视是远远不够的，还必须磨灭原有的东西。人不能由感觉直接过渡到思考，他还须退一步，因为只有排除一种决断，另一种决断才有产生的可能。所以，为了用能动替代受动，用主动的决断替代被动的决断，人就必须暂时脱离所有的决断而处于一种纯粹的可决断性的状态。所以，人必须通过某种方式重回纯粹反抗性的那种否定状态。当没有任何东西在人的感官中留下印象的时候，他就处于这一状态。然而，在内容上这一状态是彻底空虚的，现在的问题是使一种同样的无限制决断与一种同样的无限制的决断与最可能有的内容相协调，因为从这种状态得出一些肯定的东西。必须确保人通过感觉所接受的规则，因为他不能失去实在。但是只要规则被限定，那么同时它必须被扬弃，因为它会产生一种没有限定的决断。因此，现在的任务是同时去除和维持状态的决断，只有通过使该决断与其他决断对立起来的唯一方式才有可能。当天平两边空置时，天平的两个秤盘处于平衡状态。然而，当天平两边重量相等时，天平的两个秤盘同样处于平衡状态。

心灵由感觉到思维的转变会经历一个中间状态。在这一状态中，感性与理性共同发挥作用，这正是因为它们相互摒弃了它们决断的力量，并通过它们的对立产生否定。在这一中间状态中，精神不受自然和道德的强制，并以两种方式活动，优先服务于一种所谓的自由使命。如果感性决断的状态被称为物质心境，理性决断的状态被称为逻辑或道德心境，那么，这种实在的和主动决断的状态就应被称为审美心境。

第二十一封信

前一封信开始我强调过，可双重规定性和规定性是双重状态，现在我将进一步阐释这一命题。

只有思维一般尚未被规定，那么，它才可以是被规定的。只要思维尚未完全被规定，也就是说，只要它的规定尚未被限定，那么，它也是能够被规定的。前者是无规定性，它没有加以限制，因为它没有现实性；后者是审美的规定性，它没有限制，因为它把所有实在结合在了一起。

只要思维被限定，它就是被规定了。如果思维本身被自己的绝对能力限定了，它也就被规定了。心灵感受是第一种情况，心灵思考的时候是第二种情况。所以，如同思维属于规定性一样，审美也属于规定性。前者是由内在无限力量引发的限定，后者是由内在的无限丰富性引起的一种否定。将思维限定在感觉与思维这两种状态中，人只是个性或人格的某一种，在这一点上思维与感觉具有一致性，在所有其他点上则截然不同。同样地，审美规定性和单纯的规定性只有去除了被规定的存在才具有一致性，而在其他从“无”到“所有”的各点上则是截然不同的。如果后者产生于缺乏的无规定性，呈现出空虚的无限性，那么，与其相对立的审美规定的自由就被视为充实的无限性。这种观点正好与我们前面的探讨所得到的结果完全契合。

如果我们只关注一种结果而不关注整体，并只考虑到在人身上缺少诸种特殊规定，那么人在审美状态就是零（无价值的）。所以，我们必须承认那些人完全有道理，他们认为美使我们位于一种心境中，这种美和心境在认识和志向方面是无关紧要且没有益处的。他们的观点很有道理，因为美在认知方面和意志方面完全不会给人以任何结果。它既不能够实现智力目的，也不能够实现道德目的。它不会探明任何真理，对我们毫无裨益。总而言之，它既不能确立性格，也不能对头脑有所启发。因此，如果人的个人价值与他的品格只取决于他个人，那么审美文化依然不能完全被规定。它只能使人恢复由本性即由自己本身所完成的东西——人所应有的自由，除此之外没有其他用处。

正因为如此才获得了某些无限。因为在感觉中，由于自然的片面强制以及思维中理性的全面立法剥夺了人身的这种自由，所以，我们应该把审美所赋予人的能力看作最珍贵的礼品，是人性的馈赠。的确，人在进入各种特定的状态以前，就已具备了这种人性的天赋，但实际上，人随着进入各种被规定状态而失去了这种天赋。倘若人能够过渡到一种相反的状态，那么，他就能通过审美的生命力而重新获得这种人性。[1]

倘若称美为第二造物主，不仅从诗歌角度是允许的，从哲学角度也是妥当的。虽然美令人性成为可能，但在多大程度上获得和实现人性则取决于自由意志。在这一点上，美和我们最初的创造者——大自然，是一样的。大自然赋予我们获得人性的能力，而这一能力的运用则取决于我们自己的意志。

第二十二封信

倘若我们在特定情形下，把审美心境看作零状态（我们集中精力在个别特定的作用上时），在另一种情形下，我们同时注意到各种限制与各种力量之和，那么，我们又可以把它视为最高的实在状态。因此，把审美状态看作在认知和道德方面毫无裨益的人也有一定的道理，而且，他们完全是有道理的。因为人包含了人性的整体心境，也能包含人性的每一个个体表现。如人性的整体去除了所有限制的心境，也必然在人性的每一个别表现中排除了一切限制。正是因为这种心境没有单独地对人性的个别表现进行保护，它毫无差别地优待每一种表现。它之所以不对个别能力给予特殊的优待，是因为它是一切的基础和条件。人从其他的训练中学到特殊的技巧，而训练和技巧也给人设置了一种特殊的界限。只有审美的训练可以引向无限。每一种新的状态都使我们重返某种原来的状态，要消除这一状态就需要另外一种状态。只有审美是一个整体，因为它包括产生与存在的一切条件。此时此刻我们才感觉到我们处于时间之外，我们的人性以一种纯粹性和整体性呈现出来，好像它尚未因外在力量的影响而遭到损害。

在直接感觉中，令我们的感官愉悦的东西为我们温柔而有活力的心灵在

---

① 当然，由感觉转变到思维和决断的迅速性，使某些人几乎或完全没有觉察到此时所必然经历的审美心境。这些人不能长时间容忍无规定性的状态，急切地探求他们在审美无限性状态所找不到的结果。相反地，另一些人是在全部官能活动的情感中探求他们的享受，而不是在单独一种官能的活动中去寻求，进而使审美状态扩大到更广阔的范围。如同前者对空虚十分畏惧，后者很难忍受限制。我几乎不需要说明，前者是为琐事和次要事物而生的，后者假定他们把这种官能与现实结合起来是为整体和发挥巨大作用而生的。

接受任何一种影响打开了大门，却不能让我们为之振奋。那些使我们的思维能力活跃并创造抽象概念的东西，提高了我们思维的各种抵抗能力，但也同样使思维变得麻木，如同使我们产生更大的主动性那样，同样地伤害了我们的感受力。所以，不管哪一种能力最终都必然地失去力量，因为物质不能长期脱离形象创造力，这种创造力也不能够长期远离造型的物质素材。相反地，如果我们置身于真正美的享受，那么，我们在这一瞬间，在同等程度上成为我们的受动力与主动力的支配者，可以轻松地使我们从压抑转向愉悦，从静止转向运动，从屈从转向反抗，从抽象思维转向形象思维。

真正的艺术作品能释放我们的品质，因为正是这种超脱和自由，与力量性和灵活性相结合是审美的试金石。如果在这种享受之后我们发现自己处于一种与他人不同的、拙劣的和不恰当的感觉方式或行为方式中，那么这确凿的证据说明我们感受的并非纯粹审美的作用。这或是由于对象，或是由于我们的感觉方式，或（情况差不多总是这样）是由于二者共同作用而产生的。

在现实中不会遇到纯粹的审美作用（因为人不可能摆脱各种力量的限制），因此，一部卓越的艺术作品只是最大限度地接近审美纯洁性的理想。在我们所能够实现的充分自由中，作品总会为我们留下某种特殊的心境与独特的倾向。当某一类艺术和作品给予我们精神的心境越普遍，倾向就越不受局限，那么，这类艺术就越高尚，其艺术品就越优秀。我们可以用不同门类的艺术作品与同一门类的不同作品进行说明。美的音乐会给我们留下灵动的感觉，美的诗篇会给我们留下丰富的想象力，美的画作和美的建筑则会给我们留下清晰的认知。如果有人试图在享受高雅的音乐之后直接激发我们的抽象思维，在享受高深的诗歌之后直接着手日常生活中烦琐的事务，在欣赏美的绘画与雕塑作品之后直接点燃起我们的想象力，并使我们的情感诧异，那么我们只能认为这是一段糟糕的时光。其原因是，即使精神内容最丰富的音乐，由于其本质的关系也比审美自由所允许的感官有更大的亲和力；即使是最优秀的诗歌，其媒介是对想象的随意和偶然的嬉戏，也总比真正美的事物所允许的有更多的东西；即使是最优秀的画作，也往往因其概念的规定性而区别于严肃的科学。这三类艺术作品上升到更高层次时，特殊的亲和力便会消失。

这是完美的、必然的与自然的结果。不同的门类艺术的客观界限并没有变化，只是在它们对精神的作用方面越来越接近。通过高度提炼，音乐必然成为形象，并通过古典静谧的力量作用于我们；造型艺术在它的最高完美中必然变得与音乐相像，并通过直接的感性显现触动我们的心。诗歌在其最完美的创造中必然像声乐艺术那样抓紧我们的心，同时又如雕塑以静穆而爽朗的氛围环绕着我们。在每种艺术中，完美风格在牺牲其特定优势的同时，明白如何解除所特有的限制，并巧用它的独特性而赋予它一种更为普遍的特性。

通过艺术加工，艺术家不仅要克服艺术的特性本身所带来的局限，还要突破手头的特定主题的限制。真正优美的艺术作品不能依靠内容，而要依靠形式完成一切。因为只有形式才能作用于整个人，而相反地，内容只能作用于个别的功能。内容无论怎样崇高和范围广阔，它对心灵的作用都是有限的，而只有通过形式才能获得真正的审美自由。因此，艺术大师独特的艺术秘密就在于，他要通过形式来消除素材。素材本身越宏大、越自负、越具有诱惑力，素材越是独断地显示自身的作用，或者观众越倾向于直接介入素材，那种要求支配素材的艺术就越成功。观众与听众的心灵必须是完全自由而不容侵犯的。出自艺术家魔力圈的作品必须像出自造物主手中的东西那样完美与纯粹。在艺术中，即使是对待最轻浮的作品，也必须把它直接转换为极其严肃的艺术。我们也必须把最严肃的作品转换为最轻松的游戏，激情的艺术如悲剧也是如此。因为没有绝对自由的艺术，艺术总是为特殊的目的（庄重的事物）服务的。因此任何艺术鉴赏家都不得不承认，为了让艺术作品更加完美，需要在最强烈的激情风暴前维持它的心灵自由。我们富于激情艺术，然而激情艺术在表述上却是矛盾的，因为美的效果挣脱了激情的自由。美的教诲性或者道德的艺术的概念也自相矛盾，因为没有比给思维以特定的倾向与美的概念更矛盾的了。

如果艺术作品只是以它的内容起作用，那么，并不总是证明作品是缺乏形式的。这一结论反倒证明，也许是现实者缺乏形式感。不论他的思维是过分紧张还是过分松弛，他都习惯于用智商或者感官来感知事物，即使是两者的完美结合，他的思维也只能看到部分，看到存在于最美形式中的内容。只能感受粗陋因素的人在由此得到一种乐趣以前，他首先毁坏作品的审美机体，认真地扒开艺术大师用无限的艺术使之消失在整体和谐中的各部分。他对作品的兴趣完全在道德或物质的同义词层面，却不在理应所在的审美方面。这一类人在赏析一首庄严而热情的诗歌时，如同在进行说教；在赏析一篇质朴或诙谐的诗歌时，如同陶醉在美酒中。他们要求悲剧和叙事诗具有教化作用，即使是《弥赛亚》这样的作品。他们肯定也愤懑于阿那克里翁[①]诗体与卡图卢斯[②]体诗。

第二十三封信

为了将前文提到的原则应用于实际的艺术作品的评价中，我曾中断了研究，现在我重新继续这一研究。

从感觉的受动状态转变为思维和意志的能动状态，只有通过审美自由的中间状态才能够实现。虽然这种状态本身并不完全决定我们的见解或者信念，不会因此而否定智力和道德的价值，但是，这种状态依然是我们得到见解与信念的必要条件。总而言之，如果试图使感性的人发展成为理性的人，除了先使他成为审美的人外，别无他法。

您或许会提出质疑：难道这种中介是完全必要的吗？真理和义务难道不能凭借自身找到成为感性人的途径吗？对此，我认为它们本身拥有这种决定性的力量。这里似乎隐含着相反的见解，其实与我前面的观点并不矛盾。这里已经清清楚楚地表明，美并不给认知和意志以任何结果，美也不对思维和决断进行干预。美只是给这两者提供能力，却不决定这种能力的实际运用。任何外部的帮助都是不必要的，纯粹逻辑形式（概念）必然直接诉诸知性，纯粹道德形式（法则）必然直接诉诸意志。

我认为这一点是可能的，感性的人之所以能够拥有一个纯粹的形式，是通过审美的心境做到的。对实在及物质的感性可从外部把握，真理却不然，

---

① 前 6 世纪的希腊诗人。

② 卡图卢斯（前 84—前 54 年），古罗马诗人。

它靠思维能力在自由状态中取得，而这种自动性和自由却是感性的人所没有的。在物质方面，感性的人是被规定了的，因此，再没有自由的被规定的可能性。他必须首先恢复这种失去的规定，才能由受动的规定变换成能动的规定。然而，只有在两种情况下，才能重新获得这种规定性：或者他失去了已具有的受动性，或者自身包含着应该转变成的那种能动性。倘若只丧失了受动性，那么他也丧失了主动规定性，因为思想需要躯体，形式要在一定的物质中才能成为现实。所以，他自身包含主动规定性，他应该是既被动又主动地适应规定了的，也就是说，他成为审美的人。

因此，通过审美的性情，能够在感性的领域中显示理性，感觉的力量在自身的界限内已经丧失，自然的人已经高尚化，以至于只要依照自由的法则就能够令自然的人发展为有思想的人。所以，与从物质状态到审美状态（即由单纯盲目的生命到形式）转变相比较，从审美状态到逻辑和道德状态（即从美到真理和义务）的转变要更简单。人通过他自由就能完成第一步。因为他只需为自己获取而不需要付出，只需使他的本性分化而不需要去扩大它。只要处于审美心境的人愿意，就可以获得判断和行动的价值观。他的本性使他容易完成由粗陋到美的转变，这时，他的内心将表现出一种全新的功能。他的意志无力改变意志本身赖以存在的心境。只要我们给他重大的场合，就能令审美的人获得见解及感知能力。而要使感性的人得到相同的东西，我们就得对他的天性进行改造。在前一种情况下（对审美的人来说），要想造就英雄和贤能，你需要给他崇高庄严的境遇（它直接作用于意志力）；而在后者（对感性的人说来），则必须把人放到另一种环境中。

因此，文化的最重要任务之一就是使人在纯粹物质生活中也受形式的支配，使他在美的王国所及成为审美的人。因为道德状态的发展只能由审美的人发展而来，而不能产生于物质状态。倘若人要在各种场合下都能令自己的判断和意志成为全人类的判断能力，倘若他要从每一有限存在中寻找到达无限存在的路径，从依存状态迈向独立和自由，他就要想方设法使自己不再孤军奋战，只受自然规律的支配。假使他要能够并准备好从自然目的的狭窄圈子提高到理性的高度，他就必须还在前者的支配下时适应后者，从某种精神性，即按照美的原则实现他的物质使命。

不过，做到这一点不会与他的物质目的有丝毫的矛盾。自然的要求只是与他做的事情、他行动的内容有关联。物质目的并不规定他做的方式，即其形式。理性的要求却与之相反，它严格指向人的活动形式。为了使人的道德规定成为现实，他必须成为纯粹的、道德的，表现出绝对的自动性。然而，对他的物质目标而言，他是纯粹自然的或绝对受动地行动与否没有什么差别。对其物质目标来说，他作为感性存在、自然力（即只作为受动的作用力）来完成，还是他同时作为理性存在与绝对力量来完成，这完全由他的意愿决定。那么，这两种方式中哪一种更与他的尊严相符合？在感性冲动下完成那些应该由纯粹义务的动机去做的事情，就使他感到是卑微而屈辱的事情。同样，当普通人只满足自己的合理要求时，对合规律性、和谐与绝对的追求，就使他尊贵并高尚起来。总体而言，在真理与道德的领域感性没有支配权，但是在幸福的领域可以存在形式，游戏冲动能够占据支配地位。

因此，在物质状态生活的人必须开始他的道德生活。在受动状态下，开始他的自动性；在他的感性范围内，开始他的理性自由。他须把自己意志的法则运用到自己的爱好上，请您允许我使用这种说法，他必须在物质领域内将物质目标进行下去，以免他在自由的神圣疆域里对这个恐怖的敌人宣战。他必须学会更高雅地向往，以便无须去作崇高的追求。这一点可以通过审美教养来实现，审美教养使所有事物遵从美的规律，使自然法则与理性法则都不能限制人的自由选择，并且在它给予外在生命的形式中表现出内在的生命力。

第二十四封信

因此，可以对发展的三个不同时期或阶段进行区别，不论个体还是人类，如果想要实现自己的全部使命，都必然按照一定顺序经历这些阶段。由于外界事物的影响或者个体的自由任意等偶然原因，某一个时期可能会延长或缩短，但不能跃过任何阶段，而且各阶段的衔接次序也不是自然或意志所能颠倒的。人在自然状态中只能接受自然的力量，在审美状态中，他挣脱了这种力量，而在道德的状态中他能够对这种力量进行支配。

在美激发人的自由乐趣、安逸的形式，改善他的粗野生活之前，人到底是何种面貌呢？他的目的是千篇一律的，他的决断踌躇不定，自私而又不能独立自主，没有拘束而又没有自由，被奴役而又不受规则支配。在这一时期，世界只是他的命运，而非对象。所有事物只有保障了他的存在，对他而言才存在。那些没有给予他什么或者从他那里获取什么的，对他而言，根本就不存在。在他面前各种现象都是单独与孤立的，就像他自己处于各种存在情形之中一样。在他看来，一切事物都是由于瞬间的无上命令才存在，一切变化都是崭新的创造。他缺少内在必然的东西，也缺少外在的必然性，这种必然性把千变万化的形态结合成一个大千世界，个体可以离开这个舞台，规则却是常客。自然徒劳地将它的多样性呈现在他的感官面前，无视这种丰富，而只关注他的掠夺品，他无视自然的力量与伟大，而只关注他的天敌。他投身于对象并企图占有对象，或者是对象试图侵犯他，他厌恶地推开对象。在这两种情况下，他都是直接接触感性世界，经常为这个世界中的压力所困扰，不断被强烈的欲望所折磨，他只有在疲惫中才得到休息，在衰竭的欲望中才找到边界。

泰旦具有宽大的胸脯，
还有充满力量的铮铮铁骨……
这成了他子孙的一份遗产，
但是上帝给他额头箍上了一个铜环。
它挡住了忠言、节制、智慧和忍耐，
使他阴沉可怕的目光无法看个究竟。
他的欲求发展成愤怒的心境，
冲向四周没有止境。

——歌德《伊菲革涅在陶里斯岛》

由于对自己的尊严尚不能形成清楚的认知，他就完全谈不上尊重别人。

意识到自己的粗野情欲，他就惧怕每个与其类似的情欲。他不会从自己身上对别人进行反观，只是从别人身上发现自己，社交圈越来越窄地把他局限在个体之中而非扩展到人类。他将在压制中度过昏暗的生活，直到慈悲的自然从他混沌的感官中解除物质的重压，思索自己与事物的区别，才使事物反映在他的意识之中。

诚然，这里所提及的这种粗鄙的状态并不特指某一民族或时代。这只是一种观念，是各种特征与经验完全相符的观念。我们可以说人从未完全处于这种动物状态，但是他也从未彻底摆脱这种状态。即使在最粗俗的人身上我们也能够发现理性自由的痕迹，如同在最有教养的人身上也不缺乏唤醒混沌的自然状态的瞬间。将本性中最高尚的东西与最卑劣的东西相结合是人独特的本领。倘若人的尊严有赖于对两者进行严格区分，那么人的最大幸福就有赖于对这种区别巧妙地进行消除。文明应该使他的尊严和幸福协调一致，那么也应心系这两个原则，在最紧密的结合中捍卫它们的高度的纯洁性。

人的理性的最初显现并非人性的开端。人性由自由来决定，理性的真正开端是使他的感性依存成为无限。我想，我们还没有充分阐明这个现象的重要性与普遍性。我们知道，通过对绝对的东西（即以自身为基础的和必然的东西）的要求才在人身上发现理性。因为他生活的任何状态都不能满足这种要求，因而促使他舍弃这种物质生活，并从局限的现实上升到观念世界。虽然其真正的意义是使人摆脱时间的束缚并由感性世界上升到理性世界。然而，由于对这一要求的误解（在感性占统治地位的时代这几乎难以避免）可能把他推向物质生活，不仅没有使人独立，反而使人陷入最可怕的奴役中。

事实也正是如此。借助想象的翅膀，人摆脱了兽性的现时的狭窄空间而前往无限的未来。当无限出现在他的想象中时，他还生活在个体内心之中并被瞬间支配。追求绝对的冲动在人的兽性中使人感到惊诧，因为在迟钝的状态下他的一切努力都集中于物质和暂时的东西，并且限制在他的个体上。上述要求迫使他无限地扩大个体，而不是把个体概念化；迫使他追求永不枯竭的物质内容，而不是努力获取形式；促使他努力获取永远持续的变化和对他暂时生存的绝对保证，而不是寻找恒定不变的事物。如果这种冲动应用于人的思维与行为，原本能够让他获取真理和道德，而现在和他的受动性与感觉联系在一起，就只产生无限制的愿望与绝对的欲求了。所以，人在精神王国中得到的首要成果就是忧虑与恐惧，两者都是理性的后果，而不是感性的后果。但是这种理性弄混了它的对象，错误地把它的命令直接应用到物质状态上去了。一切无条件的幸福体系都是这棵树的果实，不管它们的对象是今天还是全部生命，或者是永恒（这些体系并不会因此更加值得尊重）。生存与安乐的无限延续，只是为了生存与安乐，这不过是欲望的一种理想，这种要求只能从追求绝对的动物性而提出。通过这种理性的表现并不会使他的人性获取什么，只是挣脱了动物的幸运的局限。与动物相比，他现在所具有的优势并不值得羡慕，即他为了追求遥远的事物而失去了对现时的占有，可是在没有边际的远方，除了现时之外，什么也无法寻找。

但是，即便理性并未搞错自己的对象，或者在提出问题时没有失误，感性依然要在长时间内伪造答案。只要人开始运用他的认知并依据因果关系联系周围的各种现象，理性就会依据自己的概念实现绝对的联系和无条件的依据。即使是为了提出这个要求，超越感性也是必需的，感性对于这一要求的作用是要再度捕获逃脱了的东西。正是在这一意义上，人必须彻底挣脱感性世界的束缚飞跃到纯粹理想的王国，因为认知永远停留在有限的事物里，只提出问题却不能实现最终的目标。但是，因为我们这里所提到的人尚未达到这样的概念，所以，他就在自己的情感领域内去探寻并似乎找到了那种在感性认识范围未能找到而在纯粹理性中也尚未寻找的东西。感性并未为人提供自身的依据与法则，而将一无所知、对法则毫无尊崇之心的东西提供给他。因为人不能通过内在的根据提出疑问的认知，那么，他至少通过没有根据的概念使认知沉默并停留在物质的盲目强制之内，因为他尚不能明白理性的崇高性。除了利益以外，感性不知道了解其他的目的，除了盲目的偶然性外不知道其他的原因，因此，利益成为他行动的准则，偶然性成为世界的统治者。

道德法则作为人身上最神圣的东西，最初在感性中出现时也没有摆脱这种伪装。因为道德法则仅是禁止和反对他的感性自我中心的一己私利，他还没有把这种自爱视为外在的东西；而把理性声音看作是他真正的自我时，道德法则对他而言就是某种外在的东西。因而，人就只感觉到理性为他制定了条条框框加以限制，而感觉不到理性给他开辟的无限自由。他对自身的立法者的尊严没有深切的感受，而只体验到服从的强制性和反抗的无力。因为在人的经验中，感性的冲动是先于道德的冲动的，所以，他在时间中给必然性的规则以开端，即肯定的起源，并因不幸的错误把自身中永恒不变的东西变成生死无常的偶然的东西。他说服自己把公正与非公正看作是规章，这些规章是由意志所产生的，它们本身并不具有永恒的价值。如同他在解释个别自然现象时超越了自然的界限，并在自然范围之外寻找只是在自然的内在规律性之中才能发现的东西，他在解释道德时超越了理性的界限，并在沿着这条道路寻找神性时丧失了自己的人性。如果以放弃他的人性为代价的宗教也算是这样一个起源，如果人不认为那些不是从永恒中产生的法则是无条件的且永远具有约束力的话，那就没什么大惊小怪的了。人所面对的并非是一个神圣的存在，而只是一个强大的存在。所以，他崇拜上帝使他更屈辱恐惧，而不能提高他的自尊和敬畏。

虽然人与自己的理想间产生的诸种偏差并非全部发生于同一个时期，他需要经历从无思想性到错误、从意志薄弱到意志败坏几个不同的阶段，可是，这些阶段依然是物质状态的结果，因为所有阶段中生命的冲动都比形式冲动占据优势。不论是理性在人身上尚未表现出来，物质状态还在用盲目的必然性支配着他，还是理性还没有通过自身摆脱感性，道德的原则仍然服务于物质原则，在这两种情况之下，人唯一具有权威的原则总是物质的原则，人，至少就其最终倾向来说，仍是感性的存在。唯一的区别是，在前一种情况下，他是非理性的动物；而在后一种情况下，他是理性的动物。不过，他不应该是这两者，他应该是人。自然不应该完全支配他，理性也不应该有条件地支配他。这两种立法理应彼此独立并存，且相互补充。

第二十五封信

人在他最初的物质状态中，只是被动地承受感性世界，人就依然认为与这个世界完全是一体的，正因为他认为外部世界对他而言是不存在的。只有当他的审美状态客观地看待世界，他的人格参与其中时，世界对他来说才是客观的，世界才呈现在他眼前，因为他与世界不再是同一的了。

思考是人对周围世界的第一个关系。倘若说欲望是直接捉住它的对象，那么观照就是将自己的对象推离开来，使其不受激情的侵扰，把它变成真正的不会失去的财富。在思索时，那种在单纯感觉状态中绝对支配着人的自然必然性离我们远去，在感官中显现了短暂的平静，永远变化的时间本身静止不动了，离散的意识之光汇合在一起，形式——对无限事物的摹写——反映在瞬间的背景下。只要人的内心是明亮的，身外就同样是光彩夺目的。只要人的内心处于平静，身外就会风平浪静，自然中斗争的力量也会平息。古代传统把人内心的这一伟大事件描绘成外在世界的一次革命，并用那灭亡了撒旦王国的宙斯形象来表现这种战胜时间法则的思想，这就不足为怪了。

当人只感觉到自然时，他是自然的奴仆；当他思考自然时，人就变为自然的立法者。自然原来是作为一种力量支配着人，现在却变成了人的一个对象。成为他的对象就不再具有支配他的力量，因为对象要承受他的力量。人给予物质以形式，只要他给出形式，自然的影响就不能侵犯他。因为，除了剥夺精神的自由之外，没有其他方法能够侵犯精神。人给无形式的东西以形式，就表明了他的自由。只有在物质无定形地支配一切，以及模糊不清的轮廓在不确定的界限内晃动的地方，恐惧才能够存在。自然界中任何可怕之物，只要人能赋予它形式并把它变成自己的对象，它就能被人打败。如同面对作为现象的自然人开始捍卫自己的独立性，面对作为力量的自然人也捍卫自身的尊严，并以尊贵的自由去抵抗众神。众神摘下了曾使童年的人类感到畏惧的幽灵的面具，在接近人的观念时，人吃惊地发现众神和人拥有相同的面貌。曾以猛兽的盲目威力统治世界的东方神圣怪物，在希腊人的想象中却有着和蔼的人的面孔。泰旦的王国毁灭了，无限的形式制服了无限的威力。

不过，在我只是寻找物质世界的出口和精神世界的入口时，想象力的自由翅膀已经带我飞至精神世界的中心了。我们所追寻的美已经被甩在后面，当我们从单纯的生命直接转到纯粹的形象与纯粹的对象时，我们超越了它。人的本性并不具有这种飞跃，而为了与人的本性保持步调一致，我们应该回到感性世界。

当然，美是沉思和反思的产物，我们与它一同走进精神世界，然而，应该表明的是，我们并不会像认识真理那样舍弃感性世界。真理是摆脱一切物质世界和偶然的事件的纯粹抽象的产物，是不附加主观限制的纯粹对象，真理也是不夹杂任何感受的纯粹自动性。不过，高度抽象也有一条回归感性的道路，因为思想会引发内在的感觉，逻辑和道德相统一的概念会转化成感性上的和谐的情感。但是，当我们以认识为快乐时，就严格地区别我们的概念与我们的感觉，我们把感觉当作某种偶然的东西，忽略了它并不会令认知中断、真理不成为真理。但是，试图分开美的观念与感觉能力的联系是徒劳的。所以，仅仅把前者看成是后者的结果是不够的，两者是互为因果。当我们享受认识的快乐时，区分感觉和概念并不难，我们把后者看作某种偶然的东西，即使要全部省略它，知识也不会因此消失。相反地，当我们体会审美的快感时，就无法区别活动和受动的这种交替了。在这里，思索和情感是完全交织在一起的，以至于我们认为自己直接感受到形式。所以，美对我们是一种对象，因为思索是我们感受到美的条件。然而，美同时又是我们主体的一种状态，情感是我们获得美的观念条件。美是形式，我们可以观照它；同时，美又是生命，因为我们可以感知它。总之，美既是我们的状态也是我们的行为。

正因为美同时是这两者，所以它向我们证明了：受动不排斥能动，素材不可拒斥形式，有限不可拒斥无限，所以人的必然的自然依存性绝不会消灭人的道德自由。美可以证明这一点，我应该补上一句，只有美才能为我们证明这一点。因为在我们享受真理或逻辑统一的快乐时，感觉不一定与思想结合在一起，而是偶然地随之产生。它只能为我们证明，感性只能与理性相伴，反之却不能证明：两者是并存的、相互作用的，两者绝对必然地结合在一起。正相反，思考时要摒除情感，感觉时要摒弃思想，这一情况能够做出两种互不相容的推论。诚然，进行分析的思想家们对于纯粹理性在人身上的存在（除了说明它存在以外）实际上不能提供更好的证明。但是，由于享受美或审美统一时，会出现物质与形式的实际的统一与交替、受动和活动的实际的统一与交替，所以，这两种本性可以结合，无限可以出现在有限中，因而，意识到最崇高的人性。

美证明了道德自由与感性依存性完全并存，还证明物质和精神并不需要必舍其一。因此，在寻找从感性依存到道德自由的过渡时不会感到惶恐不安。如果像美的事实所证明的，人与感性的结合是自由的，如同自由的概念本身所说明的，自由是某种绝对的和超感性的东西，那么，人怎样从有限上升到绝对、怎样在他的思考与意志中和感性相对抗，就不再是问题了。因为这一切在美中曾经发生过。总而言之，我们不再问人如何从美实现真理，因为从真理的能力来说，它已经包含在美德中了。问题在于人怎样开辟一条道路，使他从一般的现实达到审美的现实，从生活感达到美感。

第二十六封信

正像前面所说的，只有审美的心境才产生自由，这种心境不能由自由产生，也不能由道德起源。它定然是自然的馈赠，只有偶然的幸运才能挣脱物质状态的束缚，使野蛮人走向美。

悭吝的自然剥夺了人的快乐，奢华的自然使人失去努力的方向，愚钝的感官感知不到需求，剧烈的欲求得不到满足，因此，美的幼芽都不会萌生。在人像穴居人那样躲藏在洞穴中，永远独自过活，在自身之外找不到人性；人三五成群过着流浪的生活，永远只是充数，在自身之内找不到人性，不会萌发美的幼芽。只有人静静地在自己的屋舍和自己交谈，走出小屋能与同类交流，美的幼芽才能生长。当新鲜的气息使感官敏感于触动，温暖使丰富的物质活跃起来——盲目物质王国在无生命的创造中崩溃，成功的形式甚至使最不足称道的自然高贵起来——在欢乐的状态与幸福的领域里，只有行动导致享受而享受导致行动，只有从生命本身产生神圣的秩序以及由秩序法则养护生命，只有想象力永远脱离了现实却不破坏自然的朴素时，感受和思维、感受力与创造力才能在难能可贵的平衡中发展，这正是美的灵魂与人性的条件。

何种现象表明野蛮人与人性相伴呢？不论我们对历史追溯到多么遥远，在摆脱了动物状态奴役的所有民族中，这种现象都是相同的：对外观的欣赏、对装饰和游戏的喜好。

极端的愚蠢和极端的知性之间存在某些相似之处，那就是两者都只寻找实在，并且毫不介意纯粹的外观。只有对象直接出现在感觉中才能破坏愚人的平静，只有使人的概念重新回归经验的事实才能使知性平静。总而言之，愚蠢不能超越现实，知性不能止于真实。所以，对实在的需求与对现实的东西的依附只是缺乏人性的后果，对实在的冷漠与对外观的兴趣是人性真正扩大与达到文明的关键性步骤。首先，这是外在自由的证明，因为在受必然与需求支配的时候，绳索将想象力牢牢地束缚在现实之上。只有满足了需求，想象力才能发挥无拘无束的作用。其次，这也是内在自由的证明，它让我们看到一种力量，这种力量不依赖于外在世界而是由自身产生，并有阻挡物质侵犯的足够的能量。事物的实在是事物的作品，事物的表象是人的作品。一个以表象为快乐的人，不再以他感受的事物为乐，而是以他所创造的事物为乐。

不言而喻，这里指的是现实和真理的审美表象相区别，而不是与现实和真理相混淆的逻辑表象。我们喜欢它，是因为它是表象，而不是因为我们把它当成其他的更好的东西。只有审美表象才是游戏，而逻辑表象只是一种欺骗。我们尊重审美表象，这绝不会对真实造成损害，因为不存在用表象假冒真理的危险，而假装真理才是唯一能对真理造成伤害的。不看重外观的也就是不看重所有美的艺术，因为艺术的本质就是表象。有时，认知在寻求实在的过程中竟然达到如此令人无法容忍的地步，以致轻视一切具备美的表象的艺术，做出轻蔑的判断，因为它不过是表象罢了。不过，这只是在认知有上述（审美外观和逻辑外观）相似性的时候才会出现的情况。我还要选取恰当时机特别谈论美的表象的必要界限。

自然赋予人的两种感官使人通过外观就能够认识现实的事物。由此，自然使人从实在上升到表象。在眼睛和耳朵里，已经从感官中拒斥了物质的侵扰，在动物的感官中需直接接触的对象如今远离了我们。用眼睛看到的东西与我们感觉到的东西不同，因为认知伴随目光达到对象。触觉的对象是我们承受的一种作用力，眼睛和耳朵的对象是我们创造的一种形式。当他还是野蛮人时，只感受到触觉的快乐，在这个阶段表象的感觉只是服务于触觉的。他完全没有提高到视觉，或者并不满足于视觉。当他开始用眼睛来享乐的时候，视觉对于他得到了特定的价值，他也就拥有了审美的自由，发展了游戏冲动。

以表象为快乐的游戏冲动一出现，马上就会产生模仿的创造冲动，这种冲动将表象作为某种独立的东西来对待，只要人将表象和现实、形式和物体区别开来。他区别开它们，也就做到了这一点。通常来说，模仿艺术的能力与追求形式的能力相伴而生。对艺术的追求以另一种素质为基础，至于这种素质在此无须赘言。审美的艺术冲动发展的时间早晚，只与人们对专注于纯粹表象的那种热爱的程度有关。

因为全部现实的存在都起源于作为外界力量的自然，一切表象都起源于具有想象力的主体人，所以，当人把表象从现实存在中分离出来并依据自身的法则处置表象时，他不过是在行使自己的特权罢了。人能通过无限的自由使自然分离开的东西再度结合，只要他能结合在一起来思考，他就能分离自然所结合的东西。在这里，唯一神圣之物是他自身的法则，他要留意的是区分出他的领域与对象存在或自然领域的界限。

人在表象的艺术中行使其支配权，越严格地区分出“我的”和“你的”，越认真地分离形体和实体，越明白给形体以更大的独立性，那么，他就越发扩大了美的王国，而且保护了真实的疆界。因为如果他将表象从现实脱离出来，他也需要将现实从表象中脱离出来。

然而，他只有在表象世界里，在想象力的非实体王国中，才拥有这种至高无上的权力。只有当他在理论上真诚地拒绝表象就是实际存在，在实践上才拒不借助表象认识实际的存在。据此可知，假如诗人要令他的理想存在或他以一定存在为目标，那么，他也会超出自己的范围。因为他只有按照下文提到的方法才能实现前面提及的两种情况：或者超越诗人的权利，以自己的理想代替经验，以纯粹的可能性规定现实的存在；或者舍弃诗人的权利，让经验替代理想，把可能性局限在现实的条件以内。

只有表象是真正的（明确放弃对实在的一切要求），而且只有它是独立的（无须实在的任何帮助），那么，表象才是审美的。如果它是虚假的并且伪造的实在，如果它是不纯粹的并且必须求助于实在才能起作用，那么，表象不过是物质目标的低等工具，并且也无法证明精神的自由。我们发现美的表象的对象无须失去实在，既然我们关于对象的判断不在意这种实在。因此，判断一注意到实在，它就不是审美的了。和描绘出的女性美相比较，我们当然同样喜欢，甚至更喜欢活的女性美，但如果我们更欣赏后者，那么，我们就不仅将她当作独立的表象，我们欣赏她就不仅仅是由于纯粹的审美感了。纯粹的审美感把有生命的东西也只能作为表象，把现实的东西也只能作为观念来欣赏。但是，把有生命的对象只当作纯粹的外观来感受，比对待没有生命的表象要有更高的审美水平。

不论在任何人或任何民族中，只要我们找到真正和独立的表象，我们就能找到精神、趣味以及与之相近的特权。只有在这种情况下，我们才能看到这种景象：理想支配着现实生活，金钱被荣耀打败，享乐被思想打败，存在被不朽的梦想打败。在这种情况下，民众的呼声令人恐惧，诗人的橄榄花环比当权者的紫色锦袍更加令人尊敬。只有软弱无能和乖戾非正常才躲藏在虚伪与贫弱的表象中，而个人与整个民族“借助表象装饰实在或借助实在装饰（审美的）表象”——这两者乐于彼此相连——就证明他们在道德上没有丝毫可取之处，更是审美无能。

“表象在道德世界中可以接受的程度有多大?”对于这个问题的回答是简明扼要的：只要它是审美的表象，也就是说，表象既不要替代实在，实在也不需取代外观。审美的表象绝不会损害道德的真理。很容易指出，这种表象并不是审美。比如，只有不熟悉美的交往的人才把普通形式的礼貌当作个人爱好的标志，一旦他失意，就开始批评它的虚伪。但是，只有对美一无所知的人为了礼貌才求助于虚伪，为了招人喜欢才求助于阿谀。前者（对美的交往不熟悉的人）依然缺乏对独立表象的理解，因此，只有通过真理才能赋予表象以意义；后者（对美一无所知的人）缺乏实在，他试图用表象来弥补不足。

常常会听到现代一些平庸的批评家抱怨：实在从世界上消失不见，本质由于表象而被忽略。虽然我丝毫不觉得有责任为当代辩护，去反驳这种批评的声音，但是从这些批评所覆盖的范围就很清楚地知道，他们之所以批评，不仅仅是由于虚伪的表象，而且也因为真正的表象。甚至他们出自为美考虑，与其说是和独立的表象有关系，倒不如说是与贫弱的表象有相关。他们不仅仅攻击那些隐藏真理和替代现实的欺骗性粉饰，而且嫉妒那些填补空虚与隐藏贫穷的有效的表象，也嫉妒使普通现实高贵化的理想表象。世俗的虚伪性不无理由地嘲弄了他们的真实感，只可惜他们把礼节也看成虚伪。他们不喜欢外部浮夸的虚饰对真正的付出造成损害，但他们竟然不喜欢人们要求付出的表象赋予内在的内容以令人愉悦的形式。他们对缺乏往昔时代的诚恳、英勇和真挚的状况表示不满，但是也希望重见原始习俗的笨拙与粗野、古老形式的沉重以及以前哥特式的浮华。这种判断表明他们对物质自身的重视与人性尊严并不相称。人重视物质只是因为物质能够包容形象并拓展思维。假如它能在更好的判决中经受住考验，这一时代的趣味无须顺从于这种想法，美的审判官批评我们的不是我们重视审美表象（我们做得还远远达不到要求），而是我们还没有达到纯粹的表象，表象还没有彻底区分开存在和表象，并据此永远确定两者的界限。只要我们没有渴望而不能享受自然美，只要我们没有问清目的而不能欣赏模仿艺术的美，只要我们还不承认想象力有它自己绝对的立法权，只要我们没有因重视它的作品而指出它的尊严，那么我们就应受到这种指责。

第二十七封信

假如我在前文中所阐释的审美表象的高尚概念能够具有普遍意义，那么您就无须为实在和真理费神。只要人还没有足够的教养，就会滥用这一概念，它就不会有普遍意义。假如要使它有意义，就要通过教养的作用来达到，从而使滥用这一概念不可能实现。人对自主的表象的追求需要比他自己局限于现实中更强大的抽象力、更强大的心灵自由、更强的意志力。超越实在是人达到表象的前提。如果走上通往理想的道路是为了避免走向现实的道路，那他的想法就大错特错了。我们不必担忧表象对现实有什么危害，但我们要担忧现实对表象的损害。由于被束缚在物质上，人长久以来都使表象只服务于他的各种目的，后来，才在理想的艺术中给予表象一种独特的身份。为此，人的整个感受方式必须经过一次全面的革命，否则人就甚至找不到通向理想的道路。在我们发现对纯粹表象进行无利害关系的自由评价的痕迹时，我们就可以推断出他的本性已经经历这种变革，他的人性真正开始了。实际上，这种痕迹在人最初美化他生存的尝试中就已经看到了，他们这样做甚至不担心因此损害了生存的感性内容。只有人开始欣赏形象而不在意物质，并为了表象（他必须确定是表象）而抛弃实在，动物性屏障才开始瓦解，他才发现自己走上一条没有止境的道路。

满足于自然所需已不能让人满足，人要求有所盈余。当然，最初这还只是一种物质的盈余，这是为了避免让欲望受到压制，以便超出现有所需确保享受。但后来就要求在物质的盈余上有审美的附加物，以便可以同时满足他的形式冲动，使他的享受超出种种欲求。当他还只是为了将来而积累储备，在想象中提前享受它们的时候，他当然已经超越现实，但是并没有超越时间的界限。他只是享受更多，而不是享受不同。但是当他把形象也置于享受之列，关注满足他的欲望的对象的形式时，他就在范围和程度上提高了他的享受，而且在种类上也使他的享受高尚化了。

的确，大自然赋予非理性生物的也超出了它们的最低需要，并在幽暗的动物生活中投下了一束自由之光。当狮子不受饥饿威胁，无须与其他野兽搏斗的时候，它余下的精力就为它本身开辟一个对象，它雄壮的吼声在荒野中回响，旺盛的精力在这无目的中得到了享受。昆虫在阳光下四处飞行享受生活的乐趣。诚然，我们无法从鸟儿悦耳的鸣叫中听到欲望的呼声。毫无疑义，在这种动作中是有自由的，然而，这并非脱离了所要的自由，而只是脱离了某种外在需求的自由。当动物活动的推动力缺乏的时候，动物是在工作。当精力充沛是它活动的推动力，多余的生命力在刺激它活动时，动物就是在游戏。这种力量的浪费与使命的松懈甚至在没有灵魂的自然界中也可以看到，就其物质意义来说，也可以叫作游戏。树木生长出无数没有长成就凋落的幼芽，它们为了获取营养，生长出的树根和枝叶，超出维持个体和种属所需。它们在愉快的活动中浪费掉树木，还给大自然大量没有使用与享受过的东西。所以，自然在它的物质王国中已经预示出无限的前奏，在这里，已经部分地解除了在形式王国中它将会完全解除的枷锁。富余的限制解释了从必要性限制到审美游戏转变。在摆脱种种特殊目的的压制之前，自然已经通过其本身既是目的又是手段的自由运动渐渐走向（至少是在某种距离上）独立性。

如同人的身体器官一样，人的想象力也有自由运动与物质游戏，但它还没有涉及形象，只是以其自身的力量和无拘无束为快乐。因为形式尚未参与这种幻想的游戏，其魅力还只是一种意象的没有控制的延续。这种游戏虽然是人所特有的，却完全属于他的动物性世界。它只说明人已从各种外在的感性强制下解放出来了，还不能推断他已经有独立的创造形象的能力。由意象的自由承续所构成的这种游戏还完全是物质的，用纯粹的自然法则就能够解释。从这种游戏出发，想象力通过追求自由形式的尝试，最终到达审美的游戏。这应该叫作飞跃，因为一种全新的力量出现了，立法精神首次干预盲目本能的活动，使想象力的任意活动服从于恒定的统一，将独立性纳入变化之中，把无限性纳入感性之中。但是，粗野的自然过于强大，不断地从一种变化走向另一种变化，而不知道其他的法则，那么，它就用不可抑制的任意活动来反抗必然性，用不安定来对抗恒定性，用依赖性来对抗独立性，用不满足来反抗崇高的朴素性。在最初的尝试中，审美的游戏冲动很难被觉察，因为感性冲动不断地以其恣意的癖好与粗野的欲望进行干预。所以，我们看到粗鄙的趣味首先抓住新奇的和令人诧异的、混乱的及冒险的、暴力和野蛮的东西，却回避朴素和平静。这种趣味创造出的形象非常荒诞，它喜欢迅捷的转变、浮华的形式、巨大的反差、激昂的曲调和悲哀的歌声。在这一时期，只有激发起这种趣味并给它以物质的事物才叫作美，然而激发起来是为了进行独立的抵抗，赋以物是为了创造，否则它谈不上是美。因此，他的判断的形式发生了引人注意的变化，他之所以关注这些变化，并不是因为它们影响他，而是因为它们给予他促使他幸福的东西；他之所以欣赏这些对象，不是因为它们可以满足需求，而是因为它们满足一种法则，虽然这种法则在人的心中还非常微弱。

不久之后，他就不再满足于取悦他的事物，他想通过自身获得快乐，最初是通过属于他的东西，后来就通过他本身。他拥有的创造的事物，不能再只是具有服务性的痕迹、只有他的目的过分拘束的形式，除了有用性以外，它还应当有想象出来的聪慧和知性、制造了它的爱抚的手以及选择和提出了它的清澈而自由的精神。这时，日耳曼人为自己寻找更有光泽的兽皮、更华美的鹿角与更精致的角杯，而古苏格兰人为自己的庆功宴寻找更美丽的贝壳。武器这时也不仅是威胁的物件，而是享乐的物品。工艺精美的剑鞘像能够格斗的剑刃一样吸引人们的注意。人不满足于把审美的盈余纳入必然的事物，自由的游戏冲动终于彻底摆脱了需求的束缚，从而，人追求美本身，人装饰自己。自由的乐趣纳入了他的需求之列，他最大的快乐来源于非必需的东西。

正如形式逐渐由外部深入到他的住宅、家具、服装，后来开始掌握人本身那样，形式最初改变人的外表，然后改变人的内心。喜悦的无规则联结成为舞蹈，没有定型的手势成了优美而和谐的手势语言，情感产生的杂乱音响发展到有节奏而编成歌曲。特洛伊军队呼喊着如同群鹤那样冲进战场，而希腊军队则迈着优雅的步伐悄悄地走向战场。我们看到盲目力量的释放，同时，我们看到形式的胜利和法则的纯朴庄严。

两性被一种更美的必然性结合在一起，内心的关注有助于维持喜怒无常的欲求所结成的这种关系。挣脱了疑虑的束缚，沉静的目光可以把握住形象；心灵直观心灵，高尚的互相倾慕可以替代自私的相互享乐。随着人性出现在自己的对象中，欲望变大并发展成爱。为了获得意志的更大的胜利，人们轻视对感官的卑微利益。对需求的快乐使强者服从趣味的判决，他可以夺取快乐，而爱却只能是一种赠予。只有通过形式，而不是物质，他才能获得更高的奖赏。他不能用力量对情感进行干预，并以现象出现在知性面前。他要想取悦于自由，就必须听任自由的作用。如同美在它最纯粹、最简单的例证，即两性的永恒对立中处理不同本性的争端，它在盘根错节的社会整体中处理这一争端——至少试图把它解决——美把男性的强大与女性的温柔之间所缔结的自由结合当作美的范例，力求在道德世界中调和柔和的事物与激烈的事物。现在，软弱成为神圣的，不可驾驭的强大成为可耻的，自然界的不公平为骑士风尚的宽宏大度所矫正。不畏惧任何威力的人可以在害羞的温柔红晕面前解除武装，眼泪可以平息鲜血都不能扑灭的复仇之火，甚至仇恨也要倾听荣誉的柔和声音，胜利者的刀剑也要宽恕解除了武装的敌人，好客的炉灶也会为海岸边的不请自来的人升起炊烟，而以前这种人只有被杀害的危险。

在审美力的可怕王国中以及在法则的神圣王国中，形式的审美冲动悄无声息地建立起第三个王国，即游戏和表象的王国。在这里，它解除了人身上的一切束缚，不论是物质的束缚还是道德的束缚。

在权利的国度里，人与人以力相遇，人和人以法律的威严相对抗，他们的意志受到约束。在美或审美状态的范畴内，人只需以形式呈现给别人，只作为自由游戏的对象而与人相处。通过自由给予自由，这就是审美王国的基本法则。

通过自然去征服自然的方式，使社会成为可能。道德只能通过使个人的意志服从于普遍意志的方式，使社会（在道德上）成为必要。只有审美状态才能使社会成为现实的社会，因为它通过个体的本性去实现人的整体意志。需求使人进入社会，理性在他心中树立起社交的原则，而只有美能赋予人社会属性。只有审美的趣味能够给社会带来和谐，因为它在人的身上培植出和谐。其他一切形式的认知都会造成人的分裂，因为它们或者完全建立在人的感性部分或者完全建立在精神部分，只有美的观念才使人成为整体，并且保持绝对的和谐一致。一切其他形式的沟通都使社会分裂，因为它们或者只是涉及社会全体成员的个人感受，或者只是涉及他的个人能力，即涉及人和人之间不同的东西。只有美的交流才使社会统一起来，因为它涉及大家共同的东西。我们作为个体来享受的只能是感性的快乐，而感性对我们的同类来说肯定无法分享。我们不能把我们的感官快乐普遍化，因为我们不能把理性的快乐普遍化，因为我们不能像在我们自己的判断中那样，在其他人的判断中清除掉个体的痕迹。只有美的快乐，无论是人体还是人的类属都是同时可以享受的；也就是说，一个人享受了美，他也是代表人类来享受知识的愉悦。感性的善只能使一个人幸福，因为它是以独占为基础的，而独占必定会造成某种排他的后果。它只能给人片面的幸福，因为个性并未参与其中。绝对的善只有在一般无法假定的条件下才能使人幸福，因为真理只是克制的回报，只有纯洁的心才相信纯洁的意志。只有美才能使全世界幸福，因为任何一个人、任何一种事物，只要它被美的魔力选中，它就扬弃了自己的局限，使自己融入世界的整体之中。

只要审美的趣味占据主导地位，美也就延伸到了表象之上，任何优先权、任何独占权均不会被容忍。美一直延展到理性至高无上的地位，一切物质的东西消失不见了；它延伸到感性冲动以盲目的力量支配着、形式尚未产生的地方。即使在这些立法权被剥夺的终极边界上，审美趣味也不允许剥夺它的执行权。自私的欲望由于问题与社会格格不入，所以必须放弃，只吸引感官的那种愉快事情也必须把它的魅力之网撒向精神领域。严厉和义务的必然性必须改变反抗申辩的语调，用更高贵的信任来尊重服从的自然。审美趣味必须把认识从科学的神秘中带到阳光普照的大地之上，让狭隘的学问变为整个人类的共同财产。在审美趣味的领域，最伟大的天才也得放弃自己的高位，亲切地俯就儿童的好奇心。它要受娴雅美丽的女神们的约束，傲慢的雄狮也要接受爱神的驾驭。所以，审美趣味以自己轻柔的面纱掩盖着低级趣味，以免这种欲望在赤裸裸的形态下会辱没自由的尊严。审美趣味还用自由的可爱幻影把可耻的物质的关系隐藏起来。甚至那摇尾乞怜的、充满铜臭的艺术，一旦给它加上趣味的翅膀，也会从地上飞升起来。只要审美趣味的手杖一碰，无论是有生命的动物、植物，还是无生命的物体，都会卸去身上的枷锁。在审美的国度里，一切事物——甚至使用的工具——都是自由的公民，同最高贵具有同等的权利。原本知性会根据它的意图塑造物体，但结果现在，它也要去征求他们的同意。在审美表象的王国里，平等的理想能够得到实现，这种理想是那些政治狂热者们希望能在社会中实现的。美在帝王的宝座附近能得到最快和最完美的实现，在现实中限制人不得不在理想中寻找补偿。

美的表象是否存在？在哪里可以找到它的疆界、它的宫墙呢？作为一种需求，它存在于每个优美的心灵中；作为一种行为，它像纯洁的教会和纯洁的共和国那样，也许只能在个别的、少数的并且出类拔萃的人当中找到。在那里，指导行动的不是对外来习俗的刻板模仿，而是人们自己的美的本性。在那里，人以勇敢、单纯、宁静和天真应对错综复杂的关系网，人既无须为了维护自己的自由去损害别人的自由，也无须牺牲自己的尊严来展现优雅。

蒙　田

主编的话

蒙田，现代随笔的创始人，1533 年 2 月 28 日出生于佩里哥的蒙田堡。蒙田家境殷实，其家族在波尔多经商。蒙田在吉耶讷学院读书时，师从伟大的苏格兰拉丁语学者——乔治·布坎南。后来，他学习了法律并在政府机关担任要职。然而，蒙田在 38 岁时，辞职回到了蒙田堡，远离了当时的内战，并全身心地投入到学习与思考中。1580—1581 年，蒙田到德国和意大利游学。他曾当选为波尔多市长并在此职位工作四年。蒙田于 1565 年结婚，他先后有过 6 个女儿，但除了一个长大成人之外，其余都不幸夭折。《随笔录》的前两卷于 1580 年问世，第三卷于 1588 年问世，而 4 年之后，蒙田便与世长辞了。

以上这些都是蒙田人生的一些情况，而他本人内心的真实描绘我们则可以在他的书中找到。他自己声称："吾书之素材无他，即吾人也。"而书中作者不避嫌，坦率地大谈自己的这种另类的写作风格是当时的其他同类作品望尘莫及的。蒙田相当自我，却又谦逊且质朴；他很聪明，却又不断地声称自己愚钝；他很好学，却又很粗心、健忘并前后矛盾。他对人生的观察是如此深入而广泛，他书中的主题也极其广泛并具有多样性，正因为如此，他才写出了广为人知的对友谊的赞美之词。培根向其进行了借鉴，也写了同一主题的作品。而这些作品之间的交锋也正是两位作者个性交锋的真实写照。

在蒙田去世后不久，《随笔录》被约翰·弗洛里欧翻译成英文版本。虽然语言并不那么精准，但译本的文风却非常符合那个时代所流行的风格，所以我们就好像在读莎士比亚式的蒙田作品。这里选用的几篇作品展示了作者时而轻松、时而严肃的多面性格，就像在《论友谊》这一作品中，我们可以感受到作者无限的热情。

致读者

读者们，这是一本充满善意的书。在一开篇我想给大家一些提醒，这本书主要是为了我的家人和朋友而写：无论是对社会的服务还是我的荣耀，我都根本没有做过多的考虑，我的能力还不足以承担这些使命。我也对我的亲友们做出同样的忠告：最终，如若失去我（不久后他们有可能就会），他们将在书里发现我的个性与幽默的些许轮廓，并由此更为全面地保存且更为生动地增进他们对我的认知和了解。抱着探寻世界的看法和偏好并使之繁盛的意图，我会坚定地把自己修饰得更为离奇有趣，或保持一种更为庄重肃穆的状态。在书里，我渴望被描绘成纯真而又淳朴的样子，而没有论辩、艺术或研究，因为这里描绘的仅是我自己。在书里你们将看到我的不完美，并看清楚我的自然天性——只要那是公序良俗允许我展现的。假如我有幸生于那些据说活在自然的最初和未堕落规则之下的甜美自由国度中，我向你们保证，我将十分情愿把我自己刻画得更为彻底与坦率。因此，我亲爱的读者们，我就是本书的素材，其实你们没有理由为这一如此无聊且空虚的主题而耗费太多时间。

所以，再会！

蒙田

1580 年 3 月 1 日

生时莫言幸福

我们必须对人始终抱有期待，

只要他还未死，我们就说，他是幸福的。

孩子们所熟知的克里萨斯王的故事是这样的：他被居鲁士大帝抓住，并被判处死刑，就要行刑的时候，他大声叫喊："噢！梭伦！梭伦！"他的话被报告给了赛勒斯，赛勒斯就询问他的话是什么意思。他告诉赛勒斯说，他现在的遭遇证实了早先梭伦给他的忠告，那就是：无论命运向人们表现出何种愉悦而讨好的面孔，没有人会公正地承认他是幸福的，直到他度过他生命的最后时日。由于人生变幻无常，常因一闪而过的际遇，就让人生从一个极端走向另一个极端。因此，当有人认为既年轻而又位高权重的波斯国王很幸福时，阿格西劳斯（斯巴达国王）回应说："他说得不错，但还得告诉他，普里阿摩斯（特洛亚国王）在同样年纪时也是幸福的呀。"继承了亚历山大大帝的马其顿国王们，后来却在罗马成为手艺人和文书。有着同样情形的还有西西里的君主们，他们在柯林斯变成了教师。某个曾征服了半个世界且是众多军队首领的人，变成了埃及国王手下无赖官员的卑微而又悲惨的鞋匠。庞培（古罗马政治家和军事家）那样做，很大可能是为了追求生命令人厌倦的延续，尽管他只多活了五六个月。而在我们的祖辈中，米兰第十任公爵洛多维克·斯福尔扎，在他的统治下，意大利曾长期陷入骚乱与动荡中，其作为可怜的囚徒而终老于法国罗锡城堡，但这都是在他身陷囹圄却苟延残喘了十年之后才发生的，这是他交易中最坏的部分了。"最美皇后"（即玛丽皇后，被法国革命者在巴黎送上了断头台）——基督世界最伟大国王之妻，最终不也死于刽子手之手吗？噢！多么野蛮而又残忍的行为！但恰恰又有成千上万这样的例子。正是因为暴风骤雨似乎对我们引以为傲的高楼勃然而怒，所以我们的头顶上有了一股又一股的精神之气，这时我们才会对高楼之下的任何宏伟景物都艳羡不已。

直到目标实现，
隐藏的权力只是破旧而闲置的宝剑，
而凶猛的权杖，如果你愿意，你可以尽情践踏和嘲弄。

有时命运好像严密地注视着我们生命的最后时日，借此显示其威力，且会瞬间推翻其多年来的积累，并使我们跟随拉贝里乌斯一同哭泣，并大声说：“我又多活了一天。”所以梭伦的诸多忠告都被理智地接纳。但是，鉴于他是一位哲学家，在他那里没有所谓的好命或歹命、好运或厄运的位置，这些都不被他看重；而权势、成就和品性都可谓与众不同。我觉得他确实看得更远，意味着我们生命中相同的好运——其有赖于成熟心智的平和与知足，以及有序心灵的决心与保证——将永远不会降临到某人身上，除非他演完人生喜剧的最后一幕，而且肯定艰难无比。在其余的演出中，他可能是戴着面具的演员，那精彩的哲学辩论只是一种姿态，无论发生什么意外，我们都能保持稳定。但是当死亡且是我们自己的死亡的最后一幕上演时，便没有什么可掩饰的情感可用，也到了开口说朴实的话语且抛弃全部面具的时候了。那时无论罐子里装的是好东西还是坏东西，是脏的还是干净的，是酒还是水，都将全部暴露出来。

到那时我们会发自肺腑地说话，
撕掉虚伪的面具，做真实的自己。

再说说为何在这最后时刻，我们人生的全部作为都必须被触碰和审判。这是“大师日”，也就是审判其他人的一天。死亡确实被我论及，就在我研究成果的随笔里。那就让我们看看，我的论述到底是发自肺腑，还是仅仅是信口雌黄。我曾见过各式各样的人，因其或善或恶的死亡，为其过往一生带来声誉。庞培的岳父西庇阿（指梅特鲁斯·西庇阿）死得其所，并修复了世人曾对他持有的恶评。伊巴密浓达（古希腊政治家）曾被问及在卡布里亚斯（雅典军事家）、伊菲克拉特斯（雅典杰出军事统帅）和他自己三人中，哪个最值得尊敬。“很显然，”他说，“在你的问题被很好地回答之前，我们都已经死去了。”（真的，如果不把他死亡时的荣誉和伟大算在内而去评判他的话，那将大打折扣。）仅在我那个时代，在所有的人生可憎之物里，我所知的最可憎、最声名狼藉的三个人，都是非常有序且平静地死去的，总体而言死得近乎完美。也有一些勇敢且幸运的死亡。我曾见到有的人在尚处于青春年华时便已死去，而这死亡切断了他的生命之线，却带来更进一步的伟大成就，死得其所。在我看来，一个人的雄心壮志所考虑的都不是足以和死亡相媲美的东西，不能让他到达他假装要去的地方。通过死亡，他能比他所渴求或希望的更为光荣和可敬地实现目标。无论经过他所向往的何种过程，经历过死亡后，都会让他放弃权势和名誉。当我评判其他人的一生时，我也曾尊重他们在死亡时的表现；而我最重要的研究是，在我临终时我或许会好好表现一番，也就是说，平静而一如既往。

哲学就是学习如何死去

西塞罗说，探究哲理就是为死亡做思想准备。因为探究和深思从某种意义上说可使我们的心灵从躯体中解放出来，心灵庸庸碌碌，但与躯体毫无关系。这就像是在学习死亡，与死亡很类似；抑或因为人类的一切智慧和探索都归结为一点：教会我们不要恐惧死亡。的确，理性要么对我们漠不关心，要么应以满足我们为唯一的目标。总之，理性的全部责任在于让我们生活得舒舒服服、自由自在，正如《圣经》上说的那样。因此，世界上各种思想，尽管采用的方法不同，但都一致认为快乐是我们的目标，否则，它们无法长久存在下去。谁能相信会有人把痛苦作为目标呢？

在这个问题上，各哲学派别的理论分歧仅仅是口头上的。不要纠结于如此无聊的诡辩，过分的固执和纠缠是与如此神圣的职业不相符的。但是，无论人们在扮演什么角色，他们演的总是自己。不管人们说什么，即使是勇敢，所谓的最终目标也都是快感。“快感”一词听来很刺耳，但我却喜欢用它来刺激人们的耳朵。如果说快感就是极度的快乐和满足，那勇敢会比其他任何东西更能给人以快感。勇敢给人的快感英武有力、强健刚毅，因而那是严肃的精神愉悦。我们应该把勇敢称作快乐，而不像从前那样叫作力量，因为快乐这个名称更可爱、更美妙、更接近本性。其他低级的快感，即使配得上快乐这个漂亮的名称，那也该参与竞争，而并没有特权。我觉得，那种低级的快感不如勇敢纯洁，它有诸多的困难和不易。那是转瞬即逝的快乐，要熬夜、挨饿、受苦，甚至流血流汗，尤其是种种情感折磨得人死去活来，要得到满足就相当于受罪。千万别认为，这些困难可以作为那些低级快感的刺激物和辅料，正如在自然界，万物都在相对的一方的衬托下显得更有生机一样；也绝不要认为，困难会使勇敢充满沮丧，令人敬而远之、望而却步。相反，在困难作用下产生的非凡而完美的快乐会因为勇敢而变得更高贵、更强烈、更令人向往。有人得到的快乐与付出的代价相互抵消，他既体会不到它的可爱之处，也不了解它的作用，那他是不配享受这种至高无上的快乐的。人们常说，追求快乐的过程是坎坷的，要付出艰辛，尽管享受起来乐趣无穷。这难道不是说，快乐也从来不轻松吗？他们认为人类从来也没有办法享受到这种快乐，最好的办法是只满足于追求它和接近它，却不能得到它。可是，他们错了，追求我们所知的一切快乐，这本身就是一种快乐。行动的价值可从相关事物的质量上体现出来，这是事物的重要组成部分。在勇敢之上闪耀的幸福和无上的快乐填满了它的每条道路，从第一个入口直到最后一道闸门。然而，勇敢最伟大的地方在于蔑视死亡，这使我们的生活安然恬淡、单纯温暖，否则，其他一切快乐都会暗淡无光。

因此，所有的规则在蔑视死亡上面都是相通的。尽管这些规则共同地引导我们不怕痛苦、贫穷和其他一切不幸，但这与不惧怕死亡是不同的。痛苦和不幸不是必然的，有些人一生不用受苦，还有些人无病无痛。音乐大师色诺菲吕斯活了 106 岁，却从没有生过大病。实在不行，我们可以自愿选择一死了之，这样一切烦恼便可结束，但死亡却是无法逃避的。

我们如果怕死，就会受到无限期的折磨，永远得不到解脱。死亡无处不在，犹如永世悬在坦塔罗斯头顶上的那块岩石，我们会不停地左顾右盼，犹如置身于一个不安全的地方。

人们常常误入歧途，这并不奇怪。只要一提到死，人们就谈虎色变，大多数人如同听到魔鬼的名字，心惊胆战，惶恐不安。

现在就惧怕如此遥远的事，是不是有点荒谬？这怎么是荒谬！年老的会死，年轻的也会死。任何人死时同他出生时都没有两样。再衰老的人，只要想想玛土撒拉①，都会觉得自己还能活 20 年。再说，你这可怜的傻瓜，谁能判定你的死期呢？可别相信医生的胡言乱语！好好看一看现实吧。按照人类寿命的一般规律，你活到现在，已经够受恩宠的了。你已超过了常人的寿命。事实上，数一数你认识的人中，有多少不到你的年龄就夭折了？就连那些一生赫赫有名的人，你不妨也数一数，我敢保证，35 岁前要比 35 岁后去世的多。耶稣基督一生贵为楷模，但他 33 岁就终结了生命。亚历山大是平凡人中的伟大者，也是在这个年龄死的。

死神在哪里等待我们，是未知的。对死亡的预期也就是对自由的预期。谁学会了直面死亡，谁的心灵就不再被奴役，谁就能无视一切束缚和强制。谁真正领悟了推动生命不是件难事，谁就能坦然对待生活中的任何事情。

我反复对自己说：“未来可能发生的事，今天也可能发生。”确实，意外或危险几乎不可能使我们靠近死亡。但是，想象一下，即使这个最威胁我们生命的意外不存在，也尚有成千上万个意外可能降临到我们头上。我们会感到，不管快乐还是焦虑，在外面还是在家里，打仗还是和平，死亡离我们都近在咫尺。一个人不会比另一个人更脆弱，也不会对未来更有把握。

死亡能解除一切痛苦，为死亡发愁是多么愚蠢！

你经历的所有，都是向生命索取来的，这其实是在消耗生命。你的生命不停营造的就是死亡。

抑或，你更喜欢活过后才死。但你活着时就是个要死的人。死神对垂死

---

① 玛土撒拉为《圣经》中的族长，活到 95 岁。

者更残酷、更激烈，也更彻底。

你若已充分享受了人生，就应该满足，那就高高兴兴地离开吧。

假如你没有好好利用人生，让生命空虚度过，那么失去生命又有什么关系？你还要它干什么？

生命本无好坏，好坏全取决于你自己。

你活了一天，就看到了一切。一天就等于所有的日子，不会再有别的白昼和黑夜。这个太阳、这个月亮、这些繁星、这一切布局曾照耀过你的祖先，还将沐浴你的子孙。

你的生命不管何时终结，都是完整无缺的。生命的意义不在于长度，而在于宽度。有的人活得很久，却几乎没生活过。在你活着时，要好好地生活。你活了很久，这取决于你的意愿，而不在于你活了多久。你曾认为，你梦想到达的地方，永远也走不到吗？可是，哪条路没有出口呢？

世界万物不是都和你同步吗？许多东西不是和你一起衰老吗？在你临终时，多少人、多少动物和生命也在与世长辞！

第一位哲学家泰勒斯①明白了一个道理：生与死是一样的。因此，当泰勒斯被问及他为什么还没有死时，他智慧地回答说："因为生死没有区别。"

论对儿童的教育
——献给戴安娜女士和居尔松伯爵夫人

无论他的儿子多么丑陋，我从未听说他的父亲会不认他或是要完全抛弃他（除非在他的情感方面是糊涂的或盲目的），或许，他的父亲也很明白地知道自己儿子的缺点，而且对他的不完美心中有数。但情况恰恰是，我比其他任何人都更清楚的是，除了他的美好想象，我其实什么都没有记住，而他在

① 泰勒斯（约公元前 624—约公元前 547），传说为古希腊第一位哲学家，唯物主义者，在天文、数学、气象学等方面皆有贡献。

年轻时只领会了真知灼见的皮毛。至于他留存下来的，只有一个大概且杂乱的形式，对任何事物都是浅尝辄止，而非特别中肯，这是典型的法国人的方式。简言之，我了解医学、法学等四门学科，而且大概知道它们的总体趋向。或许我也大体知道科学服务于我们的生活，还有它的发展范围和趋势。但是进一步想，我曾经疲于追随亚里士多德，或是固执地持续探求任何一种科学，我承认我从未如此。我甚至都不能描绘任何一种艺术的基本轮廓，甚至任何一个学生都可能会自诩比我聪明，在他的基本功课方面，我也不能反对他。如果我被迫去这样做，通过我去审视并猜测学生们天然的判断，我也只能勉强通过一些泛泛之谈做出结论。对于他们来说未能明了的课程，对我来说同样如此。除了普鲁塔克或塞涅卡的著作外，我没有接触任何优秀的书籍，我就像达那依达斯姐妹①一样，从他们的作品中汲取水分，不停地装满，而转瞬又漏光了。在本文中的某些东西，对我来说根本就一无是处。而在书籍方面，我的主要研究是历史学，我唯一的乐趣也特别容易触动的是诗词歌赋，因为就如同克里安西斯②所言，就像声音被喇叭那狭窄的管道强行禁闭，最终的发声将更为尖锐和刺耳。这对我来说就像是在韵律整齐的诗词中被巧妙而严密地表达的语句，将使其自身被有力地表达，且会给我强烈的震撼。至于我那些天生的才能（它将在这里的随笔中被看到），在其自身重负之下，我认为它们是很弱小的。我的幻想和我的判断在行进中，但不够坚定，就好像在每次疾行中它都是摸索前进，蹒跚而行，踉踉跄跄。当我行进得尽可能遥远时，我却一丁点儿也没有让自己愉悦。航行得更远，我看到的大陆也就更多。而当尘雾暗淡，阴云遮蔽，我的视力如此衰弱，我也同样无法分辨，于是去漠然地论及呈现在我幻想中的东西，在那里显示的唯有我自己天生的方法，如果在优秀作者中我足够幸运（通常如此），去偶遇那些我已决定去讨论的各个方面，就像现在我对普鲁塔克所做的那样，阅读他的有关想象力的论述。相对其中那些明智的人，我自认是如此虚弱和贫乏、迟钝和呆滞，就好像我被

---

① 埃及王达那俄斯的女儿们，听命于父亲，在新婚之夜杀死了她们的丈夫，因此被罚入地狱，永不停歇地用渗漏的工具取水。

② 公元前 331—公元前 232，古希腊哲学家。

迫去怜悯和鄙弃我自己。但我仍深感愉悦的是，我的观点通常与他们的看法不谋而合，我也能随着他们不断转换，在此处我至少因此而拥有了其他人所没有的东西，那就是我认识到了他们与我自己之间的极大的差别。尽管如此，但我仍忍受我软弱无力、粗俗卑微的看法，不会因为和伟大作家相比显得粗陋笨拙而去修补它们。要追随这些智者的脚步，需要挺起腰杆儿。我们这个时代轻率的作者们，在他们琐碎的文集里，常常把从古代作者们那里取来的句子杂糅到一起，假如借着这种“剪刀加糨糊”的方式为他们赢得名誉和声望，这也肯定是不长久的。因为，这种没有光彩的虚饰，使他们的脸色如此苍白、难看和丑陋，以至于最终他们会得不偿失。这是对立的两种幽默：大哲学家克里希庇斯就常常在他的书中混入其他东西，不光是整句或者大段论述，还有其他作者的整本著作。比如在一本书里，他引入了欧里庇得斯的《美狄亚》。而阿波罗多罗斯曾说，如果从他的书里抽走他从别人那儿偷来的东西，他的文章就空无一物了。然而伊壁鸠鲁恰好相反，他留给后世的三百卷著作非常清白，没有作任何引用。不久前我很幸运地偶遇这么一个情况：我热切地追溯某些法语词汇，但在感觉上或实质上，这些词都是那么直白、肤浅和空虚，以至于最终我发现它们仅仅就是法语词汇；经过一段冗长而又乏味的阅读后，我偶然发现一个高超、丰富乃至高耸入云的片段，若要说之前所读的文章让这篇文章更能使人感到愉悦轻松倒也是言之有理，但那如同仅仅靠着强力从岩石主体中开辟出来的险峻的瀑布，在我看到主要的六个词语时，我觉得我被带入了另一个世界。我通过探求其根底而走得既低又深，穿越它就如同进行我从未挑战过的冒险。因为如果我用那些丰富的战利品去填充我的任何一篇论文，那显然将导致其他内容显得粗陋无比。我认为，批评他人身上和我相同的错误，同我常做的那样——批评我身上和他人同样的错误，这两者不是水火不容的。他们应该被指责，不能给他们留下庇护所，但我仍知道无论多么大胆嚣张，我总能冒险让自己配得上那些窃取，并与它们携手前行。我并非没有希望可以瞒住别人的眼睛，不让他们看见自己在抄袭，但是我使用它们所获的利益，与我用自己的创作与力量所获的好处相差无几。我并未直面并贴身对付那些先驱者们，我只是靠着微薄的力量和错误的提议，力图走入他们的内心，如果可能的话，击败他们。我并未鲁莽地掐住他们的脖子，而只是轻轻地触碰他们，也没有如约去完成我决心要做的事。如果我能和他们打成平手，我就是一个正直的人。我所追求的不是他们的冒险经历，而是他们最强的地方。我曾看到有些人会这样做：他们用兵器将自己包裹起来，甚至不敢露出他们未经武装的手指头，他们会用古老的创作去拼凑他们的全部作品（通常来说这是简单的事情）。那些企图隐藏他们从别人那儿偷来的东西，并且据为己有的行为，首先是不公平的、不道德的；其次也证明了他们的懦弱。他们这样做对自身来说毫无益处，充其量只是会被其他人赞同并提出合理建议。此外，更可笑的是，他们只满足于用这种欺世盗名的方式来赢得平庸之辈的赞同，却在聪明人面前斯文扫地。至于我，我不会做抄袭这样的事情。我从不引用别人的作品，除非是为了更多地谈论我自己。这并不牵涉那些著作，或者就像希腊人所称的“狂诗”，它们就是把很多著作集结起来出版的。其中，我拥有的一些种类（因为我多年来的谨慎判断）好像风格迥异且独具匠心。除了古代的许多人之外，在当今也有一个人——卡比卢普斯做得比较出色。这些都是优秀的人，他们很快就得到了人们的认可，比如在政治学上以知识渊博、工作勤勉而出名的作者利普修斯。

然而无论它们会产生什么，就算仅仅是愚蠢，我也不会抑制它们，就像我的一幅单调和灰白的肖像画，可能画家描绘的并非完美的面貌，但终究是我自己的脸。然而，这些只是我的幽默与观点，我发表它们只是为了展现我的幻想，而不是应该被相信的那些东西。其中我仅仅展示我自己，而我或许（如果一种新风尚改变了我的话）应该有另一种未来。没有任何权威让别人相信我，我也无意于此；我没有受过很好的教育，因而不能指导他人，这点我有自知之明。

有人看过我先前写的章节，不久前在我家里对我说，我应该在有关儿童制度的论述方面稍微扩充一下。夫人，现在假如我在这方面有一丝才能的话，除了将它献给您的即将出世的小男孩之外就没有更好的选择了。因为您是如此慷慨大方，头胎必定是男孩。再者，我曾经在促成您的婚姻过程中起到非常重要的作用，因此，在您家庭的成就与繁盛方面，我好像也应该有权关注。

实际上，我的意思只不过是想表明，培养和教育孩子，是最困难也是最重要的事情。如同耕种，人们需要播种、插秧、栽培。当然播种是极为简单和明了的。但是当已经被播种、插秧和栽培下去的时候，面对的是生命，在它成熟之前，忙乱不堪，事项繁多。在人类那里，生小孩并不是多大的事情，而一旦被生育，在他们能被熏陶和培育成才之前，需要持续的关怀、勤勉的照料，得有多少父母和老师不分昼夜地守候他们？他们年少时展露的爱好如此无常，他们的诙谐那么多样，他们的许诺如此善变，他们的愿望那么不切实际，而他们的行动充满未知，以至于很难（即使对最聪慧的人来说）去做出任何确定的评判或断言他们的成就。看看西蒙，再看看地米斯托克利，还有其他成千上万的人，他们是如此千差万别，但他们不断蜕变并日趋完美，众所周知，最终他们超越了期待。乍一看，狗和熊的幼崽都能显露出它们的天性，而人类轻率地拥有这样一种习惯或时尚，那就是追随主流幽默或观点，承认这种或那种激情，遵守这种或那种法律，但这些都极易改变。常有人用很长时间，孜孜不倦地培养孩子做违背他们本性的事情，因为选错了路，结果徒劳无功。尽管教育孩子极为困难，但依我看，还需以最好、最有益的学业来教育他们，不要过分致力于猜测和预料他们的发展。就连柏拉图在他的《理想国》中也给予孩子们很大的权力。

夫人，真正的学问是一种特别而又优雅的装饰，也是一种极好的工具和结果。但如果她落入那些低劣而卑鄙的人手中，学问并没有她自己真正的形象，也不能显现她美丽的轮廓，如同著名的托尔夸多·塔索所言："哲学乃是富有而高尚的皇后，知晓其自身价值，仁慈地微笑和拥抱王公和贵族，如果他们倾心于她，就把他们当作她的裙下之臣，并尽其所能温柔地给予他们全部厚爱；然而相反的是，如果她被小丑、呆板的家伙们等低劣的人追求和索爱，她就会被蔑视和侮辱，也不能恰如其分地对待他们。"因此从实践来看，如果一位真正的绅士或贵族专注地追求她，并一直坚持向她求爱，他将更多地学习和了解她，而尽管他从未如此用心地追求她，也能在一年里比一个无教养的或低劣的家伙花七年了解得更多。与其说她能帮助人们开展逻辑学上的论证、进行文字创作、为某件诉讼案提意见，或开出药丸处方，不如说她能促进和引导赋予勇士的行为、意欲光荣的行动，指挥人民，与偏远国度的国王和平相处。因此，尊贵的夫人，恕我不能一一列举，鉴于您自身的教育及继承家族的高贵与渊博的学问，尤其是已经尝到了其中的甜头，而且已经被流传为如此尊贵和博学的一种。但我们仍然拥有古老而尊贵的富瓦的厄尔斯博学的文稿，您的丈夫与您都是他的英勇忠贞血脉的后代。而康达尔的弗朗西斯伯爵，您那可敬的叔父，每天都笔耕不辍，由此你们家高深的学识将从今天向世代延伸。我因此也将让您了解我的一个想法，其不同于我通常的观点，而那是有关这个问题我能为您做的一切。您应给您孩子指定导师，其管理上应始终着眼于他的教育和培养的主旨；有许多方面都依赖于它，而我将根本不会论及它（鉴于我不能发表更多的看法）。至于那一点，我假定去规劝他，他或许会如此赞许它，就如同他看待正义事业。对于生自尊贵门第的绅士、由真正知识武装起来的及受过良好教育的家庭的子嗣来说，既不会为自己过度追求收获或日用品，也不会追求外在的炫耀或饰品，而是丰富和充实他内在的精神，并渴求成长和塑造为一个有才干且全面发展的人，而非仅仅是一个有学识的人。因此我希望一位绅士的父母或监护人应该十分慎重和细致地选择他的导师，而我赞赏的是拥有沉着而节制的头脑，而非仅仅有充实的脑袋，当然最好的是两者皆备。我也更推崇明智的、公正的、文明的习惯，以及谦逊的行为，而非空洞和单纯的文字学习。有些人从未停止在我的耳边嘟囔要去遵循他们的方法，但除了重复前人告诉他们的事情之外什么都没做。我宁愿让导师去更正这一状况，在一开始就让孩子展现他拥有的智慧的能力，并以此为依据，教会他靠自己的能力鉴别事物。偶尔在方式上启发他一下，其他时间让他自己去开辟路径。我不会让他独自去陈述，而是倾听学生的陈述。苏格拉底和其后的阿凯西劳斯都是让他们的弟子先陈述，然后他们自己再讲。“教师的权威，通常大部分都阻碍了学生的学习。”

因此导师首先让学生慢跑一下是合适的，通过慢跑他或许可以更好地判断他的步幅，并估测他能坚持多久，由此而合理分配他的体力。我们常常因为缺乏良好的平衡而浪费了全部体力。而为了知道如何做出好的选择，以及能前进多远，是我所知的最难的工作之一。去了解下一步怎样做，了解孩子的步伐能前进多远，以及如何去引导他们，这些都是高尚的象征，也是无可比拟的精神的影响。对我来说，我在上山时比下山时行进得更好、更有力。通常情况下，都是用单一课程的及相似的教育方式，以教导各样形式和不同性格的孩子。评价学生成绩时，不是根据他们是否记住了这些词汇，而是根据他们是否能体会其中的感觉和实质，并非通过他们的记忆力的见证，而是凭借他们的生活阅历。然后他所学的东西是，他让自己以各式各样的形式去陈述和描绘同一样东西，而后把它调整得像是各不相同的独立的主题。这样的话，无论是否理解他都能感知同一样东西，并在其中赐予他自己领地，并在适当的时候从柏拉图赋予的制度中获取他的方法。吞进什么，就吐出什么，这是生吞活剥、消化不良的表现，肠胃如果不改变它吞进之物的外表和形态，那就是没有进行工作。

我们看到人们渴望得到的并非名声而是学识，而当他们说这是一个有学识的人时，他们认为说得已经足够明白了，我们的心智确实因他人的愉悦而动，并被约束和迫使去服务于他人的幻想，被权威压制和被迫去屈从于他们空洞课程的枷锁；我们都被迫在一根弦上弹奏竖琴，那样我们没有办法让自己自由地作曲，我们的活力和自由被消灭得一干二净。“他们从来都不是自己支配自己。”我有幸在比萨城结识了一位亲密智者，但这是一位亚里士多德信奉者，他也坚守这一绝对牢固的立场。与亚里士多德学说保持一致是所有可靠想象和完美真理的真正的试金石；任何与其没有一致性的东西，只不过是温柔的喀迈拉①和无聊的幽默。因为亚里士多德好像无所不知，无所不见，无所不言。他的这一主张被某些人有点儿过于充分和有害地解读，使其在随后的很长时间内被罗马的调查所困扰。我宁愿让他严谨地做他的学问，从而去详查一切事物，而且不在他的头脑里藏匿来自权威的任何东西，或者是不加深究。对他来说，亚里士多德的原则不应比斯多葛学派或伊壁鸠鲁学派更为公理化。将这种评判的多样性推荐给他，如果他可以，他将能够区分真理和谎言；如果不能，他依然存有疑惑。较于明智，怀疑并不更少地愉悦我。我

① 古希腊神话中一个长着狮子头、羊身体、蛇尾巴的吐火怪物。

喜欢怀疑不亚于肯定。

假若通过他自己的论述来讲解色诺芬或柏拉图的观点，那么这些观点将不再是他们的，而是他的。他仅仅是跟随另一个人，什么都不追溯，什么都不寻求："我们并非臣服一君，每个人都能挑战他自己，以使其至少知其所知。"他必须竭尽全力用他们的自负来满足自己，同样也要尽力去学习他们的格言，由此他知道如何去应用，使其难以忘却是在何处为何掌握它们的。真理和理性对所有人都一样，迄今为止向他讲解的不会比从此以后向他讲解的更为恰当。而参照柏拉图的观点并不比参照我的更多，因为他和我有同样的理解和观察。蜜蜂确实会到处吸吮和采集花蜜，花蜜又酿成了蜜，这蜜便不再是百里香。同样的，学生们从他人那里获得的残篇，经过合理的加工上色，变成自己满意的作品，那就成了他自己的作品。他付出的判断、辛勤的劳作、所学的知识，都是为了完成这一得意之作，让他很难隐瞒他是在哪里获得的哪些帮助，而且除了他自己所做的之外不做任何展示。海盗、裁缝和借款人都会炫耀他们买的东西和房屋，却不会显露他们从其他人那里攫取而来的东西；你看不到律师从他们的客户那里收取的秘密费用，而你能明显发现他们组成的同盟、他们为孩子们争取的荣誉，以及他们建起的漂亮住宅。没有人会公开自己的收入，只会默默地收进腰包。学习带来的好处是让人变得更好、更明智、更正直。看和听都是认识的能力，它们能驱动、影响和统治一切，除了盲目的、无知觉的和没有精神的之外，所有事物皆是如此。而一旦真正地阻拦他自由地去体验，会使得他更为恭顺和懦弱。谁曾问过自己的学生是如何看待西塞罗的哪句话的修辞和语法的？这些东西仿佛都被装上了翅膀（就好像它们是神谕一样）飞入我们的脑海里，其中字母和音节是科目中的主要部分。通过反复训练学到的不是完美的知识，而是掌握了一个人交托给他的记忆去掌管的东西，不是值得称赞的。一个人直接去认识的东西，他愿意去处理，而不用一直求助于他的书或者看他的样本，仅仅书本带来的满足是不会令人愉快的。我的全部期望是我行动的美化，而非基础。根据柏拉图的思想、恒心、信念，以及真诚是真正的哲学。至于其他科学，就像在别处提到的，它们只是过分修饰的画作而已。我乐于见到我们时代最优秀的两大舞者——帕瓦罗和庞培，教导任何人去学习他们的高超的技巧和高级的跳跃，只靠着看到他们所做的，而不让我们离开自己的位置，就像某些迂腐的家伙不在实践中去推动或指导我们的思想一样。我也很高兴地发现有人愿意教我们如何去骑马、掷矛、射箭、弹琴，或者是和音，而不用练习，就像这类人愿意教我们如何去很好地评判或演讲，却不用做任何演讲或评判的训练一样。在那种或许如我以术语“生手”所称的人生类型里，无论其向我们显现出何种行动或目标，都能代替书本服务于我们。小男孩可爱的恶作剧、侍者无赖的诡计、仆人愚蠢的事情，还有任何懒散的叙述，在吃饭时或是众人一起时，被诙谐地或是认真地谈论，都恰如我们去研究的新主题：着眼于促进人们的商贸或广泛的社交，周游列国观察陌生的事物都是必要的，而不仅仅是为了能够报告圣罗通达大教堂在长或宽上是多少，或关注莉薇娅夫人穿着多么昂贵的服饰和她的短袜价值几何；或者就像某些人那样，辩论他们在意大利某些古老遗迹中所见的尼禄的脸庞，比在其他古老纪念物中为其塑造的更长或更宽。他们应该主要去观察并能够确定他们所见的那些乡村的诙谐与风尚之间的联系，那样他们就能更好地知道如何借着他人的智慧来完善自己。因此我希望孩子从幼年开始就到国外去游历。有个一举两得的做法是，我会先带他们去那些语言与本国不一样的国家，因为趁年轻，他们可以更好地掌握一门外语。此外，聪明的人认为孩子总是被依偎、放纵、娇惯，并在其父母的膝下或视线里被抚养大。甚至他们天生的仁慈或（就如我所谓的）温柔的溺爱，经常导致的情况是，即使是最聪明的孩子也会变得懒惰、过分讲究和品质恶劣。因为有时候父母的爱都是盲目的，他们既不能容忍孩子被核查、更正或惩罚，也不能容忍孩子他们被如此卑贱地抚养大。而且看到他们的孩子从那些训练中回家会使他们悲苦不已，要成为一位绅士必须要接受有时全身湿透且沾满泥巴，有时大汗淋漓且满身灰尘，并在酷热或极冷的环境中生存。同样让他们烦恼难抑的还有看到孩子骑上难以驾驭的骏马，或手持兵器狂暴地对抗技艺高超的剑手。如果想证明你的孩子是一位有天分、有造诣或正直的人，他必须在年少时就独善其身。

让野外的生活引导他，用绝望的事务塑造他。

仅让他的精神强大是不够的，他的肌肉也必须得到强化。如果没有健康的身体支撑，精神会被压服，独自承受两种职责对他来说太多了。我能感觉到我的渴望，被加入到如此柔弱和敏感的躯体上，在过重的思想下我会筋疲力尽。在我的演讲中，我经常察觉到我的作者们有时在他们的作品中赞赏高尚与魄力的典范，而这些都是来自厚重的皮肤和坚硬的骨骼。我认识一些男人、女人和孩子，他们天生强壮，挨一棍子就像用手轻轻敲打他们，不会让他们受伤。他们是那么迟钝和强壮，以至于既不愿动动舌头也不愿动动眉毛，也永不会被击倒。当摔跤手去模仿大哲学家的耐性时，他们无非是展露他们的肌肉而非内心的活力。习惯旅程的艰辛，是为了承受伤痛。“劳动能够在悲伤之上造就坚强。”他必须习惯于承受训练的痛苦和困难，那样他就可能去承受腹痛、烧灼、萎缩、扭伤的疼痛，以及其他疾病带来的痛苦。是的，有必要的话，耐心地承受监禁和其他折磨，因为根据时间和地点，好人和坏人都会经历这一切，我们要经得起考验。有些坏人违反法律，以恶作剧和勒索威胁好人。此外，导师的权威常会被父母的溺爱和存在而妨碍和中断，而且家庭使他具有敬畏和尊重，以及让他从小就知道自己出身于贵族，在我看来都相当大地妨碍了一位年轻的绅士的成长。在这个商业学校和人类社会里，我经常发现这样一个恶习，即我们只竭力去使自己为他人所知，以此代替去了解他人；我们尽力去销售我们拥有的货物，而不是多了解和购买新的商品。沉默和谦逊都是特别有利于文明交往的品质。同样必要的是，年轻人必须被教导勤俭节约，而不是铺张浪费，而且当他拥有财富时要稳健地管理它。不要因为他当面说的每一个愚蠢的流言蜚语而勃然大怒，因为去反驳任何不赞同我们的诙谐的东西是一种不文明的纠缠。要让他乐于纠正他自己，不要让他看上去好像只会怪罪他人而拒绝去改正自己，也不要与世俗完全背离，“人若无虚饰与嫉妒，必将聪慧”。让他远离世界上的那些专横的图景、不文明的行为和幼稚的野心，天晓得，他们拥有太多太多需要注意的东西。就是说，除了他尽力维护的名誉，针对他所没有的东西做一个美丽的展示；犹如指责和标榜自己都很难得到某些独特美德的名誉。由于使用艺术的自由只属于大“诗人”；所以，拥有超越普通时尚的卓越只存于智者和伟大的灵魂中，也是可以容忍的。“如果苏格拉底和亚里斯提卜[1]都做了大概违反习俗或良习的事情，就不要让人认为他也能这样做，因为他们以其伟大、卓越而良好的一面而获得了这一特许。”他应被教导说，除非当他遇到与其力量相匹配的对手的时候，要不然不要鲁莽地加入到谈话或辩论中来，我也不愿让他使出浑身解数，而只有让他站得最稳固些，那样他就能被教会关注并且对他的理智做出选择，并凭着简洁的推论，钟情于有相对性的言论。首先，要教育他一旦他能识别同样的事物，会赞成为了真理而放弃他的武器，无论那是来自他的对手，还是来自他自身的更好的劝告。因为他不会喜欢任何凌驾于他人的卓越的地方，为了一个规定的角色的重复，他不会受雇于保卫任何事业，他能更好地证明它，也不会从事为了金钱而出卖自由的那种交易。“他也不会迫于任何需要去保卫和实现所有规定和命令于他的东西。”如果他的导师认同我的幽默，他将会把他的影响构建为一种对他的王子来说最为忠诚和真正的科目，而一位最为柔情和勇敢的绅士可能关注他的主权的荣誉或他的国家的利益，且尽力去压制他内在的情感——为了公共利益和责任的除外。除此之外，这些特殊的镣铐极大地侵害了我们的自由，人的判断被动摇和收买，那或许会减少自由和诚实，或许会被疏忽和忘恩负义所损害。一位精明的朝臣既不能墨守成规，也不能说出或去想超出君王预料之事，在万千臣民中，君主只看中他一个，并一手栽培他。这些偏爱，都腐坏了他的自由，并且模糊了他的判断。因此，在同样的情形下，“语言侍臣”通常都区别于其他人，而且在此类事务方面并没有巨大的可信度。因此让他的良心和美德在他的言辞中闪耀，让理性成为他主要的方向，教导他去承认自己做事情中出现的差错，虽然除了他自己没有其他人能察觉到。因为那是判断一个人是否诚挚的方法。随心所欲，且在语言上固执地去争辩，都是平庸的品质，这种品质在较低下的人身上极其明显。要反复告诫和更正他，而且当一个人在关键时候，要远离坏

---

① Aristippos，公元前435—约公元前360，古希腊哲学家。

的意见，这都是稀有的、高尚的而且是哲学家才有的品质。与众人在一起时，他要将眼光投向周围，以及其他任何地方。因为我注意到，重要的场所通常都被最不相称的和平庸的人占据，而命运的机遇很少与出众的才华相结合。我发现他们通常都位于甲板上层并忙于谈论室内帘幕的美丽或者用某些极好的葡萄酒杯来款待他们自己，而在下层的许多优秀的演讲却被完全地淹没了。他们应当考虑每个人的价值，牧人、石匠、陌生人或旅行者，全部都应该调动起来。每个人都有自己的价值，要学习别人的长处，甚至其他人的愚蠢和天真对他来说也是教育。通过观察其他人的优雅和礼貌，他能让自己弃恶从善。让他拥有好奇心去探求所有事物的性质和原因，要让他去调查关于珍稀的和单一的任何东西：一栋房屋、一眼喷泉、一个人、一个战斗曾经打响的地方，甚至是恺撒大帝或查理曼大帝的故事。

> 什么土地被炽热烘烤，
> 什么土地被霜冻流连，
> 什么风儿轻柔地吹向意大利的海滩。

他应该竭力做到相当精通地了解风俗，以及领土、国家，还有诸侯们的相互依赖和同盟；它们都是不久后将会乐于被学习的东西，而且掌握了它们也是对他极其有利的。通过这些了解，我的计划是，他主要是要理解它们，而不是只靠着书本的记忆去生活。他应该——在历史的帮助下——以最好年代中最有价值的思想来塑造他自己。这也许是徒劳无益的学习，但他也可能从中受益，这取决于他自己。正如柏拉图所说的，古斯巴达人唯一重视的是学习方法。对于这一点，我们阅读普鲁塔克的作品，什么样的好处得不到呢？而一以贯之的是，教师反复思考他何以实现他的责任，几乎没有把迦太基遗址的日期印刻在他学生的头脑中，就像对汉尼拔和西庇阿的行为所做的那样，他也几乎没有把马塞勒斯死亡的地点印刻在学生的脑海里，也没有说清楚他的死有辱使命，他并没有像教他去评判他们那样去了解历史。要在众多事物中才能很好地认同我的幽默，我们对这一主题的态度应用在它们身上确实是多元的。我阅读了蒂托·李维[①]的许多故事，可能是其他人从未看过的，其中普鲁塔克或许比我能看到的多出 100 个，而其很可能是作者本人从未打算要记下来的。对某些人来说那只不过是文法的研究，但对其他人来说是一种完美的哲学剖析，借助于我们天性中最隐秘的部分去调查研究。在普鲁塔克那里有许多丰富的论述非常值得被知晓，依据我的判断，他是这类作品的翘楚。因为他用他的手指，为我们指出了进入的路径，正如他所说的，亚洲的居民只服务一人，因为他们不能对人发出单音节，就是“不”，很可能把主题和机缘都给了我的朋友博埃希，使其撰写了有关自愿与奴役的书。甚至，普鲁塔克还从某个人的生平中选出一件事或者一句话作为论说的题目，而它们不能算一句话。聪明的人都非常热爱简洁，毫无疑问他们将因此而获得荣誉，而我们将因此更差。普鲁塔克宁愿我们因为他的判断而非学识而称赞他，他更喜欢在我们心里留下他的某种期望而不是满足。他非常明了即使在美好的事物中仍有太多可说的东西，而亚历山德里达斯（Alexandridas，是普鲁塔克在其作品中提及的一位斯巴达人）也确实公正地谴责他对“监督官”说了太好的句子，但是它们都太过乏味了。噢，陌生人，你以不应该用的方式，说了应该说的话。那些身材消瘦者总是以浮夸来填满自己。而诸如仅有物质的贫乏者，则以高傲的话语来鼓吹他。有一个非凡的小聪明，或者就像我所谓的人们判断的启示，它从人类的贸易中，以及通过频繁地行走世界各地而得出，我们自身都是如此的做作和简洁，以至于我们只看到鼻子以下的事情。当苏格拉底被询问他身在何处，他回答说：“不在雅典，而在世界。”因为他拥有更为丰富和延伸更远的想象力，把全世界都纳入他的故乡，并拓展了他的见识、他的交往，以及对全部人类的情感，而并不像我们那样，只能看到我们自己的脚。如果霜降偶然冻伤了我们村子周围的葡萄树，我的神父一定会立刻争辩说那是笼罩在我们头顶的神之愤怒，并威胁全人类，并断言“裴颇”（Pippe）已准备进攻卡尼堡了。

在我们公民的这些争吵中，谁不认为这个世界已经大乱，而且世界末日

① 公元前 59—公元 17，古罗马历史学家。

即将来临呢？当我们陷入悲痛，并沉浸于悲伤之中时，这世界其他千万个地方却洋溢着幸福，沉溺于愉悦，而且从不会像我们一样悲伤。然而，当我审视我们的生活、我们的特许，以及罪过时，我却惊讶地看到它们既温柔又随和。暴雨倾覆于某人头顶时，他会认为全球其他地方都处于暴风雨之中。就如那萨瓦人[①]所说的，如果那愚蠢的法国国王能够巧妙地管理他的财富，他或许就能很好地成为他的上议院大家庭的首席管家了，我们都会犯类似的错误。但是无论是谁将要呈现于我们的眼中，或是呈现在桌面上，她穿着她最华丽的礼服，端坐于她权威的王座之上，而在她的面容上将看到世界整体不断地变化。其中我们观察到，不仅是我们本身，而是整个王国，都不是一个完善的圆，而只是微小的圆点，我们只能依据它们的大小和比例来评价事物。这一伟大的宇宙（其如同同一“属”下的“种”那么多样）是我们必须真正去看的，如果我们要知道我们是否处于正确的位置的话。最后，我将把这一世界架构作为我的学生的选读书籍，如此众多的性情、各式各样的教派、各不相同的判断、多种多样的意见、与众不同的法律，以及奇异的风俗等，都教会我们去正确地判断，并指导我们去承认自身的不完美和天生的弱点，这并非易事，那么多模式的创新、那么多诸侯的败落，以及公众命运的改变，可能或应该教导我们，不要制造出那么巨大的账单、那么多的声望、那么多的胜利，以及那么多的征服，它们都埋葬在黑暗的遗落之境里。因抓住那阿尔戈号的十位骑兵或攻下一个小村庄，使我们声名不朽的希望变得荒谬可笑，其实只是因他的死亡而被知晓。众多奇怪而又华丽的外观带来的骄傲、众多宫殿带来的自豪，应该能确定和支持我们的见解，可以无畏地承受蔑视及雷鸣般的掌声，而不眨一下眼睛。成千上万的人，安葬在我们之前，或能激励我们不要去恐惧，或不会害怕于在另一个世界遇到好伙伴，以及其他类似事物。我们的人生正如伟大而人数又众多的奥林匹克比赛的盛会，其中有些人要获取荣誉，并要赢得比赛，全力锻炼他们的身体；有些人因为对收获的贪婪，取来货物以售卖；有些人（以及那些并非最坏的人）并不追求其他的好

① Savoyard，法国旧区名。在东南部，相当于今萨瓦省和上萨瓦省。

处，而只是观察为何如此，以及去向何处，并作为其他人的生活与行为的旁观者而不做任何事情，或许能更好地判断和引导他们自己。一切有用的哲学观点，都将适合上面的例子。

你所渴望的，即是你所得，
从新铸之图章，到亲近之朋友与故乡，
你所应捐赠的，神必将赐予你，
并将你置于人群中。
我们的所有，决定了
我们的所在。

何为了解的和不了解的（研究范围）？勇猛的，节制的，以及公正、抱负和贪婪，奴役和自由之间有什么差异，靠着它使人能辨别真正而完美的满足，以及让人应该如何表现害怕或理解死亡、不幸或羞耻。

他付出的每一滴心血，
都会让忍耐或劳动有所收获。

什么样的守护或活力感动我们，以及什么是我们不断运动的成因？在我看来，首先要论述的，是规范他的行为习惯和引导他的感觉，这将教会他认识他自己，也教会他如何很好地生活和死亡。在众多的“科学”中，我们从让我们自由的那门开始。确实，它们全部都在某种程度上有利于我们，作为我们生活的指导以及应用，就像应用其他事物一样。如果我们能把我们生活的附属物约束和适应于它们正当的基础和自然的限度，我们就能发现目前应用的“科学”的大部分，并不在我们的行为习惯之中。是的，在那些广泛应用的科学里，肯定有非常多的有益知识，但我们应该离它们远远的，根据苏格拉底的教诲，我们应把自己的学习限制在对我们有切身利益的领域中。

勇于睿智：首先，要坚强，
活得精彩，不负时光，
小丑一般的希望，直至随波逐流，
追逐，再追逐，直至地老天荒。

教我们的孩子们：

双鱼座在动，狮子座发热气，
摩羯座在西溪里洗洗。

星座的知识，以及第八行星的运动，而他连自己的星座还没弄清楚。

热望七星，还有我，
或许就是牧夫座。

阿那克西米尼①写信给毕达哥拉斯，说："在我眼前一直有死亡或奴役，我怎么能从星星的秘密中让自己快乐？"由于当时波斯的国王们都在准备对他的国家开战，所有人都应该这样说：野心、贪婪、轻率，以及迷信等敌人会将我们打败。我还要研究和关注这世界的运动和变化吗？当他一旦被教授一些使他更优秀和更明智的科目之后，他将沉醉于逻辑学、自然哲学、几何学及修辞学，然后形成他的判断，认为他从事的学科极其让自己着迷，他将在短时间内达到极致。教学有时借着谈话，有时通过阅读来进行，他的导师或许会时不时地把同一作者的作品拿出来让他读，告诉他这部作品的目的或动机，而假如只靠他自己的话，他就不能这么彻底地了解著作。他可能轻易地发现许多显著的论述，因为它们能够对其产生影响，还会成为生活的必需品；

① 约公元前588—约公元前525，古希腊哲学家。

之后他或许会发挥和配置他们的最佳用途。而这类课程中比加扎[①]的课更为容易和自然被接受，对此没有疑问吧？那些都只不过是严厉的、令人苦恼而且讨厌的戒律，空泛、闲散和虚浮的话，只能从中得到很小的收获，其中没有什么可以去鼓舞思想。在这种情况下，按照我说的方法培养人才，很快就能硕果累累。值得考虑的是我们这个时代，即使对最睿智的和最强理解力的人来说，哲学也是一个闲散的、虚荣的和空想的名字，无论从鉴定角度还是效果上都只有很小的作用和较少的价值。我认为这些诡辩是其原因，它们阻碍了实现它的路径，让孩子们很难实现对它的掌握，而只能带着磕磕绊绊的、令人讨厌的和眉头紧锁的样子把它记下来。是谁给她蒙上了如此虚伪、苍白而又丑恶的表情？没有比哲学更美丽的、更可爱的、更快乐的学科了。因为她没有什么说教，只有运动和娱乐。在它的领域里没有哀伤，也没有意志消沉。语法学家德米特里发现一伙哲学家一起亲近地坐在特尔斐神庙里，便对他们说："或者我眼花了，或者因为你们的花言巧语和愉悦的外表，所以在你们中间就没有一丁点儿严肃而认真的谈话。"他们中的一个叫作麦加拉学派的赫拉克利翁[②]回答说："只有那些忙于研究动词的将来时态是否需要双写或研究一个词的词源、比较级或最高级的人，他们才会在探讨学科的时候气恼苦闷，至于哲学谈话，他们都是开开心心、其乐无穷的，绝不会徒生烦恼。"

你能感知思想的苦楚，
你能在病躯中，寻到隐藏的乐趣；
这两类习惯都会在面容上出入。

隐匿哲学的理智，可通过心灵的健康使身体同样良好而健康，它把心灵的满足直接显露在外，把全部外在的行为塑造成其模型，因此，这样的人就可以带着高尚的刚毅和活泼勇敢、积极而愉悦的姿态，以及稳定而快乐的表

① 约1400—1470，语文学家。
② Heracleon the Megarian，公元前540—公元前480，古希腊哲学家。

情。真正的智慧最确定的表征和明显的迹象是一种恒定的和不受约束的欣喜，就如同月亮之上的事物，永远清楚，永远明亮。正是巴洛克和巴拉利普顿，使得它们的追随者们如此低劣和空泛，而不是哲学。他们只靠听和说来了解她。难道不是哲学平息了头脑中的风暴，并教会苦恼、饥荒和疾病的人笑？并非因为天文学，而是借着自然的和明显的推理。她只以美德为目的，正如学派所说的，它不是在一座高昂的、险峻的或难以企及的山上，因为他们已经证实她在公平的、繁荣的而又令人愉悦的平原上，因此从那高高的瞭望塔上，她洞悉一切，使其服从于她，任何人都会奔向她，如果知道通往她的宫殿的路途或入口的话，因为，引向她的路径肯定是清新且绿树成荫、甜美而又鲜花盛开的道路，其攀登是平坦的、容易的而且毫不令人疲倦的，就像直达天穹一样。美德荣耀无比，就如同君主端坐于威严的王座之上，美好的、得意扬扬的，同样也是美丽又勇敢的，她本身对全部锐利、禁欲、恐惧和强制来说，水火不容，本性给她引导，命运和快乐给她做伴。依照他们的弱点，他们业已虚幻地勾画她的特质，描绘了一种愚蠢的、悲哀的、冷酷的、暴躁的、怨毒的、危险的，以及倨傲的面孔，带着一种可怕的和讨厌的相貌，并且把她置于一个崎岖的、锋利的而又荒僻的岩石上，在沙漠中的悬崖和粗犷的峭壁上，就像稻草人或怪物，去惊吓大众。现如今导师应该明白，他应该不仅充实他的学生的头脑、储存他的学生的意志，同样，宁愿以热爱和情感而非以敬畏和崇敬来得到美德。要告诉他们，诗人追求一般的幽默，使其更易被人理解；而更要感知的是，神更愿把劳动和汗水洒在通向维纳斯房间的道路上，而非置于通向维纳斯房间的门。

而当他察觉到他的学生对自己有明显的认知，在他面前饰演布兰达曼忒①或安杰丽卡像一位女主人那样过得快活，用自然的、积极的、慷慨的而又无瑕的美丽来修饰，而不是丑陋的或像巨人一样的，就那种嬉戏的、柔软的、做作的，以及闪耀着虚伪的美丽而言，又是愉快的和生动的；有人装扮得像

---

① 博亚尔多的《热恋的奥兰多》和阿里奥斯托的《疯狂的奥兰多》中一个好战的女主角。

个年轻人，戴着亮闪闪的头盔，另一个则装饰得像厚颜无耻的娼妓，饰有卷曲花边的刺绣，以及镶嵌珍珠的项圈。无疑，他自认为他的爱情充满阳刚之气，如果他的选择不是那位佛里吉亚女人气的羊倌的话。在他的新型课程里，他将知道奖赏、荣耀及真正美德的高贵，都存在于他的训练、利益及快乐里。孩子们非但不会遇到困难和阻碍，反而和大人一样，单纯而聪明，能一学即会。谨慎和节制，而非强迫或监视的方法，才是把他引向美德的手段。苏格拉底（美德最宠爱的人）或能更好地走上她进程中的那个舒适的、自然的而又开放的路途，确实是自愿的而又非常认真的，抛弃了所有强迫。她就像全人类快乐的保姆和母亲，其使他们公正而又诚实，可靠而又真诚。通过舒缓他们的压力，使他们保持振奋和生机。通过限制或剥夺，就会让我们对其余的快乐更感兴趣；她督促我们朝着她留给我们的那些事物前进，她留给我们的东西很多，使我们的天性快乐，类似于和蔼的母亲给予我们的满足。直至心生厌倦，规则和约束乃是我们的快乐的敌人，能在酒醉之前制止醉鬼，在过度饮食之前制止贪吃者，在荒淫之前制止纵欲。如果共同的命运舍弃了她，那她干脆避开它，或者构建一个完全属于自己的命运，而不是转瞬即逝或起伏不定。她知道变得富有、强势和明智的方法，以及如何把握方向。她热爱生命，因美丽、荣耀和健康而感到快乐，但是她固定的和特别的职责在于，首先知道如何有节制地使用此类物品，然后是如何应对经常失去它们。职责的高贵远远多于其艰难，没有它，人生的全部过程就是不自然的、混乱的而又残缺的，有人可能会遇到暗礁、障碍物，以及可怕的怪物。如果真这样了，他的学生若有机会，宁愿听闲散的无稽之谈，而非愉快的旅行经历，或者其他著名而又明智的演讲；战鼓和军号的声响，都不能引起他们的兴趣，而是去看戏、摔跤、变戏法或（进行）其他闲散的消磨时光的娱乐；为了取乐，他们不认为来自取胜的搏斗、摔跤或骑马的汗水和辛劳，以及此类运动的奖赏或荣誉，比来自网球场或舞蹈学校的更加可爱。我知道对此类人最好的补救就是，让他在某些发展良好的小镇或其他地方做底层职业的学徒，是的，哪怕他是公爵的子孙。依据柏拉图的规则，他说：“孩子们不是按照他们父辈的条件，而是应该靠自己的能力被任命。”既然是哲学教会了我们生活，在幼年以及其他年龄段，都能同样从中受益，那么何不把她给予年轻的学习者们呢？

> 他是湿软的模型，
> 要让轮子顺畅地旋转，
> 将其逐渐浇铸和成型。

当我们的生命几乎耗尽的时候，我们才学会如何生活。许多学生在阅读亚里士多德有关节制的论述之前，就已经染上了令人憎恶的而又耗费精力的疾病。西塞罗通常说："即使他能有两次生命，他也永不会发现研究'抒情诗歌'的乐趣。"我也发现这些诡辩论者比想象中的还要可悲和无用。我们的孩子忙于更伟大的事务，他生活的前十五六年接受教育，剩下的则给了行动，因此让我们把如此短暂的时间理解为我们不得不活在更有必要的学习中。那是一种虐待，应该删除这些令人苦恼的逻辑学的诡辩，因为它不能让我们的生活有一丁点儿改变，对于哲学简单的论述，要知道如何选择和恰当地使用它们。它们比薄伽丘的任意一部传奇故事都容易被接受。还在被保姆照料的孩子，比起读或写更能做到这些。对于哲学的论述，幼儿以及不断衰败的老年人都能充分利用。我赞同普鲁塔克的观点，即亚里士多德并没有在如何展开三段论的艺术或几何学的原则方面，过分地强求他伟大的弟子（指代马其顿国王亚历山大大帝）学习，因为他竭尽全力教授他关于勇气、勇猛、慷慨和节制，以及用无惧等优良的戒律去指导他。凭着亚里士多德送给他的这些武器，他在仍然非常年轻的时候，仅仅以三万步兵、四千骑兵和四万两千枚钱币，就征服了世界上的大帝国。至于其他艺术和科学，他说亚历山大对其经常怀有敬重，并赞赏它们的出色和美丽，但是无论他在它们那里得到什么愉悦，他都不会轻易地被吸引去练习它们。

> 年轻人和老人们，沉湎于你们的野史逸闻；
> 你们的脑海刻下记号，把灰白的头发预定好。

在写给迈密盖乌斯的信里，伊壁鸠鲁一开头就说："既不要让年轻的人回避，也不要让年老的人厌烦哲学研究，因为有人说过，幸福生活的季节要么还没来，要么已经错过了。"然而我仍不愿让您的孩子被压制，也不愿把他遗弃给粗心大意或喜怒无常或郁郁寡欢的导师教导。我也不愿让他刚刚萌生的精神被束缚而被破坏，诸如让他每天花费十四五个钟头紧盯着他的课本，就像有些人所做的那样，就好像他是一位上白班的工人。我也觉得这是不合适的。如果在任何时候，因为性格孤僻，他就被迁就着过分埋头苦读，是不合理的。因为那样通常会让他不习惯于社交，也会让他对更好的消遣活动不感兴趣。在我的时代，我见过很多人因为对知识过于贪婪的渴求，而仿佛变得愚蠢了。卡尔内阿德斯[①]就是如此地深陷其中的，就像我所说的那般愚蠢，因为他无暇修剪他的头发，或者是修剪他的指甲。当然我也不愿让他高贵的行为被其他人的无礼和野蛮而掩盖。在很久以前，人们就很认同法国人的才智，法国的孩子非常喜欢学习，但是大部分又不易于保持长久。实际上，我们看到现在没有比法国的青年孩子们更优秀的了，但是他们在很大程度上辜负了我们对于他们的期望。因为他们一旦成人，就根本一无是处。我曾听到聪明的人持有这种观点，即他们被送去"学院"（有很多很多）因此而变得迷糊。然而对我们的学生来说，一个橱柜、一处花园、一张桌子、一张床，孤身一人还是有人相伴，早晨或晚上，他无时无刻不在学习，哪里都是他学习的场所。因为哲学（作为判断的模型以及习惯的模范）应该成为他主要的课程，拥有在任何地方干涉任何事物的优先权。雄辩家伊索克拉底有一次被要求在宴会上谈论他的艺术，而当所有人认为他有理由去回应时，他说："现在的时机不适合做我最擅长的事，我就做不到；因为要做演说或要参加修辞学的辩论，现在在一群聚在一起寻欢作乐并大肆庆祝的人面前，这些只能成为一个刺耳而又聒噪的音乐的混合体。"类似的东西有可能在其他科学中见到。但是至于哲学，也就是说，在它论及人及责任和职责时，最明智的人一致认为，顾及言谈的礼貌，哲学不应该被舍弃，无论是在宴会上，还是在运动会上。

① 公元前 214—公元前 129，古希腊哲学家。

而柏拉图把她邀请到他的隆重的宴会上，我们也看到她是如此亲切地以温和的行为款待众人，恰当地适合于现场的气氛，尽管那只是她的最博学而且有益的哲学论述。

> 哲学对穷人和富人都有用，
> 如果忽视哲学，就会被嘲弄，无论老幼都会这样。

因此无疑他不像其他人那样无所事事，因为正如我们行走于画廊中所使用的步调，即使是两倍或更多，也都不会感到疲倦。我们的课程，似乎就是偶尔的，或者邂逅的方式，没有对时间和地点的严格遵守，赋予在我们所有的行动中。全部运动和练习都将成为他的学习的一部分，赛跑、摔跤、音乐、舞蹈、打猎，以及操枪和骑马。我会将他外在的风度或礼仪，以及他的人格、性情与他的思维一同塑造。因为，我们塑造的不是一种思维，也不是一副躯体，而是一个人，我们绝不能把他分成两部分。正如柏拉图所说，它们绝不能让其中一个离开而塑造另一个，只能平等地指导，就像搭配在一起并驾齐驱的两匹马。要去听他怎么说，不是花费更多的时间和精力在他身体的训练上，头脑也要加入到同一练习中。至于其他事项，这一制度应该刚柔并济，而不像有些人所做的，假装温柔地吩咐孩子们投身书海，但他们觉得读书除了恐惧和残忍之外一无所有。请允许我来让这个暴力和强迫消除，在我看来，再没有任何事能像这样的做法一样使出身高贵且温文尔雅的天性变得更为恶劣和混乱了。如果你要让他害怕羞耻和惩罚，就不要使其习惯于这一点，要耐心地教他们忍受汗水和寒冷、疾风之凌厉、骄阳之炽热，以及如何去蔑视所有的危险。消除他在穿着、床卧、食物，以及饮料等方面的全部讲究和雅致，以万物来塑造他，他就不会成为一个俊美却纨绔的男孩，而是一个健壮而精力充沛的男孩。从我是个孩子起，直至成为男人，而今又变成老人，我一直都确信这一点。但在其他事情上，我从不赞同我们大部分学院的处罚方式。如果它们或多或少地倾向于温和，可能会造成更小的伤害。学校是囚禁年轻人的监狱，在孩子们变得放荡不羁之前就放纵于惩罚。当靠近学校的时候，你能听到的只有鞭打和喧闹的声音，孩子们饱受折磨，而老师则深陷于怒气和恼火中。它们是多么广泛，才吸引孩子们的头脑到它的书上去，脆弱而害怕，带着眉毛紧皱的面容，还有布满伤痕的双手？噢！多么恶劣而有害的教学方式！昆迪利安[①]曾指出，这种专横类型的权威，比如用木棒体罚学生，会带来危险的后果。我们本应在学校看到绿树和鲜花，而不是带有血迹的木棒。如果要我来，我一定就像大哲学家斯珀西波斯[②]所做的那样，创作《愉快和欢乐》《植物群》，以及《美惠女神》的绘画作品，并安放在他的学园房屋的周围。那里是他们收获的地方，也是他们娱乐的地方。有利于孩子们胃健康的肉类应该涂上蜜糖，对他们有害的肉应该涂上苦味。很奇怪看到柏拉图在构建他所在的城市的年轻人的娱乐和消遣的规则方面非常细致，而且在有关他们的练习、运动、唱歌、跳跃，以及舞蹈等方面极大地扩展论述，对此他说，这些活动是由神来领导和支持的，如阿波罗、缪斯，以及密涅瓦。当谈到身体和思维的锻炼时，他引用了一千多条箴言。至于学术上的“科学”，他并不站在它们的立场上，而似乎特别地称赞诗词歌赋，但也只是为了韵律的缘故。在我们的礼仪和举止方面，所有的古怪特性，作为社交的大忌，都要避免。谁会不惊讶于德摩丰——亚历山大家族的首席管家——的情况，其习惯于在阴影下流汗，而又在阳光下因寒冷而颤抖呢？我见到有些人惊讶于一个苹果的气味多于大炮的发射；有些人被老鼠吓到；有些人一看到大堆奶油就立即会吐出来；而其他人看到别人拍打羽毛床垫就会被吓得要命，比如日耳曼人，就不能看到公鸡，或听到它的鸣叫声。本性中有可能隐藏某些自然属性，依我判断，如果及时采取措施的话，或许能轻易被消除掉。教育已经在我身上实现了这一点（我必须承认有太多麻烦），除了啤酒，我吃什么都津津有味。在身体尚未成形时，应当让他适应全部时尚和习俗，而（假如能控制他的欲望和意愿）让他变得适合所有的民族和团体。是的，如果有需要的话，让他经历混乱和苦难，让他熟知所有的潮流，那样他就能做所有的

---

① Quintllian，公元35—公元96，古希腊修辞学家。

② Speusippus，公元前？—公元前338，古希腊哲学家。

事情，而不是只钟爱去做那些值得赞扬的事情。一些严厉的哲学家不赞同，甚至可以说是责备卡利斯提尼斯①，因为他失去了他的主人亚历山大的偏爱，只是因为他不愿与自己效忠的君主一起豪饮。他应大笑、嘲笑、放荡，而且与他的国君一同堕落。即使在放荡的过程中，我也希望他在精力与毅力上超过他全部的伙伴。当他不再去做坏事，既不是因为缺乏力量也不是因为缺乏学识，只是因为缺乏意愿。“一个人做错事，到底是缺乏意愿，还是缺乏智慧，有巨大的差异。”我想对一位绅士表示尊敬，我问他，他在德国时出于公务需要喝醉过几次，来保全我们国王的利益时，他回答三次，并说出时间和喝醉的方式。我知道有些人缺乏那种特质，当他们有机会与德国打交道时感到非常困惑。我经常怀着极大的钦佩关注到阿尔西比亚德斯②那杰出的天性，去看一看他是如何轻易地让自己适应于如此多样的习俗和习惯，而对他的健康没有损害。有时他会超过波斯人的奢华和壮丽，胜过古代斯巴达的朴素和俭省；有时就像在斯巴达那样布衣蔬食，有时又像在爱奥尼亚那样骄奢淫逸。

> 所有颜色、城邦和事物，
> 对宫廷的艺术智慧都合适。

我愿把我的弟子培养成他那样：

> 无论他穿好穿坏都潇洒自如，
> 穿破的不急不躁，
> 穿好的适得其所，
> 我都对他赞叹不已。

看看这里的课程，如果你看到它们，听到它们，请融入其中践行它们，

---

① Calisthenes，公元前360—公元前327，古希腊历史学家，亚历山大大帝的史官。

② Alcibiades，公元前450—公元前404，古希腊政治家。

这样你的受益比仅了解它们的人多得多。柏拉图认为，上帝禁止某些人进行哲学探讨、学习很多事物，以及练习艺术。“如何过良好的生活是所有艺术种类中最重要的一种，它通过生活而逐渐获得，而不是学习或写作。”夫利亚细亚的利奥亲王，询问赫拉克利德斯·彭提乌斯[①]他信奉的艺术是什么，他回答说：“先生，我既不信奉艺术也不信奉科学，我是一名哲学家。”有些人非难第欧根尼，说他是无知的人，尽管如此他还是琢磨哲学，他回答那些人说：“我拥有非常多的理性，而且我琢磨它也确有更伟大的目标。”有段时间赫格西亚斯[②]在看到他的书时赞扬他：“你真有趣，就像你选择了天然的非上色的、正当的非假冒的食物来食用，但为何你没有同样地选择那些并非描画的和成文的，而是真实而天然的书籍呢?”孩子学习知识不应只为了记住知识本身，而应在行动上反复练习所学的知识。我们必须观察，在他的事业中是否有智慧、他的行为是否正直、他的态度是否谦逊、他的行为是否正义、他的言语是否有判断力并透着优雅、他在疾病中是否有勇气、他在运动上是否适度、他在消遣时是否节制、他在家庭管理上是否有秩序，以及他在口味上是否讲究，无论是肉、鱼、酒或是水，或无论他吃的什么东西。“认定学问并非知识的卖弄，而是生活法则的人，将遵从自己的法则，并循规蹈矩。”

我们的论述就是我们生命历程的真实写照。斯巴达国王沙希达摩斯回答询问他的人，为什么斯巴达没有把有关勇气训令写入书中，那样的话他们的年轻人就能看到它们。“那是因为，”他说，“他们希望年轻人身体力行，而非用书籍和著作来培养他们的习惯。”对照这些学院里只会炫耀拉丁文的十五六岁的孩子们，其自始至终只耗费在学习如何说话上。这世界只不过是胡言乱语和文字而已，而我从未见到有人惜字如金。我们半数的寿命固然就那样耗费了。我们一直用四年或五年的时间学着去理解单词，并学着把它们组合成句子，然后，又把它分成均匀的四五个段落，而在我们能够学会简洁地去把它们交叉组合在一起、呈现出微妙连贯的形态用于诡辩之中，还至少需要五

---

① Heraclides Ponticus，公元前 390—公元前 322，古希腊哲学家。

② Hegesias，约活动于公元前 3 世纪前后，古希腊演说家与历史学家。

年时间。让我们把它交给那些以此为专业的人吧。有一次我在前往奥尔良的旅程中，在克莱里这边的平原上偶遇两位文学教授朝着波尔多行进，一个接一个相距大约五十步。在他们身后不远处，我看到了一团骑兵，他们的导师骑术精湛，他就是罗什尔福的厄尔。我的一个仆人请教那两位文学教授中的第一位，问跟随在他身后的是哪位绅士。他认为我的仆人意指他的学者同伴，因为他仍未看到厄尔的队列，就很愉快地回答说："他不是一位绅士，阁下，只是一位语法学家，而我是逻辑学家。"然而与之相反，我们不是要培养一位语法学家，也不是逻辑学家，而是一位资深绅士，我们就留着他们去虚度他们的时光吧，我们有别的重要事情要做。如此一来，我们的学生将学到足够多的知识，这能让他妙语连珠。如果他是沉默的人，至少那些话语会储存在他的脑海里。我听闻有些人为自己申辩，说他们不能表达他们的意图，并假装出满腹经纶，由于缺乏口才他们才既不能表达也不能展现它们。这可真是纨绔习气。知道对此我是怎么看的吗？他们都是暗影和奇美拉①，还在酝酿不切实际的想象。他们自己都无法区分或分析他们，而且凭借推论他们也几乎无法理解他们自己，从而不能表达，而假如你注意到他们如何结结巴巴地说，以及艰难地去传达他们的观点，你就会发现他们的观点十分幼稚，就像不足月的婴儿用舌头探索得出的结论一样。依我之见，我是这种观点——苏格拉底也同样持这种主张——即那个在头脑中拥有清楚而又生动想象的人，一定能轻易地产生和表达出来，哪怕他是用伯格马斯克语②或威尔士语，即使他是哑巴，也可以通过手势和表情来沟通。

当事物已被我们预知，词语将自动地涌出。

正如有人在其散文中说过："当事物拥有它们的思想，它们将追寻词语。"另一句是："事物自身将捕捉和运用词语。"我们的孩子不必知道离格、连接

---

① 希腊神话中会喷火的怪物。

② 意大利北部的一种乡村方言。

词、名词性实词，也不用懂语法，他的仆从同样不懂，逛街的任何一位主妇也不懂，然而假如你想和他们交谈，你会发现他们能说会道，语法的使用得心应手，就如同法国最好的语言学家一样。他可以没有修辞的技艺，也不能用引语预先吸引文雅的读者，他也不用知道这些东西。事实上，所有这种过分装饰在简易的真理面前都会失去光泽，因为这些雅致的而又古怪的装饰只能愉悦那些庸俗的人，他们不适于也不能去品尝那最为结实和坚固的东西，正如科尔奈利乌斯·塔西佗非常坦率地宣称的那样。萨默斯的大使去拜访斯巴达的克莱奥梅尼国王，准备了冗长的致辞，以鼓动他发动对抗僭主波利克拉特斯的战争，在喋喋不休了好一会儿之后，他的回答是："至于你的开篇我已经忘记了，中间的我也不记得了，对于你的结论我是什么都不会去做的。"这真是一个恰当的（在我看来）也是极好的回答，而如果换作是演说家的话，他们就不知道该回答什么了。另一个例子是怎么说的呢？雅典人找了两位技艺精湛的建筑师出来，并选择其中一位建造一座伟大的建筑。他们其中一位装模作样且自以为是，当着他们的面介绍自己，用流利的且预先精心设计的演讲来陈述那项工作的主题，以便争取群众对他的支持。但另一位只是简单地说了这样的话："雅典的贵族们，这个人说的就是我要去做的。"西塞罗最伟大的天赋便是他的口才，许多人对此钦佩不已。而加图①却嘲笑于此，他说："他难道不就是一个可笑的执政官吗？"一个机敏而又巧妙的论点，以及一个诙谐的话语，无论是先行提出还是紧随其后，是永不会过时的。如果没有与之前出现的事物相连贯，也与其后到来的事物相一致，其本身也是好的而且是值得赞扬的。我不认为优美的韵律能成就好的诗歌，如果孩子的想法是珍稀的且优秀的，而他的智慧和判断会巧妙地发挥它们的作用，那么就让他（如果他想）把一个音节加长好了，这不是什么大不了的事情。我会说，他是一位优秀的"诗人"，虽然不是一位优秀的"韵律诗人"（将散文改成韵文的人）。

① 公元前 95—公元前 46，古罗马政治家和演说家。

感觉洞察天地的人，绝难写出诗文。

应该让人放松其作品中所有的衔接与格律，

确定好时间和心情，把第一个词放到最后，

把最后一个词移到最前，仿佛它们是新的零件，而后发现散开的诗句结合得异常牢靠。

他应全力那样做，心无旁骛，每一个字都将做出优秀的表现。米南德[1]在这种意义上回应那些责备他的人，交稿日期就要到了，他承诺的喜剧却还没有动笔，“嘘……嘘……”他说，“它已经完成了，只需要给它加上韵文就行了。”因为，他已经在头脑中把情节都布置安排好了，他只要再做脚本的、尺寸的小小账单，或诗文的韵律，这对于其余部分来说确实都是无足轻重的小事。自伟大的龙萨[2]和博学的贝莱[3]以来，他们已经把法国的诗歌提升到现今的荣誉高度，我看这些琐碎的谣曲创作者们或没有经验的游吟诗人们中，没有一个不模仿他们那浮夸的文风。“音量大于重量或价值。”对那些庸人来说，文坛从未出现过如此多的诗人。对他们来说，更易于表达他们的韵律，但在模仿细致的描绘和独特的创见时，就显得心有余而力不足。但是，如果有人用三段论的诡辩法迷惑我们的孩子时，该怎么办呢？食用烟熏的猪后腿会让人饮水，而饮水会消解一个人的干渴；因此，食用烟熏的猪后腿消解一个人的干渴。让他被嘲弄，被嘲弄比被回答更为机智。让他借用亚里斯提卜的这种令人愉悦的俏皮话：“既然被捆绑着让我十分难受，为什么不解开呢？”有人提出确定的逻辑诡辩以反驳克里安西斯，希庇斯这样说：利用这样的欺骗技巧和孩子们玩，成年人的思维不应考虑如此无聊的事。如果这样的愚蠢的花招，“复杂而又多刺的诡辩”，必须劝人信服谎言，那就是很危险的。但假如不能起任何作用，并只让他发笑，我看不出为什么要提防它们。有些人愚蠢到想走出四分之一英里的路，去搜寻古雅的新词。他们一旦有机会，“或恰

① Menander，公元前 342—公元前 292，古希腊剧作家。

② Ronsarde，公元 1524—公元 1585，文艺复兴时期法国诗人。

③ Bellay，公元 1522—公元 1560，文艺复兴时期欧洲诗人。

如并非以词语契合事物，而是从国外取来事物，由此词语被契合”。而另一个是，“被某些令人愉悦的词语诱惑的人，会写下他们并未打算写下的东西”。我确实也更希望编织出一段机智而著名的语句，那样我就能使它为我所用，而非改变我的思路去迎合它。相反，应该是词语去服务和伺候内容，而非内容去服侍词语，而如果法国的语言不能做到那一点，那就用加斯科尼语，或其他任何语言。我愿意让内容高于一切，学生听完以后脑子里充满想象，这样他就会忘记所有的词汇。我所喜爱的是天然的、简单的而又不矫揉造作的言语，书面的也恰如口头的，以及此类呈现在纸上的，恰如在嘴上的，是一种简洁的、精练的、圆满的、有力的、扼要的而又言之有物的言语，而非如此精致的、做作的、无病呻吟的语言。

总而言之，词语运用合理，
其将突破藩篱，刻下印记。

与其冗长、缺乏感情、自由、松散而又直白，还不如虽然难懂，但每个字都实实在在，既不是学究式的，也不像僧侣式的，也不像律师式的，而是士兵式的。恰如苏埃托尼乌斯①所声称的尤里乌斯·恺撒的那样，虽然我不明白为什么如此称谓。我有时会以模仿我们年轻人放肆的或荒唐的服装来愉悦自己，比如漫不经心地将斗篷耷拉在一个肩膀上，或者流里流气地斜披着大衣，以及长袜松散地围裹在大腿上。它代表着目空一切的气度和对艺术漫不经心的态度，但是我更为钟情它被应用到演说的过程和形式中去。所有矫揉造作的方式，尤其是关于活泼和自由方面，对于一位朝臣来说都是不讨人喜欢的。而在君主国里，每一位绅士都应该习得一位侍臣的举止。因此我们确实多少有些倾向于一种天然和随意的行为。我不喜欢接缝和断片能看得一清二楚的织物，如同在一个异常紧实的躯体上，不需要一眼看清所有的骨骼和静脉。真话必须是直白而未经润饰的。那个苦心孤诣进行演说的人，难道不

① Suetonius，公元 69—公元 122，古罗马作家。

会很不合时宜吗?

雄辩给事物带来创伤，吸引我们去观察它。如同在穿着上，以某些独特的和不同寻常的时尚来标新立异，那对有的人来说是胆怯的象征。在日常对话上也是如此，探求新颖的短语和稀奇古怪的词语，对有的人来说都来自学究的和孩子气的抱负。我所使用的不是别的，正是在巴黎菜市场里广泛言说的。当剧作家阿里斯多芬尼斯①模仿伊壁鸠鲁词语的简朴，在他神剧艺术创作的后期，剧本里几乎所有的话语都是浅显易懂的。由于它的灵活，目前对其语言的模仿席卷全国。而对于评判和创新的模仿来得较为缓慢。绝大部分的读者，因为发现了一种相同款式的外衣，就错误地假设拥有相同的身体。外在的服装和斗篷可以借用，但是身体的肌肉和力量永不能如此。大部分与我交谈的人，说话的风格都与我的《随笔集》相似，但是我不知道他们是否心里也这么认为。雅典人（就像柏拉图证实的）极为注重在他们的演讲上做到流畅和雄辩；斯巴达人则尽力做到简短和扼要；而克里特岛人则在观念上比在语言上下更多功夫。这些才是最重要的。芝诺常常说，他有两种类型的弟子，一种他称作“语史学家”，对于学习事物有求知欲，因为那才是其最爱，另一种他称之为“美丽辞藻的爱好者”，其只尊重语言。然而没人能演讲得好是不值得称赞的，只是他们没有行动派的那些人优秀。但我伤心地看到，我们只在学习语言上花费了大部分的时间。我们首先要学好本国的语言，然后要学习有大量商贸往来的邻国的语言。我要承认的是，希腊语和拉丁语对一位绅士来说都是最好的装饰品，但是学会它们的代价太大。我会告诉那些正在学习希腊语和拉丁语的人一种更好、代价更小、耗时更短的方法，这个方法已经被亲自验证过了。先父曾经通过所有方法和努力，在最睿智的和最聪明的人那里，寻找最为细致和迅速的教学方法，并对其不便之处做了审慎的反思，由此而明白了我们需要花费太多时间来学习罗马人和希腊人能不费吹灰之力就能学会的语言，是我们永远不能获得希腊人和罗马人的技艺和学识的唯一原因。我并不相信那是唯一的原因，但是无论如何，我父亲找到的权

① Arislophanes，公元前257—公元前180，古希腊早期作家，诗人。

宜之计是这样的。在我刚开始学说话时，我就被送到一位德国人那里，他完全不懂法语，但他精于拉丁语。这个人——我的父亲有意把我送去，并给他丰盛款待——一直将我置于他的训练之下，而且是我唯一的监护人。他的两位同胞一并加入进来，但都没有他博学，他们的责任是照顾我，并和我一起玩耍，在这整个过程中，他们只能对我说拉丁语。至于家里的其他人，有一条不可违背的规则，那就是无论我父亲，还是我的母亲、雇工、女佣，都不能和我说我们国家的语言，除了每个人都已学会并与我闲聊的拉丁词语。令人吃惊的是，家里的每个人都受益匪浅。我的父亲和母亲学会了众多拉丁词语，甚至家里的所有仆人也是如此。简而言之，我们全部都用拉丁语，以至于我们周围的小镇也都有所分享，因此即使到现在，工人和他们工具的许多拉丁文名称仍然在他们当中使用。至于我自己，在大约 6 岁的时候，所能理解的不是法语或佩里戈尔语，而是阿拉伯语；而在没有技巧，没有书本、规则或语法，没有鞭笞或抱怨的情况下，我已经能与我的老师讲一样纯正的拉丁语了，而且我也不会把同一种语言与其他的掺和或混淆在一起。如果为了一篇散文他们会给我一个题目，然而学院的通行做法是给学生一篇法语散文，让他们译成拉丁文，而给我的却是一篇充满语病的拉丁文，让我改成地道的拉丁文。著有《论罗马人的友谊》的尼古拉斯·格鲁希、评论亚里士多德的威廉·格伦特、著名的苏格兰诗人乔治·布坎南，以及马克·安东尼·穆雷，他至今无论在法国还是意大利都被誉为最好的演说家，他们都是我熟悉的导师，他们经常对我说，在我幼年时期，我就能把拉丁语学得又快又好，以致他们都不敢去教我。而布坎南，后来他追随布里萨克的马歇尔，对我说，他正打算写有关儿童教育的论文，要以我为例子和榜样，因为那时他正负责监管和培养年幼的布里萨克的厄尔，后来证明他是非常值得尊敬和英勇的首领。至于希腊语，我只能理解其中的一小部分，我的父亲打算让我通过人为的方式去学习它，但是要借着新颖的和不落俗套的方法。那就是，通过娱乐和练习的途径，我们把词汇的变格和结合扔来扔去，就像他们所做的，通过某些在桌边开展的游戏去学习算术与几何。因为，有人特地劝说我的父亲允许我通过自然的意志，以及我自己的选择，去品尝和理解责任和科学的果实，不带有任何强迫或苛求，而是以全部的温和与自由将我抚养长大。当然也有这类迷信，即有人相信如果突然唤醒年幼的孩子，或粗暴地去惊吓和恐吓他们，以使他们从早晨的沉睡中惊醒，会极大地扰乱他们的大脑。所以父亲会每天早晨都用某些乐器的声音把我唤醒，而我的身边也从未缺少过会弹奏乐器的仆人。这一事例或许有助于判断其他的举措，同样也应称赞如此一位细心而又有爱的父亲的判断力和温柔的情感，他不应被谴责，尽管他的收获并非与他的精心的劳累相匹配。有两种阻碍因素：第一种是荒芜而又不适宜的土壤，尽管我拥有良好又强壮的体格，以及易于管教和柔顺的条件，但我仍是如此地沉重、呆滞、迟钝，以致我不能摆脱无所事事的状态。我看事物，总是一清二楚，而在这种沉重的性格下，我有着远远超过我年龄的观点。我的心灵非常迟钝，别人引领我多远，它才能前进多远。我的理解力像木头一样，我的创造力很贫乏。此外，在虚弱的记忆力方面我也有惊人的缺陷，难怪我的父亲为什么始终没有将我培养成为完美的人。第二种是，就如同那些身患危险疾病的人会强烈渴望恢复健康，会注意任何经验，并遵从任何建议。而健康的人却会极其害怕任何照管，在某种情况下他会记到心里去，至少允许他自己盲从于流行的意见，就像我父亲曾经盲目听从所有的劝告，尽管那些人不再在他身边，但已经给予他基本的方向，尤其是他们从意大利带来的意见。在只有六岁大的时候，我就被送到吉耶纳学院（College of Guienne），那是非常繁荣而且被认为是法国最好的学院。在那里我得到最好的照顾，包括选择最好的和最为合适的导师，父亲对我其他方面的教育也非常关心。这样做有违学院的习惯，但父亲也让他们为我保留了下来。但是尽管如此，它仍只是一个学院。我的拉丁语立刻就被破坏殆尽，而正是由于中止，我随后失去了各种各样的应用，新的教育方法让我得不到别的好处，唯独让我在刚一入学的时候跳过低年级直接就读高年级班了。在 13 岁的时候，我离开了学院，并且已经读了整个哲学（他们这样称）课程，但是收获如此寥寥，以致对我现在的生活毫无益处。我对书的第一次体验或感觉，是在读奥维德的《变形记》的寓言时获取的愉悦。因为，在只有七岁或八岁大时，我会偷偷地把我自己与其他的乐事隔绝开来，而只读它。因为它的语言对我来说是自然的，它是我所知道的最容易的书，还因为书里包含的事物大部分都适合于我幼小的年龄。至于《亚瑟王》《兰斯洛特爵士》《阿玛迪斯》《波尔多的于翁》，以及这类消耗闲散时间和缺乏智慧的垃圾书籍，年轻人确实通常以其娱乐自己。我并不很熟悉他们的名字，直到现在也不了解它们的主题，也不知道它们的内容。我对书的挑选是十分严肃的，而因为它我更无心去学习其他的课程。令我意外的是，我遇到一位非常谨慎的教师，他对我的麻烦以及我身上的其他错误总是睁一只眼闭一只眼。因此，我通读了维吉尔的《埃涅阿斯纪》、特伦提乌斯[①]、普罗佩提乌斯[②]，以及其他的意大利喜剧，我被欢乐的主题深深吸引。如果那位老师十分愚蠢地禁止我看那些书，我真的会认为我从没在学院中学到任何东西，只有对书籍的憎恨和蔑视，就和我们的贵族中的绝大部分人一样。这就是他的谨慎，而他是如此谨慎地表现他自己，以致他看了却装作没有看见，激发了我的渴望，让我争取一切时间拿这些书籍大快朵颐，他表面上对我放松监管，却关注着我其他课程的学习。因为，我父亲看重他们的（他把我交托给他们监管）最主要的是温厚随和的性格。而且，说实话，我自己也没有其他的缺点，只是倦怠懒惰。危险并不在于我会做坏事，而在于我什么都不做。

没有人曾怀疑我将成为坏人，但有人担忧我会成为一个毫无用处的人，预见到我不是诡计多端的小人，而是游手好闲的庸人。我并不这么认为，但我感觉得到事实正如人们所料。每天不绝于耳的抱怨都是这些东西，那就是我很懒散、冷酷，以及在友情、对我父母和亲属的事宜方面缺乏责任感；在公共生活中，我又过于特立独行和倨傲。对我最不公正的控诉不是“为什么他偷东西?”或“为什么他不付钱?”，而是“为什么他不放弃?”或“为什么他不愿意给予?”我可以接受，他们希望我付出额外的努力。但是他们在苛求我做出额外的努力时，却不要求自己把分内的事情做完，这未免也太不公平了。其中如果他们谴责我的话，他们就完全地消除了我行动上的满足以及感

① Terence，公元前 186—公元前 161，古希腊作家。

② Plautus，公元 254—公元 187，古希腊作家。

激。当我为别人做事时，那是因为我的意愿在起作用，我的天性中不会主动做好事，所以当我这样做时更应该受到赞扬。因此我能更加自由地处置我的财产，因为无论如何它都是我的，而我自己更加是属于我自己的。尽管如此，如果我想为我的行为锦上添花，我或许会强有力地回击这种责备，因为我做得还不够，也许按照我的实力我还能进行更有力的回击。但同时，我的思维却依然运行良好，它会根据它所知的各个对象进行真实和公开的判断；它会独自将其消化，不借助任何帮助，也不进行任何交流。我坚信，它也不会屈服于其他任何事物，如它已经证明它不会屈服于武力和暴力。我要解释或叙述我幼年时期的这一品质吗？那就是，在外形上醒目，在声音上文雅而柔和，在姿态上亲切而和蔼，而在我所承担的角色上又能巧妙地符合。在我未满 12 岁时，我就已经表演过布坎南、格伦特以及米雷的拉丁悲剧中重要的角色，其中大部分都是在我们的吉耶纳学院上映：在那里我们的院长是安德里亚斯·高维阿努斯，他在行使职务方面无人能居其右，名副其实是法国最好的院长，而我（并非夸大其词）即使不是领衔主演，也一定是他们中的重要角色。我见过一些我们的君主（在模仿过去某些时代），在他们恰当的人物扮演和进行悲剧的一些角色的表演中，既值得赞赏也是客观公正的。迄今为止，它被认为是一种合法的训练，也是在尊贵的人之中可容忍的职业，即在希腊，“他传授给阿里斯顿一个悲剧演员的实质，他的家境和出身都是可靠的；不是他的专业使他们蒙羞，因为在希腊人中，演员并不是一个遭轻视的职业”。

我一直认为，指责行事鲁莽的他们，谴责并禁止类似的娱乐，拒绝善良的、诚实的“喜剧演员”或“演员”加入我们善良的城镇，是极其不公正的行为。政治秩序良好的城邦不仅要关注把公民们聚集起来参加诸如严肃的宗教献祭活动，而且要让大家参加合理的消遣活动。共同的社会和忠诚的友谊由此而值得珍爱和增强。此外，他们也没有更多正式的和定期的消遣，能让他们在此类公众视野以及行政官出席的场合中去扮演和表现。如果我的观点能有影响，我认为那是合理的，即王公贵族们应该时不时地自己出适当的钱，让平民与他们一起高兴高兴，比如以父亲般的情感进行讨论，以及对他们施展慈爱的恩惠。在人口稠密、商贸繁忙的城市里，应该建有剧院和为此类大场面而指定的场所，以及秘密娱乐活动场地。但是言归正传，如果没有更好的办法去引发情感、欲望，那么一个人只可能被培养成为满载书籍的书呆子，以棍棒教育出来的蠢人们只拥有别人给他们的装满学问的背包。一个人要想有好的发展，必须将知识与大脑完美结合。

论友谊

从古至今，友谊大致可分为四种：血缘的、社交的、待客的和男女情爱的，其中单独一种或几种结合，都不符合我所谈的友谊。

子女对父亲，更多的是尊敬，友谊需要交流，父子之间的不平等，使这种交流不存在，友谊可能会破坏父子间的天然义务。父亲心里的秘密不可能告诉孩子，怕孩子对父亲过于随便而有失体统，孩子也不可能对父亲提意见，纠正父亲的错误，而这恰恰是友谊的一个最重要的职责。从前在有些国家，子女遵循习俗把父亲杀死，还有些国家，是父亲杀死子女，这都是为了扫清障碍，显然，一方的存在取决于另一方的毁灭。古代有些哲学家对这种天然的亲情关系表现出蔑视。比如亚里斯卜提，有人问他是不是因为爱孩子才生下他们，他鄙夷地说，倘若怀的是虱子和蠕虫，也会生下它们。还有一个证据，普鲁塔克在谈到兄弟之情时说："虽然我们是一母所生，但我并不在乎。"其实，"兄弟"是一个美好而充满爱意的称呼，我和拉博埃西间就有着兄弟之情。可是，财产的分配，一个人的富裕导致另一个人贫困，这些都会极大地削弱这种兄弟情谊。兄弟们在同一条路上和同一个队伍中谋利益，自然会有冲突。可是，那种孕育真正和完美友谊的关系，为什么会存在于兄弟之间呢？父子的性格可能会截然不同，兄弟之间也是如此。这是我的儿子，这是我的父亲，可他野蛮残暴，还有可能是个坏蛋或傻瓜。况且，越是自然法则和义务强加给我们的友谊，我们就越没有改变它的自由。自由意志产生的是友爱和友谊，绝对不会是别的。对此，我有着深切的体会，我曾拥有世界上最好最宽容的父亲，自始至终，直到生命的终结。我的家庭以父子情深远近闻名，在兄弟情谊方面也堪称楷模。

不能将友谊与对女人的爱情相比，尽管爱情是我们选择的，我们也不能将它们归入同一个范畴。我承认，爱情之火更活跃、更激烈、更炽热。

爱情是一种朝三暮四、变化无常的情感，它狂热冲动，时高时低，忽热忽冷，让我们很难把握。而友谊是一种普遍和稳定的热情，它平和稳健，沉着冷静，持久不变，它愉快而高雅，不会给人带来难过和痛苦。而且，爱情不过是一种不理智的欲望，因为人们总是越是难以得到的东西越要追求。

爱情一旦进入友谊的层面，进入意愿相投的阶段，就会减弱甚至消逝。爱情的目的是追求身体的快感，一旦享有了，就不复存在。相反，友谊在获得以后才会升华、增长和发展，因为它会使精神和心灵随之净化。在这完美的友谊下面，我也曾有过轻佻的爱情，我并不想多说。因此，这两种情感都曾在我身上停留过，它们彼此认识，但从不比较；友谊坚持走自己的路，它在高空飞翔，傲气凛然，鄙夷地注视着爱情在它下面走自己的路。而婚姻，可以说是一场交易，只有进去的时候是自由的（其期限是强制性的，是靠我们意愿以外的东西决定的），通常是别有目的才进行这场交易的，此外，还要理清千百种与之不相关的复杂纠纷，这些纠纷足以导致关系破裂和扰乱强制的感情。而友谊只跟自身有关，不牵扯其他交易。况且，坦率地说，女人一般不会满足于这种神圣的关系，她们的灵魂也不够坚强，忍受不了这种把人长久束缚起来的亲密关系。如果不是这样，如果可以建立一种自愿和自由的关系，不仅灵魂可以互相完全拥有，肉体也可以参与其中，男人可以全身心投入进去，那么，可以肯定，友谊会因此而更坚固、更完整。可惜，没有事实可以证明女人能做到这点。古代哲学派系一致认为，女性是被排斥在友谊之外的。

“爱情是一种获得友谊的尝试，当我们被别人美丽的外表所吸引，我们就想得到他的友谊。”人只有随着年龄增长性格变得成熟时，才能对友谊做出完整的判断。

此外，我们通常所说的朋友和友谊，只是指在心灵相通且机缘巧合下的频繁交往和亲密关系。在我所谓的友谊中，心灵互相契合，且契合得天衣无缝，找不到连接的缝隙。若有人逼问我为什么喜欢他，我觉得很难说清楚，只好回答："因为是他，因为是我。"

我说的友谊不是一般的友谊。我和每个人一样，也经历过这种普通的友谊，而且看起来完美无缺，但我劝大家不要把两者混淆了，那是错误的。身处一般的友谊中，走路时要握紧缰绳，如履薄冰，小心谨慎，随时都要防备它破裂。"爱他时要想到有一天会恨他，恨他时要想到有一天会爱他。"奇隆如是说。这一名言，对于我说的那种至高无上的友谊而言，是非常不齿的，但对于普通而平常的友谊，却是苦口良药。亚里士多德有句至理名言用在后者身上恰如其分："啊，我的朋友，没有一个是朋友？"

论书籍

我不否认自己在这里探讨的话题若由相关的专家来谈论会更好、更真实。本文是我在内心感受的引导下而非在后天所得学问的引导下写成的。若是有人指责我无知，我也不会在意。我无法告诉人们我写作的理据，因为我自己也不大清楚，当然我也不见得对自己的论点感到十分满意。如果有人想在这里得到知识，那他确实找错了地方，传播知识不是我所擅长的。这篇文章里都是我的奇谈怪论，我并不希望读者在这里认识某些事物，而是希望认识我。或许有一天我会真正认识这些事物，也可能我以前认识过，但是我已经想不起来了。

即使我是一个博览群书的人，我也是读后就忘。所以除了谈谈在此时此刻我有些什么认识之外，我什么都不能确定。不要期望从我谈论的事物中，而要从我谈论事物的方式中去寻找你想要的东西。比如说，看我的引证是否选用得当，是否表达了我的意图。因为，有时由于拙于辞令或是思路不清，无法恰当地表达我的意思，我就会就援引其他人的话。我不看重引证的数量，而是看重它们的质量。如果我以数计的话，我的引证还会比现在多出两倍。所有的这些引证几乎都出自古代名家，耳熟能详，无须再做解释。而鉴于要把这些理论和观念用于我自己的文章中与我的理论和观念相结合，我时常有意隐去被引用作者的名字，目的是要那些动辄训人的批评家不要太鲁莽，因为他们见到文章就攻击，特别是对那些当代的年轻作家的文章。我要他们错把普鲁塔克当成我来嘲笑，把塞涅卡当成我来谩骂，这样一来，这些批评家们就会丢人现眼。我要把自己的弱点隐藏在这些大人物身后。

我喜欢研究我并从我身上挑毛病的人，我的意思是这样的人会用明确的判断力去辨别我的文章中的力量与美。我的记忆力很差，记不清每句话的出处并加以归类，我深知自己的能力有限。如果我词不达意，如果我的文章令人费解，而我自己没能察觉到这一点，那么我是有责任的，因为有些错误往往会逃过我自己的眼睛。但是在别人向我们指出错误后却仍不能正视，这就是判断上的弊病了。我们有时掌握知识和真理却缺乏判断力，有时具有判断力却没有掌握知识和真理。在我看来，承认自己无知，是说明自己具有判断力的最好、最可靠的证明之一。

我安排自己的论点也是随心所欲、没有章法的，这些论点随着我的思维的跳跃呈现在纸上，有时蜂拥而来，有时循序渐进。我的文字反映了我写作时的心情。

为了避免在与人交谈时信口开河或是说一些不着边际的话，我愿意对事物作一番全面的了解，但是我不愿意付出这样昂贵的代价。我的目的是悠闲地而不是辛劳地度过余生。没有一样东西会让我愿意为之呕心沥血，即使是做学问，哪怕这是一件无上光荣的事。我在书籍里寻找的也是一种让自己愉悦的娱乐方式。我如果做学问，寻找的也只是一种如何认识自己、如何享受人生、如何从容离世的学问。

如果在读书的过程中遇到了什么难题，我也不为它们花费太多心思，如果经过一两次的思考后还是得不到答案，那么这个问题就会不了了之。如果我绞尽脑汁，就是在浪费自己的精力和时间，因为我是个随性的人，一思不得其解，再思反而会更加糊涂。如果没有愉悦的心情，我什么事都做不成。苦心孤诣、孜孜以求反而使我判断不清从而半途而废。如果我的视觉模糊了、迷茫了，我就必须收回视线再度对准焦点，犹如观察红布的颜色，目光必须先放在红布上面，上下左右转动，眼睛眨上好几次才能看清。所以如果一本书看烦了，我会丢下换上另一本，在无所事事而感到无聊的时候再来阅读。我很少阅读现代人的作品，因为我觉得古代人的作品更丰富、更严肃；我也不阅读希腊人的作品，因为我对希腊文一知半解，理解不深，无从运用我的判断力。

在那些纯属消遣的现代书中，我觉得薄伽丘的《十日谈》、拉伯雷的作品以及让·塞贡的《吻》（若可把它们归在这类的话），值得细细品读。至于《高卢的阿马迪斯》和诸如此类的作品，我就是在童年也不感兴趣。我还要大胆地说，我这颗老朽沉重的心，既不会为亚里士多德也不会为善良的奥维德所倾倒，奥维德的流畅笔法和诡谲故事从前使我入迷，如今却很难叫我留恋。

我对一切事物都随心所欲地发表自己的观点，包括超过我的理解和我未曾涉猎的事物。我的观点并不是针对事物本身，仅仅是我对事物的见解。即便我对柏拉图的《阿克西奥切斯》一书感到厌恶，并认为对这样一位作家来说，这是一部苍白无力的作品，我也不认为自己的见解就是正确的。因为前人对这部作品推崇备至，我不会蠢得去冒犯古代圣贤的评论，随声附和才会心安理得。我只能否定自己的观点，指责自己的观点只是停留在表面而没有窥其奥秘，或是没有从正确的角度去看待。

伊索的大部分寓言包含几层意义和几种理解。认为寓言包含一种隐喻的人，总是选择最符合寓言的一个方面来进行解释，但是在大多数情况下，这只是寓言的最浅显的部分，还有其他更生动、更主要和更内在的部分，他们不知道深入挖掘，而我认为自己做的正是这项工作。

沿着我的思路继续往下说，我一直认为在诗歌方面，维吉尔、卢克莱修、卡图鲁斯和贺拉斯远远在众人之上。尤其维吉尔的《乔琪克》，我认为是完美无瑕的诗歌作品，不过维吉尔还可以对《埃涅阿斯记》的某些章节进行精心梳理（如果他还活着的话）。《埃涅阿斯记》的第五章我认为写得最成功。卢卡努的著作也常使我爱不释手，但不在于他的文笔，而在于他本身的价值和中肯的评论。至于将拉丁文运用得独特且高雅的泰伦提乌斯，我觉得他的作品最宜于表现心灵活动和风俗人情。他的作品我百读不厌，但即使这样，我还是会在每次阅读中发现新的高雅与美。

维吉尔时代的人都抱怨说不能把维吉尔和卢克莱修进行比较。我起初也认为这样的比较是不合适的。但是当我读了卢克莱修的文章后，之前的想法被完全颠覆了。他们如果对这样的比较有自己的看法，那么对于人们把维吉尔和亚里士多德进行的这种不伦不类的比较，会说些什么呢？亚里士多德不知会怎么想？

我认为，比起把卢克莱修跟维吉尔进行比较，我们的前人会对把普劳图斯跟泰伦提乌斯进行比较更加感到不平。罗马雄辩术之父西塞罗常把泰伦提乌斯挂在嘴上，而罗马诗人的第一法官贺拉斯对他的这位朋友大加赞扬，这些促成泰伦提乌斯声名远播，受人重视。我们这个时代那些写喜剧的人（比如对此无比热衷的意大利人），抄袭泰伦提乌斯或普劳图斯剧本的三四段话就自成一个作品，这经常让我惊讶不已。他们把薄伽丘的五六个故事堆砌在一部剧本内。他们把那么多的情节组在一起，这足以说明他们对自己的作品的本身价值根本没有信心，因此他们必须依靠情节来支撑，通过找到一个可以使自己的作品站得住脚的载体来取悦读者。而这一点与泰伦提乌斯恰好相反，他的表达完美无缺，甚至使我们忽略了作品的内容，我们自始至终被他优美动人的语言所吸引，而他又自始至终说得那么动听。

我们陶醉于语言的美，甚至忘了故事本身的美。这不禁使我思绪万千：我看到古代杰出诗人的作品毫不矫揉造作，它们不但没有西班牙人和彼特拉克信徒的那种夸夸其谈，也没有以后的几世纪的诗歌中华丽的装饰。没有一位优秀的评论家在这方面对古人有任何指摘。人们认为卡图鲁斯的短诗清新自然、隽永明丽，远远超过马提雅尔每首诗后的辛辣词句。前一类人不动声色，也不故作姿态，写出动人的作品，对于他们来说笑料信手拈来；而后一类人则需要添枝加叶，因为他们才华不足，所以需要更多的情节。这就好比有些人骑马的原因是自己的双腿不够强壮有力，不能进行长途跋涉。再举一个例子，在舞会上，舞艺差的教师表达不出贵族的气派和典雅，就用危险和怪异的动作来引人注目。我也看过许多出色的演员穿着普通的服装，保持平常的姿态，完全靠精湛的技艺使我们得到艺术的享受；而那些没有高超技艺的新手，则必须在脸上涂抹厚厚的脂粉，穿上奇装异服，摇头晃脑地扮鬼脸，才能引人发笑。我的这种观点在对《埃涅阿斯记》和《愤怒的罗兰》进行比较时展现得最为明确。《埃涅阿斯记》展翅翱翔，稳重从容，直向一个目标飞去；而《愤怒的罗兰》则内容模糊，从一件事说到另一件事，像小鸟一样在枝头上飞飞停停，它的翅膀只能承受短途的飞行，飞过一段路后就要歇息，因为乏力喘不过气来。

在这类题材中，以上那些作家是我最为喜欢的作家。还有另一类题材，内容有趣且有益，在阅读时可以陶冶人的性情。使我获益最多的是普鲁塔克和塞涅卡的作品。他们两人皆有这一共同特点，很合我的胃口，他们书中的内容都形散神不散，像普鲁塔克的《短文集》和塞涅卡的《道德书简》，因此不需要花很长时间阅读，花很长时间阅读我可做不到。《道德书简》是塞涅卡写得最好的篇章，也是最有益的。不需要正襟危坐地阅读，随时可以放下，因为每篇之间相互独立。这些作家在处世哲学上大部分是一致的。他们的命运也相似：出生在同一个世纪，都做过罗马皇帝的老师，都出生于国外，有钱有势。他们的学说是哲学的精华，写得简单明白。普鲁塔克始终如一，平稳沉着。塞涅卡复杂多变，兴趣广泛。塞涅卡不苟言笑，提高道德去克服懦弱、畏惧心理和不良欲望。普鲁塔克好像并不在意这些缺点，不愿郑重其事地加以防范。普鲁塔克追随柏拉图的学说，比较温和，关注社会群体；塞涅卡采用斯多葛和伊壁鸠鲁的观点，远离尘嚣。但是在我看来，这都符合他们的个人修养。塞涅卡似乎更屈从于他那个时代的君主暴政，因此我敢肯定他谴责谋杀恺撒的壮士之举是迫于压力，普鲁塔克则一身无拘无束。塞涅卡的文章冷嘲热讽，辛辣无比；普鲁塔克的文章言之有物。塞涅卡叫你读了热血沸腾，心潮澎湃；普鲁塔克使你读了心旷神怡，必有所得。前者为你开路，后者给你指引。

西塞罗那些以伦理哲学为主的作品对我非常有帮助。但是，恕我直言，他的写作方法令我厌烦，千篇一律。因为序、跋、定义、分类、词源占据了他的大部分作品，生动的精华部分都淹没在冗词滥调中。若花一个小时阅读，再回想从中得到什么切实有益的东西，大部分是一片空白。因为他还没有涉及对我有用的东西，或是解答我关心的问题。我只求做人明智，而非狡黠雄辩，这些逻辑学和亚里士多德哲学的药方对我毫无用处，我希望作者开门见山地谈结论，因为我已经听够了死亡和肉欲，不需要他们逐条分析。我需要他们提供坚实有力的论据，指导我如何正视和应对事物。解决问题的不是微妙的语法和巧妙的修辞文采。西塞罗的文章拐弯抹角，令人生厌。这类文章适宜教学、诉讼和说教，那时我们有时间打瞌睡，一刻钟以后还可以接上话茬。只有对那些无论有理无理都要争取说服的法官和必须说透才能明白道理的孩子和凡夫俗子，才需要这样说话。

我认为柏拉图的《对话录》拖沓冗长，作品的内容反而不那么吸引人。像柏拉图这样的人，本应该有许多更有益的话可以说，他却花费时间去写那些无用的、不着边际的长篇大论，这实在让人感到遗憾。不知我这样大胆亵渎是否会得到时代的宽恕，也许只有“无知”才能作为我无法欣赏柏拉图的作品的最好解释。我希望读到的是把学问作为内容的书籍，而不是把学问作为点缀的书籍。我最爱读的那两本书，还有大普林尼和类似的著作，都是不带“注意啦”这些博人眼球但没有用的成分的，因为这些书是写给心中有数的人看的；而即便是有，也是言之有物，可以独立成篇。

我也喜欢读西塞罗的《给阿提库斯的信札》，这部书不但包括他那个时代的丰富史实，还更多地记述他个人的脾性。因为，如我在其他地方说过，我对研究作家的思想、灵魂和真实的性格更有兴趣。仅仅通过他们一般的著作、他们在世界舞台上的表现，我们可以了解他们的才华，但是不能洞悉他们的生活习惯和为人。我不止千百次地为布鲁图论述美德的那本书的失传感到惋惜，因为从行动家那里学习理论是很有意思的。但是说教与说教者是两回事，我既喜欢在普鲁塔克写的书里去看布鲁图，也喜欢在布鲁图写的书里去看布鲁图。我要知道布鲁图在阵前对士兵的讲话，更愿详细知道他大战前在营帐里对知心朋友的谈话；我要知道他在论坛和议院里的发言，更愿知道他在书房和卧室里的谈话。

至于西塞罗，我同意大家的看法，除了学问渊博外，他太过于雄辩。他是个好公民，天性真诚随和，像他那样的大胖子，一般都是这样。但是说实在的，他这个人贪图享受，爱慕虚荣。他敢于公开夸耀自己的诗作，这是我无论如何不能原谅的。诗写得差还不算什么大问题，但是他居然如此缺乏判断力，丝毫没有觉察这些劣诗对他的名声有多大的影响。而至于他雄辩的口才，那是谁也比不上的，而且我相信不会再有人与之分庭抗礼。

小西塞罗除了继承了他父亲的姓氏之外，没有继承任何其他的东西。他在亚洲任职时，有一次设宴款待宾客，其中有一些陌生的面孔，塞斯蒂厄斯就是其中一位，他本坐在下席，但出于礼貌被人请到了上席就座。小西塞罗问仆人这人是谁，仆人把名字告诉了他。但是小西塞罗当时心不在焉，不一会儿工夫就把这个名字忘记了，后来又反复问了两三回。那名仆人因把同样的话说上好几遍感到厌烦了，就特别提到一件事以便让他好好记住那个人，说："他就是人们常说的塞斯蒂厄斯，他认为令尊的口才跟他相比算不了什么。"小西塞罗听了勃然大怒，当场下令把可怜的塞斯蒂厄斯拉出座位，并当众痛打了一顿。真是一个不懂礼节的主人。

就算是那些认为西塞罗的口才无人能及的人，也会指出他的演讲词中的错误。正如布鲁图说的，他是"残缺不齐"的演讲家，辩论不够连贯；跟他同时代的演说家也指出，他令人费解地在论述结尾使用长拍韵律，而且他经常使用"好像是"这样的字眼。我喜欢韵律较短、长短交替、抑扬顿挫的句子。他偶尔也把音节重新随意组合，但是这种情况很少。我举一个例子："对我来说，我宁愿老了之后不久于人世也不愿意未老先衰。"历史学家的作品则让我心情更加愉悦，因为他们的叙述十分有趣而且通俗易懂。一般来说，我要了解的人物，在历史书中表现得更加生动和完整，他们的性格思想粗勒细勾，各具形状；面对威胁和意外时，他们的内心活动复杂多变。研究事件本身而非只注重评价，着眼于事物的内在而非表象的传记历史学家，最符合我的兴趣，这就是为什么普鲁塔克是最令我欣赏的史学家的原因。很遗憾我们没有很多像戴奥吉尼兹·莱蒂厄斯这样的人物，或者说他这类人物没有被更多地理解并为人所知。因为我对这些大家的命运和人生的兴趣，丝毫不亚于对他们的各种学说和思想的兴趣。

研究这类历史时，应该不遗余力地翻阅各种作品，古代的、现代的、文学拙劣的、语言纯正的，只要能获取不同的内容就都要读。我觉得尤其值得我们深入研究的是恺撒，不但从历史的角度来看，就是从他这个人本身来看，他也是一个超出他人的完美的典型，萨卢斯特也包括在内。当然，我阅读恺撒作品的时候，比阅读一般人的著作怀着更多的敬意和钦慕。有时我会对他的行为和功绩陷入深深的思考，有时我会对他纯洁优美、无与伦比的文笔肃然起敬，他的文笔超越了其他所有历史学家，包括西塞罗。恺撒谈到他的敌人时所做的评论诚恳至极，要是非要找出一个缺点的话，那就是他对自己的野心进行了粉饰，对自己的事迹缄口不言。因为，他若只做了我们在他的书上读到的那点事情，他就不可能完成那神圣而伟大的事业。

我喜欢要么非常简单要么特别出色的历史学家。纯朴的历史学家绝不会掺入自己的观点，只会细心把搜集的资料罗列汇总，既不选择，也不删减，实心实意地一切照收，全凭我们对事物的真相做出全面的判断。这样的历史学家有善良的让·弗尔瓦萨尔，他写史时态度诚恳纯真，哪一条史料失实，只要有人指出，他就大胆承认并更正。他甚至把形形色色的流言蜚语、道听途说也照录不误。这是天然的、不成型的历史材料，每个人可以根据自己的领会各取所需。特别出色的历史学家会精选出应该被人们所了解的史实，他们可能会先选择两个相关的史实进行比较，根据亲王所处的地位和他们的性格对他们的思想进行总结，并选择合适的措辞进行描绘。他们认为自己有让我们信服的权威并要我们接受他们的看法，但并不是所有的史学家都是如此。而处在这两类历史学家之间的（这类人通常占多数），只会让我们误事。他们什么都要给我们包办，他们擅自订立评论的原则，要历史去迁就他们自己的想象。他们选择自己认为更应该被人知道的事情，隐瞒更说明问题的某句话或某件事，把自己不理解的事物删除，把自己无法用通顺的拉丁语或法语表达的东西抹掉。他们大胆施展自己的雄辩和文采，妄下断言。但是他们应该给我们留下一些未经删节和篡改的东西，容许我们在他们之后加以评论，也就是说，他们应该原封不动地保留史实。

一部好的史书，应该由那些亲自参加指挥，或者亲身参加过类似事件的人编写。希腊人和罗马人就是这么做的。因为许多亲历者都写同一个题材的内容，所以若有失实也不会太严重。由医生来分析的战争以及由小孩子对各国君主的剖析，能让人学到什么东西呢？若要了解罗马人对这点如何一丝不苟，只需举出这个例子：阿西尼厄斯·波利奥发现恺撒写的历史中有些地方失实，失实的原因是恺撒不可能对自己军队的各方面都亲自过问，不可能听信未经核实或不充分的报告。从这个例子可以看出，了解真相需要特别谨慎，一场战斗的实况，既不能单靠指挥将士提供的信息，也不能向士兵询问发生的一切；除非按照法规程序，比较目击者提供的证词，要求事件的每个细节都有物证为凭。说实在的，我们对自己的事也有不甚了解的。关于这一点，博丁讲得很透彻，与我的观点不谋而合。

我不止一次地拿起一本以为是自己还未曾阅读的新书，但其实我几年以前已经仔细读过，并且写满了注释和心得。为了弥补记错和健忘，最近又恢复了老习惯，在一本书后面（我指的是我只阅读过一次的书籍）写上阅读完毕的日期和我自己的评论，这至少能让我回忆得起阅读时对该书作者的大致想法和印象。

我想在此转述其中一些注释。这是十年前我在一本书里的注释：他是一位勤奋的历史学家。在我看来，他的著作具有他所处时代的历史真实性，是其他人不能比拟的，因为在大多数情况下，他自己就是身居前线的参与者。没有迹象表明，他出于仇恨、偏心或虚荣而篡改了事实，他对当时的风云人物，尤其对那些提拔他和重用他的人，如克莱门特七世教皇，所做的自由评论都是可信的。他似乎最喜欢写评论，其中有不少精彩的好文章，但是他有点过于沉迷于此；由于资料丰富，取之不尽，用之不竭，他也因此变得啰里啰唆。我还注意到一点，他对许多事物都加以评论，却只字不提美德、宗教和良心，仿佛这些在世界上根本不存在。对于一切行为，不论外表上如何高尚，他都把其原因归于私利和恶意。他评论了数不清的行为，居然没有一项行为的动机是出于理性，这真令人难以置信。这种普天之下人人居心叵测、没有一个好人的观点让我怀疑他自己心术不正，或许他是在以己之心度他人之腹。而在菲利普·德·科明的书中，我是这样写的：语言清丽流畅、自然简明，叙述朴实，作者的赤诚之心犹然可见，谈到自己不虚华，谈到别人不偏执。他的语言充满激情与真诚，绝不自我陶醉，显示出作者是一位出身名门、有阅历的人物。我对杜·贝莱两兄弟撰写的《回忆录》写过这样的话：阅读亲身经历者撰写的所见所闻，总是一件愉快的事。但是不容否认的是，在这两位贵族身上，缺乏古人如让·德·儒安维尔（圣路易王的侍从）、艾因哈德（查理曼大帝的枢密大臣），以及近代菲利普·德·科明，撰写同类书籍时所表现出的坦诚和自由。这不像一部历史书，更像一篇弗朗索瓦一世反对查理五世皇帝的声讨。虽然我不愿相信他们对史实有什么篡改，但是经常毫无理由地更改，回避对事件的评论，也删除了他们的主子在生活中的棘手问题，比如忘记提到德·蒙莫朗西和德·布里翁的失宠以及对埃斯唐普夫人只字不提。秘事可以掩盖，但是对于人所共知的事，尤其这些对公众生活产生很大影响的事，忌口不谈就是不可饶恕的缺点。总之，如果要对弗朗索瓦一世和他所处的时代发生的事有一个全面的了解，我劝大家到其他地方去找。这部书值得一看的地方是对这些大人物亲身经历的战役和战功记载详尽，还有当时某些亲王私下的谈话和逸事。

沙尔·奥古斯丁·圣伯夫

主编的话

沙尔·奥古斯丁·圣伯夫，19世纪法国重要的批评家，许多人看来，他也是世界上最伟大的文学评论家。1804年12月23日他出生于布洛涅。他初始学医，但很快弃医从文，在成为评论家之前，他在诗歌与小说方面建树平平。1865年他成为法兰西学院和巴黎高等师范学院的教授，并被任命为参议员。1837年在洛桑市的文学课课程成就了他的伟大作品《皇家港口的故事》，在利兹的另一门课形成了他的作品《夏多布里昂的文学群体》。他最著名的作品是他在《宪章报》《绅士》和《时代》等刊物上定期发表的评论散文，后来被收集到名为《文学批评与肖像》《现代肖像》《星期一随笔》以及《新星期一》系列中。圣伯夫于1869年逝世。

圣伯夫的作品不仅仅是像那些在他之前已经被广泛接受的文学评论那样，不同于单纯的著述分类和是好是坏的评判过程，他追求从研究作者的生活、环境和目标，以及比较其他时代和国家的文学去阐明文学作品。因此他的作品是历史学的、心理学的，以及伦理学的，也是美学的，需要巨量的学识和宽广无比的文学眼界。除这一品质之外，他还有良好的品位和可敬的写作风格，凭借其普遍性、洞察力以及平衡性，他把评论这一专业提升到新的水平。

论蒙田

当法国这艘大船在漫无目的地航行，驶进未知的海域，并准备加速驶向领航员（如果有领航员）所称的“风暴角”时，当桅杆顶上的瞭望员心想他看到了从地平线上升起的巨大的阿达马斯托的幽灵时，许多体面平和的人仍一如既往地工作和学习，并要尽他们的可能，将他们的爱好坚持到底。我知道，现在有一位博学之士正在比以往更为细致地校对不同的拉伯雷的早期版本，要紧的是，这一版本只残余一册，找不到第二册，而从他严谨校对的文章中我们可以得到一些文学上的或许也有哲学上的成果，这些都与法国的卢西恩—阿里斯多芬尼斯相关。我还认识另外一名学者，他的忠诚和崇拜都给予了一个与众不同的波舒哀，他正在准备为这位大主教的生平与作品编写一部完整的、准确的而又详细的历史。正如萝卜青菜各有所爱，“人类的想象力也被分割成一千种”（蒙田曾这样说过），蒙田也有自己的追随者，就他自己而言，虽然渺小，但因众人围绕着他，也就形成了一个宗派。在他的一生中，他拥有古尔奈小姐，与之相爱，生有一女，他的女儿对他敬爱有加；他的弟子查顿也紧紧追随他，只求将老师的想法以合理的次序和方法去整理。在我们这个时代，业余爱好者们、那些聪慧的人们，也以宗教的另一种形式投身于收集有关散文作家的蛛丝马迹，哪怕是细微的遗物也加以整理。在这些人当中，佩恩博士很有可能是当之无愧的领袖人物，多年来他一直在筹备写一本关于蒙田的书，其标题为《米歇尔·德·蒙田》，书中收集了关于《散文集》作者的未经编纂和一些鲜为人知的事实，谈及他的书和其他作品，也包括他的家庭、朋友、崇拜者和批评者。

在等待这本书的完成，期待了解蒙田终生的职业与乐趣之时，帕扬博士用简短的小册子让我们读到了关于蒙田的各式各样的作品和发现。

如果我们把在最近五六年中所做的那些发现，与那些吵架、争论、质疑、蒙骗以及诉讼区分开来的话，他们包括：

1846年，M. 马塞在当时的皇家图书馆的《杜皮伊选集》里发现了蒙田在1590年9月2日写给亨利四世国王的信。

1847年，M. 帕扬公布了一封信，或者说是信件的片段，这封信是蒙田在1588年2月16日写的。这封残损不全的信来自卡斯特兰的伯爵夫人博尼的选集。

但最重要的是，贺拉斯于1848年在伦敦大英博物馆发现的蒙田最值得关注的一封信，它写于1585年5月2日，是时任波尔多市市长的蒙田写给国王助理M. 马提翁的。这封信最有趣的是它第一次展现了蒙田竭尽所能地去履行他的职责。这个表面懒散的家伙与其说准备做懒人，毋宁说在需要时变得更加活跃。

波尔多市长档案的保管人M. 埃切韦里发现并出版（1850）了当时波尔多市长蒙田写给这座城市的市政官或参议员的一封信。这封信写于1585年7月30日。

M. 阿西尔·朱宾纳在国家图书馆的手稿中发现并刊出（1850）了蒙田于1590年1月18日写给亨利四世的一封很长而又值得关注的信，这封信和之前由M. 马塞发现的相符。

最后，为避免遗漏，在《探访蒙田的佩里戈尔城堡》——这一报道出现于1850年——中，圣日耳曼的M. 伯特兰描绘了这个地方，并特别指出那些镌刻在蒙田小楼上的各种希腊文和拉丁文的碑文仍依稀可见。第三层的房间被这位哲人作为自己的图书馆和书房。

M. 帕扬在他最后的小册子里，将并非同等重要的各类书评和发现统一收集进去并进行评论，这使得他获得了多少有些夸大的名声，但我们也不能责备于他。当崇拜用于此类高贵的、极为单纯的而又大公无私的主题时，它的确只是这圣火的一粒火星而已，它所产生的研究成果有时会让人立刻撇开本不太高涨的热情，而有时也会导致有价值的结果。然而，对于那些效仿M. 帕扬，理智地理解并深深地景仰蒙田的人来说，以他们的热情牢记智者的忠告总是件好事。在谈及他那个时代的评论者时，他说："比起解释事情本身，在解释那些解释方面有更多事要做；比起任何其他主题的书，有更多关于书的书要读。我们什么都没做，但任一事项都充满了评论，有关作者的却极其罕见。”

一直以来，作者都非常珍贵而又极度稀缺——我们说的是，真正能够增加人类知识总量的作者。我本应欣赏任何一个描写蒙田的人，他们向我们展示了他们的研究和发现的详细情况，但让我们想象一下——蒙田他自己阅读和评论它们。“他会怎么看我？会怎么看待我即将在公众面前谈论他的那种方式呢？”这类问题一旦提出，会压缩多少无用的语句和缩短多少闲散的讨论啊！M. 帕扬的最后一部小册子献给了一位和蒙田一样值得高度赞扬的人——波尔多的M. 古斯塔夫·布吕内。M. 帕扬说，他在一部作品中曾指出蒙田文章中多处有趣的修改，“他一旦决定出版他的研究成果，他对未来的蒙田学将展现无遗。蒙田学！天哪！对于这样刻在名誉上的词，蒙田能说什么？你们对他如此追捧，但我认为，他从未承认自己归你们所有，即使以爱慕他为由，或因为他受人尊敬。我希望你们永远不要说这种话。这些话会有损兄弟情谊和宗教关系，会显得迂腐和啰唆”——这些都与蒙田相悖。

蒙田有朴素自然的头脑和让人愉悦的和蔼可亲的性情，这些都源自其杰出的父亲。他父亲未接受过良好的教育，却以诚挚的热情投入到文艺复兴运动和那个时代一切新奇的事物中，儿子却以极大的修正和合理的反省，修正了他继承来的那些过分的热情、活泼与柔和，但他没有摒弃原来的基础。大约三十多年前，人们一说到16世纪，都认为那是一个野蛮的时代，因为该世纪有过失误与无知，只有蒙田是例外。16世纪是一个伟大的世纪，有些方面是富饶的、强大的、博学的、文雅的，而在某些方面又是粗糙的、暴力的，甚至似乎是粗俗的。如果说审美意味着能够做出明确而又完美的选择，并有把美丽的元素抽离出来的能力的话，那么16世纪尤为欠缺的就是审美。但在接下来的几个世纪，审美迅速变得乏味。然而，即使在粗糙的文学上和所谓恰当的艺术上，以及在手工和雕刻等事物方面，甚至在法国具有的审美的品质，16世纪也比随后的两个世纪伟大得多。它既不单薄也不厚重，既不沉重也不扭曲。在艺术上，它的审美丰富而颇具品位——它既自然又复杂，既古老又现代，其自身既特别又新颖。在道德领域，它鱼龙混杂。这是一个对比的时代，同时又是一个对比都很生硬的时代；它又是一个哲学与迷信并存、怀疑主义与坚强信仰并存的时代。一切都处在冲突和碰撞之中，毫无融合与团结可言；一切都在酝酿之中。这是一个混沌的时期，每一道光线都能引起一场暴风雨。这不是一个温和的时代，或许我们也不能称之为光明的时代，这是一个充满竞争和奋斗的时代。而造就了蒙田的卓越与他的奇迹的，乃是在这样一个时代，他应该已经具有节制、谨慎，以及秩序的特性。

蒙田出生于1533年2月的最后一天。在他还是个孩子的时候，就以游戏形式接受古代语言教育，即使在摇篮中也是用乐器的声音去唤醒。相比商业和“音乐圣殿”，他好像与这个粗鲁的、暴力的时代不合拍。他的良好感官修正了他早期教育中那些太理想和诗意的东西，但他保留了带着新奇与智慧去谈论一切事物的才能。30岁之后，他与一位可敬的女性结合，他们相伴了28年，但他的激情好像在友谊之中。在波尔多议会做了一段时间的顾问后，在40岁之前蒙田便退出公共生活，放弃了雄心，转向他的蒙田小楼中生活，享受他自己的社交与自己的理智，醉心于他自己的观察与思想中，以及从据我们所知的各种活动与幻想的繁忙中解脱。1580年，《散文集》的第一版出版，只有两册，并第一次以我们在后来的版本中看到的那种粗糙的手稿形式展现出来。同年，蒙田踏上去瑞士和意大利的旅途，正是在这趟旅途中，波尔多的参议员把他选为市长。起初他拒绝、推脱，却被警告说最好接受，加之是国王的要求，他接受了这一职位。他说：“比它表面的荣誉更为美好的是，既不拒绝，也不获取。”在最初的两年任职之后，他再次当选，从1582年7月到1586年7月，蒙田的任期长达四年之久。因此，50岁的蒙田虽不太情愿，却在国家濒临内部骚乱之时再次涉入公共生活。那一骚乱只平息了一阵子，却在联盟的叫嚣中再次猛烈地爆发。尽管在通常情况下，经验、教训毫无用处，因为智慧和幸福的艺术无法通过教育习得，但我们不能否认听从蒙田教诲的快乐，让我们学习他的智慧与幸福，让他谈谈公共事务，谈谈革命和暴乱，以及他履行公共事务的处理方法。我们并不提供典范，我们只是为读者呈现一个舒适的消遣方式。

尽管蒙田生活在一个如此躁动不安且如暴风雨般的时代，这个时期被一个经历过“大恐怖”的人称为“史上最悲惨的世纪”，但蒙田从不认为他所处的时代是最坏的。他不是那种抱有偏见且自寻苦恼的人，那些人以他们自己的视野衡量一切，以他们当前的感觉评估一切，总是声称他们遭受的疾病比以前的任何人经受的都更为严重。他就像苏格拉底，把自己看作世界的公民而不仅仅是一个城市的公民，用他那广阔而完整的想象力拥抱国家和时代的普遍性，他甚至更加公正地评判使其成为见证者和受害人的罪行。他说：“谁会在看到我们这些内战的血腥浩劫后，不去大声抱怨世界这部机器濒临解体，而审判日即将到来，却没有考虑到还会有许多更坏的革命，以及与此同时，世界上其他众多地方的人仍在嬉戏作乐。对我来说，考虑到总是参加这样的动乱而得到许可并不受惩罚时，我佩服他们如此的温和，却没有更多的恶作剧发生。对于那些大惊小怪的人来说，稍有些风吹草动，他们就以为到了世界末日。”他的思想境界越来越高，自身的痛苦越来越少，少到仅仅视为广袤大自然的一小部分，他将自己和整个王国仅仅看作是茫茫宇宙的一粒。他补充了一些话，这些话启发了帕斯卡，其内容和特点也是帕斯卡不敢小觑的：“但是任何人想要在他的想象力上表现有关我们的大自然的伟大图景，就像表现在一幅画上，刻画出她全部的威严和光彩，而任何人都会在她的面容上看到如此普遍而又恒定的多样性，无论谁在那个画像上观察自己，都不会看到他自己而是整个王国，在整体的比较中自己也不会大于铅笔那最小的一划或一戳，人们就只能根据事物真正的估测与富丽程度来评价事物。”

因此，蒙田给我们上了一堂课，一堂毫无用处的课。尽管如此，我还是要说明一下，因为在写下的这么多无意义的东西中，它可能是最有价值的。我不是低估法国刚刚卷入的这场战争的严重性，因为我认为，当务之急是将她所拥有的精力、审慎和勇气凝结起来，我们的国家才能走出困境，走向繁荣。(1851 年 4 月 28 日) 然而，让我们反思并铭记，先不说帝国内部稳定的时期，而 1812 年之前也是帝国的繁盛期，我们满口抱怨，却从 1815 年到 1830 年都生活在和平年代，长达 15 年之久。那个七月的三天就开创了长达 18 年的另一种秩序，并保证了和平以及工业的繁荣，实现了 32 年的安宁。暴风雨的时期到来过，大动乱爆发过，而且无疑还会再爆发。我们要学着如何度过这样的日子，而不是终日以泪洗面，正如我们在忍受着暴风雨的同时也祈祷着今后不会再有暴风雨发生一样。为了脱离目前的感觉状态，恢复我们判断的清朗与均衡，让我们每晚都读一页蒙田的书吧。

蒙田对他那个时代的人的批评打动了我，那些批评同样影响着我们这个时代的人。我们的哲学家在某处也说过，他认识很多有着不同优秀品质的人——有的人智慧，有的人热心，有的人善于演讲或公正无私或博学多闻，也有的人精通语言，每个人都有自己的特质。“但是总体来说，真正的伟人是将这些优点集于一身，或是优秀到足以让我们羡慕的程度，抑或是把他与那些我们过去所尊崇的人相比，只是我从没有遇到过这样的人。”后来为了支持朋友艾蒂安，他允许有例外存在，但他则属于尚未成功却已去世的那些伟人之一，甚至还没来得及兑现自己许下的承诺就已经离世了。蒙田的批评可能会让人觉得很好笑。他在自己的时代，同样也是霍皮塔尔、科利尼以及吉斯的时代，没有看到一个真正的完美的伟人出现。好吧，我们的时代在你看起来又如何呢？和蒙田所处的时代一样，我们也有很多伟大的人物，有人是以其才智而颇有名声，有人是因其心地，有人是以其技艺，有些人（很少见的）是以其良心，很多人是以其学识和语言而出名。但我们也缺少完美的伟人，而他深受人们期待。多年前，我们这时代最明智的观察者之一 M. 德·雷慕沙就认识到这一点，并公开宣称：“我们这个时代一直渴望伟大人物的出现。”

作为一座大城市的长官，蒙田又是如何履行他的职责的呢？如果我们只从表面上草率地去看他，我们就会认为他只是懈怠而又疲倦地履行其职责。贺拉斯不是说过，“为了自己的荣誉，在战场上就要敢于放下手中的盾牌吗？”我们不必急于从字面记录去判断一个人，这些人往往厌恶高估自己。品质优良的思想更多地会付诸警醒和行动，而不是易于自我表达。我几乎可以确定，那些夸夸其谈而又哗众取宠的人，在战斗中不及贺拉斯勇猛，在会议桌边又不及蒙田警醒。

履职之后，蒙田告诫波尔多的议员们最好不要指望在他身上找到更多真实的东西，在他们面前，蒙田也从不装模作样。“我忠诚而又切实地向他们展示最真实的自己——没记性，没有警惕性，没有阅历，也没有活力；此外，没有仇恨，没有抱负，没有贪婪，也没有暴力。”当他接手这座城市的事务时，他应该遗憾于他的情感受到了强烈的影响，这与他可敬的父亲曾经的遭遇一样，而他的父亲最后失去了地位和健康。“焦急而强烈地发誓去满足冲动的欲望”并不是他的方法。他的观点是“你必须把自己借给他人，而自己只能给予自己”。为重申他的思想，他根据习惯，以各种各样的隐喻和独特的形式表达，他再次说明，如果有时他允许自己被敦促去管别人的事务，他就答应去承担下来，而不是“把别人的话放在心上”。由此我们受到启示之后，我们知道还能期待什么。市长和蒙田是两个截然不同的人，在他充当执政的角色中，他为自己保留了一定的自由和秘密的安全感。尽管他忠诚地履行着事业委托给他的责任，但他还是坚持用自己的方式公平地评判事物。他绝不支持或为在他的党派里所看到的一切进行辩护，他会判断他的对手并对他们说：“那件事他做得居心叵测，而这件事却是合乎道德的。”他还补充说：“我会让事态向着有利于我们这边的方向发展，但如果不能这样，我也不会发狂。我衷心地支持正确的一方，但是我确实不会倾向于注意某个特别的对手。”他开始做一些在那个时代算是刺激的琐碎小事和应用。然而，为了解释和证明他的有些广泛的公正事业，我们要注意到在后文出现的党派的领袖，即三个“亨利”，都是非常有名而且相当重要的人物：亨利・吉斯公爵，联盟的首领；亨利・纳瓦尔君主，反对党的领导者；国王亨利三世，他任命蒙田为市长，国王在前两个亨利之间摇摆不定。当党派既没有领袖也没有头脑时，就是他们只为某一主体所了解的时候，那就是说，在他们丑恶而又残忍的现实中，要实现公正，给每个党派指定各自的行动，也就更为困难也更加危险。

在施政方面，引导蒙田的原则是只看事实、看结果，而不是听信谣传和表面现象，“好结果不在吵闹、大吵大嚷，那样反而让善行大打折扣”。因为人们总是害怕是因为吵闹而不是善良才出现好结果，“摆上了货摊，已经等于卖完一半了”，那不是蒙田的方法，他从不做作。他管人管事都像他那样安静，他对所有人和事都采用了一种类似于诚挚和调解的有效方式。本性赋予他一种个人魅力——一种可以管理人们的高贵的品质。与自己的荣誉相比，他宁愿告诫恶人：“有人想让自己生病然后他就能去看医生吗？希望鼠疫在我们中传播而能让他施展技艺的医生不应被鞭打吗?”他并不想让通过解决城市事务的繁杂和混乱来使他的政府荣耀，他说他曾经欣然追求安逸恬静的生活。他不是那种陶醉并得意于政绩荣誉的人，不是那种他称之为“职位高贵”的人，不是那种发号施令可以“从一个十字路口传向另一个十字路口”的人。如果他是个渴望名声的人，那他一定认为名声比行政管理更重要。然而，我不清楚，在众多领域之中，他能否改变处事的行为方式，不知不觉做些对公众有益的事，这好像是他理想的治理方法，他也从中获得了快乐。他说：“人们不要因为我履职期间一切井然有序而感谢我，因为我也同样享受着这安宁权益。”他不知疲倦地以生动而又优雅的表达去描绘他相信他能提供的那种有效而又细致的服务——这些服务远比喧嚣的辉煌功绩卓越，“来自劳动者的双手的自然平静的动作更有魅力，诚实的人们选择了后者，并以自身的努力去寻找希望与光明”。因此命运让蒙田变得完美，甚至在他对事务的管理上，在审理困难的案件时，他也从不违背他的准则，也从不背离他计划中的生活。“对我来说，我推崇顺命的独居和平静的生活。”在他完成任职的时候，他几乎对自己很满意，因为他已经兑现了对自己的承诺，对别人兑现的也远超他承诺的。

不久前由 M. 维尔—卡斯特尔的贺拉斯发现的这封信，证实了蒙田在对其政治生涯中的自我表现与自我批评的章节。M. 帕扬说：“那封信完全是关于事务的。蒙田是市长，波尔多近期多骚乱，看上去被刚发生的动荡威胁着，国王的中尉离开了。那是 1585 年 5 月 22 日，那是夜里，蒙田醒着，并写信给省长。”这封信特别而有趣，大致总结为下面这段话：蒙田对马提翁元帅的离开感到遗憾，并担心其延期不归的后果。蒙田一直与他保持着联系，让其了解全部形势的变化，并恳求他一旦情况允许，就即刻返回。“你不在的时候我们一直照管着大门和守卫，并更加小心谨慎……有任何重要的和新的紧急情况出现，我会立刻通知你，以免如果你听不到我的消息，你可能还以为什么事都没发生呢。”然而，蒙田也让马提翁记住，自己可能没时间告诫他，“恳求你考虑一下，此类运动通常都会突然发生，如果真的发生了，他们将毫无征兆，直接掐住我的咽喉。”而且，他事先已经采取很多手段来查明事情的进展。“我将尽我所能从各处打听消息，为了那个目的我会四处走访，并观察各类人等的动向。”最终，在让马提翁知晓了每件事情，以及在城外流传起了一些谣言之后，蒙田又催促马提翁尽快返回，并向他保证“我们不放松警惕，如果有必要，也不会吝惜我们的生命，以确保一切都服从国王”。蒙田在抗议和表扬方面从来都不是慷慨的，对他人来说仅仅是讲话的形式方面，对他来说却都是一个真正的许诺和真理。

然而，事情变得越来越糟：内战爆发了，友好的和充满敌意的党派（区别并不大）在国内大量出现。蒙田尽可能多地回到他的乡间房屋，无论这官要做到何时，即使他已经快到任期了，也不能强迫他留在波尔多，暴露在各种形式的侮辱和暴行之中。他说：“我在疾病中忍受着它给我带来的种种不便，我对所有人都十分同情，对保皇党来说，我是教皇党，而对教皇党来说，我是保皇党。”在个人不满时，他可以解脱出来并提升自己的思想，也反思公众的不幸和人性的退化。细致地考虑一下党派的混乱，以及所有发展得如此之快的不幸的事，他羞愧于看到领导者屈服于声望而又屈尊于怯懦的自满。我们知道在那种情况下，像他“用命令前进的字眼制订文件，运行机构等，确实我们服从于他，但是其余的人是放荡自由的”。蒙田讽刺地说：“这让我很乐意去观察那么多胆怯和懦弱的人有抱负，而这种抱负以多么可怜卑屈的方式达到目的。”正如他鄙视野心、抱负一样，在看到它们被此类经历所揭露，即使在他看来变得堕落，他也并不感到悲哀。然而，内心的善良还是战胜了他的骄傲和蔑视，他悲伤地补充道：“看到善良和慷慨的本性，以及那些配得上正义的东西，每天都在管理和控制这些混乱中的日益败坏，让我很不高兴……我们现在只有恶劣的人造的灵魂而没有了慷慨和善良。”他宁愿寻求机会在这样不幸中强健自己。被一个又一个不愉快和邪恶所攻击，他不得不快乐地承受这一切——也就是说，一下子遭受到战争、疾病、瘟疫（1585 年 7 月），他所经历的这一切事情，他已经知道该向谁求助，为他的老年寻找到一个长久的避难所。他环顾一周才发现，事实上自己已经一贫如洗了。因此，“让一个人站得如此高，之后垂直跳下，然后理应落入一种坚定的、有力的而又幸运的友谊之中。这种情况如果有的话，也十分少见”。听到他这样说，我们会发现拉·博埃希去世了。后来他明白了在痛苦中，他终究要依靠自己，他必须重新强大起来，现在正是要把他耗费终生从哲学家的书中收集而来的有益的教训应用到实践中的时候了。他重拾信心，达到了人生中道德的制高点：“在一个平凡而又安静的时代，人们都在为一些意外事件做着准备。但我们在这30年的混乱之中，每一个法国人，无论在什么情况下，都明白自己每时每刻都处在彻底毁灭和颠覆命运的关键时刻。”他没有因为生于这个暴风雨般的时代而沮丧并诅咒命运，他祝贺自己说：“让我们感谢命运，感谢它没有让我们生在一个柔弱的、闲散的、衰弱的时代。”由于聪明人的好奇心探寻国家动乱的往昔，从中习得历史的奥秘，以及就像我们所说的主体的整个生理是社会的，“我的好奇心，”他说，“同样使我乐于以我自己的眼睛去观察我们公众的死亡这一值得注意的现象，观察它的形式和症状。鉴于我无法阻止它，那么我就将其归结于命中注定，并依此指导我自己。”我不会对大部分人提出我的安慰，大部分人并不拥有像恩培多克勒或者老普林尼一样英勇而急切的好奇心，这两位勇敢无畏的人冒着毁灭和死亡的风险，径直走向了火山，走进了大自然的纷扰之中，考验着自己。而至于蒙田那种天性的人，那股坚忍的洞察力的思想让他即使身处邪恶之中也能得到慰藉。想到这虚假的和平和可疑的休战的形势，以及这愚钝的政体和过去的动乱造成的眼前的败坏，他差点儿就要欢庆停战了。他评价亨利三世的政权说：“它是一个特殊成员的普遍结合体，腐败到彼此效仿，它们之中大多数都患有根深蒂固的溃疡，但是没有一个承认或要求治疗。这个结论没有让我沮丧，反而鼓励了我。”要注意的是，他的身体一直比较柔弱，但尽管遭受了各种动乱，现在反而提升到与他的德行齐高。他为能与命运抗衡感到满足，尽管命运还是会给他带来重重压力。

另一个更谦逊和仁慈的想法，在蒙田身处麻烦时支持着他。这个安慰源自大众的不幸，这一不幸由所有人分担，也因此让他看到了其他人的勇气。人民，尤其是那些真正的人民，他们是受害者而非强盗，是在他的行政区的农民。他们感动了他，因为他们承受着相同甚至多于他的痛苦。在那时，乡下的疾病或者瘟疫主要在穷人间蔓延，蒙田从他们身上学到了认命和实践的哲学。“我们看看这些分布在大地上的穷人，俯视他们的生计，他们既不知道亚里士多德或者加图，也不知道范例或者规则，但是大自然每天从这些人身上提取的坚定和忍耐的果实，比我们在学校刻苦学来的东西要纯净而强壮得多”。蒙田继续描绘他们日以继夜地工作，即使身处不幸，甚至疾病，直到丧失劳动能力。“那在我的花园里挖坑的人，今早已经埋葬了他的父亲，或他的儿子……人都是会死的。”整章写得很好，既悲情又切中要点，既表明了高贵又坚定了理智的高度，而蒙田所说的那种积极而又和蔼可亲的性情，与真理一起，都是他与生俱来的，而他又因其而获得滋养。没有比“公共灾难中慰藉”更好的了，在那里上帝之手随处可见，并非敷衍了事，和蒙田一样，是真实又亲切地呈现出来的。事实上，蒙田给予自己或者他人的安慰，或许与不需祈祷便能得到的人类的安慰同样崇高而出色。

蒙田在已描绘的邪恶之中，并在它们被终结之前，写下了他本人的第三本书中的第十二章。他以优雅、史诗般的写作手法以及众多例子结束了本章。

这就是蒙田的生活，无论他说得多么严肃，却总带着极强的魅力。若想总结他的风格，你得拜读他作品的每一页，聆听他对万物独到的见解。在他的手中，所有事物都变得鲜活，并充满了暗示。例如在“说谎者”这章中，在详述了他的记忆力的缺失并给出一系列能够安慰自己的理由之后，他突然加了一条新鲜而又趣味横生的原因，那就是，要感谢他那好忘事的能力，“故地重游，旧书再阅，总能因新鲜而会心一笑”。由此在他所触及的每一主题上，他总是不断创造出新鲜感的源泉。

孟德斯鸠曾感叹道：“四大诗人，柏拉图、马勒伯朗士、沙夫茨伯里(Shaftesbury)、蒙田。”蒙田实至名归！任何一位法国作家或者诗人，都写不出像蒙田一样思想崇高的诗篇。“从我儿时起，”他说，“诗歌就拥有感染和打动我的能力。”他细致地思虑，并由此展现出洞察力。“我们拥有的诗人，比诗歌的评判者和翻译者多得多。写诗比理解它要容易得多。”蒙田的诗歌之美以其自身及其纯净的美挑战定义，如果有人想看一眼就读懂或者想看出它实际包含的内容，那么他能看到的不过是“一闪的灵光”。从其风格的建构和一致性来看，蒙田是一位善用活泼的、大胆的明喻，以及自然的、丰饶的、暗喻的作者，这些又永不会偏离它的思想，而是能抓住它的中心和本质，并与其结合在一起。在这方面，蒙田完全遵从他的天赋，有时甚至超越了他的语言天赋。他的简洁、富有生命力而又充满说服力的写作风格，以其辛辣的笔触，使其含义得到强调和加深。可以说，是以频繁的警句，抑或是不断更新的暗喻，成就了在全法国只有一个人，即蒙田才能成功采用的风格。如果我们想模仿他，假设我们拥有这一能力，能自然而然地适合它——如果我们想像他一样用庄重、恰当、多样的人物和转化的连续性写作的话——那么就有必要加强我们的语言，使之比我们通常惯用的更为有力，更具备诗意的完整性。蒙田的风格，既是一致的，又在暗喻的系列和分类上多种多样，并在其每一部分上都有精确的创新，从而整合起来。绝对有必要在某些地方，纬线应该被扩大和延伸，以使其能编织到暗喻中去；但是在定义他的时候，我几乎变得像他一样去创作。法语，以及实际上或多或少总是具有会话特色的散文，自然没有画布的手段和内容，于是也没有必要继续画面；而在生动的暗喻的旁边，法国散文往往会显示出意外的欠缺和某种薄弱之处。像蒙田所做的那样，以大胆和创新来填补它，并创造和想象必需的表达和语句，我们的散文同样地也应到结尾了。蒙田的风格，在许多方面，都公开地与伏尔泰的相冲突。它只有在完全自由的16世纪才能得以产生和繁盛，在一个直率的、有独创性的、天性快活的、敏锐的、勇敢的而又优雅的头脑中才能产生，带有独一无二的印记，即使在当时，也好像是自由的而且多少有些放肆的，而那又被古代纯粹而又直率的精神所激发和鼓励，却并未沉醉其中。

蒙田就是这样的人，他就是法国的贺拉斯，在创作基础上，通常也在形式和表达上，他是贺拉斯式的，尽管在那些方面他有时又接近于塞涅卡。他的书是道德观察和经验的宝库，任意打开一页，在任何情况下，读者必能发现以一种惊人的、持久的方式表达的某种明智思想。一种以完整的而又有力的语句表达出来的曼妙的含义，会以生机勃勃的一行文字，常见的或伟大的，立刻脱离自身并深深地铭刻在读者的脑海中。艾蒂安·帕斯奎说过，蒙田的书，整本都是美丽而又卓越的语句的真正发源地，这些句子如此出色，以致它们被运用自如，无须刺激读者的眼球，也能让他们迫不及待地浏览下去。

蒙田生命中的每一刻都会相应产生一些东西：任何时刻阅读他的书都能使思想变得深刻、变得更好。我们也看到，对那些正直的人，那些为私利而生而又降生在动荡和革命年代的人，它包含着许多非常有用的忠告和实际的安慰。对此我想补充的是，蒙田送给那些人——像我和我相识的很多人的劝告，因为我们遭受政治动荡却不以任何激怒自己的方式，而是相信我们自己能够避开它们。蒙田，就像贺拉斯也会做的那样，建议我们，当远远地领会了一类事情时，不要过早地过于陷入这类事情中，而要把欢乐的时刻和光明的间隙利用到其终了之时。他那辛辣而又聪慧的明喻不断出现，我认为，以其中最为赏心悦目的，也是完全恰当而又应景的一个去做总结：愚蠢而又急躁的是，“因为你在圣诞节需要它，却在圣约翰节取出你的毛皮大衣”。

何谓大师

一个微妙的问题会由于时代的不同其答案也有所不同。一位智者建议我，当然，我也打算试试，就算不能解决问题，也至少可以对问题进行检验并与我的读者进行面对面的讨论。这只是说服他们自己回答问题，而如果可能的话，我想弄清楚他们和我对问题要点的不同看法。从批评主义的角度看，为什么我们不该时而冒险去研究某些只论事、不论人的客观主题呢？我们的邻居——英国人，已经成功地把散文作为文学的一个特殊分支独立出来了。散文的写作的确总是有些抽象，属于精神层面。所以，我们最好在一个安静的季节谈论这些话题，以确保我们自己及他人的注意力更加集中，并把握住我们和蔼可亲的法国人那少有的平静及舒缓的片刻。即使是在法国人渴望明智而非致力于革命的时候，法国那些杰出的天才们也几乎不能容忍这些话题。

根据通常的定义，“大师”指受人敬佩、被封为圣人的老作家，并且是具有独特写作风格的权威人物。“大师”一词的含义最早由罗马人使用。在罗马，并不是所有阶层的公民都能被称为“大师”，只有那些达到某种固定收入的头等公民才能被如此称呼。那些低收入者由术语 infra classem（即低于优等）来描述，排在卓越阶层之下。“大师”一词的修辞意义是由奥鲁斯·格里乌斯最先使用的，并用于形容这样一类作家：他们有价值，有名望，有地位，有不动产，不同于那些无产阶级。这样一个定义意味着那个时代已经进步到可以对某种文学进行评价和分类。

起初，对于现代人来说，真正的“大师”是古人。希腊人凭借特有的好运和思想的自然启蒙，成了大师。对于罗马人来说，他们是仅有的大师，罗马人努力模仿他们。在罗马文学蓬勃发展之后，即西塞罗和维吉尔之后，罗马人反过来又有了属于自己的大师。在接下来的几个世纪，他们几乎成为仅有的大师。在中世纪时期，人们虽然不像想象的那样对希腊大家一无所知，但确实知之甚少且审美欠缺，作家级别不清、排序混乱——奥维德排列于荷马之上，波伊提乌似乎是与柏拉图同一级别的大师。15、16 世纪的文艺复兴使这长期的混乱变得井然有序，人们开始恰当地评价各位作家。从那时起，真正的古希腊和古拉丁的典范作家脱颖而出，并因各自的文学地位而和谐地分列为两座文学巅峰。

同时，现代文学孕育而生，像意大利文学这样一些较早发展起来的文学已拥有古典风格。但丁出现了，后人视其为大艺术家。意大利诗歌由此缩短了与前辈的差距，但如果愿意的话，它总是能再次找回并保持其原有的推动力和反响。这对于在鼎盛发展时期挖掘诗歌的出发点及古典诗歌的起源很重要。例如，从但丁那里追根溯源，而不是费力地从马勒布那里找寻。

现代意大利有自己的大师，而且有理由相信，在法国还在寻求其大师的时候，西班牙已经有了属于自己的大艺术家。一些富有创意和非凡活力的天才作家创造过一些辉煌的成就，他们特立独行，不随大流，即使受到过阻挠，也得到过人们的一再推崇，可还不足以构建坚实壮观的文学财富来承载起一个民族。经典意味着连续性和一致性，自身形成一致和传统，时尚自身和传播自身具有延续性。在路易十四统治的辉煌时期之后，这个国家为其好运而感到激动和骄傲。每一个声音都在以恭维、夸张和强调的口气并带着某种真实的感情告诉路易十四这一事实。异常而引人注目的矛盾出现了：以佩罗为首的一些人深深迷恋路易时代伟大辉煌的成就，不惜为现代人而牺牲古人，赞扬那些他们认为是根深蒂固的对手和敌人，并将其吹得神乎其神。布瓦洛为古人报仇，愤然支持古人，以对抗吹捧现代人的佩罗，即科尔内耶、莫里哀、帕斯卡，连那个年代首屈一指的著名人物布瓦洛也位列其中。代表博学的休伊特、参加辩论的友好人士拉·封丹也没有察觉到，尽管自身有所不足，但也开始被奉为大师。

例子是最好的定义。从法国进入路易十四时代，这个国家便能够从长远的角度仔细考虑此事，就知道，例子比任何证据都能更好地证明经典的意义。即使在18世纪的混乱中，四大伟人的经典作品也强有力地支持了这一点。

阅读伏尔泰的《路易十四时代》、孟德斯鸠的《罗马人的崇高与坍塌》、布封的《自然新纪元》以及卢梭在《萨瓦人牧师》中的美丽幻想和对自然的描写，然后讨论一下便知，18世纪是否了解如何协调传统与自由发展以及独立之间的关系。但本世纪（20世纪）初，在帝国统治下，人们见证了对全新的冒险文学的第一次尝试。在一些抵制思想中，古典的想法奇怪地在缩小和简化，这与其说是一个严峻的问题，不如说是一种悲观的现象。科学院出版的第一本词典（1694年）一直是把大师定义为“很受认可的古代作家，其所探讨的那个主题的权威”。1835年版的词典以相当模糊的形式给出了精确定义，把古典作家描述为“那些在任何语言中成为典范的人，而且，在人们后来的所有文章中，其语言表达及模式、固定的写作规则及风格被严格沿用并不断重现”。大师的定义显然是由受人尊敬的学者们，即我们的前辈所界定的，他们看到当时称之为浪漫的东西——换句话说，见到了敌人。在我看来，该摒弃那些胆怯的局限性的定义，解放我们的思想了。

一个真正的大师，正如我想听到的定义一样，应该是这样一位作家：他丰富了人类的思想，增加了人类的财富，并推动人类迈出了新的一步；他发现了道德寓意和无可置疑的真理，或者揭示了那些内心中的永恒的激情；他不计形式地表达其思想、观察或发明，只要自身广泛而伟大、精练而明智、理智而美丽；他以自己独特的风格，也是整个世界的风格，跟所有人对话，这种风格既崭新又古老，新中有旧，适用于所有时期。

这样的经典可能在一定时间内是革命性的，至少看起来如此，实则不然。

它只是猛烈抨击和推翻任何阻止恢复秩序和平衡美感的东西。

在必要的情况下，一些名字可能会应用于该定义之中，我希望有意地使之宏伟和波动，包罗万象。我应该首先把科尔内耶的《波利耶克特》《西拿》《贺拉斯》定义其中，把法国有史以来最完美且最全面的诗歌天才莫里哀的名字归于此。批评家之王歌德这样说：

> “我们非常惊讶的是莫里哀如此伟大，以至于我们每次读他的作品，都会有清新之感。他与众不同，其戏剧均为悲剧，没有人有勇气去尝试模仿他。其作品《悭吝人》讲述了恶习破坏了父子之间的所有感情，这是一部最崇高也最具戏剧性的作品。戏剧中的每个情节本身都应该是重要的，并能够引发一个更大的情节。《伪君子》是一个典范，第一个场景是一段多么美妙的阐述！起初，每件事都具有重要的意义，并使人们能够预见到一些更为重要的事情。我们可能曾经提到，莱辛的某部戏剧所阐释的内容妙不可言，但世人只想看《伪君子》所展现的东西。这是最好的阐释。每年我都读莫里哀的戏剧，就如同我不时地注视那位伟大的意大利大师的雕刻品。”

我并不否认，我所给出的“大师”的定义有些超出了通常对该术语所规定的范畴。但最重要的是，它应该包括一致性、智慧、适度和理性等特性，同时，这些特性涵盖并支配所有其他要素。不得不赞美罗伊·科勒德先生，雷米萨特先生说：“如果他能从大师那里获取纯粹的品位、适当的条件、丰富的表达、与思想相匹配的细心谨慎的措辞，那么他应该只把自己归功于他所赋予的一切作品中的那些颇有特色的文字。”显而易见，大师们的部分特性似乎主要依靠表达上的协调及细微差别、优雅而适度的风格，这也是人们的共识。从这个意义上讲，杰出的大师都规范、准确、明智、优雅、思路清晰，且带有高尚的品质和轻盈的力量。舍尼埃描述了出自温和而有修养的作家之手的诗歌，字里行间都流露出自己是个快乐的信徒：

> “是情感和理智做到了一切——美德、天赋、灵魂、才能和品位。什么是美德？理智用于实践。什么是才能？理智的宏伟表达。什么是灵魂？理智的微妙释放。什么是天赋？崇高的理智。”

在写这几行文字的时候，舍尼埃显然想到了蒲柏、布瓦洛和他们当中的大师贺拉斯。想象与情感从属于理智的这一独特理论，恰当地说，属于拉丁理论，在很长一段时间内，它也被优先称为法国理论。在现代人看来，也许是斯卡里格首先给出了释义。如果“理性”这个术语使用得当，没被滥用，这一理论则具有一定的道理，但很明显，它被滥用了。例如，如果理性与诗学精神相混淆，并使之出现在同一个道德诗文中，那么，它不像天赋，能在戏剧和史诗中对情感的表达极具多样性及创造性。你能在埃涅阿斯的第四本书和狄多的放逐中发现理性吗？尽管如此，受这一理论的实质所驱，那些支配自我灵感而不是为了灵感放弃自我的作家们处于大师的前列。肯定要把维吉尔而不是荷马排在古典的前列，拉辛更适于排在科尔内耶前面。说到这一理论，肯定要提及名作《亚他利雅》。事实上，它汇集了审慎、力量、适度大胆、道德提升和富丽堂皇等所有特性。最后两场中的蒂雷纳和拉辛是很好的例子，他们证明了明智谨慎之人拥有成熟的才能和获得最大胆识的能力。

在布封的《风格论》中，他坚持构思、布局及实施的统一性，这是真正的经典作品的标志。他说：“每一个主题都是唯一的，无论它有多大，它都可以包含在一个论著中。只有提到多个主题的时候，才会采用中断、停顿和细分的方式。当不得不谈及错综复杂的不同事物时，天才的前进步伐才会被多重障碍阻断，并因环境中的必要因素而缩小。许多细小部分不但没有使作品更一致，反而破坏了各部分的统一。这部作品看起来更加清晰，但是作者的构思仍然是模糊的。”他针对孟德斯鸠的《论法的精神》一书，继续评论，《论法的精神》事实上是一部很好的作品，但细分为多个部分。著名作家在作品完成前已经精疲力竭，无法将其灵感注入其所有的思想中并安排好一切。然而，我几乎可以相信，布封与波舒哀的《论普世历史》作对比，其主题的确很大，然而一致性却能使伟大的演说家把这个主题放在一个论著中。当我们打开 1681 年的第一版时，在分成不同章节之前，从空白到正文，一切都在单一系列中发展，几乎是一气呵成。据说这里的演说家表现出了像布封所说的那种本质，即“他已经制订出一个永恒的计划，在这个计划中他无从脱身”。他似乎深深地沉浸于这些熟悉的讨论和深谋远虑的设计中。

《亚他利雅》和《论普世历史》是绝对的经典理论吗？是可以呈现给它的支持者和反对者的最伟大的杰作吗？

尽管独一无二的作品简洁、体面、令人敬佩，然而，从艺术的利益出发，我们希望在不削减其紧凑的前提下将理论拓宽些。在这个问题上，我想引用歌德的话：

> “我称经典的作品是健康的，浪漫的作品是病态的。在我看来，《尼伯龙根之歌》与《荷马史诗》一样经典，它们健康而充满活力。当今的作品是浪漫的，不是因为它们是新的，而是因为它们是孱弱的、苍白的或者病态的。古代作品是经典的，不是因为其年代久远，而是因为其有力、新鲜、健康。如果我们从这两个观点来看浪漫和经典，我们应该很快达成共识。”

事实上，我希望每一个公正的人在确定对那个问题的看法之前都听听世界各地不同的意见，研究一下不同的文学的原始活力和多样类型，会发现什么呢？荷马作为众人之首领、经典领域之父，不仅仅是一个杰出的人，更是对整个时代及半野蛮半开化社会生动的诠释。为了使他成为真正的大师，有必要将其自然灵感中没有想到的构思、计划、创造、用语典雅等归功于他。谁能与其相提并论呢？威严的、德高望重的古人们，被破坏的埃斯库罗斯、索福克勒斯，真实地将他们的作品碎片展现给我们。无疑，许多幸存者的存留是有价值的，但他们无法抵抗时间的伤害。这种思想只能让一个公正的人不再以狭隘的视角看待所有文学，甚至是经典文学。他会意识到在我们赞美的过去的名人中，向来确切而均衡的排名顺序都只是人为的结果。

到了现代世界，又会怎样呢？起初，文学领域的伟人均为诗学中人，他们对美及适度所持的观点不同于他人，甚至相左。例如，莎士比亚是不是经典大师？对于英国，乃至于世界而言，他是大师；但在蒲柏的时代，他不被当作大师。蒲柏和他的亲信们是独有的卓越的大师，他们死去就成为典范。现在，他们仍然是大师，因为他们当之无愧，但只是二流大师，排名公正地降至又达巅峰的莎士比亚之下。

然而，我并不是说蒲柏及其贵弟子的坏话，尤其当他们像戈德史密斯一样具有同情心并极其朴素之时，他们或许是继那些大师之后，最令人愉快的作家和最会给生活增添魅力的诗人。在博林布鲁克勋爵写给斯威夫特的信上，蒲柏加了一篇后记，他写道："如果我们三个人在一起度过三年，我们这个时代将有所进步。"不夸张地说，不能轻视有权说此话的人。在幸运的年代，当有天赋的人提出此类建议时，人们也不会嫉妒其妄想。就词的客观含义来说，以路易十四或安妮女王的名字命名的这些年代是真正的经典年代，这些年代为真正有天赋的人提供保护和有利的环境。我们很清楚有天赋的人是如何在这个奔放、动乱、躁动不安的年代迷失进而荒废的。然而，我们必须承认我们这个时代的作用及其伟大之处。真正的至高无上的天才克服了能打败他人的困难，但丁、莎士比亚和弥尔顿克服了挫折、困难和骚乱，获得了应有的地位，留下了不朽的作品。拜伦对蒲柏的意见一直备受争论，对此的解释表现在《唐璜》和《恰尔德·哈罗德游记》的歌者赞美了纯正的经典主义学派，并声称它是唯一的好学派，而他自己的表现却截然不同的对立矛盾中。歌德在这一点上讲出了实情，他认为因流派和诗的来源而成名的拜伦担心莎士比亚在人格塑造和表现上比他更有力。"他本想否定它的，优秀的作家如此偏离自我主义使他恼怒。他感觉越是靠近它，就越不能随心所欲地表达自己。他从未否定过蒲柏，因为他不惧怕蒲柏，他知道蒲柏只是他身边的一堵矮墙。"

正如拜伦所期待的，如果蒲柏学派在过去保留了它的至高地位和某种荣誉，拜伦或许已经是其独特风格的第一诗人了，因为蒲柏墙的高度使人们看不到莎士比亚的高大形象；然而当莎士比亚以其崇高统领文学领域时，拜伦只能屈居第二位了。

法国在路易十四时代之前没有伟大的艺术大师，在解放时期，人们迟早要追随的早期权威如但丁和莎士比亚式的人物奇缺，只有像马蒂兰·雷尼埃和拉伯雷那样的伟大诗人的作品集，没有思想，没有情感深度及规范化的严肃。蒙田是一种早熟的大师，与贺拉斯很像，但是因为缺少适宜的环境，他像一个被宠坏的婴儿，放纵于自己的风格及幽默的想象中。从此，虽然法国不像其他民族有那么多人要求文化自由的权利，但也发现一些老作家在某个时期会有此强烈诉求，这使得法国很难在自我解放的同时保持经典。然而，在法国辉煌时期的大师中，有莫里哀、拉·封丹这样的人物，没有什么理由可以正当拒绝那些拥有勇气和能力的人。

在我看来，现在的重点是支持并延伸这个观点和信念。我们应该清楚地认识到，成为大师无须评比。相信一个作家除独立风格和灵感外，通过模仿纯正的语言、适度、精确和高雅等特质就能成为大师，就如同相信拉辛的儿子可以和他享有同样的地位，诗学最糟糕的是无趣却令人尊敬的角色。而且，在同时代的人中，很快取得大师的位置而不遭反对只是碰运气的事。在那种情况下，有很好的机会也不会将这个位置留给后代。丰塔纳被朋友视为那个时代的真正大师，他们见证了他如何用 25 年的时间确立自己的地位。有多少早熟大师的称号能保持，有多少仅是持续一段时间！或许某个早晨，我们转身间，就惊讶地发现大师已不复存在。塞维聂夫人会机智地回答，他们只拥有一个渐逝的光环。关于大师，常常是最意想不到，但的确是最好的、最伟大的——在精力充沛的天才中寻找这些不朽且永久的大师。很明显，在路易十四时期的四个伟大的诗人中，最具典范作用的是莫里哀，那时，对其的称赞远超过对其的尊敬，人们喜欢他，却不了解他的价值。莫里哀之后，拉·封丹似乎属于一流大师，两个世纪后所观察到的两者的结果是什么呢？他们远超过布瓦洛，甚至超过拉辛，他们现在不是被公认为最拥有兼收并蓄的道德特质者吗？

与此同时，不存在牺牲或贬低任何事情的问题。我认为品位的大厦需重建，即扩大，以便使其成为高尚者之家，成为提供人类精神愉悦及财富的大师之家。显然，就我而言，不能佯装大厦的建筑师或设计师，我仅能表达我对该建筑最原本的设计的真挚祝愿。最重要的是，我不愿排斥任何优秀的人，每个人都应有自己的位置，从莎士比亚——最自由的创造性天才，逐步地成为最伟大的大师，到安德里厄——小有名气的经典人物。“创始人的每一座大厦不只有一个房间”这句话同样适用于上到天堂下到王国的建筑。荷马，无论何时何地，总像神一样，是第一位的。但他之后，东方的三位明君，将被看作三位伟大的诗人、三个荷马：印度诗人维尔米克、毗耶娑以及波斯诗人菲尔杜西，他们写就了古代亚洲人民的史诗，却长久以来被我们遗忘。从品位的角度，有必要在没有种族划分的情况下了解这些人的存在。

我们的敬意往往献给那些一旦觉察即被认出的人或物，我们绝不能再这样继续下去。人们会在无数舒适而壮丽的场面下感到愉悦，会在无数千差万别、令人惊叹、看似混乱却内在和谐统一的作品前欢喜不已。最早的智者和诗人为人类道德制定准则，并以简洁而时尚的形式对其进行颂扬。这些长者用罕有而温和的语言交谈，也不会惊讶于初次交谈便能明白对方。梭伦、赫西奥德、泰奥格尼斯、约伯、所罗门和孔子（为什么不是他?），将欢迎最聪明的现代人。当拉罗什富科和拉布吕埃听他们讲话时，会说“他们当时就知道我们现在知道的一切，而我们在重复生活的经历时也没有什么发现”。

站在山冈上，大多数人容易看得清楚。而在大多数易接近顶峰的人中，维吉尔由米南德、提布鲁斯、特伦斯、费内龙等人簇拥着，以极大的魅力、天赐的美景和大家一起沉浸在讨论中，他温和的面庞因内在的光芒而大放异彩，且流露出谦逊之色。总有一天，当他步入罗马剧院，人们刚背诵完他的诗，他看到人们动作整齐地站起来，向他表达与奥古斯塔斯一样的敬意。离贺拉斯不远的维吉尔正因与朋友分离而遗憾。轮到他主持诗人社交社团（直到一个如此熟练且聪明的诗人能够指挥），诗人们吟唱，也可以交谈。而这里的蒲柏和布瓦洛，一个不再轻易暴怒，另一个不再那么挑剔。

蒙田，社团中的真正诗人，会为这个文学流派愉快的氛围描上浓重的一笔。那个环境中的拉·封丹会忘记自我，不再疑惑。虽然伏尔泰会被吸引，但寻找乐趣的同时不会有多少耐性。在与维吉尔同一座山的略低处，色诺芬风姿绰约，像将军一样目空一切，却又像缪斯的祭司。雅典人各个民族的名家如艾迪生、佩利松及瓦温诺格们都围在他身旁，他们均感受到了其价值所在——具有轻而易举的说服力、细腻而朴素并带有修饰成分的不经意的疏忽。在主殿（这里有好几个殿）的门廊，三位大家常常聚会于此，且从无他人（无论是多么有成就的人）想融入其讨论或片刻沉默中。他们流露着优美以及在充满青春活力的世界中只出现过一次的完美的和谐。他们的名字——柏拉图、索福克勒斯和德摩斯梯尼——已是艺术典范。这些大师得到了广泛尊敬，我们看到了许多熟悉的优秀追随者追寻着塞万提斯和莫里哀这样的描写真实生活的大师，看到了放纵的朋友，即第一批贡献者，微笑着拥抱全人类，把人类的经验化作欢乐，并知道一个感知的、热忱的、合法的快乐者如何强有力地工作。如果这描述完整的话，肯定会增加篇幅，我也不想再描述。相信我，在中世纪，但丁会占据神圣的地位，整个意大利会如同大花园展示在天堂诗人的脚下。薄伽丘和阿里奥斯托会在此自娱自乐，塔索会再次发现索伦托的橘园。每个不同的民族在此都有预留园地，但是作家们仍高兴地离去并在旅行中认出自己的同胞或大师，而这是我们最不期待看到的，如卢克莱修和弥尔顿喜欢从自己的立场出发讨论世界的起源和减少混乱、规整秩序，他们只在神圣的诗歌和大自然的讨论中观点一致。

这就是我们的大师。每个人靠想象完成诗集并选择他们喜欢的群体。选择是必需的，在获取所有知识之后，最初的品位不是持续地游动，而是止步休息。没有什么比无休止的游动更破坏或降低品位了，诗学精神不是“游荡的犹太人”。然而，我谈及的安下心来做选择不是指去模仿那些吸引我们的大师。让我们满足于了解他们、洞悉他们、欣赏他们，但也让我们这群后来者努力成为我们自己。让我们拥有自己真挚自然的思想和感情，这是可以做到的。如果可能的话，让我们加大难度，向一个更高的目标前进；并且，当我们使用自己的语言并屈服于我们所处时代的环境时，让我们间或扪心自问，我们从何处获得力量，又在哪里存在不足？我们抬头仰望，眼睛聚焦于久享盛名的人群，他们又是怎么看待我们的呢？

为什么总是谈到作家和作品呢？或许没有作品的时代会马上到来。那些反复阅读且乐在其中的人，无拘无束地追求自己的爱好，他们是多么快乐啊！人的一生中有这样一段时期：所有的旅程结束及所有的经历终止之后，没有比研究、审视我们了解的一切，从中寻找乐趣，欣赏我们的挚爱更令人开心的了，这才是我们的成熟而纯粹的欢乐，也正是“经典”这个单词的真正意义所在，它以无法抗拒的选择给品位之人以定义。然后，品位便会形成规范，其定义也就确定了；而如果我们拥有该定义，良好的感觉便会在我们的内心得到完善。我们既没有更多的时间去实验，也不想寻找新天地。我们依靠朋友——长期交往之友：陈酒、旧书、老友。让我们以伏尔泰的这段愉快的诗行对自己说：让我们尽情欢乐吧！让我们写作吧！让我们生活吧！我亲爱的贺拉斯……我已经比你活得时间长了，可我的诗并非永远流长。但是，在临死之际，我将学习你的哲学课程，在享受生命中鄙视死亡，把阅读你那充满魅力和判断力的文章作为头等要事，就像喝一杯老酒让我们恢复感觉一样。

事实上，无论是贺拉斯还是其他被青睐的作家，都以其成熟的艺术折射着我们的思想，我们应该每时每刻请求对这些杰出的、古老的思想家进行访谈；我们应该寻求一份没有欺骗和背叛的友谊；我们应该呼唤一份平静和舒适（我们经常需要的）来协调我们与他人及自己的关系。

欧内斯特·勒南

主编的话

约瑟夫·欧内斯特·勒南（1823 年 2 月 28 日—1892 年 10 月 2 日），法国研究中东古代语言文明的专家、哲学家、作家。他以有关早期基督教及其政治理论的历史著作而闻名，曾与奥古斯特·孔德相识。

勒南出生在布列塔尼。他是受过教育的祭司，但从来没有人找他。他一直在进行宗教和语言学方面的研究，曾经在叙利亚旅行，之后回到巴黎，成为法兰西学院的希伯来语教授。

勒南的活动主要分为两部分。第一部分是致力于研究两部伟大的作品《基督教的起源》和《以色列的历史》。另一部分的工作比较杂，但在某种意义上大多数是关于哲学或自传的内容。

凯尔特人的诗歌

每一个穿越阿摩力克半岛的人，一旦离开了与大陆紧密接壤的地区，都会经历一种剧变。在这块大陆上，平凡却又充满朝气的诺曼底人和曼恩州人的面孔随处可见，他们渐渐融入布列塔尼，并因为其语言及种族成了名副其实的布列塔尼人。

一阵弥漫着莫名悲伤的寒风涌起，灵魂飞出了思绪。树冠光秃而扭曲，色彩单调的荒野延伸到远方，脚下的花岗岩裸露在稀疏的泥土外，大海伴着无尽的呻吟，阴郁地包围着地平线。

同样的反差在这个民族中也十分明显：诺曼底人粗俗无礼、人口众多、乐于经营、关注个人利益，与享乐主义的人一样自私自利，却发迹了一个胆小、矜持，只生活在自己的小世界里的民族，他们外表粗放却有着深刻的思想及敏锐的宗教天性。

我知道，凯尔特民族从英格兰到威尔士，从苏格兰的低地到盖尔高地，产生的变化是明显的。同时，一个人若将自己置身于爱尔兰地区的某一个地方，他将发现，在那里，本族人不与外族人通婚，保持了种族的纯粹性。来到那里就好像进入了另一个世界的最底层，这种感觉在某种程度上类似于但丁在《神曲》中所描绘的他带着我们在地狱中穿行的体验。

直到今天，我们还尚未对这个现存的古老民族给予应有的关注。他们生活在一些鲜为人知的岛屿和半岛上，的确也受到越来越多外界的影响，但他们仍然忠于他们自己的语言，忠于古老的记忆，忠于自己的风俗和天然禀赋。

尤其是，我们忽略了当时处于世界边缘，借岩石和山脉抵挡了外敌入侵的这个弱小的民族。正是他们的文学成就对中世纪产生了巨大的影响，改变了欧洲文明的发展趋势，尤其是他们在诗歌上的造诣影响了几乎整个基督教世界。

然而，我们只需打开盖尔人天赋的真实作品便可以确信，创作这些作品的民族有着自己独特的感情和思维方式，也相信在其他任何地方都看不到像这样具有诱人色彩的永恒幻想。在人类伟大的合唱中，没有一个民族像他们一样，创作出直抵人心的、有穿透力的作品。

呜呼！这块大陆西部海域上的翡翠也注定会消失！亚瑟王也不会再从神话岛归来！就像圣帕克里特对奥西恩说的那样："你所哭泣的英雄已经死去，难道他还会重生吗?"

难道评论不应该以唤起这些远古的共鸣为己任，并给予这些民族以话语权，让他们免受那些不合理的、过于频繁而且纯粹消极的谴责吗?

优秀文学作品的存在为那些研究这些有趣的文学的人提供了便利。总而言之，威尔士以科学和文学活动而闻名，尽管事实上缺乏严谨的批判精神，却仍值得大加赞扬。

目前，为欧洲最活跃的学术中心带来荣誉的研究成果均出自充满激情的业余学者。一个名为欧文·琼斯的农民在 1801 年 7 月出版了珍贵的《威尔士麦瑞恩考古学》。该书在今天看来是威尔士古物的军火库。许多博学且热心的学者，比如安奈林·欧文、克里克豪厄尔的托马斯·普赖斯、威廉姆·里斯和约翰·琼斯等，都在追随欧文·琼斯，继续完成其研究，并从收集到的珍宝中获益。

与收集古物的人不同，一个名叫夏洛特·格斯特的女士却为了编纂《马比诺吉昂》（威尔士民间故事集）这枚盖尔文学的珍珠去了解欧洲。《马比诺吉昂》是威尔士人天赋的最完整的表述。在那些富有的英国业余爱好者的推动下，该宏伟工程已经进行了 12 年，终将证明凯尔特民族意识在 21 世纪依旧充满生机。

正是最诚挚的爱国主义才激发一个女人来承担和实现这样一项巨大的文学拾遗工作。苏格兰和爱尔兰同样都在对古代历史的研究中丰富了自身的文明。最后，虽然我们对自己的布列塔尼文学鲜有语言学及批判性的严谨研究，但其研究价值也是凯尔特文化的遗珠。

难道用德拉·维尔马克先生的例子，这个与凯尔特人的历史研究不可分割并做出卓越贡献的诗人，还不足以论证这个事实吗？批评者无须担忧他会在公众眼里贬值，因为公众已带着极大的热情和同理心接受了他。

I

如果种族的优越性是靠纯正的血统以及民族性格的不可侵犯性来决定的话，不可否认，没有任何种族可以比尚存的凯尔特人①更具这一特点。因为没有一个种族可以如此遗世独立，远离所有纷扰，闭居于被遗忘的半岛岛屿。这无法逾越的屏障抵制了外界影响，并依靠自身资源而生存。因此，强大的独立性以及对外来者的敌意依然是凯尔特人性格中不可缺少的重要特征。罗马文化只留下了很少的痕迹，几乎不能影响他们。日耳曼民族的侵略击退了他们，但是没能渗透他们。如今，他们仍然没有改变对各种入侵的抵抗，就像现代文化的侵略，无论是当地的还是他国的现代文明，都会对其文化产生相当大的破坏性。尤其是在爱尔兰（正因如此，或许我们掌握了她的致命缺陷），本国人可以提供他们的家族头衔，哪怕追溯到史前黑暗时期，也能明确指出其种族发源地，这在欧洲是绝无仅有的。

我们应该从这种与世隔绝的生活中，毫无缘由地去为凯尔特民族的主要性格特点寻求解释。她拥有孤独者所拥有的一切缺点及优点，他们骄傲却害羞，他们感情充沛却羞于表达，在家自由而坦率，在外笨拙而腼腆。他们不信任外人，因为他们发现外人比他们自身更加世故，他们自身的朴素在别人的世故的特点下自惭形秽。他们对他人的崇拜视而不见，只求一事，即把一切留给自己。在他人面前，这是一个驯服的种族，适合家庭生活以及享受炉

① 为了避免引起误会，我应该指出我这里所说的凯尔特人，不是在远古时期组成整个西欧人口的那个伟大种族，而仅仅是四个部分。现在，与日耳曼人以及新拉丁人相对，这四个部分仍然对得起他们的名字，分别是：（1）威尔士居民，以及康沃尔郡半岛的居民，现在仍被叫作历史旧名——威尔士之塞尔特人；（2）布列塔尼人或居住在法国而说低俗的布列塔尼语的英国人，他们代表了从威尔士来的塞尔特移民；（3）说盖尔语的北苏格兰的盖尔人；（4）爱尔兰人，尽管一条分界线将爱尔兰和其他凯尔特家族分开来。同时有必要指出勒南在文中将英国居民以及凯尔特族的英国成员同时称为布列塔尼人。

火边的乐趣。

没有任何一个民族像凯尔特民族一样有如此紧密的血缘关系，有如此多的相互责任，或者可以说人与人之间的联系如此深广。凯尔特人的每个社会机构一开始只是家庭的延展。一项传统证明，迄今为止，没有哪个地方比布列塔尼（法国西北部地区）地区的一脉相承的血缘关系保全得更好。在那儿，有个众所周知的信念——血缘会说话，两个互不认识的亲戚在世界上任何一个地方，如果相见，都能凭借感知对方身上的隐秘情感而认出对方。同理，于对逝者的尊重，没有任何地方的人比布列塔尼人更加尊重逝者，也没有任何地方保留下如此多的关于逝者的回忆与祷告。因为，生命对他们来说不是个人冒险，风险不是全部由个人来承担，而是长链条中的一环，是一份被接受以及会传承下去的礼物，是一份已经偿清的债务及一项已经完成的责任。

显而易见的是，凯尔特人的个性是多么不适应社会，他们过于注重辉煌的延续及发展，过于强调一个民族的瞬间支配地位对世界的影响。这就是威尔士人总是饰演次要角色的原因，他们无法实行侵略扩张，于是便回避所有的征服与侵略，不让这些进攻扩张的想法成为主流思想，只要空间允许，便最大限度地退让，撤退到让敌人无法进攻的最后一块地方。其坚守是无用的投入，这群难屈服的顽固分子甚至在很多年后仍然忠诚于其侵略者，即便侵略者自身的忠诚已丧失。凯尔特人是维护自身宗教独立、抵制罗马文化入侵的最后一员，是天主教最坚固的大本营，也是法国境内坚守政治独立、反对君主的最后力量——这些坚守的成果最后都已被保皇党攫取。

凯尔特民族已经在同时代的抗争以及坚守绝望的事业中筋疲力尽，它似乎在任何时期都没有什么执政天赋。在试图成立更大的组织时，家庭精神被扼杀。此外，试图组建家庭的民族本身并没有质疑组建家庭这种进步行为。对他们来说，生命仿佛是一成不变的，人类没有力量去改变它。被灌输了这种思想的凯尔特人更愿意把自己当作弱者以及需要被保护的对象，他们会轻易认命以及服从命运的安排。看他们如此怯于违背上帝的意愿，人们便难以相信这个种族是雅弗的后代。

悲伤也因此产生。看看 6 世纪游吟诗人的歌曲，与歌颂胜利相比，他们更多的是为失败流泪。凯尔特民族的历史只是一个长长的悔恨，游吟诗人在诗中仍会回想起被流放的日子及穿越海洋的航行。有时诗歌读起来很令人欣喜，但喜悦的背后会很快流露出悲伤的痕迹，它不知道对人类恶劣环境及命运的忘却便是愉悦。它欣喜的歌谣最终成为哀悼，再也没有东西可以与其民族旋律中的这种愉悦的悲伤相比。人们可以将这种愉悦的忧伤称为从高处降落，一滴滴坠落于灵魂之上，穿过它，仿佛穿越到另一个世界的记忆。没有人可以如此长久地依靠这种精神的喜悦，同时这些诗歌般的记忆与生命的感知相互交错，如此模糊，如此深入，如此具有穿透性，以至于一个人可以悄然离去，却说不出这到底是苦还是甜。

凯尔特人这种无比细腻的性格与其专注的需求紧密相关。不擅长扩张侵略的天性让他们能感受深切。他们感受越深，越不愿意表达。所以我们看到那种迷人的、隐蔽而含蓄的特点，不同于拉丁族人所熟悉的多愁善感的修辞以及德国人对情感所折射出的朴素，而这种特点曾被德拉·维尔马克先生所出版的歌谣广为赞颂。凯尔特人所保留的传统，常被人当作是冷漠，因为他们认为内心的羞涩若被表达出来便会失去一半的意义，除了自己以外，内心再无第二个观众。

如果说民族也有性别的话，我们会毫不犹豫地说凯尔特人，这个威尔士和布列塔尼分支，本来就是女性民族。我相信，没有任何民族曾为爱增添如此多谜一样的色彩，没有其他民族如此细致地构想女性的理想模型，甚至完全被其统治。这是一种极度兴奋，一种疯狂，一种眩晕。读过《佩罗德的洛奇》或者它的法语版本《帕尔赛瓦尔乐·威尔士》的人都会感受到，字里行间充满了女性的情感。在书中，女性色彩投射出模糊的影子，充当人类以及超自然世界的媒介。我从没读过别的文学作品能给人这样的感觉。如果把吉尼维尔或伊索德与斯堪的纳维亚的复仇女神，如古德伦和柯瑞海德相比，你会承认这个具有骑士精神的女人甜美而可爱，她既不是古典的，也不是基督徒式的，更不是日耳曼式的，而是凯尔特式的。

想象力几乎与对情感的关注成正比，与外界生活的发展成反比。希腊式和意大利式的想象力的局限性源于南部民族的扩张，这使他们过度关注国外，忽视了自己的情感。与传统的想象力相比，凯尔特式的想象力的确与其迥然不同，它是无穷无尽的。在《马比诺吉昂之马梦之梦》中，罗马皇帝梦到一个漂亮的少女，醒来之后他立刻宣称如果没有她，他将无法生存。他的特使们花了许多年去寻找这个少女，最后在布列塔尼半岛上找到了她。凯尔特人把梦想当作现实，并追求其宏伟的想象。凯尔特人的诗歌（艺术）生活的重要元素就是冒险，也就是对未知的追求，对某项事物的穷追到底。这种冒险正如圣布兰登所梦想的，佩罗德带着他的骑士精神去追寻，以及骑士欧文通过地下旅行去寻求的过程，这些就是冒险。这个种族渴望无穷无尽，并不惜一切代价追寻它，超越了生死的界限。布列塔尼人的最大缺点是喜欢醉醺醺的（根据 6 世纪的传统观念，这也是他们遭难的原因），这种缺点正是因为对幻想不可阻挡的欲望。别说这是享受的开胃菜，再没有其他种族的人民能够更加清醒地远离各种感官享受。不，布列塔尼人在蜂蜜酒中寻求的东西与圣布兰登以及佩罗德用他们自己的方式所寻求的东西一样，都是清澈透明的世界。为了这一天，在爱尔兰，醉醺醺成为各种圣人节日的一部分，换句话说，节日很好地保留了他们的民族特点。

因此，对未来以及对种族永恒命运的理解便产生了，威尔士民族也因此诞生，即使侵略者都老了，这个民族也依然年轻。从那时起，英雄复活的教理成了基督教最难铲除的东西。《凯尔特人的弥撒亚》相信未来复仇者能够恢复威尔士，并把这个民族从侵略者手中解放出来，就像梅林所承诺的神秘的莱米诺克、阿莫里凯的雷不莱，以及威尔士的亚瑟王那样。当亚瑟的剑落下，一只手伸出来抓住剑，并挥舞三次，从池中举起的是凯尔特人的希望。他们大都没有被赋予向侵略者复仇的想象力。他们感觉到自己内心强大但外表软弱，他们会抗议，也会非常高兴，这样的冲突释放了他们的力量，并使得他们能够创造奇迹。几乎所有的伟大之处看起来都是超自然力量所致，因为人们愿意对抗所有希望。有人可能会问，是什么培育了我们这个时代最固执、最无力的民族——波兰，还是以色列？他们在羞耻中梦想着征服全世界，但这种梦想已经成为过去。

Ⅱ

起初，威尔士文学分为三个分支：首先是吟游诗或抒情诗。此分支以塔利埃辛、阿内林、卢沃奇·亨的作品为代表，在 6 世纪大放异彩。从那个时代至今，人们从未间断过对此类诗歌的模仿。第二个分支是威尔士民间故事集，或称为浪漫主义文学。该分支于 12 世纪发展成型，其思想基于遥远的凯尔特民族精神。最后一个分支是教会集和传说集，该分支独具特色。这三个文学分支似乎并行发展且毫无关联。吟游诗人引以为豪的是其叙事中庄严华丽的辞藻，他们对民间故事不屑一顾，并认为其过于随意。此外，吟游诗人和浪漫诗人似乎都与神职人员毫无关联，因此，人们有时会认为他们漠视基督教的存在。我们认为，只有在威尔士民间故事集中才能找到关于凯尔特民族精神的真实描述。但令人惊讶的是，这种文学如此神秘，以至于人们至今才知道欧洲浪漫主义创作的源泉。毫无疑问，是因为威尔士文学手稿分散于各处，直到 20 世纪，英国人担心手稿内容具有煽动性，才开始寻找这些手稿。它们往往会落入无知者的手中，而其怪想及敌意阻碍了人们对这些书籍的重要研究。

威尔士民间故事集《马比诺吉昂》主要以两种方式保存：一种是藏于 13 世纪的亨格图书馆，属于沃恩家族；另外一种则追溯到 14 世纪，以《赫尔斯特红书》之名为人们熟知，现存于牛津大学的耶稣学院。毫无疑问，正是这些诗集吸引了伦敦塔下倒霉的里奥林不知疲倦地阅读；然而，里奥林在受到处决之后，这些诗集与其他威尔士书籍——作为其囚禁期间的伴侣——一同被烧毁。夏洛特·格斯特女勋爵作品的依据是牛津手稿，这不能完全怪之前的手稿不能用，而是因为那些手稿无思考的价值。得知 50 年前被发现并复制的威尔士文献已不复存在，人们倍感遗憾。过去通常认为革命对作品极具破坏性，但现在人们越来越相信，革命有助于文学作品的保存，而且集中保管可以保证其长期保存及宣传。

威尔士民间故事集《马比诺吉昂》的基调与其说如史诗般恢宏，倒不如说它更富有浪漫气息。它启示人们应当以淳朴天真的心态去看待生活，切勿过于绝对或武断。故事中的男主人公个性独特，可塑性强。他们天性自由，品格高贵，每个人似乎都具有神一样的天赋。这种天赋总是与某些神奇的物质有某种联系，并在一定程度上是拥有者的独特印记。被主人公们视为地位较低的次等阶级，很少展现他们自己，除非他们的阶级之间要进行交易，他们才会放下自尊，与人交流。他们中的一些人天赋奇才，独树一帜，制作了很多奇特的物品，如酒杯、长矛、亚瑟王的剑与盾，如格温德伦的棋盘——黑白棋子相互对峙，如布兰的角杯——任何人都能从中喝到自己梦寐以求的酒，如摩根的战车——可以自动抵达人们想去的任何地方，如提荣的锅——从不烹调懦夫放进去的肉，如图达的磨石——只使勇士的利剑重现锋芒，如巴达的外套——只有贵族才能穿上，如天甘的斗篷——唯有完美无瑕的女人才配拥有。故事里的动物也被构想得个性丰富。它拥有自己独特的名字，个性鲜明，是一个可以按照自己的思想与意愿发展的角色。它以半人半兽的形象出现，因此，便不能清楚地区分出人与兽的区别。

库尔威奇和奥尔温的故事是威尔士民间故事集《马比诺吉昂》中最精彩的作品，它讲述了亚瑟王与野猪王图尔奇图韦夫斗争的故事。故事中，图尔奇图韦夫和他的 7 个部下控制着所有的圆桌骑士，亚瑟王通过与野猪王及其部下的斗争救出了圆桌骑士。科维汉的 300 只渡鸦的历险故事与罗纳布威之梦的主题类似。这些作品几乎都没有涉及道德上的优缺点。然而故事中是有邪恶的人的，他们欺辱妇女，欺负邻居，在罪恶中获得快感，因为他们性本恶，但是他们并不因此招致愤怒。亚瑟王的骑士们追逐这些恶人，但并不视之为罪人，而将其视为淘气之人。他们认为所有的生命体都十分优秀、正直，并且或多或少都有天赋。这种品质也是这个温顺善良的种族所追求的梦想，他们认为罪恶是命运的产物而非人类的意愿。所有的本质都是上天赋予的，如各种不同生物的想象力一样丰富多彩。基督教很少向人们展现其本身，虽然有时也可以感觉到它在向我们靠近，但它毫不改变万物发生的自然环境。一位主教虽然坐在亚瑟王旁边用餐，但他的作用仅仅是感恩菜肴，祈福祷告。

爱尔兰圣徒曾一度为亚瑟王祈福，接受亚瑟王给予的恩惠，被描述为很难认清并难以理解的种族。可以说，所有的中世纪文学都深受宗教的影响，但我们还是能清楚地推断出威尔士吟游诗人和短篇小说作家与宗教完全脱离，他们拥有自己的文化和传统。

威尔士民间故事集《马比诺吉昂》的魅力在于，它刻画出凯尔特人的和蔼可亲和头脑冷静，他们不悲不喜，就像纯真的孩童，从不用等级去划分人群。在他们柔和而充满生机的世界中存在着某种东西，即阿里奥斯托诗歌中传递的平静主义。中世纪后期，法国和德国的模仿者热衷于其写法，但再也无法展现出这种独具特色的叙事风格。即使经验丰富的克雷蒂安·德·特鲁瓦在这方面也远远不及威尔士短篇小说作家。至于沃尔夫拉姆·封·埃申巴赫，我们必须承认首次发现这种风格的喜悦使德国批评家过于夸大其优点了。他们已醉心于喋喋不休的描述中无法自拔，几近丢失其本身评叙的艺术魅力。

凯尔特文学极具想象力，与日耳曼文学相比，它的文风极其温和，这往往也是凯尔特文学给人的最初印象。在凯尔特文学中不存在像古冰岛诗集《埃达和尼伯龙根》中一样令人恐惧的复仇。日耳曼英雄与爱尔兰英雄相比，比如贝奥武夫和佩雷德，两人就有很大的不同。贝奥武夫充斥着令人反感的恐惧、血腥的野蛮、疯狂的屠杀及置身事外的冷漠，也可以说是毁灭与死亡；而佩雷德则充满着正义感、极强的自尊心，同时还拥有奉献与忠诚。专制者、怪物、黑人找到了属于自己的位置，就像《荷马史诗》中吸血的雷特里贡和独眼巨人一样，这与凯尔特文学作品中描述的人物的善行形成鲜明对比。凯尔特文学故事中的坏人几乎就像母亲温柔抚养，用虔诚之道教育长大的孩子的天真世界里的恶魔。原始的日耳曼人的反叛是出于无目的的暴行和对邪恶的热爱，邪恶只教给他们仇恨和伤害的技巧和力量。而威尔士英雄则与之相反，他们即使处于最野蛮的战斗中，也似乎都展现出一种习惯性的温和善良与对弱者的同情。同情心实际上是凯尔特人最深沉的情感之一，即使对待犹大，他们也不吝啬于予以同情。圣布兰登在极地海洋中的一块岩石上发现了犹大，他每周都会花一天时间在这里洗涤自己的灵魂，以远离地狱之火。他将一件曾经送给乞丐的斗篷挂在自己眼前，来减轻自己的痛苦。

若威尔士人以《马比诺吉昂》为荣，他们在找到这部巨作的合适译者时定会倍感欣慰。因为想要读懂威尔士文学的纯粹原始的文字美，需要对威尔士独有的叙事法有精确的推敲，但即使是博学多才的译者也很难拥有这些品质。只有女人的智慧才能孕育如此不寻常的想象，因此要翻译这些文字，唯有女性译者能够胜任该工作。简单、生动、不刻意、无粗俗，格斯特女勋爵的翻译就是反映原始威尔士文学的一面真实的镜子。即使从语言学的角度来看，这位高贵的威尔士女作家的作品需要不断改进，这也不能否认她的作品具有渊博的学识风格及别具一格的文学特色。

威尔士民间故事集《马比诺吉昂》，或者至少是格斯特女勋爵认为应该包括在该故事集中的作品，可以分为两个完全不同的种类：第一种是与威尔士半岛和康沃尔半岛紧密关联，且与亚瑟王的英雄品质相关的作品；第二种是与亚瑟王毫无关系，给读者展示的不仅是由威尔士人统治的英格兰地区的风貌，还展示了整个大不列颠岛的风土人情的作品，这些作品中提到的人物和传统使我们回想起罗马人占领的时期。第二种作品比第一种更古老，至少在主题方面如此，其作品刻画了个性鲜明的神话人物，用词大胆，令人惊叹，形式怪异，并且大量使用押头韵和双关语，例如皮威尔的故事、布兰雯的故事、玛纳怀登的故事、麦斯恩威之子麦斯的故事、国王马森之梦、露德和莱弗利的故事、塔里森传奇、亚瑟王故事集中欧文的故事、杰哲兰特的故事、佩雷德的故事、库尔威奇和奥尔温的故事、罗纳布威之梦。值得注意的是，其中两个以姓氏命名的故事中都有一个极其古老的人物。在这两个故事中，亚瑟王住在康沃尔而不像在其他故事中那样住在额斯克河的科尔利昂。在这两个故事中，亚瑟王个性鲜明，在战争中发挥了不可或缺的作用，然而在后期作品中，亚瑟王仅仅是一个集权而冷漠、游手好闲的“英雄人物”，而真正的英雄是围绕在他身边的一群圆桌骑士。《马比诺吉昂》中库尔威奇和奥尔温的故事，从原始的叙事角度，通过描述与凯尔特神话的精神一致的野猪形象，利用完全超自然与神奇的叙述方式，再加上数个与我们距离甚远的典故，形成了一个完整的故事。它向我们呈现了受外国元素影响之前的最纯粹的威尔士概念。在这里我不想分析这首令人好奇的诗歌，而是节选了一些片段，以展示其古老的韵味和独特的创意。

库尔威奇是奇李德国王的儿子，凯立顿的王子，他曾经听别人提起伊斯巴达登·潘卡瓦尔国王的女儿奥尔温。库尔威奇在没有和奥尔温见面的情况下，无法自拔地爱上了她。于是他就去找亚瑟王，请求亚瑟王能在自己遇到困难时给予帮助；但实际上，他并不知道自己的爱情到底会在哪个国度开花结果。伊斯巴达登是一个可怕的君主，没有人能活着走出他的城堡，而他们都是因为想娶奥尔温公主而亡。亚瑟王派了一些最勇敢的骑士去帮助库尔威奇。在经历了一系列冒险和奇遇之后，这些骑士来到了伊斯巴达登的城堡，库尔威奇也成功地见到了自己梦寐以求的情人。三天的持续斗争之后，他们得到了奥尔温父亲的回应，但她父亲提出了一系列不可能完成的任务，只有完成这些任务，他才会把女儿嫁给库尔威奇。在完成这些任务的过程中他们遇到了一系列的奇遇，而呈现在读者面前的却是一部残破不全的浪漫史诗。格斯特女勋爵只用了七八页的笔墨就描画出了在库尔威奇身上发生的38个冒险奇遇故事。

我随机抽取了其中一个反映整个作品主题思想的故事。故事讲述了摩德龙的儿子马邦，他刚出生三天就被人从他的母亲身边抱走，后来成了库尔威奇身边的一名随从。

他的随从告诉亚瑟王："主人啊，您先请回吧，您大可不必再继续亲自做这些小事了。"亚瑟王说："这样对你也好，古尔希尔·瓜尔斯陶德·伊埃索伊德，你继续寻找，因为你懂各种语言，对这些鸟兽也熟悉；而你，伊斗尔，应该和我的人一起继续寻找你的表弟；至于你们，凯伊和贝德威尔，我希望你们无论遇到什么挫折，都要成功，为我赢得这次历险。"

他们继续前进，找到了希尔格维里的乌鸦。古尔希尔以上帝的名义问它："你知道任何关于马邦的事情吗？他是摩德龙的儿子，刚出生三天就被人从他的母亲身边抱走了。"

乌鸦回答："我刚到这里的时候，这里有一个铁匠用的铁砧，那时候我还是一只小鸟。从那时起就没有人在这个铁砧上做过活，我每晚都用嘴啄它，现在它已经没有一个螺母大了。我发誓，没有听说过你所打听的人，否则我会遭到上天的报应。但是我会为亚瑟王身边的使者做正确的事，曾有一种动物比我出现得还早，我会带你找到它。”

于是，他们继续前进，到达乐町渥雄鹿住的地方。“乐町渥雄鹿，你瞧，我们是亚瑟王的大使，过来找你是因为我们没有听说过比你更古老的生物。比如说，你知道马邦吗？马邦是摩德龙的儿子，他刚出生三天就被人从母亲身边抱走了。”雄鹿说：“当我第一次来到这里的时候，我的周围都是平原，没有任何树木，只有一棵小橡树苗，这棵小树苗长成了枝繁叶茂的大橡树，后来只剩干枯的树桩了。从我到这里以来，我还没听说过你要找的这个人。既然你是亚瑟王的使者，我会做你的向导，带领你去找一个比我更老的生物。”

于是他们继续前进，来到卡里沃德山侧凹地一只猫头鹰住的地方。“住在这里的猫头鹰，这位是亚瑟王的大使，请问，你知道马邦吗？马邦是摩德龙的儿子，他刚出生三天就被人从母亲身边抱走了。”猫头鹰说：“如果我知道的话，我会告诉你的。我第一次来到这里的时候，这里峡谷宽阔，树木繁茂。然后第一批人类定居，种下树苗，长出第二片树林，现在你看到的已经是第三片树林了。你看连我的翅膀都老得飞不动了。直到今天，我还没听说过你打听的人，但我会成为你的向导，直到带你找到世界上最古老的生物，那个长途跋涉最多的动物——雄鹰圭尔恩·安温。”

古尔希尔说：“圭尔恩·安温雄鹰，我们带亚瑟王的大使过来找你，你是否知道马邦？马邦是摩德龙的儿子，他刚出生三天就被人从母亲身边抱走了。”雄鹰说：“我来这里已经很长时间了，我刚来这里时，这里有一块岩石，岩石高得足以让我每晚都可以站在上面啄到星星，但它现在已经没有那么高了。从我来到这里的那天起，我从没有听说过你打听的人。但我有一次奇遇，那是在我远到丽茵湖那个地方去寻找食物时，我把爪子伸向大得可以让我吃很久的三文鱼，但它把我拽下去了，使我很难脱身。那次之后，我跟我的整个家族一起去攻击它，试图消灭它，但是它派信使过来，与我进行和平谈判，它游过来，恳求我拔掉它背部的 50 把鱼叉。或许它知道你要找的人，我会带你去找它。”

于是，他们到丽茵湖去找三文鱼。雄鹰说："丽茵湖的三文鱼，我带了亚瑟王的大使过来找你，向你询问关于马邦的事情。马邦是摩德龙的儿子，他刚出生三天就被人从母亲身边抱走了。""我会将我知道的都告诉你。我随着潮水顺着河流往上走，到达了格洛斯特的城墙，发现了别的地方没有的不公正现象。另外，为了让你们相信我，我可以让你们两个一边一个踩在我背上，让我带你们过去吧。"于是卡伊和古尔希尔踩在三文鱼的背上来到了监狱的高墙下，他们听见地牢里传出巨大的号哭声，十分悲痛。古尔希尔问道："谁在石屋里叹息？""唉，无论谁在这里都有足够的理由发出悲鸣。我就是摩德龙的儿子，被囚禁在这里，没有谁的监禁像我这样受苦，甚至于利德也不及我，更不用说伊瑞的儿子格瑞德了。""怎样才能救出你呀？用金银或财宝赎你？还是通过武力斗争？""要打败他们，才能解救我。"

我们不应该跟随威尔士英雄经历如此多的考验，因为这些考验的结果都是可以预见的，而且结果都不好。但是，在这些惊人的陌生传奇故事中，最重要的部分是动物，威尔士人将这些动物描绘成智慧的生物。没有一个民族会像凯尔特人一样，和低等生物之间如此亲密，此处蕴含着极大的生活寓意。人类和动物之间的密切联系，使中世纪的小说如此珍贵，如狮子王骑士、猎鹰骑士、天鹅骑士，高贵之鸟能让誓言神圣，这些也同样是布列塔尼人的想象。教会文学本身具有类比特征，对动物温柔以待，也对布列塔尼和爱尔兰宣示着所有的传奇和神圣。一天，圣凯文伸出手臂倚靠在窗户边祷告时睡着了，一只燕子感知到这位有威望的高僧摊开的双手，认为这是筑巢的最佳之地。当圣人醒来时，看着这只燕妈妈正在孵蛋，不愿打扰她，等待着小生命的诞生后才变换自己身体的姿势。

这种同情心源自于凯尔特人内心深处对自然的热爱。他们的神话仅仅是一种自然主义，不是赋予人性的希腊及印度自然主义，其中蕴含着的宇宙力，被视为生命体，被赋予意识，赋予得越来越多使得自身同物理现象分离，并变成道德之人。但在一些情况下，现实自然主义——对于自然的热爱及对其魔力的深刻印象都伴随着人们熟知的悲伤情绪。当与自然面对面时，人们坚信，自然是在关心自己的出生和命运。梅林的传说反映着这种情感，他被树林的仙女引诱，与其一同飞入树林变成野蛮人。当他在泉边唱歌时，亚瑟的信使找到他，使他重新回到宫殿，但是仙女的魅力使他的心思早已在千里之外。他重新回到树林，这次是永远地回到了树林。在山楂树的树丛下，薇薇安为他建造了一个魔力监狱，在那里他预言凯尔特人的未来。他谈及树丛里时隐时现的女仆，她们用咒语俘虏自己。一些亚瑟的传奇因具有相同的特点令人印象深刻。在民间信仰中，亚瑟是一种林地精神。“林业工人借着月光工作，”基尔瓦斯·蒂尔伯里[①]说，“经常听到巨大的号子，见到成群结队的狩猎者。当被问及来自何处时，这些人回答说是亚瑟王的随从。”即使是法国布列塔尼浪漫文学的模仿者也有这样一种吸引人的印象（虽然是相当无趣的印象），这种吸引力是由大自然赋予凯尔特人的想象。伊莱恩是兰斯洛特的女英雄及布列塔尼人的完美典范。她由同伴陪伴，在自己的花园度过了一生。由她精心照顾的朵朵鲜花娇艳美丽。其追随者都有这么一种义务：当他们摘下一朵鲜花时，必须要在同样的位置再种下一朵。

用原始的自然主义可以解释人们对森林、泉水、山石的崇拜，然而这是被所有布列塔尼的教会委员所禁止的。实际上，那些山石是凯尔特民族的自然象征，是凯尔特民族永恒的见证。那些动物、植物，尤其是人类，只能在确定的形式下表现圣洁的生命；而形状各异的山石则不然，它们从人类在孩提时代便被视为圣物。鲍桑尼亚[②]依然看见竖立着 30 块方形石头，每块都刻有一个神的名字。整个古老世界的巨碑难道不是原始人类的纪念碑及人类对其信仰的活生生的见证吗[③]？

不仅如此，我们可以注意到现存于不同地方的民间信仰大多来自凯尔特人。值得注意的是，自然主义在这些信仰中占据主要地位。每当古老的凯尔特精神出现在我们的历史当中时，我们都会发现其对自然的信仰以及奇妙的影响。在我看来，最具特点的应该是圣女贞德。不屈不挠的希望、对未来主

---

① 12 世纪的英国史学家。

② 公元 2 世纪的希腊旅行家。

③ 然而，令人怀疑的是法国的凯尔特的石碑是不是凯尔特人自己创造的。根据沃尔赛先生和哥本哈根考古学家的观点，我认为这些石碑属于比凯尔特人更早的古人类。

张的坚定以及相信女人将拯救王国的信念——所有这些特点已与来自远古的特征及日耳曼人的特征截然不同。在许多方面，均已具有凯尔特人的特征。古典祭仪在多雷米永久流传，在很多其他的地方也以迷信的方式广为流传。阿尔克家庭的小屋荫蔽于山毛榉的树荫下，成名于乡间，并因童话的栖息地而闻名。贞德在小的时候，经常提着叶子与花环到处行走，传说晚上叶子与花环都会消失。这就像是对天真的控诉，正如与信仰相悖的罪恶一样。事实上他们都没有被欺骗，那些无恻隐之心的神学家评判神圣的女仆在当时是有道理的。虽然她自己知道事实并非如此，在她内心深处，她更相信自己是凯尔特人，而非基督徒。梅林也曾告诫过她一些事情，但她并不知道教皇或者教会——她只知道自己内心深处的声音。这声音从田野里、从风吹过树枝的沙沙作响中、从远处，小心翼翼地钻入她的耳朵。对她的审判充斥着各种问题和学术阴谋，他们问她是否能听到她自己的声音，她说："带我去树丛，我会听得更清楚。"她的传奇被赋予了相同的色彩，大自然偏爱她，甚至狼群也从不靠近她圈养的羊群。当她还是小女孩的时候，小鸟就温顺地靠近她，啄食她膝盖上的面包①。

Ⅲ

威尔士传说故事集《马比诺吉昂》并不值得我们去研究，因为它只是展现了布列塔尼民族的骨子中的浪漫主义。但正是通过该书，威尔士式想象力才得以影响欧洲大陆，并在 12 世纪改变了欧洲的诗歌艺术形式，成就了自身的传奇——这个被半征服的民族的作品成为全世界人民都得以享用的精神盛宴。

---

① 从首次发表这些观点以来，对这一点我不想再多加强调，因为这都是过去的印象。类似而积极的观点已经提出。奥诺雷·马丁先生（《法国历史》，第六卷，1856）关于其的反对意见是，在大多数情况下，很少有人能够思考与种族精神相关的问题。民族精神的复苏大多源于人们的期望或不知道自己民族角色的个人。

没有哪个英雄比亚瑟王更具传奇色彩了。他们的同辈人——吉尔达斯或安奈林都没有谈及过他，彼得甚至不知道他的名字，塔列辛和利沃涵把他置于次要位置。但从另一方面来说，在公元 850 年出版的尼尔厄斯书中，亚瑟王传说揭开了神秘的面纱。亚瑟王是撒克逊人的终结者，他战无不胜，是各个国王的统帅。最后，在蒙默思·杰弗里的作品中，这个史诗般的创作达到了顶峰。亚瑟王统治了整个欧洲，征服了爱尔兰、挪威、加斯科尼和法国。他在卡尔隆举办了一场大赛，所有欧洲国家的国王、君主悉数到场。他头戴 30 顶皇冠，这意味着他已然成为宇宙至高无上的统治者。令人难以置信的是，作为 6 世纪的一个小国王，几乎不被其他国王所认可，却在后世具有如此巨大的影响力，以至于后来的一些评论家们支持传奇的亚瑟王，甚至把一个与亚瑟王同名却毫无关系的无名酋长误认为是亚瑟王，并对其予以赞美。并且评论家们认为尤瑟·彭德拉根（英国传说中的不列颠王，亚瑟王之父）的儿子是一名真正意义上的英雄，是古老威尔士神话的传承者。

事实上，在德鲁伊教中，在神秘的教义信条中，在共济会纲领的庇护下，把这种传奇延长到了中世纪。在德鲁伊教中，亚瑟王再次变成非凡者，并且扮演了纯粹神话主义的角色。我们可以思考一下，如果寓言的背后有某些真实性存在的话，我们应该去探寻，但历史为我们留下的信息太少，根本无法探寻其真实性。毋庸置疑，1189 年在阿瓦隆（凯尔特族传说中的西方乐土岛）发现的亚瑟王坟墓，不得不归功于诺曼人的政策。因为 1283 年正是爱德华一世致力于铲除威尔士独立的最后残余势力的那一年，在战争中，亚瑟王的皇冠连同英国其他皇冠上的珠宝都被找到了。

我们自然期望亚瑟王成为威尔士王国的代表人物，并在《马比诺吉昂》中延续类似的角色，比如，在内尼厄斯中表达对征服者撒克逊人的仇恨情绪，然而现实情况并非如此。在《马比诺吉昂》中，亚瑟王并没有展现出爱国主义特征，而是囿于团结他身边的英雄，维持他的宫殿里的随从数目，并推动其制定的法律以贯彻他所推崇的骑士精神。他如此强大，以至于无人敢撼动其地位。

亚瑟王就像是加洛林王朝传奇故事中的查理曼大帝、《荷马史诗》中的阿伽门农——他中立的性格起到了很大的作用，但也为诗歌的一致性增添了色彩。《马比诺吉昂》中的英雄没有祖国，每一个人都努力在战斗中展现自己杰出的才华，并满足对冒险的渴望，而不是为祖国的荣誉而战。在他们眼中，英国即是宇宙，没有人怀疑过除了威尔士之外，还有其他国家或民族。

正是因为富于理想而又极具代表性的性格，亚瑟王的传奇才会在全球范围内赢得如此惊人的赞誉和威望。如果亚瑟王仅仅是地方性的英雄人物，或是一个小国家的快乐守护者，那么，世界各民族就不会像认可塞尔维亚的马尔科[①]及撒克逊的罗宾汉一样认可他了。亚瑟王的魅力已然令世人所倾倒，并成为公平秩序的领头人，他推崇平起平坐，推崇男性的魅力在于勇猛及天赋。一个未知半岛的命运及其内部冲突对于整个世界来说又算得上什么呢？真正吸引人的是亚瑟王之妻桂尼薇主持的理想宫廷，围绕着君主，团结着各方英雄，就像骑士制度所描绘的那样，贞洁美丽的女士们喜爱在聆听故事、学习端庄礼仪中度过她们的时光。

这便是圆桌骑士魔力的秘密——整个中世纪将其英雄主义、美以及爱的思想建立于此。我们不必停下来查究野蛮社会中温文尔雅的理想社会形象是否属于纯粹的布列塔尼式的想象，不去查究欧洲大陆法庭精神是否在某种程度上仍未赋予他，不去查究《马比诺吉昂》的创作者们是否仍未察觉法国模仿者的反应。它满足了我们对于新秩序的需要——整个中世纪坚持依附于威尔士冒险故事。这样的联想绝不是偶然的，如果仿制品具有耀眼的色彩，这显然是因为原先相同的颜色与特定的强硬个性相一致。如果不是这样，我们该如何解释一个位置偏僻且被遗忘的部落将他们的英雄形象影响整个欧洲，并轻而易举地实现了历史学家笔下的文学界最非凡的革命之一呢？

事实上，在引进威尔士文学之前，如果有人将彼时的欧洲文学与叙事诗人撷取布列塔尼文学精华之后的欧洲文学进行比较的话，便会发现在布列塔尼文学的字里行间，一种新的元素已经增添至基督教民族的诗歌中，并将其彻底改进及完善。加洛林王朝的诗歌，无论是结构还是写作手法上都没有摆

① 塞尔维亚民谣诗人。

脱古典主义的影响。人们的行为动机与希腊神话中所描述的是相同的。其中最主要的浪漫元素是森林中的鲜活生命和神秘的探险经历、对自然的体验以及对于未知的想象的冲动，这种冲动推动着布列塔尼斗士不懈地探寻未知世界——这些还没有得以观察及发现。罗兰与荷马史诗中的英雄的区别在于其盔甲，他从内心里认为自己是阿亚克斯或阿基里德的兄弟。帕西瓦尔则相反，他的个性和行为与古代的英雄人物截然不同。

正是因为中世纪的诗歌引入女性角色，布列塔尼小说为读者带来了如清风拂面般的感受，在艰苦严峻的背景中，展现了女性的细腻之爱。这如同火光电闪般转瞬即逝，在几年后，欧洲人的品位发生改变。在中世纪闻名遐迩的所有类型的女性角色，如吉娜薇、伊索尔特、伊妮德都是从亚瑟王的文学作品中衍生出来的。在加洛林王朝的诗歌中，女性是无足轻重的，没有个性，没有特点。在他们看来，正如在小说《费渃布拉》中一样，爱是残忍的，或是如同小说《罗兰之歌》，爱很少被提及。相反，在《马比诺吉昂》中，最主要的章节的主要角色均为女性。骑士的勇敢在于为柔弱女子服务并尊重她们，并从中得到快乐。骑士精神秉持着这样一种信念——对自身强大力量的最高贵的运用是匡扶弱小。我知道，其结果是影响了 12 世纪的几乎所有欧洲人的固有想法，但不可否认，首先在文学作品中呈现这种转变的是布列塔尼人。小说《马比诺吉昂》中令人惊喜的特征之一是其字里行间弥漫着的细微的女性气息，小说中没有无礼或粗野的词语。我认为，有必要引用《佩罗德》和《杰伦特》的文字来阐释《马比诺吉昂》文字的纯真，但是这些单纯朴素的文章似乎阻碍了我们看到其背后的深层含义。为了维护女性的名誉，骑士热心于那些在法国模仿者眼中的讽刺性的委婉话语，法国的模仿者们改变了布列塔尼文学的单纯及谦虚，将谦虚转化为不知羞耻的勇敢——到目前为止，这些文学作品确实如原稿般纯洁无瑕，但这也成为中世纪的丑闻，受到挑衅性的责难，以及当教徒产生不道德的想法，他们就会联想到模仿传奇文学中人物的名字。

当然，骑士精神是一个十分复杂的概念，我们很难找到其根源。然而，将对女性的尊重作为人类活动的最高目标，并将爱设定为最高的道德准则的想法，在我们看来并不古老，也不属于日耳曼精神。那么，我们是否可以在史诗《埃达》和《尼伯龙根的指环》中追溯到这种精神的起源呢？这种精神倡导纯爱，宣扬奉献，造就了骑士之魂。再谈到遵循一些评论家的建议和从阿拉伯国家中找寻这一机构的起源，在已讨论过的文学悖论中，这个想法是最奇特的，即在可以买卖女性的地方征服她们，在一个认为女性几乎没有道德的地方尊重她们。我反对这一设想，理由只有一个：中世纪的一些大赛在拜兰节比赛中给女性颁奖，然而阿尔及利亚的阿拉伯人对这种不幸的回忆很惊讶。至高无上的骑士荣誉在阿拉伯人看来却很丢脸，甚至是一种侮辱。

把布列塔尼浪漫主义借鉴到当前的欧洲文学，其构思和运用为欧洲文学带来了意义深远的革命。在加洛林王朝诗歌中，这种浪漫主义是小心翼翼的，是与基督教信仰相符的。而超自然现象是上帝和其使者直接创造出来的。与此相反，在威尔士人看来，奇迹的根源存在于自然本身，存在于其内在的力量和不竭的资源。这里有神秘的天鹅，有预言鸟，有突然出现的手，有巨人，有黑脸暴君，有魔法雾气，有凶恶的龙，有十分可怕的哭声以及非凡的物体。但是，这里没有任何一神论的痕迹，奇迹仅仅是个奇迹，是永恒法则的一种减损，也没有任何构成希腊和印度神话的大自然的人格化生命。在这里，有完美的自然主义和对可能性存在的无限信心，我们也相信本身具有力量根源的独立生物是存在的，然而这一信念与基督教是相违背的，基督教认为在这类生物中，必然会存在天使或者恶魔。此外，这些奇怪的生物常常被置于教堂栅栏之外，当圆桌骑士征服他们后，会迫使他们向吉妮薇尔致敬，并接受洗礼。

现在，如果诗歌中出现我们或许可以接受的奇妙元素的话，肯定就是浪漫主义了。像古典神话一样，把它视为简单的故事，显得过于大胆；而把它仅当成一种修辞，又过于平淡，这些都无法令人满意。至于基督教中的奇妙元素，波瓦洛的观点是正确的：小说与教条主义是不能兼容的。因此，只有纯粹的自然的奇妙，正如莎士比亚和阿里奥斯托作品里描述的那样，自然在运行中产生兴趣而其本身也在运行，死亡的神秘面纱通过众生的密谋而被揭开。令人好奇的是，之前的诗人中到底有多少是凯尔特人，阿里奥斯托是不是布列塔尼诗人中最出类拔萃的一位。他的作品中所有的机制、所有的兴趣、所有的细微情感、所有类型的女人、所有的冒险，无一例外都来自布列塔尼浪漫文学。

现在我们能理解这个小小的民族给予亚瑟、吉尼维尔、兰斯洛特、珀西瓦尔、梅林、圣布兰登、圣帕特里克以及中世纪所有诗歌以智慧了吗？一些民族拥有如此惊人的命运，它们拥有让人们接受其英雄的权力，就好像那是一种特殊的权威、严肃和信仰！奇怪的是，在所有的民族当中，诺曼底人对布列塔尼人的同情最少，我们反而把布列塔尼寓言的声誉归功于他们。诺曼底人既杰出又会模仿，他们到哪儿都是民族的杰出代表，因为他们最初常自我施压。法国的法国人、英国的英格兰人、意大利的意大利人、诺夫哥罗德的俄罗斯人，也曾征服过凯尔特民族，但他们已经忘记了自己的语言，却使用着他们占领区的语言，并成了占领区精神的传诵者。威尔士传奇故事中的暗示性人物给人深刻的印象，他们能很快抓住并吸收外国人的思想。布列塔尼寓言给人的第一个启示是蒙茅斯的杰弗里的拉丁文编年史大约出现在1137年，该编年史受到亨利一世的亲生儿子格洛斯特郡的罗伯特的赞助。亨利二世同样对此故事很感兴趣，在他的要求下，洛伯特·韦斯于1155年用法语完成了第一部亚瑟王的史书。他开辟了一条各国诗人或者模仿者都相继效仿的道路，这些效仿者中有法国人、普罗旺斯人、意大利人、西班牙人、英国人、斯堪的纳维亚人、希腊人和格鲁吉亚人。我们没必要贬低第一批吟游诗人的荣誉，他们全身心地学习语言，然后阅读并理解整个欧洲的小说，如果没有他们，那些小说毫无疑问会永远无人知晓。然而，我们很难将他们看成创造型人才，这就像很难使他们配得上创造者的称号一样。在很多文章中，人们会觉得对自己所模仿的原作并不完全了解，他们试图赋予神话导向一个已不复存在的自然环境的意义，这足以证明，他们通常对忠实地抄写眼前的作品十分满意。

在创造或者传播圆桌骑士传奇的过程中，阿摩里卡丘陵区的布列塔尼半岛发挥着怎样的作用呢？要准确地说出答案是不可能的。事实上，一旦我们确信直到12世纪，这种友爱的密切关系将布列塔尼人的两个分支联合在一起，这样的问题也就不那么重要了。威尔士人英雄式的传统长期存在于威尔士民族的分支中，该民族来到并定居于阿莫里凯是确定无疑的，因为杰兰特、尤里安以及其他英雄都是布列塔尼的圣人。更重要的是，我们看见亚瑟王故事集中最重要的奇遇之一——布劳赛良德森林，也出现在这个国家。另一方面，德拉·维尔马克先生收集的大量事实表明，这些相同的传统在布列塔尼中产生了真正的诗集，在某些时期，他们甚至必须再次穿越英吉利海峡，如同要给予祖国记忆新的生命。牛津的副主教卡郎尼奥斯将传奇文本从布列塔尼带回英国（大约1125年），极具决定性意义的是，10年之后，这些文本被蒙茅斯的杰弗里翻译成拉丁语。我知道，对于《马比诺吉昂》的读者来说，乍一看，对这样的观点会感到十分惊奇。在这些寓言中，所有的地点、家谱和风俗都属于威尔士人，而阿莫里凯人的代表仅仅是赫尔，毫无疑问，与亚瑟及其身边的英雄相比，赫尔就相形见绌了。再说一次，如果阿莫里凯人见证了亚瑟诗集的产生，是什么使得我们无法捕捉到辉煌在阿莫里凯诞生的痕迹呢[①]？

我承认这些反对意见阻碍了我，但我不再觉得这些无法解决。首先，这里有《马比诺吉昂》一系列的故事，包括欧文、杰兰特和佩雷杜尔，这些故事没有非常准确的地理定位。其次，民族文学在威尔士比在布列塔尼保护得更好，可以设想，旧史诗的记忆在那里被遗忘得更彻底。因此两个国家的文学明显不同。法国布列塔尼的光辉闪耀在他们的流行诗歌中，但是只有在威尔士，布列塔尼精神才在正统的书本中确立并有所创造。

Ⅳ

比较法国叙事诗人所知的《布列塔尼集》和《马比诺吉昂》（威尔士民间故事集）书中描述的相同传记，人们可能会认为欧洲人的想象力被这些煞有

① 德拉·维尔马克先生使颂扬亚瑟王事迹的流行歌谣传世于布列塔尼。事实上，在其《布列塔尼的流行诗歌》中的两首诗歌里都可以找到那个英雄的名字。

介事的虚构所迷惑，增添了一些不为威尔士人所知的诗性主题。欧式布列塔尼传记中两个最著名的英雄兰斯洛特和特里斯坦并没有出现在《马比诺吉昂》中。另外，法国诗歌和德国诗歌中关于圣杯的描写也大相径庭。更细致的研究表明，这些法国诗人添加的元素实则是出自威尔士人之手。首先，德拉·维尔马克先生指出，兰斯洛特仅是威尔士英雄梅尔的音译，梅尔实则是法国传记中兰斯洛特[①]的影子。其背景、英雄名字、兰斯洛特传记的所有细节都表现出布列塔尼人最显著的特征。特里斯坦传记也是如出一辙。人们甚至希望可以在威尔士原稿中找到该传说的原型。欧文博士说，他曾看过一个故事，却无法将其复制。有一点必须承认，法国珀西瓦尔和德国帕西法尔苦苦寻找的神秘物体——圣杯，在威尔士却显得无足轻重。在佩雷杜尔传记中，圣杯的出现仅是一段插曲，并不具有明确的宗教目的。

"佩雷杜尔和他的叔父一起发表演讲，他看见两个年轻人走进大厅后径直走进房间，他们背着巨大的矛，三股血流从指间滴向地面。观此情景，众人都开始哀叹、恸哭。即便如此，他们也并没有打断佩雷杜尔的演讲，他们没有告诉佩雷杜尔他们所看到的一切并克制自己打探相关消息。当喧闹逐渐消退，两个少女走进大厅，托着一个巨大的托盘，托盘上放着一个男人的头颅，周围血迹斑斑。朝廷众人强烈抗议，拒绝和他们待在同一个大厅内，但最终他们安静了下来。"这一奇怪的现象到头来仍是一个谜。然后一位神秘的年轻人向佩雷杜尔报告，他的叔父正是被那滴血的长矛所伤，托盘里装着他堂兄弟的血和头颅，被女巫科勒欧所杀，佩雷杜尔注定要为他们复仇。他召集圆桌骑士，亚瑟和他的骑士们将科勒欧置于死地。

如果我们现在转而讨论《法国珀西瓦尔传记》，我们会发现，一切虚构都具有非同寻常的意义。长矛正是郎格思刺向耶稣的长矛，圣杯是亚利马太的约瑟接住圣人之血的容器。这一神奇的花瓶拥有天地间最美好的事物，它能愈合伤口，用最精美的食物使主人充满快感，要接近它需要保持优雅的状态，

---

① 兰斯洛特是安塞尔的爱称，意为仆人、侍者或随从。现今，在威尔士方言中，梅尔拥有同样的含义。

只有牧师才能描述其神迹。经过 1000 年的尝试之后，找到这些神圣的遗迹，成为佩雷杜尔的骑士精神的目标，既世俗又神秘。最终，他成为一位牧师，携圣杯与长矛隐居。他去世的那天，天使将它们背负至天堂。补充一下，在法国叙事诗人的脑海中，圣杯与圣餐是不可分离的。在珀西瓦尔传记中偶有现身的雏形，圣杯以圣体容器的形式出现，作为奇迹般的救援，出现在所有诗歌中的庄严时刻。

该虚构是否与佩雷杜尔威尔士传说中的简单描述有所不同？还是我们更应该欣赏叙事诗人基于布列塔尼传说的改编版本？与德拉·维尔马克先生一样，我们相信该寓言出于威尔士人。8 世纪，一位布列塔尼隐士想象约瑟携带着最后的晚餐的圣杯，之后，他就写下了名为“格拉达尔”的历史。整个凯尔特神话充满了魔力锅的神奇，9 位仙女不断地将风儿吹送到锅下，神奇的花瓶激发诗人的才智，赐予其智慧，使其预知未来，揭露世间的秘密。一天，受神保佑的布朗在爱尔兰的湖畔打猎，他看到一个黑人背着一口黑色的大锅，身后跟着一个女巫和一个侏儒。这口大锅是拥有超能力的巨人家族的施法工具。它能治愈所有疾病，让人死而复生，但没有恢复他们演说能力的功能（暗指游吟诗人的萌芽）。同样，在寻求圣杯的过程中，珀西瓦尔一直小心翼翼。因此，圣杯于我们来说，其原始意义正如一群有爱心和同情心之人的口令，使塔利埃辛传说有迹可循。基督教将其宗教故事凌驾于虚构的信息之上，威尔士人自身捏造的相似转换数不胜数。佩雷杜尔的《威尔士传记》与《法国珀西瓦尔传记》发展情节不同，这是因为相比于克雷蒂安·德·特鲁瓦提供的模板，艾尔热的《红书》给读者呈现了一个更早的版本。另言之，即使在《法国珀西瓦尔传记》中，该神秘观念还未完全展开，叙事诗人似乎将其当作一个完整的叙述，而个中意义他却无法参透。珀西瓦尔在法国浪漫史和《威尔士传记》中能占有一席之地纯属家族动机，他寻求圣杯的目的是作为其叔父的护身符，这样，宗教的思想仍服从于凡俗的意图。另一方面，德国版本充满了神学主义和神学思想，围绕圣杯的，还有教堂和牧师。帕西法尔（亚瑟王传奇中寻找圣杯的英雄人物）已成为一个纯粹的教会英雄，其宗教热情和贞操使其拿到了圣杯，并登上王位[①]。最后，散文版本更为现代化，一种是世俗的，另一种是神秘的，区分了这两种骑士精神。在这些版本中，珀西瓦尔成为虔诚骑士的典型。这是最后一个版本，全能的女巫称之为人类的想象。唯一恰当的是，经历过如此多的危险之后，他成了修道院士，颐享天年。

V

我们试图定位凯尔特民族生活的确切年代，然而只有把我们置身于他们生活的时空，我们才能全面欣赏他们的天赋。于是，我们会发现被带回到了6世纪的那个时代。

不同的民族几乎都有一个预定的时刻，在这一时刻，他们由简单变得复杂，首次将民族的所有珍宝呈现于世人面前。对于凯尔特民族来说，诗歌活动源于6世纪。那时，对于他们来说，基督教还是新生事物，还没有完全扼杀民族崇拜。德鲁伊教的信徒们无论是在传教地还是在圣地，都捍卫他们的信仰。彼时还有抵抗外敌的战争，没有这些战争，一个民族很难彻底认识自我，也很难到达其精神的最高境界。6世纪是所有名垂千古的英雄们的时代，是布列塔尼教堂各具特色的圣徒们的时代，也是吟游诗人文学的伟大时代，因塔利埃辛、阿内林还有里瓦克根等吟游诗人而声名显赫。

一些人用批评的眼光看待这些半传说性名字的历史作用，不愿意接受长时期流传下来的诗歌并把它们当作真正的诗歌。对这些人来说，我们的回答是源于吟游诗学古老的反对声——如施莱格尔的反对使他成为对福里埃尔的反面解读——经过进步的、公正的批判研究，反对声完全消失了。只有一个特例，便是质疑的舆论竟然是错误。事实上，6世纪对于布列塔尼人来说是一个完美的历史世纪。我们带着对希腊、罗马古老而友好的肯定来接触这个时

① 所有的布列塔尼英雄最后都变得既英勇又虔诚。亚瑟朝廷上最著名的女性——莉内德，由于她的贞洁，成为一位圣徒和烈士。

代。直到这个时代的晚期，确实还有游吟诗人用这些名字在创作——塔利埃辛、阿内林还有里瓦克根——当时这些名字很流行。但是人们不会把这些平淡无味的修辞作品和真正的古老片段弄混，那些古老的片段带着所引用的诗人的名字，体现了个人品质，描绘了当地的状况，饱含着诗人的激情和情感。

德拉·维尔马克先生试图将最古老、最真实的要素融入其《六世纪布列塔尼吟游诗人》的作品中，它就属于这种文学。威尔士人已经意识到了我们博学的同胞已经致力于凯尔特文学研究。然而，我们承认更偏爱吟游诗人的《布列塔尼流行诗歌》。后来，德拉·维尔马克先生为凯尔特人的研究做出了巨大贡献。他展示给我们一种愉快的文学，在他的作品中，布列塔尼人民性格中温和、忠诚、顺从、胆小及保守的特点展露无遗，比其他任何人的阐述都要清晰①。

6世纪吟游诗人诗歌的主题十分简单，主要以英雄题材为主，也曾经涉及赞颂爱国主义的宏大主题。但是诗歌中完全没有温情的描写，没有描画爱情的痕迹，也不包含明确的宗教理念，只有一种模糊的、自然的神秘主义——德鲁伊教教义残存的结果——以及道德哲学，类似于在圣卡多克和圣以图德的半游吟诗人和半基督教学校所教授的。鲜有仿造这种风格的锻造形式表明这种学习方式已有悠久的历史。若存在细微差别，那么作品将是卖弄学问、矫揉造作的修辞。吟游文学长期存在于整个中世纪，但最终沦为平淡的、毫

① 然而这本有趣的诗集本不应该被毫无保留地接受，也不应对其抱着绝对的信心加以引用，这会造成不便。我们相信，当（德拉·维尔马克先生）评论这些作品片段时，他首先发现并将其展现出来，并成为他毕生的荣耀。他的批判远不能作为应对所有指责的证明。在一些历史典故中，他认为他从中发现了有独创性的而不仅仅是可靠的假设。历史是厚重而巨大的，传承给我们时却变得支离破碎，因此这样的巧合也是可能的。历史中的名人很少能成为受普通大众欢迎的人，当久远世纪的谣言通过两种渠道——流行的和历史的——传递下来时，这两种形式极少相互符合。维也尼克也过于主观地认为人们对于反复吟唱了长达几个世纪的歌谣其实还是一知半解。当一首诗歌不再能被理解时，人们总是会改变它，直到它听起来变得熟悉而有意义。在这种情况下，是否无须担心编辑以良好的诚信对文本稍加改动，以便找到他渴望的或他心目中的感觉呢？

无新意的风格和落于俗套的修辞。①

吟游诗派和基督教的对立从德拉·维尔马克先生的翻译作品的原始性与冗陈乏味中体现出来。在他们的诗歌中，可以发现借用古老诗歌灵魂的冲突对修道院的单调乏味之人的反感及悲伤和痛苦的变化。仅从布列塔尼人温和可亲和不屈不挠的性格中就能有所表现。一个持异见者之所以敢于在基督教主导的情况下，公开承认并保持自己的地位，也表现了如科伦基尔这样的游吟诗人能够在想要除掉吟游诗人的国王面前为自己辩护的行为是多么的勇敢崇高。凯尔特民族的冲突延续了相当长一段时间，因为凯尔特民族中的基督教从来不使用暴力来抗争，在最坏的情况下，也给予被击败者抒发粗暴情绪的自由。这些人对先知的信仰坚决维护，尽管如此，反基督教的梅林还是被整个欧洲所接受。吉尔达斯人和正统的布列塔尼人从未停止过对这些先知炮轰般的反对，而埃利亚斯和塞缪尔——两名只预言吉利的事情的吟游诗人则反对他们的主张。即使是在12世纪威尔士的吉拉达斯，也还能在卡利恩镇上看到先知。

对游吟诗人的包容使吟游诗派以秘密的教义和传统的语言，以及几乎完全从亚瑟王时代借用来的太阳神的神圣符号保持到中世纪的中期。新德鲁伊教是德鲁伊教的进一步细分和革新，是在基督教的基础上进行的，但它变得越来越晦涩、越来越神秘，最终完全消失。有一段罕见的语言片段属于这个教派，那就是亚瑟王和埃利伍德的对话，它传递给我们即将失传的自然主义的抗议与叹息。埃利伍德为苍鹰赋予顺从、臣服和谦卑的形象，并增添了神圣的色彩，而基督教借此打击了异教徒的骄傲。英雄崇拜在一步步地退缩，因为基督教停止下来并不是为了不断地把凯尔特民族从他们的记忆中切断：没有什么大于神。亚瑟说服自己从他的神圣地位上退下来，最终诵读《佩特》。

我不知道还有没有比用英雄崇拜的男子汉气概来反抗女性感性更奇怪的

---

① 威尔士学者斯蒂芬先生在他的《威尔士文学史》（兰多福瑞，1849）中很好地论证了系列转变。

现象，而女性的感性情感大部分融入了新的信仰中。事实上，激怒凯尔特社会古老的代表人物是太平洋精神，还有那一群人。他们穿着亚麻布衣服，诵读圣经旧约中的诗篇，语调悲伤地鼓吹着禁欲主义，却不再知道任何英雄事迹①。我们清楚爱尔兰对这个主题的运用，她习惯在作品中想象出亵渎神灵与虔敬生活的代表间的对话，即奥西恩和圣帕特里克的对话②。奥西恩对逝去的冒险、追逐、吹嘘和旧时代的国王感到遗憾。“如果他们还在的话，”他对帕特里克说道，“你就不可能让一群唱赞美诗歌的人充斥这个国家。”帕特里克想要用温和的语言使他平静下来，有时甚至屈尊降贵，只为了听听他所讲的悠久的历史，而这些历史看似能引起圣人的兴趣，但只是在很小的程度上。“你已经听了我的故事，”这位老吟游诗人总结道，“即使我的记忆减退，身体日渐衰微，但我仍然渴望继续颂扬往昔的事迹，并生活在古老的荣耀里。现在，饱受着年老的折磨，我的生命在我的身体里冻结，我所有的快乐稍纵即逝。我的手再也不能握剑，胳膊也不能将长矛举在空中。站在牧师中间，我的生命的最后时刻正催我离开，诗篇代替了胜利的歌唱。”“让我的诗歌安息吧，”帕特里克说道，“没有人敢将你的爱尔兰巨人比作万王之王，他们所知道的是没有界限的：你要在他面前屈膝，并且承认他为你的主。”屈服确实是必要的，传奇故事告诉我们，正是在那些曾被他粗鲁地称呼的修士之间，在他所没听到过的圣诗中，这位老诗人在修道院里结束了他的生命。奥西恩作为一名爱尔兰人实在是太好了，以至于没有一个人能铁下心来咒骂他，梅林自己也不得不抛弃新的法术。据说，梅林在圣科伦巴的劝说下皈依了基督教，温馨而极具感染力的民谣在他的耳边不断地回响：“梅林，梅林，皈依吧，只有上帝才能拯救你!”

---

① 对基督教的反感原因在于从福音传播一开始便遇到的阿莫里克人对矮人和克里刚人的反抗。对于布列塔尼的农民来说，克里刚人实际上是不会接受基督教的高贵公主，而使徒偏偏在这个时候来到布列塔尼。他们讨厌神职人员及教堂，那里的钟声只会让他们想逃之夭夭。圣女玛利亚是他们的大敌，她是把他们赶出永生之泉的人。在星期六，这个敬拜玛利亚的日子，被看见梳头或计算财宝者肯定会灭亡（威尔马克《流行之歌》，引言）。

② 摘自布鲁克女士的《爱尔兰诗歌遗风》，都柏林，1789 年版，第 37 页，第 75 页。

Ⅵ

如果我们不研究凯尔特人基督教发展过程中那些有关其古史及圣徒的独特方面，那么我们就无法全面了解凯尔特人。抛开事物新秩序的构建，削弱基督教对社会的影响这种暂时的排斥，基督徒不得不在社会的各个阶层克服该困难。确切地说，凯尔特人彬彬有礼的举止风度和细腻的情感，再加上他们曾经强大的宗教组织，使其注定要发展成基督教。实际上，基督教提倡人性中的谦逊，其门徒们均具备该特性。没有一个民族对渺小的人类能有如此深刻的理解，也没有一个民族能让渺小而单纯的人类如此接近上帝。新宗教如此轻易地拥有信徒真的很了不起。布列塔尼和爱尔兰几乎没有殉道者，只有那么两三个人，这些殉道者都是为了缅怀那些在盎格鲁-撒克逊人和丹麦人入侵中被屠杀的同胞们。这也是凯尔特人和日耳曼人最显著的区别。日耳曼人慢慢地接受基督教义，不是在不知不觉中接受的，而是或是通过阴谋诡计，或是通过暴力压制、满是血腥的阻力和可怕的痛苦。在很多方面，日耳曼人本性上很反感基督教。时至今日，纯粹的日耳曼人后悔违背他们的祖先而接受了新的信仰。

凯尔特人则不然，这个温和而渺小的民族生来就信仰基督教。基督教远不只改变他们或是消除他们的个性，而是对他们进行了塑造，使其更完美。从基督教的神话方面来说，比如克里斯汀·撒加、卢修斯和圣帕特里克的神话传说，我们能发现什么不同之处吗？爱尔兰第一批传教士是海盗，他们通过做弥撒，或是残杀敌人，或是回到以前海盗的职业，在偶然的机会下改变了信仰，他们没有虔诚的信仰，一切都是源自私利。

爱尔兰和布列塔尼的优雅是针对女性而言，但据我所知，这里所说的优雅并非类似纯洁和甜美的个人魅力。日耳曼人的反抗从来没有停止过，他们从来没有忘记被迫的洗礼，还有尚武的加洛林王朝传教士，直到日耳曼人复仇的那天，卢瑟经过 7 个世纪才给予威地坎得一个答复。从另一方面来看，在第三世纪，凯尔特人就完善了基督教。长久以来，日耳曼人的基督教毫无意义，它只是一种不受任何影响的罗马制度。他们来教堂只是想破坏它，成为国家的神职人员困难重重。而恰恰相反，凯尔特人的基督教却不是源于罗马，他们有自己的神职人员，有自己特殊的用处，拥有自己的信仰。事实上，毫无疑问，在罗马教皇时代，基督教传播到布列塔尼，一些历史学家也确信布列塔尼的基督教始于犹太教或是圣约翰学校的门徒。基督教紧接着又吸纳了希腊和罗马文明。在这里，他们发现了与其教义极其吻合的处女地，自然，他们也做好了接纳的准备。

基督教自由的形式赐予基督徒一种理想，和 6 世纪、7 世纪、8 世纪的凯尔特教堂一样纯净。与那些著名的修道院，诸如亨利、伊奥那、班戈、纳德、琳第斯法纳相比，人们更加信仰上帝。基督教发展的显著成就之一是伯拉纠派主义的兴起，毫无疑问，其对于教堂的通常工作和实际使命的作用也是很显著的。真善美之道德、简单性、丰富的创造力是如此令人钦佩，它们将布列塔尼的神话和爱尔兰的圣人区分开来。没有一个种族能够接受这么富有独创性的基督教，却服从于大众的信仰，坚定地保持本国的特色。就像其他所有宗教一样，布列塔尼人崇尚孤独，不愿意与其他人亲近。布列塔尼人品德高尚，拥有信仰和宗教真正的条例规则，而且他们从罗马教皇和最初的说教中接受了基督教，他们不认为与基督教联系后的社会没有他们之前的高尚。蒂埃里认为，布列塔尼人长时期努力抵制罗马人的宗教主张很让人钦佩①。科伦巴和爱奥那修道士不屈不挠地抵抗整个教会，捍卫他们的条例和制度及凯尔特人在天主教中的错误的位置。当这些强大的力量变得越来越具有侵略性的时候，四面八方的凯尔特人聚集起来，迫使他们关注天主教。由于凯尔特人没有信奉天主教的历史，他们认为自己不属于这个大家庭，永远也不可能在大主教区职位中有一席之地，所有有利于道尔和圣戴维斯教堂的努力和无罪的谎言在它们过去巨大的分歧中破碎了，他们的主教不得不成为图尔和坎

① 在这场征服史中，瓦兰先生和其他学者对蒂埃里先生的叙述提出的异议也只影响到一些次要的细节，在杰出的历史学家死后，这些细节在所出版的版本中得以改正。

特伯雷的副主教。

如今，凯尔特基督教的强大独创性仍旧引人注目。法国的布列塔尼人虽然知道大陆上经历的天主教革命的结果，但是他们至今还是独立保留宗教文化的民族之一。人们不接受新的祈祷，忠于以前的信仰和圣人，宗教的赞美诗对他们而言有种无法言喻的和谐。同样，爱尔兰人在很边远的地区也保持着与其他地方不一样的独特的信仰方式，其他信仰基督教的国家完全不能与之相比。然而现代天主教起着完全相反的作用，很大地冲击着国家惯例，牧师认为他们有责任寻找自身优势，保持当地过去的风俗习惯来对抗新教。

这些基督教会不同于西方其他的宗教，西方的宗教有时会有奇怪的信仰，他们的圣徒的传奇故事带有不同国家的明显特点，基督教会让人们关注爱尔兰、威尔士和布列塔尼人基督教会的文物。没有一种圣徒文学能比凯尔特人圣徒文学更保持如此完整的本真。直到 12 世纪，凯尔特人才把异教载入殉道录中。也没有一种圣徒文学能够包含如此之多的自然主义元素。凯尔特异教很少极力抵制新教，教会也没有严格限制人们追寻神话的足迹。在雷斯精心完成的作品《威尔士圣徒》和约翰·威廉斯的作品中，记载了《威尔士教会文物》中所提到的历史悠久的圣阿萨弗教区，这些足以让人们了解到凯尔特教会在被罗马教会同化之前的历史底蕴和精髓。这些也可能会被记载在由董劳比诺（布列塔尼的一位历史学家）撰写的《布列塔尼圣徒》的著名作品中，也可能在当今由泰沃神父再次出版。它虽然没有受到圣本笃修会的强烈批判，但是比没有受到一点批判的情况更糟糕。因为该作品出于理智和对宗教尊敬，剔除或改变了当地的传奇神话，这些会让作品更受关注和喜欢。

爱尔兰首先呈现出独特的最原始的宗教面貌，能够展现爱尔兰的全部历史。在 6 世纪至 8 世纪，爱尔兰圣徒军团遍布大陆，12 世纪时从他们的岛屿来到大陆，他们的思想根深蒂固，忠于他们自己的惯例，性情敏感而现实，而且目睹着苏格兰人（这是当时对爱尔兰人的称呼）履行着应尽的责任，这些如同整个西方语法书和文学的指导书。我们相信爱尔兰在中世纪的前期有一场非凡的宗教运动。爱钻研的文献学家、大胆的哲学家和爱尔兰的修道士都在不知疲倦地抄袭，部分原因是写书成为一种神圣的任务。科伦巴被秘密警告说其最后时刻即将到来，完成诗篇的最后一页，他在结尾写到要把经书的续集传给其继承者，最后到教堂赴死。修道士的一生都在服从。爱尔兰人就像孩子一样容易受骗、胆小、懒惰、容易屈服和顺从，能够完全放弃自我，把自己交到修道院长的手里，我们能在爱尔兰教会历史、传奇的遗物中发现这些。现在人们很容易了解，在这块土地上，牧师在礼拜日离开祭坛前，不会传出任何丑闻而且可以让人们听到他要去就餐的指令，宣布他打算去哪户农家就餐和打算在哪儿听信奉者的忏悔。在仅仅依靠精神和意识的人们面前，教会认为没有必要必须严格处理反复无常的宗教幻想。人类的一般本能就是崇尚自由，而这种自由很有可能产生最虚幻的邪教，类似于在基督教历史中出现神秘的古物，一个异教团体散布在某些地方，而且专门从事一些神圣的活动。

圣布兰丹的传奇故事是凯尔特自然主义与基督招魂术在毫无冲突的结合下的神奇产物。爱尔兰的修道士们喜欢越过苏格兰和爱尔兰的群岛划着船向远方朝圣，因此到处布满了修道院①。加之，曾经远行到极地海域的美好回忆让修道士们不断进行好奇之旅，归来后对各地记忆深刻。从普林尼的时代我们便可知晓，布列塔尼人喜欢在公海上冒险航行，找寻不知名的小岛。乐特农先生已经证实，在公元795年爱尔兰僧侣已经登陆冰岛并在海岸附近居住，这比丹麦人早了65年。在冰岛上，丹麦人发现了爱尔兰人遗留下来的书籍和铃铛，当地的一些名字也留有爱尔兰僧侣逗留过的痕迹，他们被称为“开拓者”。在法罗群岛、奥克尼群岛、德兰群岛以及北海海域，北欧人发现被称作“开拓者”的修道士们先他们一步到达了北欧，这些修道士们的行为习惯与北欧人相比很怪异②。他们是否认真观赏过这个神奇的岛屿？对这个岛屿的模糊记忆正驱使着好奇的人们探险，科伦巴也跟随着爱尔兰人寻求梦想所遗留下的痕迹，最终找到了该岛屿。据说曾经有一个岛屿位于爱尔兰的西部，中间

① 爱尔兰圣徒的航行遍布西方海域。布列塔尼相当多的圣徒如圣徒特尼楠、圣徒勒南等来自爱尔兰。有关圣徒马罗、圣徒大卫和圣徒波尔来昂这些布列塔尼的神话中都不约而同有这样的内容，每个神话中都有类似驶向西方岛屿的航海故事。

② 关于这一点，地理学家洪堡在其《新大陆地理史》的第二卷中有所提及。

有河流穿过。爱尔兰人满怀信心地想要找到它，这就是中世纪航海家的信仰。

有一个故事：在6世纪中叶，一位名叫巴洛图的僧侣在海上航行的归途中想要在科隆法特修道院借宿。修道院院长布兰丹恳求他给众教友讲述“上帝奇迹之公海奇遇记”。巴洛图告诉他们，有一个岛屿被雾气环绕，他将自己的门徒梅诺克留在了那个岛屿上，这便是上帝留给圣徒的“应许之地”。布兰丹和17位僧侣想要找到这个神秘的岛屿，于是他们便划着皮艇出发了，只带了一箱黄油来润滑皮艇的连接处。整整7年，他们住在船上不停歇地搜寻着，中途只停下来在塞康利斯庆祝圣诞节和复活节。这个修道院的奥德赛，每一步艰难跋涉都是一个奇迹，每一个岛屿上都出现了修道院，宇宙间的奇幻与人生的丰富多样结合了起来。这里是“绵羊之岛”，这里的生物按照自己的法则进行管理。另一个地方叫作“鸟的天堂”，鸟儿们学会了修道士们的那一套，在祷告时间祷告并唱赞歌。布兰丹和其他修道士同鸟儿一起做弥撒，一共待了50天，鸟儿整日沉浸在歌颂这些僧众的快乐氛围之中。还有一个“欢乐岛”，是航海中的理想生活之地。这些物质的东西不再是生活的主要部分，四处灯光闪耀，照亮了黑夜，灯光从未熄灭，因为它们与圣光同在。岛屿四处弥漫着与世隔绝的宁静之感，每个人都知晓自己生命的终结之时。人们既不冷也不热，没有悲伤，身体和灵魂不会生病。从圣帕特里克主宰该岛之后，一切变为永恒。“应许之地”更为僻静，那里没有黑夜，所有的植物都开花，所有的树都结果。曾经一些高官独自来过此岛，他们回去时香气一路伴随，40日过去了，仍未散尽。

这些梦中出现的极地之旅的感觉是如此惊人地清晰，如同真实发生一样——那透明的海水，冰山和冰遨岛在太阳的照射下渐渐消融，冰岛的火山喷发，鲸鱼们在海中遨游，挪威峡湾奇异的景色，突然出现的迷雾，像牛奶一样平静的海水，草一直长到海浪尽头的绿色小岛。这种幻境为另一类人所创造，这种奇怪的地形在虚幻中闪闪发光，讲述着真理，使得布兰丹的诗成为人类的杰作，也许正是凯尔特人理想的完整表现。一切都是那么友爱、纯洁、无邪。世上从未有过如此慈爱温柔的目光，没有残忍、虚弱和忏悔，这就像是一个透过纯洁无瑕的水晶看到的世界，是体现人的天性的世界，就如伯拉纠一直期待的没有罪恶的世界。这个世界的生物都很温顺。罪恶以游走于深渊的猛兽或是被困在火山岛的独眼巨人的形象出现，但是上帝让它们相互毁灭，不允许它们伤及无辜。

刚才我们已经看到，在修道士的传说中，爱尔兰人是如何通过想象构建出有形的海洋神话集的。《圣帕特里克的炼狱》变成了其他神话系列的内容框架，可见，凯尔特人的观念中也涉及了其他生命及其所处的不同环境①。或许凯尔特人内心最深处的本能就是他们有着强烈的欲望去穿透未知世界。他们面朝大海时，想要知道大海里有什么，他们梦想着那里会是一方乐土；探索墓穴之外的一切未知时，他们又期待着这会是一次征程，就像但丁笔下描绘的那样。神话告诉我们，当爱尔兰人接受圣帕特里克对天堂和地狱的传道时，他们对天堂和地狱之地的真实性更加确定。如果他派一个人出去，就要带回一些信息。圣帕特里克同意这样一个观点：挖一个坑，就意味着一名爱尔兰人的地狱之旅已经开启。紧接着，就有其他人想紧随其后尝试这场修行。在附近寺院的住持同意之后，他们通过了地狱之门，在经历地狱的磨炼后，告诉人们他们所看到的每件事情。但是有些事情再也没有出现过，比如，那些再也不笑的人，因为他们再也无法获得快乐。骑士欧文于1153年进入了地狱之门，并且叙述了这次极为成功的旅程。

其他传说中提到，当圣帕特里克驾着他的飞行坐骑飞出了爱尔兰时，被庞大的黑鸟军团困了40天。爱尔兰人坚守自己的位置，在遭受同样的袭击之后，他们都能从炼狱中得以解脱。据吉拉杜所述，故事发生在一个小岛上，在这里，迷信可以分为两个部分：一部分属于传道士，另一部分则由邪灵所拥有，他们以自己的方式庆祝宗教仪式，引发了地狱的巨大骚动。有些人想为自己赎罪，主动靠近那些愤怒的神灵。他们在9条阴沟中浸泡了一整晚，受到千种不同的酷刑折磨，想要减轻痛苦的话就必须得到主教的许可。主教的职责就是劝诫忏悔者远离这种冒险，同时告诫他们有多少人进去之后就再

---

① 见托马斯·莱特的著名论文《圣帕特里克的炼狱》（伦敦，1844），以及卡尔德龙的《圣帕特里克之井》。

也没有出来。如果信徒仍然坚持，他将郑重地带领他们行至地狱之门。信徒仅仅借助一根绳子就降到了地狱，以一块面包和一瓶水补充能量，开始了与恶魔的战斗。第二天早上，教堂司事把绳索再次提供给那个信徒，如果他幸运地爬上来了，那么司事会将他带回教堂，并让他背起十字架诵读诗篇；如果他没有上来，那么教堂司事会关上门离开。在离现在比较近的时期，朝圣者们要在神圣的小岛度过 9 天。他们将树干挖空，造出一条船，每天只能喝一次湖水，排队和驻扎也都在他们的床上或居室中进行。在第 9 天，他们才真正进入了地狱之门。他们会得到布道，对即将到来的危险获得警示，也会被告知一些可怕的例子。那时候，他们原谅了自己的敌人，并彼此告别，好像是在经历着最后的痛苦。根据当时的记载，地狱之门是一种低而窄小的窑，9 个罪人同时进去，他们互相挤来挤去，要在这里度过一天一夜。在人们的想象中，下面是一个深渊，吞噬着那些不值得，以及不被信任的事物。从深渊中上来后，他们就会去湖中沐浴，这样就完成了一次试炼。在当时记录中的目击者来看，直到今天，试炼的形式仍然和这种方式十分相像。

圣帕特里克的炼狱在整个中世纪享有盛名。传教士向公众呼吁此事，驳斥那些对炼狱一说存有疑虑的人。1358 年爱德华三世授予匈牙利人专利特许证书，以此证明他曾经亲身经历过炼狱，那些贵族出身的匈牙利人曾特意来参观圣井。那些超越死亡的游记成为一种非常流行的文学形式。对我们而言，重要的是将这些完整的神话铭记于心，而对真正的凯尔特人而言，其表现出的性格特点才是应当注意的。显然，我们正在处理一个谜或者是基督教前身的一个宗教，这或许是以该国的地貌为基础的。关于炼狱的理念，从其最终形式和具体表现来看，布列塔尼人和爱尔兰人对其的理解最为贴切。比得是第一个以描写方式说出它的人，而学者怀特先生客观地认为，几乎所有关于炼狱的叙述都来自爱尔兰人，或是曾在爱尔兰生活过的盎格鲁-撒克逊人，如弗内圣人、特德拉、诺森伯兰朱爱德和欧文骑士。只有爱尔兰人能够发现炼狱的奇迹，这同样是件很了不起的事情。一名来自荷兰哈姆斯泰德镇的教士于 1494 年进入地狱之门，却什么都没有看见。显然，中世纪的人们接受的关于拥有另外一个世界修行的观念和地狱区别的人正是凯尔特人。在（中世纪威尔士和爱尔兰的三句一组的）短格言[①]中再次体现了“任何存在都具有三种形式”这一观点，从单方面来看，它不允许任何基督教徒对其进行篡改。

人死后的灵魂之旅也是古老的阿莫里凯诗中最喜欢表现的主题之一。在凯尔特民族的个性中，使罗马人印象最为深刻的是他们对于未来生活的理念、自杀倾向、债务以及与其他世界签订的契约。只要在看得见的地方，他们都尽量做到精确。越来越多的南部小族以敬畏之心看着这个神秘的种族，确信他们能够破解未来和死亡之谜。所有的古老之物都体现了岛屿的传统文化。岛屿坐落于布列塔尼半岛，叫影岛，其中，邻近海岸的居民又对灵魂之说做出了贡献。晚上，他们会听到亡灵在他们的小屋里窜来窜去，还敲他们的门，然后，他们会站起来。他们的手工艺品中充满了无形的力量。在他们返回时，亡灵的声音就会变得越来越轻。其中一些古物的功能被普鲁塔克、克劳迪安、普罗科匹厄斯[②]重新构建了。坦迪斯[③]倾向于相信在公元 1 世纪、2 世纪中爱尔兰神话以这些古物而享有盛名。例如在整个圣马洛的传说中，满是普鲁塔克，以及与此相关的涉及克隆尼亚海，也包括类似的寓言。普罗科匹厄斯描绘了神圣岛屿不列颠，它被海分成两边，一边极尽欢愉，而另一边却将自己出卖给邪灵，看起来像是普罗科匹厄斯曾经阅读过的关于“圣帕特里克的炼狱”的描述一般，而此番描述却是吉拉度在 7 个世纪之后才做出的。在诸如梅塞尔、奥扎拉姆、拉比特和赖特等学者对此做出一定研究之后，起码在当时我们能够确切地说，欧洲将这些诗意的出现归功于凯尔特人，也因此丰富了神曲的框架。

我们可以理解这种令人无法征服的寓言吸引力使得那些自恃为严肃的民族对凯尔特人产生了多么大的怀疑。这的确是一件非常奇怪的事情，整个中世纪时期，凯尔特人的想象对人们产生了巨大的影响力，与此同时，从布列塔尼和爱尔兰借鉴了至少一半的诗歌主题，这些诗歌主题为了挽救他们自身

---

① 一系列格言，以三句一组的形式出现，利用改写形式介绍了吟游诗人的古代教学。据古人留下的证据，传统智慧在德鲁伊学院通过背诵诗歌的形式得以流传。

② 第 5 世纪和第 6 世纪拜占庭的一位历史学家。

③ 12 世纪希腊诗人和文法学家。

的荣誉，而不得不去轻视和讥讽那些对诗歌有贡献的人。例如，毕生都以探索布列塔尼浪漫史为目标的克雷蒂安·德·特鲁瓦写出了这样的句子：

“威尔士人的天性，

比动物吃草更要傻。”

一些英文编年史作者，我知道他们不算什么名人，但是他们却在想象自己正在编撰一部非常吸引人的大戏，当他们在描绘那些美丽的作品时，整个世界好像都为此而生，就像“布列塔尼那些残暴的人以孩子的天真无知取悦自己”一样。博兰德会成员[①]发现远离这些收集十分不易，那些令人钦佩的宗教传说由于是过度杜撰出来的，因此教堂中没有任何东西可以与其相比。凯尔特人决定向理想、悲伤、忠诚、信仰靠拢，因此，周边的人也将凯尔特人认定是沉闷、愚蠢、迷信的人。他们无法理解凯尔特人的微妙的情感以及文雅的举止。在众多虚假的本性面前，他们误认为人们经历真诚与开放的尴尬是笨拙的。14 世纪之后，将法国人的轻浮和布列塔尼人的固执放在一起比较便可知，大多数可悲的冲突的根源在于布列塔尼人曾经的执迷不悟。

但糟糕的是，当国家自诩实际判断力超强的年代，却发现人们面对自身的不幸时，鲜有这种天赋。可怜的爱尔兰，尽管有着古老的神话文明，有圣帕特里克的炼狱，有圣布兰登的梦幻游记，却注定无法找到英国清教徒眼中的那种优雅之态。我们应该注意到英国批评者对于这些寓言故事的蔑视，以及对于那些轻率对待异教信仰教堂的巨大遗憾。确实，我们有一种可贵的热情，它来自于我们善良的本性；然而，尽管飞扬的想象一点儿也比不上可以提供援助的苦难，苦难据说是无法治愈的，可毕竟也是有点作用的。谁敢说，地球的某个地方就是理性与梦想的界点，有什么东西才是更加值得的。人类本能的想象力，还是那些狭隘的正统说法，在说一些天赐之事时，还假装仍

---

① 发行了《圣人们的生活》系列图书的一群耶稣会士。该书前五卷由约翰·博兰编辑。

持有理性。对我来说，只有上帝疯了才可能相信那些毫无价值的、粗俗的、色彩黯淡的神学，他本该在将有形世界描述得极其美好之后，将无形世界描绘得真实合理。因此，比起神学，我偏爱直白的神话故事，它们充满着各种奇特的行为。

在一个曾涉足过文明进步，什么都算不上甚至都没有自己的名字的国家面前，除了欧洲国家的现代人之外，没有人将会天真地希望未来的凯尔特人能够成功地获得独有的表达权。然而，我们还远不能说，我们相信这个民族已经道尽话语。在我们虔诚而又世俗地编写群侠传时，当我们与佩雷杜尔一起追寻旷古圣杯和窈窕淑女，与圣布兰登一同梦想神秘的普勒阿得斯时，如果非要单枪匹马地进入这个世界，使丰富而深刻的人性屈从于现代思想所存在的环境中时，又有谁知道它会创造出何种智慧的领域呢？在我看来，有可能会由这种组合产生以下产物：高创意、微妙而谨慎的处世之道，强大与软弱以及粗鲁的简单性与柔和性的奇异结合。有些种族的人像凯尔特人一样曾有过如此完整的充满诗意的童年。神话、抒情诗、史诗、浪漫主义以及宗教热情，没有任何一种形式能够打败他们。但为何印象派诗歌能够打败他们？德国人始于科学与批判，最终走向诗歌。为什么凯尔特人不能始于诗歌而终于批判呢？应该说，这两段并没有如此大的鸿沟，充满诗意的种族也是具有哲学思想的种族，但对于基本哲学来说，这仅仅是诗歌的一种形式而已。当一个人思考德国人是如何在不到一个世纪前就已将自己的才华流露出来，众多其貌不扬的国民是如何突然之间在我们自己的时代又重新崛起，比以往更加本能地接近生活时，我们感觉到，在国民意志间接性清醒方面制定法律是十分轻率的。现代文明似乎正在吸收着这一切，好像只能说是共有的成果。

戈特霍尔德·埃夫莱姆·莱辛

主编的话

莱辛的一生在其作品《明娜·冯·巴恩赫姆》的引言中有所描述。

莱辛的《论人类的教育》的发表标志着激烈的神学争论高潮的到来，1774—1778年，该作品的发表伴随着对德国自然神论者莱玛鲁斯关于自然宗教的一系列评论。这一行动引起莱辛对以高兹为首的正统的德国新教徒的愤怒，并促使他在接下来的斗争中为德国宗教思想的自由化做出了很大的努力。该作品是作者对于宗教基本问题的观点的浓缩，表明了他对之前的人类宗教历史意义的看法及对未来的信仰和希望。

正如一开始所言，莱辛是该作品的唯一编辑，这一点毋庸置疑。该作品运用令人钦佩而富有特色的方式，表达出严肃而崇高的精神。莱辛正是在这种精神的鼓舞下处理了一些通常因争论而恶化的问题。

论人类的教育

1

教育是面向个人的，然而教育所带来的启示是面向一个民族的。

2

教育是对个人的一种启示，而启示本身也是教育，它已经走向人类，并且将一直向人类靠近。

3

在此，我不追问从教学科学的角度，教育是否具有优势；但是在神学方面，如果启示被当作人类的教育家，毫无疑问它具有很大的优势，并且可能会消除许多困难。

4

教育没有给人类带来什么，但教育有可能使人类能够更快、更容易地发展自己。同样，启示无法给人类带来什么，就连留给自己的理性也可能无法获得，只有它已经给予并一直给予，这些最重要的东西才能更早实现。

5

正如文中所述，并不是说一个人以什么样的顺序发展他的能力不重要，因为教育不能一次授予，不能一次性教给人们一切。所以上帝也需要维持一定的顺序以及启示录的衡量方法。

6

即使唯一的上帝创造第一个人时就即刻赋予他“一神论”的观念，但要想长久而清晰地持有这种通过授予而不是思考所获得的观念是不可能的。人类一旦开始理性地对其进行阐述，他就打破了这个不可衡量的整体，使其分解成许多可以衡量的部分，并给每一部分以注释或符号标记。

7

因此，多神论和偶像崇拜自然而然地出现了。谁又能说人类的理性还会被这些错误困惑几百万年？即使在任何时候任何地方，有人意识到这些错误，但如果没有得到上帝的指点，又如何能获得一个更好的发展方向呢？

8

但是，当上帝既不能又不愿意向所有人更多地展示自己时，他选择了一个民族来对其进行特殊的教育，从一开始就这样，确实是最无礼、最难以控制的事情。

9

这就是希伯来民族，我们根本不知道他们在埃及到底崇拜谁。如此受鄙视的奴隶种族是不允许参加埃及人的礼拜仪式的，所以他们对祖先的神完全陌生。

10

可能是埃及人明确禁止希伯来人信仰上帝或其他的神灵，又或许是埃及人强加给希伯来人这样的观念，即他们是下贱的种族，不配拥有上帝和其他的神灵，以至于拥有上帝和其他神灵仅是上等的埃及人之特权，这样埃及人就拥有了对希伯来人施行暴政的权利，同时似乎更加能体现公正。不知道如今的基督教徒对他们的奴隶是否好得多？

11

对于这群粗鲁的埃及人，上帝最先使自己宣布他是“他们列祖的神”，这是为了使他们相信并熟悉上帝也属于他们这一观念，并使他们一开始就对上帝具有信心。

12

在上帝的指导下，摩西奇迹般地带领希伯来人走出埃及，在迦南开始新生活，至此，上帝向希伯来人证实了他的力量超过其他任何神，他才是全能的神。

13

上帝在行进过程中证明他是最强大的，只有他这个神才如此强大，他逐渐让希伯来人明白，他是唯一的救世主。

14

但是，上帝是唯一救世主的观念到底能维持多久，在真正的救世主的先验概念之下，理智的人类学会了推理，虽然有些迟，但确实知道了一个无限自由人的概念。

15

尽管最优秀的希伯来人已经或多或少地了解到唯一的救世主这一真实，但是不可能所有的希伯来人永久崇拜唯一的救世主。这也是为什么他们常常抛弃他们唯一的上帝而又期待找到新的救世主。正如他们所言，他们认为最强大的上帝或其他强大的神不属于他们这个民族。

16

但是，对于这样一个不成熟、不能抽象思维的民族而言，什么样的道德教育适合他们？奖惩教育是适用于儿童阶段而不适用于其他阶段的一种教育方式，这种教育注重人的感官能感受到的一切。

17

教育与启示录在此相遇。上帝至今仍给予他的子民一种信仰，即凡事要服从而没有其他的宗教或法律。顺应服从这种信仰，他们就会期望过得幸福；不遵从顺应它，他们就会恐惧，就会过得不幸福。因为他们的问候超不出地球。他们知道没有不朽的灵魂，他们渴望不再有生命降临。但是向理智尚未健全的人类反映这些事情，教导者总是敦促他的学生快速成长进步，并吹嘘其进步，而不是全身心地为学生打基础，如若教导者犯下同样的错误，又会怎么样呢？

18

那么，有人会问，这种教育对一个如此粗鲁的民族有何目的，难道上帝要从头教育这个民族吗？我的回答是，其目的是雇佣这个国家特定的人员作为其他人的老师。他正把他们培养成为人类未来的老师。正是犹太人成了他们的老师，也只能是犹太人才能培养成为他们的老师。

19

为了孩子继续进步，当他经过打骂和爱抚而步入懂事阶段时，圣父会马上送他去外国，在那里，他能马上辨别出在圣父家已有的潜在美德。

20

当上帝指引他挑选的子民经历各个阶段的孩童教育时，地球上其他的民族已经借助理性之光前行。大多数民族的人一直远远落后于上帝的选民，真正超过那些选民的人很少。而这种状况的出现也与允许孩子们顺其自然地成长相关：很多人仍然相当幼稚，而其中一些人的自我教育却甚至达到了一个惊人的程度。

21

但这些少数幸运儿证明：什么也不能反对教育的用处和必要性。一些在选定子民之前就开始了解神学知识的异教徒国家也证明没有与启示录相悖。孩童教育虽起步缓慢但发展稳定，在超越许多快乐而有组织的上帝宠儿方面虽晚，但确实超越了它，并从此以后不再被其远远地甩在后面。

22

同样，在《旧约》这类书里，抛开神的统一性这样的教义，在某种程度上既存在又不存在，至少灵魂不灭的信条在这类书里不是找不到的。在未来生活中，所有与奖惩有关的教义都证明与这些书中的神的起源学说有些相悖。尽管没有这些学说教义，关于奇迹和预言的叙述可能完全是真实的。假设其中不仅缺乏教义学说，而且它们根本就不存在，假设对人类而言此生一切都已结束，难道上帝的存在会因此而难以证明吗?

难道上帝会因此而减少自由吗?难道他会减少对任何一个民族的命运的直接控制吗?他为犹太人施行神迹以及通过犹太人记录下的那些预言，肯定不是为了少数普通的犹太人。他们那时发生的事被记录下来：他对整个犹太民族及整个人类都有计划，也许，这注定要永远留在地球上，虽然每一个犹太人和每一个个体都会永恒长逝。

23

《旧约》中教义缺失再一次证明了不反对他们的神性。尽管摩西法律的颁布仅限于今生现世，但他仍由神所差遣。为什么不进一步扩展呢?那时他被派往以色列，其使命是完全适应当时以色列人的各类知识、能力、向往以及那些未来目标。这已足矣。

24

到目前为止，瓦波顿应该已经走了，并没有进一步的消息，但是，有学问的人总是把弦绷得很紧。没有这些教义也不足以诋毁摩西的神圣使命，对他而言，教义是神圣使命的证明，他只在这样的民族适应法律的过程中寻求这样的证据!

但是，他进入了一个神奇的假设体系，从摩西到基督从未中断，一直在持续。上帝根据每个犹太人遵从应有的法律的情况决定他们快乐与否。他认为神奇的体系已经补偿了教义的需求（永恒的奖惩），没有它，任何国家将不复存在；这种补偿甚至证明初看之下的要求似乎是消极的。

25

瓦波顿能够证明这种奇迹，或者使奇迹持续下去并成为可能，这该是多么好的一件事，同时还承认以色列神权政治的存在！因为他能做到，事实上，他那时遇到的困难真的无法克服，至少对我来说是这样的。那是为了证明摩西使命的神圣性，这会使事情本身值得怀疑，上帝事实上不打算揭露；但另一方面，他肯定不会提出难以达到的目标。

26

我通过一张启示录的照片诠释我自己。孩子们的初级读物可能会忽略各种重要的知识或艺术，它阐述了要尊重教师的评价，它为孩子编写的作品并不适合孩子能力的培养。但它绝对不能包含阻挡通往知识之路的内容，让人无法取得进步，或误导孩子们。而到目前为止，所有的办法必须对它小心地敞开，并带领他们远离其中的一种方法，或使他们比他们所需要的晚一些开始使用，仅这些就足以使这种读物的不完美成为真正的缺陷。

27

同样，在有关《旧约》的初级读物中，那些描写粗鲁的以色列人、纯真的思想、灵魂不朽的信条以及来世报答等内容很可能被忽视，但他们一定不会耽搁人的进步，因为他们用自己的方式为人们写下伟大的真理。顺便说一件小事，在生活中，有什么能比这样一个神奇回报的承诺更能耽搁人们的发展呢？他的承诺其实没有承诺任何东西，也没有履行承诺。

28

尽管今生美德分配并不均衡，美德与恶习似乎常欠考虑，而且这种不平均分配并不完全提供有力的证明来说明灵魂的不朽和生命的延续，但这一困难将在今后仍然存在。倘若没有这一困难，人们的理解将在很长一段时间，也许是永远，都不会获得更出色或更坚实的证明，这一点我们可以肯定。那么，有何动机促使人们寻求更好的证明呢？难道仅仅是好奇心吗？

29

毫无疑问，对每个以色列人，或者身居世界何处来说，这些承诺和胁迫都属于其本身并成为一个整体。人们坚定地相信虔诚的人一定会快乐，不快乐的人一定因为其过错而遭受惩罚，而只要他们摒弃自己的罪过，惩罚将立即变为祝福。这样的人似乎在对约伯的描写中得以体现，他的计划完全存在于其精神中。

30

但不能用日常经验去证实这种观念的有效性，否则，这种观念将与有这样经历的人们一起彻底永远地逝去。只要所有的认可和感受关注的是事实，即使不熟悉也无妨。如果虔诚是绝对的快乐，也一定是幸福的必要组成部分。一想到死亡，其满足感就会被击破，他应该年老死去，带着对生活的无限满足。他如何渴求重生？他若是不渴求，如何反省？但如果虔诚并不反省，谁应该反省？罪人吗？罪人因其恶行而受到惩罚，若他诅咒生活，他会很乐意放弃一切吗？

31

如果一个以色列人因为无法律依据而直接明确地否认灵魂的不朽和未来的回报，这意味着其重要性会大打折扣。对个体的否定，甚至是对所罗门的否定，其原因在于没有抓住理性的进步性，甚至是个体本身证明了这个国家已经向真理走近了一大步。个体只是否定了许多人正在考虑的事情，并将之前任何困扰自己的一切都纳入考虑范畴，这是因为他们正处于了解知识的过程中。

32

让我们也承认这是对上帝律法的英勇服从，仅因为这是上帝的法律，而不是因为上帝承诺奖励人们的服从。即使他们对未来的回报有着完全的绝望，对暂存的事物有着不确定性，他们也会遵守这些律法。

33

对待上帝要绝对服从，受过这种教育的人并非命中注定如此，他们难道没有能力超越其他执行神圣目的特殊个体吗？让一个盲目服从上级的士兵也相信其上级的智慧，然后再说出长官没有能够采取行动在他们身上实现愿望。

34

犹太人敬畏耶和华，尊他为最强大、最智慧的神。然而犹太人是敬畏而非热爱耶和华这一忌邪的神。这证明，人们有自己永恒的神这一观念是正确的。然而，新时代已经来临，这些概念被人们扩充，被封为尊贵，被修订，以得到上帝自认为对自己有益的自然方法，一个更好、更准确的措施，从而让人们以此标准去尊重他。

35

迄今为止，与相邻弱小民族的悲惨偶像及这些民族的人们不断竞争形成鲜明对比，犹太人没有欣赏上帝。他们被聪明的波斯人囚禁，开始衡量上帝以反对“所有作为存在的存在”这一论断，比如得到认可并受到尊重的更为严格的理性。

36

启示引导他们的理智，而现在，突然间，理智给他们提供了清晰的启示。

37

理智和启示这一对是相互影响、相互作用的。到目前为止，这种相互作用很重要，从不适合到成为彼此的作者，没有相互作用，双方都是无用的。

38

一个被送往国外的孩子见到了更懂事、生活得更得体的孩子知道的东西比自己多后，有些困惑，他问自己："为什么我不知道？为什么我的生活并非如此？这一切，我为何不曾在家中被教导、被告诫？"于是再次翻找长久以来被自己丢弃在角落的启蒙读物，只是为了把责任归咎于读物。不料，发现责任不在于书籍，而是在于自己在很久以前不知道这些事，没有以这种方式生活。

39

这个时候，因犹太人通过纯波斯学说认识了耶和华，不再单纯地把他当成最伟大的神，而是把他尊为上帝。因为他们可以更容易找到他，在他们神圣的著作中向别人指明他，因为他存在于他们中间，因为他们表现出对伟大的感性的厌恶，或所有的事件被描写在这些经文中，有着与同样厌恶他们的波斯人一样的感觉；难怪他们在赛勒斯眼中发现公认的对神崇拜的眼神。毫无疑问，这远不及纯萨比主义精神，但好于粗鲁的盲目崇拜，这些邪神崇拜者占据了犹太人凄凉的土地。

40

因此，就他们拥有的珍宝而言，人的心灵受到启迪。在不知不觉中，财富便会到来，他也成为另外一人，其首先关心的是永恒的教化。很快叛教和偶像崇拜之间出了问题。因为，一个人有可能对一个国家的神性不忠，可是，一旦上帝被认可，这个人就永远不可能对上帝不忠。

41

神学家都试图以不同的方式解释犹太人的彻底转变。一个神学家阐释了这些解释的不足之处，最终给了我们一个真实的描述——“就巴比伦的囚禁和复辟而言，对这个预言的履行清晰可见，或口头或书面”。它以上帝高贵的观点为前提条件，这也是到目前为止唯一真实的原因。犹太人这时候一定已经意识到：奇迹以及预测未来只是上帝的工作，而他们以前认为这些归于虚假偶像，只是通过它来传递，使得奇迹和预言只给他们留下了浅显的印象。

42

毫无疑问，犹太人更熟悉迦勒底人和波斯人的不朽信条。在埃及的希腊哲学家开办的学校里，他们对这些信条更加熟悉。

43

然而，因为这一信条与圣经中所描写的上帝的一致性和属性并不具有相同的条件，因为上帝的一致性被世人完全忽视而属性将被找寻，还因为前者的前期经验很有必要，更因为那里只有暗示和引喻，因此灵魂不朽的信仰自然不会是全体人民的信仰，这曾经是也将继续是他们的信条。

44

举个例子，不朽的信条的“前期经验”是指神圣的惩罚，是上辈对下辈的惩罚。这使得父辈们习惯生活在对子孙的无限展望状态中，提前感受他们带给自己后代的灾难。

45

所谓引喻，我认为，纯粹是为了激发好奇心和提出问题。例如，经常反复出现的描述死亡的表达方式——“他与列祖列宗相聚了”。

46

所谓“暗示”，我认为，它已经包含了许多内容，基于此，被阻碍的真理可以发展起来。这正是上帝的推断。从有关对上帝的命名便可看出，“亚伯拉罕的神，犹太人的神，雅各的神”。对我来说，这一暗示毫无疑问能成为一个有力的证明。

47

在以前的实践中，种种宗教仪式、典故和启示是对一个初级读本的良好完善，就像是上文中提到的不要给受到打压的真理增添困难及阻碍，这一特性构成了对此类书籍的消极完善。文体风格很好地补充了这个特点。

48

1. 抽象的真理不会在寓言中完全被忽视，那些有教育意义的单一场景会以实际发生的事情加以描述。圣经《创世纪》中有关“光”的意象描写体现了这一特点；《禁树》中有关邪恶根源的故事，以及在《巴别塔》中各种语言的来源的描写也体现了这一特点。

49

2. 风格——有时简单，有时充满诗意，通过各种赘述彰显一种常见的睿智。因为有时他们好像在说另外的事情，而实际上是说同一件事情；有时好像在说同样的事情，但最终是表达其他的东西。

50

继而，你就会富有孩子般的天真，这是多么卓越的品质，对一个稚气未脱的民族也是如此。

51

但是，每个初级读物只面向特定的年龄段。有些孩子长大了，不再适合读此类书，故意延长这些孩子使用此类书的时间是有害的。为了盈利这么做，你必须插入更多的内容，摘录它所能容括的更多内容。你必须找寻更多的典故和暗示，压缩寓言，过多地解释例子，过于注意字词的使用。这会给孩子一个狭隘的、错误的、吹毛求疵的理解，会使他迷信，使他对简单而易理解的东西不屑一顾。

52

这是有学识的人处理他们的圣书的方式！由此，这种特性传到了他们的民族身上。这就是他们为他们民族的人赋予的个性！

53

人们需要一个更优秀的教师“撕掉”孩子手中这类没有意义的读物。于是基督来了！

54

这部分人是上帝在其教育计划中希望了解的，他们的下一步教育时机也已成熟。然而，上帝只愿意理解这样一个自身统一的计划，包括语言和行为模式、政府、其他自然和政治关系的统一。

55

这部分人最终出现了。在理性和需求的磨炼中，他们能够把比暂时的奖惩更高贵、更有价值的道德行为动机作为其行动指南。孩子已经长成青年。他们对糖果和玩具不感兴趣，取而代之的是对自由和尊敬的渴望，希望像兄长们一样快乐成长。

56

在很长一段时间里，人类最优秀的个体（以上称为兄长）已经习惯了让自己处于高尚动机的统治下。在此之后，希腊人和罗马人所做的一切都是为了来世，哪怕仅仅是活在后世的纪念中。

57

在这之后，该是另一个真实的生活对青少年的行为产生影响的时候了。

58

所以，基督是第一位传授灵魂不朽的思想老师。

59

救世主基督确实是第一位这样的老师。他通过一定的预言，应验在身；通过一定的神迹，他实现了奇迹；通过死后自己的复活，他创立了学说。不管我们是否能证明这一复活及奇迹，就像是我们不管基督到底是何人一样，我都会把它搁置一边。这一切在当时对于人们接受他的教义非常重要。但现在对于人们接受他的教义的真实性已经不再那么重要了。

60

基督是第一位实实在在的老师。正是他猜想出、期望并相信灵魂不朽，并且把这种灵魂不朽作为一个哲学推断：它确实在指引着一切行为。

61

基督教，第一是教育人。虽然在基督教之前，已经有教义在许多国家流传开来，教育人们做坏事会在今生受到惩罚，但只有损害公民社会的行为被认为是不良行为，而且已经受到了社会的惩罚。用来世重生的办法来净化人的心灵，才是上帝保留的方法。

62

门徒们忠实地传播这些教义。如果他们仅有的优点就是在其他国家传播其教义并出版成书，让人们相信基督教注定是为犹太人服务的这一真理，如果他们承认基督是人类的布施者和庇护者，他们还认为自己是孤独的吗？

63

然而，如果他们将这一伟大真理移植于其他教义，这些教义缺少启发作用，也不具有尊贵的特性，结果会怎么样呢？我们不要责怪他们，而是要认真检查这些混合在一起的教义能否成为一个新的人类理性的推动力。

64

至少，我们已经清楚，《新约圣经》中的教义已经保存至今，长久以来，人们买得起这本书，而且仍然买得起这本作为人类第二本的初级读物。

65

在过去700多年间，《新约圣经》比其他所有书都更能教人类理性，启迪人类。

66

任何其他书籍都不会像《新约圣经》这样在不同的国家被人们所熟知。毫无疑问，多样的思维模式集中于该书，这一事实使得它甚至比每个国家为自己的国民设计的读物更能帮助人类理性地思维。

67

每个民族都将《圣经》奉为自己知识的制高点并学习一段时间，这是很有必要的。因为青年应该将这样的初级读物作为自己今后所有读物中的第一本，没有耐心读完此书将不可能快速完成其他事情。

68

还有一件事是目前最为重要的——“你更有能力”这一精神。初级读物的最后一页让你躁动不安。谨慎！要让你的相对不如你的后来效仿者记录下你最深刻的认知，或者是你正开始看到的事物。

69

直到这些效仿者不愿再跟随你，最好重新拾起该书，审视你读此书是否只是为了避免重复的方法、错误的教学，而非其他。

70

你尊重上帝合一的教义，在你所看到的人类童年中，上帝给出了纯粹理性真理的启示或者在一段时期内允许将其当作纯粹真理来教化人类，希望更快、更根深蒂固地传播该教义。

71

人类在少年时代曾经历过类似于灵魂不朽的教义。这在圣经中被称为启示，而不是人类理性的教化。

72

关于上帝合一的教义，现在我们不再需要《旧约》。关于灵魂不朽的教义，我们可以开始慢慢减少对《新约》的依赖。难道还有一些其他书籍像《圣经》一样展现了一些类似启示的东西吗？而我们被这些启示吸引直到唤醒我们的理性，并将启示与其他真理紧密联系起来。

73

以三位一体的教义为例。如果这个教义在无尽谬论及左右摇摆过后，最终注定使人类认识到上帝不可能是在有限意义上的一个人，甚至他的一体性都应该是不排除多元性、先验性的，那他该如何做到呢？难道上帝不应该有一个至少属于自己的完美概念吗？而这个概念中的所有元素都是他的一部分。但是如果仅是他必然的本质和其他特质中的一个概念，一个纯粹的可能性被发现的话，他身上的所有元素能够被发现吗？这种可能性会泯灭他的其他品质。那是他必要的品质吗？我认为不是。因此，上帝根本不需要一个完美的概念，或者说完美的概念就像他自己一样真实的存在。当然，我自己在镜子中的形象只不过是我在镜子中虚无的映像。因为它只是我在镜面上的光束成像。但如果现在这个形象包括我自身所含有的一切，它还只是一个虚无的映像吗？只是一个重复的自己吗？但我相信，我认识上帝一个熟悉的复本，也许这不是错误，只是我的言语无法彻底明确表达我的意思。根据许多无可争议的事实，那些希望自己的思想流行起来并被人理解的人，除了用来自于不朽的耶稣来命名之外，几乎不能更恰当、更清楚地表达自己。

74

如果原罪的教义的最终目的就是让我们相信我们站在人性的最低位置，而人不完全是自己行为的主人，那我们如何能够做到遵守道德法律呢？

75

如果救赎之教义最终都要求我们假设上帝，选择给予无法自救之人以道德法律约束，而后考虑到人类作为自己的子民而宽恕其罪行。换言之，在考虑到自有的善行大德之后，与之相应的所有个人的瑕疵便不值一提，因此，没有必要给他们设置道德法律约束，之后排除所有个人的道德幸福，在没有道德法律的情况下，这是无法想象的。

76

虽然禁止了对宗教神秘性描述的猜测，但是“神秘”一词在早期教会中的含义与现在截然不同。如果人类的发展注定需要理性真理的引导，那么将已揭示的真理教化转移为理性真理便非常必要。一些并非理性真理被揭示出来的目的就是要成为理性真理，它们就像运算大师的“使成为”，他事先便告诉男孩们，旨在直接接受真理。如果学者对这一方法满意，那他们永远也学不会计算，并且会无视上帝在其事情中给予引导性线索的好意。

77

我们为什么不能通过接触历史真理而不被看上去可疑的宗教所引导，通过一种熟悉的方式拉近和优化神、人类本性、人与上帝的关系呢？以上说明了人类理性永远不会自己形成的事实。

78

这些猜测曾经或者将会对政治体制造成伤害的观点是不正确的。你应该责备的不是这些猜测，而是针对这些真理做出的愚蠢行为及暴政。你应该责备那些不允许人们自己践行真理的思索和猜测的人。

79

相反，这一类猜测和思索，不管结果如何，无疑是最适合锻炼人心的。一般来说，人们爱美德充其量只是为了永恒的福祉。

80

因为人类灵魂中的自私性，当践行对真理的理解涉及我们的肉体需要时，我们会直言不讳而不是减少需要。如果真理要实现自己完美的宣照作用，教化出纯洁的灵魂去爱美德本身，它就绝对会对精神对象进行控制。

81

或者，人类永远也不会达到启示和纯洁灵魂的最高程度。

82

永远不能？假设我不认为这是亵渎，仁慈的主！教育对种族以及个体都有着相似的目的，所以，教育是为了某种目的而展开的。

83

美妙的前景带给人希望，人们会获得荣誉和福祉，这更能教化其成为真正的人吗？当这所谓的荣誉和幸福消失后，他还会践行自己的责任吗？

84

这便是人类教育的目的，神圣的教育难道不应该继续下去吗？神圣教育的成功不是以整体的自然方式而是以个体的艺术方式吗？亵渎！这是亵渎上帝！

85

不是的！它会实现！它一定会实现！只是在不断完善的过程中，当一个人对自己所理解的确信无疑并认为会有一个更好的未来时，他将不需要借用未来的行为动机。他会做正确的事，只因为它是正确的，而不是因为额外奖励，而这原本是要坚定和强化他对善举的内在提升以及回报的认识。

86

它一定会实现！就在新的永恒福音出现之际，在《圣经新约》初级读物中已经给了我们答案！

87

也许 13 世纪和 14 世纪的一些热衷者已经瞥见一束新的永恒福音之光，不过，他们唯一的错误是《福音书》在离他们如此近的年代流传开来。

88

也许他们的观点——“世界有三个纪元”不是空穴来风的猜测。当他们发现《新约》必定同《旧约》一样古板的时候，他们的这种观点确实无可非议。同样的上帝有同样的天道。与以往相同，让他们同意我的观点和相同的人类教育计划。

89

不过他们还不成熟，甚至认为自己可以让同时代的人成为“第三纪元”

名副其实的人。而这些人往往刚刚进入成年，还未开悟，还没有任何思想准备。

90

正因如此，他们成为宗教热衷者。这些热衷者不能耐心地等待，但他们专注于未来，他们希望未来快速到来，然而自然存在的时刻却是其千年磨炼的结果。如果他认为所拥有的最好的却在其有生之年没有成为最好的，他会明白吗？他希望自己明白吗？不可思议的是这些热衷者的这种期望并没有越来越盛行。

91

走你自己神秘的路吧，永恒的上帝！因为这种神秘性，我没有对你绝望。即使你的脚步指引我回头，也不要让我对人绝望。直线距离最短的说法是不正确的。

92

你在通往永恒的路上承载这么多，而且要做的事这么多！要走的道路这么多！如果结果和证明的一样好，巨大的轮子可以带领人类接近完美会怎么样？而这巨大的轮子是由更小、更快的轮子贡献力量来推动运转的。

93

确实如此，人类走向完美的过程也是如此，每个人不论快慢，都要发展成熟。经历过同样的人生，他还可以成为一个感性的犹太教徒或者精神上的基督教徒吗？他能在自己的同一生活中超越两者吗？

94

当然不是！但是为什么每个人在这个世界上的存在不能超过两次呢？

95

这一假说如此可笑，仅仅因为它是最古老的吗？还是因为哲学家们在使其消散、衰落之前，人类就已理解其中的含义？

96

为什么连我自己都无法在给人类暂时性奖励的阶段好好表现？

97

同样，在永恒的奖励观念占主导地位的时期，我们为什么无法从中汲取力量？

98

为什么我不能像我经常获取新知识和新专业技能一样获得重生？是我之前得到的太多，以至于再也没有任何东西可以补偿获得重生所带来的麻烦吗？

99

这是不能重生的原因吗？又或许是我忘记我早已在世上了？我的确忘记了自己是幸福的。对过去的回想只会令我误用现在的时光。我现在必须忘记的事情应该永久忘记吗？

100

也许这是反对我会失去太多时间这一假说的理由？失去（到那时我该是多么怀念它）难道不是代表着我永世不朽吗？

朱塞佩·马志尼

主编的话

朱塞佩·马志尼是为意大利独立而战的伟大政治家。他于1805年6月22日出生于热那亚。他像他的父母一样积极推崇民主，热衷于自由民主的意大利。在热那亚大学学习期间，他团结了一批向往自由与民主的年轻人。22岁时，他加入了秘密革命组织烧炭党，并被派往托斯卡纳区执行任务，但被诱捕。被释放后，他在马赛的意大利流放人员中成立了"青年意大利党"，目的是建立一个自由统一的意大利共和国。他组织了一系列政治活动，致使自己被驱逐出法国，但是他躲过了政府派来的众多间谍，得以继续开展工作。后来，发动国家暴动的计划失败致使许多"青年意大利党"的领导者被判死刑，马志尼也惨遭厄运。

几乎同时，他在日内瓦又开始了自己的奋斗事业。但是这一颠覆性的计划使他再次被驱逐出瑞士。他在伦敦避难，勉强糊口，但是坚持撰写宣传文章。1848年欧洲革命爆发时，他回到意大利同法国人进行了激烈的战斗，收效甚微，法国人于1849年包围了罗马，结束了罗马共和国的时代。

行动失败后，他回到了英国并于1857年暴动时再次回到意大利。他和加里巴尔迪一起工作过一段时间，但是加富尔和加里巴尔迪所建立的由维克多伊曼纽尔统治的王国离马志尼理想中的意大利相差甚远。他生命中的最后几年主要住在伦敦，随后回到了意大利，于1872年3月10日逝世。他是那个时代中一位纯粹高尚的政治斗士。

马志尼所撰写的关于拜伦和歌德的文章不仅仅是单一的文学评论，因为它展示的是马志尼写作中突出的统一的哲学思想，不论是在文学、社会还是政治方面。

拜伦与歌德

一天，我站在瑞士侏罗山脚下的一个村庄，等待着暴风雨的来临。夕阳的余晖将云彩晕染成了紫色，整个欧洲顿时笼罩在密布的乌云之中，意大利也未幸免。远方电闪雷鸣，寒风呼啸而过，将豆大的雨滴吹向干涸的原野。瞧！暴风雨中翱翔的那只高山猎鹰，时而直冲云霄，时而盘旋而下，它是在奋力地反抗吗？雷声阵阵怒吼，雄鹰傲然飞翔，仿佛回应着这一切。渐渐地，它消失在东边的天际。此时，一只鹳鸟映入我的眼帘，离我大概五十步之遥。虽风雨交加，它却泰然处之、无动于衷。它朝着寒风呼啸而来的方向张望了大概有两三次吧。漠不关心？还是好奇？难以形容！然后，它伸了伸那矫健而修长的腿，把头埋进翅膀，便安然入睡了。

我想到了拜伦和歌德，想到他们那暴风雨的天空；想到其中一位一生飘摇不定、反叛，另外一位一生平静；这两位诗人穷尽并终结了诗歌的发展。

拜伦和歌德，名声大噪。无论怎么样，即使我们在他们死后每五十年追忆一次，也依然经久不衰。他们是诗歌艺术的统治者、诗歌艺术时代的大师，我很想称呼他们是那个时期诗歌的“暴君”。他们才华横溢，但又郁郁寡欢。他们年轻时候荣耀一时且勇敢无畏，但随后就像被小虫啃噬的花蕾一样绝望。他们是两大学派的诗人代表，我们将他们身边的小人物集结起来作为外围对比，是这些诗人让我们看出这个时代的辉煌。人们发现他俩的作品的特点，尽管同时代的其他作家的作品中也有这些特质。当描述他们那个时代的特征时，我们也会不由自主地说出他们的名字。他们凭各自的天赋追寻着不同的事物，甚至是背道而驰。当想到两人中的一位时，很自然就会想到另外一位，似乎一位就是另一位不可或缺的组成部分。整个欧洲都注视着拜伦和歌德，如同观众在竞技场观看两个有实力的摔跤手。他们就像是对手，但高贵而大方，互相敬仰和赞扬。很多诗人追随他们，但是没有人像他们一样出名。一些人冷静、公平地评价他们。对他们来说，只有热心的追随者或者敌人、花冠或者石头。当他们消失在广阔的黑夜中，夜幕笼罩并改变了所有的人和事——他们的坟墓才会一片寂静。渐渐地，诗歌远离了我们，如同最后一声叹息吹灭了神圣的焰火。

他们的诗歌已经开始有了反应。他们揭示了对新生活的渴望，但他们狭隘、不公正地评判逝去的天才。人们的评价就像是路德笔下醉醺醺的农夫，当你在一边扶他的时候，往往又会倒向另一边。在歌德的祖国，对他的反对是由门采尔率先大胆、公正地发起的。这种评判在歌德死后被夸大。我所赞同的一些建立在神圣的原则上的社会观点，不能妨碍我们公正地判断，不能影响公平地评判。现在很多热情四溢的年轻人反复说歌德是最坏的“暴君”，是腐蚀德国人的恶瘤。

英国人反对拜伦，我不谈论那些用任何伪善和愚蠢的话否定拜伦，毕竟他已安葬在威斯敏斯特大教堂，但是在文学上的一些批判很不理性。我遇到过雪莱的崇拜者，他们否定诗歌天才拜伦。一些人把拜伦与司各特的诗歌对比。有位过分的评论家写道：“拜伦用他自己的形象为模板创作男人，凭借自己的心之所向创作女人；一个是反复无常的暴君，另一个是顺从的奴隶。”

前者忘记他所喜爱的诗行：

> 永恒的朝觐者，他的不朽名声，
> 像天国俯身在其惟妙的头顶。①

① 作者为阿多尼斯。

后者，在拜伦写出《异教徒》《哈洛尔德游记》后，司各特宣布放弃写诗。

最后那个人私下批判拜伦时，他忘记了拜伦是为希腊新自由而战死的。

所有的人都在批判这两个诗人：拜伦和歌德，现在每个国家仍旧有很多人批评拜伦和歌德，批判的形式或是美好的或是真实的或是错误的，这些是他们自己的想法。人们没有考虑拜伦和歌德所在的社会环境，没有真实地设想一下诗歌的命运、任务及法则，没有想到每一个人类的艺术表现形式都是受制约的。世界上没有绝对的范本，绝对仅仅存在于神意中。人类可以慢慢了解，但是完全了解是不可能的。世俗的人类只不过是生命获得永久进化的一个阶段，体现在人的思想和行动上，受过去成就的鼓舞并在时代的长河中追求思想的完美。我们的生命是灵魂进化的灵感，这是定律。从有限到无限的过程中获取能量得到净化，从真实到理想，从现状到未来。由传统组成的生命进化的巨大宝库以及孕育人类灵魂的预知直觉都以诗歌作为媒介来获取灵感。它随着时代而变化，因为这是人类的情感表达。它因社会而改变，诗歌有意无意地涉及人文。由于个人的观点和作者所处的社会环境不同，诗歌汇聚了现在和未来的光辉，天才的灵感都可以预测。无论是一曲哀歌还是一首摇篮曲，它都可能发起改革或者将大事件画上句号。

拜伦和歌德总结性过去。这是他们的劣势吗？当然不是，这是时代的规律。而如今，在他们已经停止赞颂二十年后，开始谴责他们不该早出生那么多年。现代诗人是幸福的，因为上帝让他们在时代的开端出生，在朝霞的映射下熠熠生辉。一代又一代的诗人吟诵着他们的宏伟诗篇，钟爱他们的诗歌，尽管他们萌萌预知。

拜伦和歌德给了总结性的结论。这是对他们作品的哲学解释，也是他们极受欢迎的秘诀。他们逝世后，欧洲的整个时代的精神在消失前都以他们为化身，就像在政治领域中，恺撒和亚历山大去世前，希腊和罗马的精神成为现实存在。他们用诗性去表达，例如英国经济强大，法国具有政治性、德国哲学发展迅速，都体现了这个原则。这个原则是社会所有的准则，最后一丝努力和最终结果是建立在个人基础上的。那个时代的使命就是首先经历希腊劳工哲学，随后是基督教，这都是个体的救赎、解放及发展。时代给予了拜伦和歌德、费希特、亚当·斯密，以及法国人权学派足够的关注，它所有的力量都是为了充分表达人类已经实现的美好事物。

它的分量很重但并不是全部，因此肯定会消逝。个人主义的时代已经接近目标，人类需要扩大视野，无人涉足之地需要发掘，但个人主义原则并不是一个有效的向导。在整个时代漫长而又痛苦的努力，最终变得虚弱孤独，终日孤苦缠身。该时代的政治派别声称文明体制的唯一基础是自由和平等的权利（所有人都是自由的），但是他们也遇到了无政府状态。时代的哲学强调人类自身的权利，崇拜事实及黑格尔的静止论宣告结束。

那个时代的经济自认为是自由竞争，却又是弱肉强食，资本剥削劳动力，财富压榨贫穷。那个时代的诗歌在每一个阶段都在强调个人主义，用情感再现了本应是科学所演示的理论含义，但是很空虚。社会最终发现，人类的命运并不仅仅是自由，而是和周围的人或事物的和谐相处。诗歌也发现从个人那里汲取的生命注定会消失，它的存在取决于生命范围的扩展和转变。社会和诗歌都发出绝望的吼声：1815 年后的欧洲社会矛盾不断增多，诗歌危机唤醒了拜伦和歌德。我相信该观点可以使我们对他们两位做出有用、公正的评价。

个人主义有两种形式——外在和内省，或者是德国人说的主观性和客观性的存在。拜伦是带有主观精神的诗人，而歌德是带有客观精神的诗人。权威、自由、欲望以及不受任何支配控制的力量都体现了拜伦的自我表现，整个世界都无法支配或者平复他。渴望支配整个世界是拜伦的自我表现，利用强大的个人意志仅仅是为了达到支配的目的。准确地说，色彩、语调、形象都不是他的自我表现的来源，而是他自己塑造的特征，他所歌颂的人物是他的自我形象的表现和再现。拜伦的诗歌是自我心灵的体现，并体现在外在事物中。他置自己于宇宙中心，他投射出他内心深处的光芒，就如聚集的太阳光线一样强烈，只有肤浅的读者才会把强大的统一误认为是单一乏味的。

拜伦处于新旧交替的时代，一个受贵族统治全盛时代的中期。当时欧洲除了拿破仑和皮特没有什么伟人，天才退化为牧师，变得很自我；有才智的人被过去的事物所束缚，无法展示自己的才干。没有预言家可以预示未来，信念不复存在，只剩下假象，不再有祷告。人们只会在规定的日子或时间为自己和家人或是民族念叨一下，不再有爱，欲望取代了爱。人们也抛弃了宗教冲突的想法，只有利益争夺。人们不再尊崇伟大的思想，而是举起死尸般的传统惯例的旗帜。这可能仅仅是在提高和满足物质需求。拜伦的周围一片狼藉，远方是一片沙漠，视野里一片空白。拜伦内心爆发出长久以来的痛苦和愤怒，回应他的是革出教门。他启程到欧洲寻找他的理想，在游览途中，心情惴惴不安，思想也不集中，就像马泽帕坐在野马上一样。强烈的欲望驱使他不断前行，随后便会招致坏人的嫉妒和污蔑。他走访了希腊和意大利。如果世界上还有任何圣火和诗歌发出耀眼的光芒，那就在前方。但他最终一无所获。过去的生活丰富多彩，现在却单调乏味，他的生活不可能充满诗意，苦难者只有卧倒在床以减轻痛苦。拜伦被流放后倍感孤独，因此又一次把目光转移到英国。他歌颂。他歌颂的是什么呢？从处于支配地位、神秘且独特的概念中能找到什么呢？人们会情不自禁地说，那是他们不眠不休地祈祷时无法用语言表达的一切东西：葬礼上的挽歌、生命的赞歌、贵族的碑文。我们这些来自大陆的人，并不是他的国民。他以那些强壮、美丽、有权力的人塑型，他有自己的风格。这些人伟大、富有诗意、有英雄气概，但是很孤独。他们与外部世界没有沟通，除非他们有统治世界的权力。他们藐视一切，不论是美好还是邪恶。他们永不屈服，不论生与死，他们都依靠自己的力量。他们抵制一切权力，因为他们属于自己。

高尚的科学——苦修——勇敢无畏
观测的时长——意志的力量——技能
存在于我们先辈的脑海中

他们每个人都带有稍加修饰的某种类型、某种思想的化身，即个人主义的化身。自由，仅仅是自由。一个时代的结束成就了他。浮士德如果没有和魔鬼签订契约就不会屈服；拜伦笔下的英雄没有签订这种契约；卡因没有向阿利曼尼斯屈服；曼弗雷德在弥留之际大声呼喊：

以报答善恶的思想——
是其病理根源与结束——
还是它固有意义上的时空
当不再有死亡，如果没有，
瞬间即逝的事物不带有任何色彩，
而是沉浸在苦难或快乐之中，
在自己的荒漠中获得重生。

他们没有家族，过着各自的生活；他们厌恶人性，不屑于和群体在一起。他们每个人都说：我只相信我自己，从不相信我们组成的这一团体。他们都渴望得到权力和幸福。周围的人同样想远离他们，因为他们对生活有预感，他们自己既不知道也不公开——这是自由不能给予的。他们是自由的，身强体壮，意志坚强，他们不仅攀登阿尔卑斯山脉，而且登上了阿尔卑斯思想高峰。平静的脸上隐藏着忧郁和不能消除的伤痛。正如在卡因和曼弗雷德身上，无论是跃进万丈深渊不能获得永生，还是受神秘、无尽的恐惧困扰的海盗和邪教徒洗劫广阔的平原和无际的海洋，他们的灵魂依旧平静，似乎他们注定要拖着捆缚在他们脚上的破碎的链条。他们的灵魂不仅在他们反叛的世俗世界里受到束缚，精神世界也是如此。在被威胁而感到痛苦时，在面临意想不到的强大对手的腐蚀性手段时，在面临群体的欺骗时，他们不向敌人屈服。有了苦苦获取的自由，他们能够做什么呢？他们依靠谁或者什么东西来获取充足的精力呢？他们是孤独的，这就是他们悲惨和无能的原因。他们渴求美好的事物，卡因已经对他们说过，但是并没有实现，因为他们没有使命感和信念，对周围的世界不理解。他们从来没有意识到之前的、周围的以及以后将追随他们的大众的人性观念，从来没有站在自己的立场上考虑过去和将来，没有考虑过劳动把不同时代的人捆绑在一起，也没有考虑通过群体努力实现共同目标，更没有考虑过一个人死后，其精神永留于世。他把这些想法传给他的同伴。他活着的时候乐于奉献，逝世时充满信念。正确的引导才能使他的精神鼓舞他爱着的世人。

有了自由却不知如何利用，有了权力和能量却不知如何运用，有了生活却并不了解生活的真谛。他们过着无用而憋屈的日子。拜伦将他们逐个摧毁，好像是天堂里的刽子手。他们无声陨落，如枯叶坠入时间的长河。

> 土地和天空都不应流泪，
> 云层不应聚拢，树叶不应坠落，
> 狂风也不用为万物、为落叶感到叹息，
> 因为生时孤独，因而才死去，
> 一个诅咒在他们孤独的坟冢上徘徊。

拜伦歌颂的是那些拥有心灵之眼、能够读懂别人心思或歌颂人性的人。在拜伦的诗歌中，生活的空虚和死亡的孤寂感如此强烈，体现得如此淋漓尽致。人们都不理解他，只是随便听听，他们只是一时感兴趣，之后会觉得后悔，通过污蔑和辱骂诗人来满足自己的一时之趣。拜伦对社会败落的直觉，被他们称为病态的自负，他的忧愁被误解为懦弱的自我主义。他们不相信拜伦脸上流露出的痛苦印记，不相信拜伦时不时说出的对生活的不祥的预感，不相信拜伦绝望的信仰——他认为可以掌控世界（星星、湖泊、山脉和海洋），认为自己和整个世界一体、与上帝同在，对他来说，世界只是一个象征物。因为生活的空虚而疲惫不堪，他们记下了那些不幸的时刻，我肯定他们会懊悔说出不光彩的快乐，他以为他会忘怀。反对拜伦的人多次阻挠也没有阻挡拜伦的快乐，这些人的罪恶也没有得到救赎，他们也无法理解拜伦肩上的重担。

拜伦认为身边充斥着虚伪和邪恶，而歌德却恰恰相反，他认为生活是客观的。青年时期，歌德在《少年维特之烦恼》中发出怒吼，在《浮士德》中赤裸裸地揭露了这个时代存在的问题，在此之后，他认为他做的足够多了，不想再花费更多的时间。在《少年维特之烦恼》中爆发的反对邪恶势力的冲动可能长时间把他的灵魂限制在不知不觉的艰苦历程中，但是他对于这项改革任务感到绝望，因为这些超出了他的能力范围。几年之后，当他想起一位法国人初次见到他，对他做出的评论："你经历了很多事。"他说，他应该这样说："从这个人的脸上可以看出他努力地拼搏过。"但是这些在他的作品中并没有表现出来。当拜伦被周围的苦痛、邪恶折磨时，他也得到了宁静，不是胜利，而是一种漠然。在拜伦看来，他经常控制着人们的心灵，甚至有时候超过那些艺术。他完全迷失在艺术中，迷失在歌德的影响下。歌德认为没有主观生活，在他的心灵或者头脑中没有统一。歌德是一位智者，他将客观事物作为自己的描写对象，以他为中心涉及各种事物。他孑然一身，他是创作过程中强大的审查者。他满怀好奇用心地去审查，无论是浩瀚的大海还是一朵花，他都会以同样的深度和兴趣去探究。无论他研究的是玫瑰的香味，还是无数次涌向岸边的大海，他都保持一种平静的心态。对他来说，这仅仅是美的两种形式、两种艺术体。

歌德一直被称为"泛神论者"。我不知道评论家为何要用一个含义模糊、难以理解的词来界定他。泛神论可以分为唯物主义泛神论和唯心主义泛神论，也可分为斯宾诺莎泛神论、布鲁诺泛神论及圣保罗泛神论等——全都不一样。但任何一种诗化的泛神论都无法做到以唯一的概念去解释宇宙万象，即宇宙生命的感知和理解都存在于唯一的神灵。歌德完全不认同这种观点。泛神论在华兹华斯的部分作品、《哈罗德游记》第三章以及雪莱的大部分诗歌中都有所体现。而在歌德的多数经典作品中却看不到泛神论的影子。尽管他的每一部传世之作都是对生命的高度理解和再创造，但他从未把生命理解为整体。歌德作为诗人，注重细节而非整体，擅长分析而非总结。没人能像歌德这般注重挖掘细节，润色每一个微不足道的渺小之处，每一个诗节都精彩绝伦，从整体看，又脱离作者而独立成章。他的作品就像是一本巨大的百科全书。他感触每一个细节，却从未感知到整体，他乐于研究草叶上的露珠所折射出的美丽光芒，乐于在平淡无奇的生活中寻求诗意——但他无法追溯一切的源头、重组、升华，无法像赫尔德那样总结出美丽的诗句"每一个生灵都是大自然的一分子"。可是他该怎样理解这一切？他在自己的作品中，抑或是他那人性化的诗歌灵魂中，都没有立足之地，又凭什么来定义世俗生活呢？歌德曾说："宗教与政治是艺术的不安因素。我一直尽量让自己远离它们。[①]"关于生命和死亡的问题困扰着他身边的无数人，德国土地上不断回响着战争之歌。哲学家费希特在听完歌德的演讲后，举枪加入了保卫祖国的志愿军队伍（唉！《列王纪》却从未提到这满腔的爱国热血）。

德意志古老的土地遭到践踏，而歌德作为一个艺术家，却似乎无动于衷。他明白不管自己的内心如何积极响应，也无法拯救自己的国家。

而他那与生俱来的才华却渐渐从民族动荡的现实中抽离出来。他目睹了法国大革命的爆发，见证了旧世界在冲击下的分崩离析，目睹所有单纯美好的德国人在握紧双拳为瓦解的社会捶胸顿足，却没有理解新旧世界交替带来的死亡之痛——歌德将这一切理解为一场闹剧。他经历过拿破仑帝国的兴衰，目睹了久经蹂躏的民族奋起抵抗，就像宏伟的史诗即将响起序曲——而面对这一切，歌德却无能为力。如果我们把伯利琴根的美好化身、具有诗学精神的年轻人排除的话，人类，作为具有思维与行动的动物、未来的创造者，曾在席勒的喜剧中被如此深刻地描述过，就不会出现在歌德的作品中。即使在他的英雄表达爱意的行为中，也充满着冷漠之情。歌德的圣坛上撒满了最精致的鲜花、最高雅的香水以及大自然的硕果，但牧师之位却一直空缺。无可否认，其第二阶段的作品让他见识了生命的广阔与得失，却在最后的时刻停住了脚步。那时上帝早已离他而去，而诗人唤醒的一切生物又开始停步徘徊，无声地祈祷，等待着那个能够给它们命名并且为它们引领方向的人。

不！歌德不是泛神论诗人，他至多算是一位多神论艺术家，是现代诗歌的异教徒。总而言之，他的世界是"形"的世界：多重天国交织在一起。摩西天堂和基督让他捉摸不透。和所有异教徒一样，他把自然切分成无数个部分，并为每一部分赋予神的力量。他崇拜的是感官的感受，而非某种理想。其所闻、所见及所触远远多于其感受。怎样的关怀和劳作才能凌驾于他的艺术外壳之上！这里要强调一点——我不会对事物本身作任何评价，而只是对

---

① 出自《歌德及其同辈》。

其外表做出描述！歌德也曾说过：“事物之所以美丽，是因为找到了自己的位置。”①

这个定义其实隐含了一套完整的诗学唯物主义理论，取代了对于理想的崇拜。这套理论也包含一系列必然后果，歌德变得对事物漠不关心，天才无限的动力逐渐磨灭，全神贯注于事物每一部分所代表的意义，而不联想到整体。他完全回避整体对客体的因素，这是歌德诗歌艺术的最有效的途径。在他的眼中，诗人既不是湍急的小溪，也不是牺牲自己、为他人照亮通往天堂道路的耀眼火焰。诗人更像是平静的湖水，倒映着宁静的山村和乌云，即便微风吹过，湖面也依然平静。歌德的平静与消极、头脑的清醒和分辨力都是为人们所铭记的，是他独有的性格特征。歌德说：“我允许我想要探究的事物比我更加平静，把通过观察它们带给我的印象尽可能忠实地还原。”这番话更是体现了歌德追求事事完美的个性。生活中的歌德，正如冯·阿尔尼姆女士在他去世后对他的总结一样：一位庄严的老人，安详而平静，显得容光焕发；穿着旧长袍，膝头架着一把七弦琴，聆听那天才之手拨弄的琴音或者风的呼吸。最后的和弦将他的灵魂带到东方，带到那冥想的圣地。他去得正是时候，因为欧洲对他而言已经太过喧嚣。

拜伦和歌德都是伟大的诗人，他们有共同点，却又截然不同。他们在不同的道路上追求着，却到达了相同的终点。生命与死亡、性格与诗歌，每个元素都迥然相异却又相互补充。他们都是宿命的孩子——经历一个纪元的结束，迎来抹杀个体的法制社会——受到历史的驱使，不知不觉中完成了伟大的使命。歌德将世界拆分来看，向外传递着世界的每个部分对他的影响，按照时间顺序，一个接着一个。拜伦则综合地看待世界，随着时间流逝，不断修正自己的人生观，从灵魂的高度看世界。歌德不断把自己的个性体现在作品之中，拜伦则把自己的个性赋予每个他所描述的事物。大自然对于歌德来说如同交响乐，而对拜伦而言则是序曲。大自然将其所有内容给予前者，将诗化的内涵给予后者。前者接受她所有的旋律，后者则在其建议的主题之上

---

① 出自《艺术与古代》。

创作。歌德更好地表达了生命的意义，而拜伦则注重对生活的描述。前者更广阔，而后者更深刻。歌德探寻美好、爱以及万物之上的和谐与宁静；而拜伦则追求升华，崇尚行动与力量，同科里奥兰纳斯和卢瑟这样的主人公会让他心生厌烦。我不知道在歌德大量的文学批评作品中是否提及过但丁。沃尔特·司各特先生曾明确表示，歌德曾表达对但丁的厌恶之情。仅凭才华，歌德已然可以跻身万神庙，但他却蒙住了自己的慧眼，他梦想自己的国家会建立世界帝国，在其指引下世界和谐发展。拜伦崇拜但丁，并从但丁身上获得启示。他同样崇拜华盛顿和富兰克林，并追随两位国父，带着灵魂的共鸣追随他们流星般的事业，他同样喜欢那个年代塑造的最伟大的天才拿破仑。让人愤愤不平的是——也许是我想错了——为什么没有在战争中献出自己的生命。

游走在所有诗人的第二故乡——意大利时，两位诗人仍旧踏上了不同的道路：一位追随感觉，另一位追随感情；一位将自己完全沉浸于自然，另一位则全情投入历史的洪流，见证故去的伟人、生活的丑恶及人类的记忆①。

然而，两人虽有诸多差异，他们的作品节选中却巧妙地展现了很多相似之处。歌德的个性在客观生活中体现出冷漠的自负，而拜伦的个性在其主观生活中体现出绝望的自负（我很遗憾，但这的确也是自负），用双音节诗句来表现时代的更迭，而这正是他们的使命。

---

① 这两位诗人的对比是通过显著的呈现方式，而不是通过罗马对他们的影响。在歌德的《挽歌》和《意大利之旅》中只能找到艺术家的影子。他不懂罗马，从卡皮托山和圣彼得教堂顶部，这个永恒的合体渐渐在眼前展开，范围渐渐变大，首先展现在眼前的是一个国家，然后是整个欧洲，最终要拥抱未曾展现在他眼前的人性。他仅看到了异教徒的小圈子、很少的产物和最少的本土居民。当他写下“这里展现的历史远远不像世界上其他地方的历史；在别处，是由表及里的；在这里，人们似乎从内到外去认识它”时，人们会想他也曾瞧过罗马一眼；但如果是这样的话，他立刻又丢失了它，只能专注于其外在性。“无论是停止还是前进，这道风景均是千姿百态、仪态万千地展现在我们面前，可赏宫殿遗址，花园幽静；视线或渐渐打开，延伸到远方；或突然拉近，小屋、马厩、圆柱石、凯旋门都混杂在一起，常常它们距离太近以至于在同一张纸上还能找出空间。”在罗马，拜伦忘记了激情、痛苦、他自己、存在的所有伟大的思想，见证了这种天生对灵魂的忠实的表达。

毋庸置疑，两位诗人均获得全世界的认可，不单凭他们文学上的造诣——一个凭借反抗精神，为世间万物赋予生命；另一个的作品中充斥着怀疑与讽刺，把独立主权归因于超越一切社会关系的艺术——极大程度地推进了思想解放，唤醒了人们对自由的渴望。两位诗人，一个通过难以调和的战争，直接抨击上层社会的恶习，摧毁荒谬的言论，并间接地用独裁者最卓越的品质去铸造他的英雄，然后假装生气地对他们作以批判；另一个则以诗歌复原的形式，以谦逊的方式，针对无关紧要的目标，从细节出发，与上层的偏见做斗争，唤醒人们对于公平的渴望。他们运用不同形式的杰出艺术才能塑造出完整的诗歌体系。追随者被看作是下等阶层的盲目模仿者，同时他们建立了诗歌领域的新规范，教会成员认识到自己的需求而不仅仅是之前的一点欲望。他们如今都静静地在坟墓中躺了一个纪元，除了覆盖的棺木以外一无所有，似乎向年青一代宣告他们的死亡，歌德的诗记录了这一代的历史，而拜伦的诗成为他们的墓志铭。

再见，歌德！再见，拜伦！再见，粉碎了而不再神圣的悲哀。再见，明亮而不再温暖的诗的火焰。再见，支离破碎而永不重塑的讽刺哲学。再见，诗文，在这个混乱的时代，教会我们安静冥想，在这个急需付出的世界，让我们习惯绝望。再见，那些漫无目的的漂泊者。再见，那些找不到目标、不懂如何生活的追逐个性的隐居者。再见，所有以自我为中心的欢乐与悲痛。

> “灵魂的私生子；
> 闲散又自负：除了杂草，没有其他；
> 在肥沃的土地上自由跳蹿，
> 那相同思想里溢出的欲望，
> 那些恰当的问题与确定的结束，
> 当与神圣之爱结合，
> 就是和平、满足与快乐。”

别了！永别了，我的过去！未来的曙光如此闪耀，使我们如此深切地感受到它的到来，让我们将自己完全地交给它吧！

中世纪的二元论，在君主和教皇的统治下已经奋斗了几百年，在智力发展历史的每个阶段都留下了印记，并且获得丰厚的成果，并在歌德和拜伦诗歌所迸发的双重火焰下再攀高峰，完成其使命。迄今为止，两种不同的生命模式融入二人的生活。拜伦和歌德都是孤立的人，前者仅代表生活的内在方面，而后者则代表外在方面。

超越这两种不完整的存在，两股力量在通往不可及的天堂十字路口相撞，将揭示诗歌的未来、人性、和谐及生命力。

但由于当今社会，我们开始依稀预见新的社交诗学，这些诗歌将通过人性来教化人们求助上帝以抚慰受伤的灵魂。若不是因为这些诗歌，我们将无法站在这个新时代的开端。我们应该谴责那些不能给我们做更多的人吗？他们把其伟大的诗学形式掷于分歧的旋涡，使人类怀疑和不安？早些时候，天才被用来作为一代代人的替罪羊。社会上从不缺乏责备他人来满足自我者，他们责备同时代的查特顿一家人，说他们不是自我牺牲模式，但并不谴责身体或精神上的自杀。他们从不问自己一生中是否努力接近除质疑和贫困以外的任何东西。我感到很有必要认真地反驳某些思想家为对抗强者而做出的反应，而这些强者为那些吹毛求疵的平庸之辈担任精神外衣的角色。冷酷无情、冷淡厌恶、忘恩负义等都是毁坏本性者，他们常常忘记前人的功绩，仅仅要求他们告诉自己还能够做些什么。难道是因为“怀疑的枕头”对于天才们自负的评判结论而言太过柔软，以至于有时发热的额头只是自私地躺在其上？难道我们已经摆脱了诗歌中反映的邪恶，从而有权去谴责他们的记忆？这些邪恶并不是他们引入世界的。他们看到它、感受它、呼吸它。它无处不在，而天才们正是其最大的受害者。他们如何能避免在作品中重现它们呢？不能通过罢黜歌德或者拜伦来毁灭施于人类的怀疑或者无政府主义之冷漠，只能通过把自己变成信仰者和组织者的方式。这样的话，我们就无所畏惧。公众如此，诗人们亦是如此。如果我们敬畏热情、祖国和人性，如果能心怀纯洁，灵魂坚定而有耐心阐释我们的灵感，肩负提升我们的思想和遭遇的天才将不会稀缺。让这些雕塑竖立起来。封建社会的贵族纪念碑无意重返农奴制的日子。

但是我们应该知道还有模仿者们。我太了解他们，但是那些没有自己真实生活的人会对社会产生怎样深远的影响呢？只要有空间存在，他们便在里面虚晃。当有一天，生者起来取代死者的位置，他们便会在公鸡报晓时分像鬼魂般消失不见。难道我们从未有足够坚定的信念勇于对先前时代重要的典型人物表现出适宜的崇敬之情吗？如果没有推翻旧神，把祭坛搬到新神面前，那么只谈社会艺术或者对人性的理解只是一纸空文。他们仅需要勇于说出进步者神圣的名字，他们的灵魂拥有足够的智慧来领会过去，他们的心灵具备足够的诗意信仰、敬畏其伟大。真信徒的庙宇不是宗派式的小教堂，而是歌德学说和拜伦学说消亡很久之后的一个巨大的万神殿，在这里，歌德和拜伦的光荣形象仍有一席之地。

从模仿和不信任中净化，当人们学会公正地尊敬失势的英雄时，我不知道歌德作为一个艺术家是否会获得更多尊敬，但我确定拜伦将会以人和诗人的身份用更多的爱激发他们，这种爱甚至会因对其不公而增加。然而歌德从奥林匹斯山平静的顶峰，带着鄙视的笑容，嘲笑我们的欲望、挣扎和苦难。拜伦忧伤地在世界上游荡，充满阴郁，躁动不安，伤口上还插着箭头。他在婴儿期遭遇孤独与不幸，初恋失败，更可怕的是考虑不周的婚姻。在没有任何质询或防卫的情况下，他的行为和意图受到攻击和污蔑。他厌倦了经济拮据，被迫离开祖国、家乡和孩子。我们很清楚，在他死后，这种不友好的荒诞无稽、臭名昭著的谎言仍弥漫在欧洲大陆。这个恶意的旧世界将其悲伤扭曲为罪恶。但他在无可回避的时候保持着对妹妹和艾达的爱、对灾难的同情、对其孩提及青年时代感情的忠诚，包括克莱尔勋爵，老仆人穆雷和保姆玛丽·格雷。他慷慨解囊帮助他人，上到他的文学圈朋友，下到卑鄙的诽谤者艾什。他被天才般的性情、所生活的时代以及我之前提到的使命所驱使，朝着诗歌的个人主义迈进，我一直试图在说明其不可避免的不完整性，但他绝不将其设定为标准。

他用自己的天才预言未来，也已在其日记中对诗歌的定义得到证实——该定义是迄今为止被误解，却是我所知道的最好的："诗歌就是对从前世界和未来的感知。”像他这样的诗人更喜欢善的活动以及艺术所能及的事物。他受奴役和压迫，游历于各国而无人记得。他从未遗弃民族事业，富有同情心。作为王政复辟的见证人、神圣同盟准则的获胜者，他从未背离其勇敢的反叛精神，他保持并公开宣称其对民族人权的信仰及最终自由的胜利。下面从其日记选取的段落正是如今真正统治的进步党的准则：“前进！现在是行动的时候了；如果配得上过去的一切能够传递给未来，自我意味着什么？它不是一个人，也不是一百万人，而是必须传播的自由之精神。拍打河岸的波浪一个接着一个破碎，然而海洋一直在征服。它倾覆了无敌舰队，穿破了岩石，要是世界上真有海神的话，它不仅仅毁灭而是创造了一个世界。”在罗马涅地区，在那不勒斯，只要他看到贵族生活的一丝火焰，就准备为之献力献热，无论是否危险，都将之燃成熊熊烈火。无论何时，他都谴责卑鄙、虚伪和不公正。

拜伦就是这样活着，在当下的痛苦和其对未来的渴望间连遭打击，常常遭遇不公，有时被质疑，但他总是在痛苦中——当他看起来在微笑时也难掩痛苦，即使当他看起来最想骂人的时候也总是满怀爱意。

“你无束缚的思想之永恒精神”这样的诗句从未给我们带来光明的景象。他有时似乎是不朽的普罗米修斯的化身，他曾满怀崇敬地写诗赞美过普罗米修斯，其痛苦的呻吟之声和对未来的呼喊响彻欧洲世界的摇篮。其宏大而神秘的形象随着时间的流逝已渐渐变形，又世世代代重现，此世之埋葬，彼世之新生。吟唱哀歌悼念天才，被现世无法看见的东西折磨着。拜伦，同样拥有这样“坚定的意志力”和“深情”。他的死亡同样是胜利。当他听到自己在青少年时期吟唱的民族和自由的呼唤响彻他深爱的土地时，他打破竖琴，采取行动。当基督的力量变得更糟，而基督教国家发放救济物资援助与伊斯兰教战斗的基督徒们时，诗人拜伦则假装怀疑，迫不及待地将自己的财产、天赋以及生命献给了他所热爱的、以国家和自由的名义战斗的第一线的人们。

在希腊，拜伦的死是未来命运和艺术使命最美的符号，是诗歌与人类事业的神圣结盟。至今仍罕见的思想与行动的联合使人类语言更完整，并注定会解放这个世界。追寻上帝为其子民赋予的权利及完成其权利所在的使命已是欧洲宗教，以及进步党的希望。各民族的大团结已光荣地在此画面中呈现，而这些正是我们这些野蛮的人类早已忘却的。

民主社会记起它，亏欠拜伦的这一天将会到来。我希望英格兰将来某一天也能记起拜伦在这片大陆完成的使命——整个大英帝国也会记起至今被忽视已久的使命。拜伦赋予了英国文学的欧洲角色，他唤醒我们对英格兰的欣赏与同情。

在他之前，我们对英国文学的了解仅停留在法译版的莎士比亚和伏尔泰诅咒过的“喝醉的野蛮人”上。自拜伦以来，欧洲人才开始研究莎士比亚，以及其他英国作家。在这片自由的土地上，对我们所有人真心实意的同情是自他开始的，这也是他在被压迫者面前如此可敬地扮演的角色。他领导英国的天才们开始了贯穿欧洲的朝圣之旅。

英格兰有一天会发现他们是如此恶劣，不是对拜伦而是对她自己，以至于登陆其海岸的外国人将在本应是其民族万神殿的庙宇中一无所获。拜伦是被欧洲国家喜爱敬仰的诗人，希腊、意大利为他的逝世而哭泣，仿佛先去的是他们最高尚的孩子们。

很遗憾，由于时间匆忙，这篇作品仓促完成。在这薄薄几页纸中，我并未对歌德和拜伦做出过多的批评。若可以作为建议，英国批评应该更加广泛、更加公正、更加有用，而不是盲目跟从。11 世纪的某些旅客叙述说，他们在特纳利夫岛看到一种巨大的树木，其繁茂的枝叶吸收大气里的水蒸气。为了驱散水分，大家摇动其枝叶，一阵清新、纯净的大雨洒落下来，水蒸气得到释放。天才犹如此树，评论家的使命就是晃动其枝干抖落其水分。而当今社会，更像一个野蛮人在努力砍伐这棵高贵的树，直到将其连根拔起。